剑来

9 乱起太平山

◎烽火戏诸侯 著

浙江文艺出版社
Zhejiang Literature & Art Publishing House

第一章 下笔有神

陈平安躺在床上，那个奇怪的梦境，始终在心头萦绕不去。

上一次，是在桂花岛渡船上的梦中读书，不知道这次又有什么深意，又或者就只是个梦而已，是自己疑神疑鬼了？

陈平安坐起身，既然睡不着，干脆就来到桌旁，开始清点家当。

白天九娘那边传来确切消息，明天清晨时分，姚家进京队伍就会经过狐儿镇，到时候双方结伴同行，去往蜃景城，然后在京师外一座著名的渡口分道扬镳。陈平安一行人继续往北，入山访仙于天阙峰，老将军姚镇已经为他们安排好两种身份，后半段行走山下，一样可以畅通无阻。

陈平安点燃油灯，将养剑葫芦放在桌上，飞剑十五掠出。陈平安取出那件法袍金醴，有些心疼，既心疼这件海外仙人遗物的破损，更心疼修缮金醴的一枚铜钱。这不是什么小暑钱，更不是雪花钱，而是当初郑大风在老龙城破境，作为报答，赠给陈平安的一小袋子金精铜钱中的一枚。

陈平安摸着整齐叠放的法袍，叹了口气，难怪说修行一事，就是吃金山银山的活计，谁也别谈自己的钱多到花不出去。

陈平安没来由想起倒悬山猿蹂府的刘幽州，估计这个父亲是皑皑洲财神爷的同龄人，才有资格为钱多而犯愁吧。

陈平安再次拿出那袋子金精铜钱，轻轻倒在桌上，一枚枚累加，叠成一栋小楼，还不到一巴掌高。陈平安会心一笑，就是楼小了点，矮了点，不然他更开心。

这些价值连城的金精铜钱，没有一枚是供养钱、迎春钱，而是清一色的厌胜钱，正反两面分别篆刻有“去殃除凶”“天下太平”，文字与陈平安最早在骊珠洞天接触到的厌胜钱，又有不同，想来是每一甲子的钱币铸造，都有变化。

陈平安当初在倒悬山，跟那看门的捧剑汉子，学了一门看似粗浅其实极为正统的炼化口诀。先前炼化那枚金精铜钱，不过耗费了一盏茶光阴，多处破损、撕裂的法袍金醴的经纬丝线就如柳枝抽芽一般，活了过来，十分神奇。陈平安估计这件袍子最多一旬就能恢复如初。

还有一个意外之喜，就是陈平安发现了法袍上那几条金龙的异样，之前最大那条团龙所衔骊珠，与两条稍小金龙的眼珠子，金光并不明显，“进食”了金精铜钱之后，如画龙点睛，尤其那颗金色骊珠中蕴含的灵气浓稠似水。

这个发现，让一向对世间灵器法宝并不执着的陈平安，都有些心动，因为这件法袍金醴的品秩，与魏羡、朱敛他们的武道境界一样，在涨。须知法宝之上，是什么？仙兵！富甲一洲的老龙城苻家，千年积累，都不曾拥有一件名副其实的仙兵。

不过陈平安不奢望金醴能够成长为一件仙兵品秩的法袍，毕竟天晓得需要进补几枚金精铜钱，而且如今骊珠洞天已经不复存在，三种金精铜钱极有可能就此断绝，再不会现世。

即便侥幸修成了长生桥，还要炼化五行之属的五件法宝，以“难如登天”四字形容，丝毫不为过。只是这对于陈平安而言，其实还好，不过是练完一百万拳后再练百万拳，只要能清楚看到脚下的路，知道自己下一步该往哪里走，就行了，至于到底有多远，多难走，且不去想。

陈平安继续取出一些珍藏已久的物件——城隍爷沈温赠送的金色文胆，神灵身死道消后遗留人间的金身碎片；能够追本溯源到青神山的一堆翠绿竹简，大半已经被陈平安刻满了诗词佳句；神诰宗黄冠贺小凉还给他的那颗蛇胆石。

陈平安最后取出了那枚齐先生亲手篆刻的水字印，轻轻放在桌子中央。俗话说山水不分家，山字印已经毁在了蛟龙沟，水字印显得有些孤零零的。

陈平安怔怔出神，生出一个念头，要在赶路途中，找机会去买一支白玉簪子，材质一般也无妨，雕刻出那八个字后，就可以别在发髻间，倒不是为了显摆什么，纯粹是觉得如今这身行头，哪怕不穿法袍金醴，也是青衫长袍别玉簪，虽不是读书人，但装一装读书人还是凑合的，那么回到了宝瓶洲，去大隋山崖书院找李宝瓶他们，终于可以不用担心，会连累他们给同窗瞧不起了。

读了这么多书，看了那么多圣贤道理，可陈平安还是最喜欢那八个字——言念君子，温其如玉。

只要一想到客栈中有位打地铺的书院君子，陈平安便对那大伏书院有些好奇。若非不宜再在桐叶洲耽搁行程，陈平安还真想去书院游历一番。

陈平安收起了所有东西，放回方寸物当中。

郑大风当时为了结清新旧两笔账，送了陈平安一袋子金精铜钱，此外还有一件传说中的咫尺物——一块玉牌，并无篆文，素雅至极。

只是陈平安习惯了跟飞剑十五打交道，顺手也顺心，便一直没有去动玉牌，元婴地仙都未必能够入手一件的宝贝，就这么给陈平安雪藏起来了。

甘露甲西岳暂时交由魏羡，狭刀停雪挂在卢白象腰间，痴心剑给隋右边背在身后。

由老蛟长须制成的那根金色缚妖索，如果不是颜色太过扎眼，无论是和金醴平时的雪白颜色，还是和两身购自市井店铺的青色长袍，都不搭，否则可以当作腰带使用。

收好了丰厚家底，陈平安心情舒畅。何以解忧，唯钱与酒。

站起身，走到窗口打开窗户，突然发现隔壁裴钱没有半点动静，客栈墙壁隔音不佳，小女孩睡觉经常会发出微微鼾声。陈平安以为裴钱又像之前，大晚上当老鼠，去一楼灶房偷吃东西了。等了约莫一炷香后，等来了客栈大门的开关门声，陈平安随手一弹指，灯火瞬间熄灭，很快就听到裴钱上楼的声响。

等到隔壁关上门，陈平安这才静下心来，重新点燃油灯，拿出三本书，随手翻阅——算是与顾璨借阅的《撼山谱》、李希圣赠送的《丹书真迹》、郑大风给的《剑术正经》。

如今对于书上篇章，早已烂熟于心，只是除了最近开始研习的撼山拳千秋睡桩，符箓和剑术两事，相较于误入藕花福地之前，几乎毫无进展，实在是无法分心。陈平安相信《丹书真迹》上一些品秩略高于宝塔镇妖符的符箓，接下来可以动手试试看，有机会一气呵成。

陈平安一夜读书，天未亮，就听到隔壁发出窸窸窣窣的轻微声响，过了没多久，就传来敲门声。陈平安收起三本书，起身去开门，就看到裴钱已经背好棉布行囊，手持行山杖，灿烂地笑着抬头问道：“咱们啥时候动身去蜃景城啊？”

陈平安问道：“不是说了让你留在客栈吗？”

裴钱笑容不变，继续装傻，问道：“要我去喊小瘸子起床给咱们做饭不？吃饱了才好上路，听说狐儿镇离大泉京城有两三千里路，远着呢。”

陈平安正要说话，楼梯口那边出现一个打着哈欠的落魄书生，走到两人身边。钟魁睡眼惺忪，一巴掌拍在裴钱后脑勺上，对陈平安问道：“姚家人来这么早？姚镇这么想要当那兵部尚书啊？”

无缘无故挨了一巴掌的裴钱大怒，拎起行山杖就要给钟魁来一记拦腰斩，只是瞥见陈平安后，立即停下动作，低声埋怨道：“君子动口不动手，书上说的，你怎么当的读书人？活该九娘瞧不上你。小瘸儿说得没错，天底下就数你们穷书生最可恶。”

钟魁不理睬小女孩的絮絮叨叨，一巴掌按住裴钱脑袋，笑道：“陈平安，你还是带上她吧，我可不愿意每天对着这么个丫头片子，太伤神了，估计青梅酒都要喝得没滋味了。再说了，狐儿镇那边不太平，你留她在这里，有违初衷。”

裴钱立即站好，挺起胸膛，眼观鼻鼻观心，尽量让自己显得乖巧老实些。

陈平安没有立即给出答案，道：“我再想想。”

钟魁点头笑道：“是得好好想想。”

陈平安下楼出门去散步，钟魁刚打开客栈大门，此时九娘三人都已经起床，开始忙活早饭了。朱敛等四人，几乎同时打开二楼房门。

一下子就热闹了起来。

裴钱跟着钟魁下楼的时候，偷偷扯了扯钟魁的袖子，等他转头后，悄悄道：“回头我给你在九娘那边说说好话。”

这算是投桃报李？钟魁朝她竖起大拇指，赞道：“仗义！”

陈平安出去逛荡了几里路，往返都以六步走桩缓缓行走于官道上，神清气爽。

多瞧了几眼远处狐儿镇的轮廓，陈平安差点没忍住，想要拿出那张阳气挑灯符——唯一一张金色材质的挑灯符——来查看狐儿镇那边到底藏有何方神圣，若真是道行高深的妖魔作祟，普通挑灯符未必能够使其彰显。能够让大伏书院君子待在这里守着，一定不会是什么彩衣国那边的“五境大妖”了。

只不过这个念头才起就被陈平安强行掐灭，若真祭出那张金色材质的挑灯符，一旦真有妖魔巨擘在狐儿镇潜伏，符箓燃烧起来，既是示警，同时也是挑衅，陈平安吃饱了撑着才会给自己找麻烦。再说了，一张珍稀的金色符纸，如今用一张就少一张，没这么败家的。

陈平安回到客栈后，坐在门槛那边，倍感头疼。裴钱和钟魁坐在桌边，钟魁喝着小酒，正在那边误人子弟；裴钱听得聚精会神，一脸茅塞顿开的模样。

钟魁问：“知道为什么说君子动口不动手吗？”

裴钱答：“读书人打架不行呗。”

钟魁压低嗓音，神秘兮兮道：“这句话的真正意思，是君子只要动口，对方就已经死翘翘了。”

裴钱问道：“君子吵架这么厉害？难道还能骂死人？”

钟魁一只脚踩在长凳上，满脸得意，挑挑眉，示意小女孩给自己倒酒，然后自己才会给出真相。

裴钱翻了个白眼，满是嫌弃，她那张黝黑小脸上分明写着“你算哪根葱”。

钟魁也不恼，伸出手指点了点黑炭似的小丫头，笑哈哈道：“就你不喜欢吃亏。”

裴钱倒是气恼了，站起身，弯腰一巴掌拍掉钟魁的手指。

钟魁摆动身躯，就要对着裴钱指指点点，裴钱就在那边一直挥动手掌。

站在远处柜台的九娘看着钟魁，一点不觉得一个大老爷们的童心未泯，是值得让女子刮目相看的好。不过既然钟魁能够如此，应该不是多坏的人。

裴钱没碰到过如此不要脸的读书人，她累得气喘吁吁，坐回原位，讥笑道："既然君子这么厉害，那为什么还说宁得罪君子，不得罪小人？"

钟魁微笑道："那是因为没遇上我。"

裴钱扯动嘴角，不屑道："你就胡诌吧，你读过的书，能有我爹多？"

钟魁一巴掌拍在自己脸上，无言以对，好像无颜面对那些神台上的圣贤夫子们，颓然道："算我输了。"

陈平安走到九娘那边，掏出早就准备好的银子。九娘这次没有推脱，这二三十两银子，既然眼前这位姚氏恩人愿意给，她就只好收下。她苦笑道："陈公子，此次入京，希望能够帮我稍稍照顾一下岭之，她性子傲，确实不讨喜，公子多迁就，就当我得寸进尺了。"

陈平安点头答应下来，然后笑着伸出手。九娘一头雾水。

陈平安笑道："照顾姚姑娘的酬劳，没个二三十两银子，说不过去。"

九娘已经好些年没笑得这么开怀，将银子重重拍在陈平安手心，乐不可支道："哎哟，不承想公子还是个精明的买卖人！"

陈平安还真收起了银子，打趣道："出门在外，需要生财有道。"

钟魁转头看着九娘与陈平安的其乐融融，朝灶房那边使劲嚷嚷道："等会儿早饭上桌，记得给我上碗陈醋，要大碗的！"

众人吃过了早饭，客栈外边官道上马蹄声阵阵，越来越清晰。

离别在即。

陈平安突然想起一事，对钟魁试探性问道："能不能帮我写一副春联？"

陈平安心想，眼前的青衫书生，好歹是一位书院君子，想必笔墨极佳，就当给自己来年先讨个好兆头。

钟魁眼睛一亮，问道："给钱不？"

九娘气笑道："你掉钱眼里了？"

钟魁悻悻然，屁颠屁颠跑到柜台那边，搓手道："九娘，笔墨伺候。"

九娘赏了个白眼，道："你一个账房先生，自己找不到？"

客栈有笔墨与裁剪为空白春联的红纸，以往过年，都是老驼背亲自动手，他写得一手好字，毕竟是姚镇的三弟。姚氏虽是边关行伍中的豪阀大族，可是对于诗词文章，并不怠慢。行军布阵，兵法韬略，姚氏子弟若真是一个个粗鄙武人，可胜任不了。

陈平安说不用准备笔墨，他有。说这话之前，他就已经悄然翻转手腕，从方寸物中取出了那支小雪锥。

裴钱很谄媚地去接过那对春联红纸，铺在一张酒桌上。她不忘叮嘱站在桌前卷袖子的钟魁："你可要多用点心，写得好些，以后要挂我家门墙上的！"

朱敛四人，都凑了过来，很好奇这位君子会写什么。

至于陈平安如何弄来的毛笔，又为何不用蘸墨就能书写，九娘假装什么都没看到。

钟魁接过笔后，气沉丹田，神色肃穆，轻喝一声，笔走龙蛇，写下了五个字。

字很正便是了，风骨气韵之类的，似乎还谈不上，内容是"笔落惊风雨"。

显而易见，这不是春联该有的文字，倒像是钟魁好不容易逮着一个机会，就使劲抖搂自己的书生身份。

朱敛一直佝偻着端详那五个字，笑眯眯的。

隋右边已经转过头去，望向客栈大门那边，姚家人很快就要到了。

九娘面无表情道："小瘸子，去拿扫帚来，有人皮痒。"

钟魁一脸无辜道："别啊，我很用心写了。实在不行，我再写一副，桌上这两张春联底子的钱，算我头上。"

陈平安笑道："挺好，就这副吧，再写五个字就可以了。"

九娘死死盯着钟魁，后者赶紧推了一把幸灾乐祸的小瘸子，道："再去你师傅房里拿一对底子来。算了，干脆两对好了，万一九娘不满意，我再改。"

钟魁先写了第一副春联后边的——"诗成泣鬼神"。

兴许是自己都觉得写得"大"了，钟魁一阵干笑，给自己找台阶下，笑道："手生了，没写好，没写好，不及平时一半的功力。"

后来两副春联，钟魁写得规规矩矩，很喜庆，是正儿八经的春联，不是第一副这种吊儿郎当的——"新年纳余庆，嘉节号长春。"

写完第二副后，钟魁自己极其满意，说这副春联的内容，是世间所有春联的老祖宗。

第三副则最让九娘满意，因为很取巧应景，是"国兴旺家兴旺国家兴旺，老平安少平安老少平安"。

便是裴钱都觉得挺不错，总算给了钟魁一点好脸色。

陈平安小心翼翼收起了三副春联，对钟魁抱拳感谢。

钟魁坦然受之。

然后两人对视，陈平安无奈提醒道："笔。"

钟魁问道："我都送你三副寓意如此美好的春联了，你就不能送我一支毛笔？"

陈平安摇头道："不能。"

钟魁还想要讨价还价，却发现九娘脸色乌云密布，估计不用小瘸子去找扫帚，她就要亲手把自己扫地出门，于是叹息一声，恋恋不舍地将那支小雪锥递还给陈平安，喃喃道："杆上的'下笔有神'四个字，与我有缘啊，何等般配。陈平安你这是棒打鸳鸯，很煞风景的。"

陈平安收起了李希圣相赠的那支小雪锥，笑道："真不能送给你。"

看钟魁神色可怜，九娘笑道："春联底子的钱免了，不但如此，看在三副春联的分上，今儿你可以拿一坛五年酿的青梅酒。"

钟魁立即眉开眼笑。

客栈外的官道已是尘土飞扬。

挎刀少女姚岭之和少年姚仙之一同下马，来到客栈大门那边，迎接陈平安一行人。

九娘对姚岭之说了句"路上小心"，便哽咽凝噎起来。

少女也红了眼睛，低头转身，不再看自己娘亲的愁容。

身穿便服的姚镇站在一辆马车旁边。此次姚氏的入京队伍，除了三辆故意空着的马车，还专门为陈平安准备了五匹高头骏马，俱是大泉边军中的甲等战马，京城的顶尖权贵子弟，都未必能够拥有一匹。

姚镇没有想到除了那个枯瘦小丫头，以及背负长剑的绝色女子，其余陈平安四人都选择了骑乘战马北行。

姚镇对此自无异议，与陈平安打过招呼后，老将军便坐回自己的车厢，车厢里备有十数本兵书，都是姚氏祖传之物，几乎每本书的每一页上都写了许多姚氏先祖翻书时的旁注和心得。

可能这才是世族高门的传承有序，香火绵延。

此次姚镇只带了三名姚氏子弟，三人属于同一个辈分——独坐一辆马车的姚近之，在队伍最后方并驾齐驱的姚仙之和姚岭之。

七八位随军修士，散落在队伍之中。

姚镇与陈平安坦言，其中有两位是大泉王朝的秘密供奉，如果不是此次奉旨入京，就连他这位大泉品秩最高的边疆大将，都无权调动那两位修士。

其余六十余骑，皆是熟谙弓马的边军老卒，还有这些老卒的少量家眷，多是姚氏家族的府上管事、杂役婢女之流。

陈平安夹杂在队伍当中，骑马缓行。

朱敛哪怕是坐在马上，依然缩着身架子，随着马背一起颠簸起伏，晃晃荡荡，看似是陈平安四名扈从中最随意、和气的一个。

卢白象在闭目养神。

魏羡在马队之中，最如鱼得水，自然而然。

客栈那边，九娘久久不愿收回视线。

老驼背蹲在门口抽着旱烟，那些袅袅烟雾，遮住了褶皱的沧桑脸庞，如山雾布满山峦沟壑之间。

小瘸子爬到了屋顶，登高望远，才刚刚离别，就已经开始期待与那位负剑姐姐的下一次重逢了。

钟魁来到了那座小坟头前，那块石片墓碑已经倒了，还被人刨开了泥土，拿走了衣冠冢里头的物件。

有些好玩，孩子嘛。

钟魁摸着脑袋，转头看了眼那支浩浩荡荡远行的队伍，收回视线，双手负后，摇摇晃晃走回客栈，自言自语道："日出东海，万里熔金。月落西山时，啾啾夜猿起。可惜不对仗，不然就是板上钉钉的传世名篇了。"

钟魁想了想，犹豫要不要走一趟狐儿镇。

先生胆子也太小了点，好歹是大伏书院的山主，还出身于中土神洲的某位圣人府邸。那条九尾狐，虽说她的名字，待在那位白老爷写出的《真名篇》第二页最前边，可既然给自己知道了她的真名，要她死，不就是一句话的事情吗？

钟魁双手抱住后脑勺，清风拂面，仿佛还有那阵阵秋风，在他高高抬起的两只袖子里打转儿。

这样的钟魁，客栈里边的妇人，不曾见过。

北行路上，风平浪静。

大泉王朝武运昌盛，最近的数十年，只有大泉边军欺负别人的份，南边的北晋和北边的南齐，都吃过很多苦头。可是近年来大泉王朝的三位皇子掰手腕，争夺龙椅，几乎都快要明刀明枪了，牵扯了大皇子许多精力，使得这位坐镇北边的刘氏庶长子，不得不中止了一场既定的北伐，以免不小心打下了南齐千里疆土，自己也元气大伤，失去大势，给蜃景城的新帝作嫁衣裳。

东西两边接壤的四五个小国家，其中一个国家的君主以侄子自居，敬称大泉皇帝刘臻为叔皇帝，还有一个直接沦为了大泉藩国。

队伍每三十里一停，要给战马洗刷鼻子，这个时候，姚镇都会离开马车，去跟陈平安闲聊几句。

一来二去，姚镇嫡孙姚仙之就跟陈平安熟悉了起来，不过这块"姚氏璞玉"在陈平安身前，很拘谨。

姚仙之今年才十四岁，却已经在边军待了三年，第二年就成为正式斥候，此后凭借军功升为伍长。他自幼跟随家塾夫子学习兵法，却不喜好夸夸其谈，少年老成，很受家主姚镇的器重。

姚仙之毫不掩饰自己对陈平安的仰慕，当初山谷之中，被两名山上修士追杀得惨绝人寰，正是陈平安横空出世，救下了包括爷爷姚镇在内的边军子弟，一拳就打得那位身披甘露甲的可怕宗师倒退而回，面对一位杀力无穷的恐怖剑修，更是应对自如。

后来听姚岭之说，陈平安在客栈又砰砰砰三拳当场打死了申国公之子，敢跟御马监掌印李礼对峙，姚仙之愈发佩服得无以复加，恨不得自己每天给陈平安牵马喂马。

陈平安对姚仙之印象很不错，山谷浴血奋战，披甲少年的坚毅眼神，让人记忆犹新。

只是姚仙之大概是为了跟他套近乎，总会没话找话，经常蹦出一些不太好笑的笑话，比如南齐在北边、北晋却在南方，还说有些擅长写边塞诗的文豪，最向往大泉边军中的姚家铁骑，其中有一位诗坛巨擘，想要拿诗词换取一匹甲等战马，被他爷爷拒绝了，便怀恨在心，回去之后，在京师诋毁姚家边军十年之久。姚仙之信誓旦旦地说，到了蜃景城，一定要会会那位先生。

陈平安不怎么搭话，倒也不厌烦。

姚氏这一辈人中，最有武学天赋的姚岭之，对陈平安的观感颇为复杂，既感恩又敬畏，心底还有些不服气，又是位正值妙龄的少女，所以不太愿意跟着姚仙之一起，凑到陈平安身边。

陈平安之前就骑过马，在藕花福地之中，还曾经陪着老道人骑过驴子，所以知道说书先生和演义小说上，那些所谓的日行千里，都是蒙人的。一般的世俗王朝，驿站传递军情急件的八百里加急，确实做得到，不过需要换人且换马，驿路上撞死人无须负责，只是这么跑一趟下来，往往伤马极重，即便钉了马掌，还是可能直接把马蹄给跑烂了。

负责接待的沿途驿站官吏，以及驿站所在郡县衙门，都十分上心，毕竟是征字头的大将军，姚家铁骑的老家主，而且这还不是什么解甲归田，而是赴京就任兵部尚书，得天子倚重，从边关砥柱成了朝堂栋梁，姚老将军伸出一根小拇指，估计就能碾死几个小县令，谁敢不当回事？

姚镇迎来送往，疲于应酬，谈不上对地方官员有多热情，可也不曾流露出丝毫跋扈气焰，几乎不会拒绝任何一位刺史的宴请，至于郡守的盛情邀请，偶尔会借故推辞，县令当然是没这胆子为一部尚书擅自摆开接风洗尘宴的。

陈平安不会参加这些宴席，裴钱倒是削尖了脑袋想要往里头钻，有次只是听了姚仙之讲述那些菜名，就开始嘴馋，流口水。奇怪的是，姚镇次次都会带上姚岭之、姚仙之，唯独忽略了那位好似将车厢当作深宅大院的姚近之。

这次途经一座名声不显的郡城，竟然是净土扫街的架势，陈平安依旧没有参与其中，只是带着裴钱、朱敛两人离开驿站，打算购置一些琐碎物件，比如一支玉簪子。但是姚近之破天荒离开了驿站房舍，要与陈平安他们同行。

她依旧戴着那顶施裙及颈的雅素帷帽，其实之前队伍停留，只要没有外人在场，姚近之就会摘掉帷帽，陈平安见过她的面容多次，确实长得漂亮，姿容犹胜女子剑仙隋右边。朱敛说，姚姑娘这般倾国倾城的相貌，在藕花福地他作威作福的几十年里，没能遇上一个，听说后来有个叫童青青的镜心亭小姑娘，不知能否与姚近之媲美，当时陈平安点头说“有的”。朱敛便说世间女子颜色，若以百文钱计算，那么姚近之与童青青，怎么都该有个九十多文钱。

陈平安不愿在背后议论别人的长相，心中只有一个想法，便是这些女子生得尽善尽美，也不过百文钱，在他心中，宁姑娘那可就是谷雨钱、金精铜钱了。

所以陈平安遇到了姚近之这样的姑娘，也就只是遇见了而已。

陈平安要买簪子，姚近之说郡城有条孩儿巷，专门售卖古董珍玩，她循着某个小道消息，想要在那边寻找瓦当和一种名为怀镜的古老压岁钱。朱敛则喜好志怪小说。至于裴钱，只要是值钱的物件，她都喜欢，都想要。只是跟在陈平安身边，好似天生的阴鸷性子给磨掉了大半，成天只求着陈平安让她当账房先生，就像钟魁在客栈的角色，哪怕兜里只有几两碎银子，她就心满意足了。

陈平安根本就没理她，腰有十文钱，必作振衣响，说的就是裴钱。

这座郡城为了迎接姚镇，花了很多心思，姚近之在去孩儿巷的路上，给陈平安解释了其中缘由：郡守是姚家边军出身，机缘巧合，退出边军后，开始在地方上攀爬仕途，听客栈三爷说当年是一个很有志向的年轻人。

走入街道极长的孩儿巷，各色铺子都有，除了正儿八经的店铺，还有好些个包袱斋。穷酸秀才模样的，多半是家道中落的；鬼头鬼脑的，多半是包袱中物件来路不正，走了旁门路数，或者干脆就是梁上君子。

街上这些上不得桌面的包袱斋交易，陈平安觉得很有意思，双方有了买卖意向后，便去往一个僻静角落，也不嘴上谈钱，只在大袖之中比画。姚近之笑言此举被戏称为“笼中对”，除了象征铜钱、银子的独有手势之外，数字也有讲究，食指窝成钩形就是九，食指中指相叠为十。

在这条孩儿巷，陈平安三人各有收获，除了裴钱。

姚近之得偿所愿，购买了一堆历朝历代的被誉为名泉的古老铜钱，价格有高有低。这还不算什么，姚近之在一间小铺子找到了几片瓦当，有饕餮纹的，写有吉祥语的，还有一整套四神瓦当，哪怕隔着帷帽白纱，陈平安都能感受到她的惊喜。

出门后她便多了一只包裹，陈平安说了句帮忙背的客气话，姚近之赶紧拒绝了。

朱敛买了两本披着志怪外衣的才子佳人小说。

陈平安则买了一支白玉螭龙发簪，素身，并无篆文，龙纹简洁流畅。陈平安一见钟情，却觉得有些贵了，掌柜竟然开价八十两银子，说这是前朝一位琢玉大家的手笔，只是没有落款而已，不然三百两都不卖。若是在大隋求学那会儿，陈平安掉头就走了，现在咬咬牙还是会买下。

好在姚近之上去言语了一番，砍到了三十两银子，大致意思是自己就收藏有那位大家的一件传世玉雕，是一株水仙，那才叫玲珑奇巧，对于此人雕琢手法，她再熟悉不过，又对螭龙玉簪的材质一通贬低，说得掌柜哑口无言，悻悻然给那位大家闺秀腰斩了价格，将玉簪卖于陈平安。

出了铺子，陈平安拿着小锦盒，先谢了姚近之帮忙杀价，然后忍不住苦笑道："给姚姑娘这么一说，怎么觉得这支簪子，三十两银子都不值？"

姚近之沉默片刻，等到离开铺子很远，才轻声笑道："簪子真是那位琢玉大家之作，别说三百两银子，五百两都值得入手珍藏，而且此人推崇'玉质不佳者不治'，你这簪子材质绝佳，好到了让他认为是'美玉材质最佳者，锟铻刀不敢落在美人脸'的地步。只是世间美玉，好不好，大家都看得出来，具体有多好，就难说了，何况各人趣味不同，很难有个定论。"

朱敛笑着点头，不知是赞赏姚近之的学识，还是认可那位琢玉大家对待美玉的态度。

陈平安将锦盒收入袖中，笑问道："姚姑娘真有那水仙玉雕？"

姚近之笑道："那些说辞，都是从书上照搬来的。"

那就是没有了。

裴钱翻了个白眼，她原本还想着今后要多拍拍姚近之马屁，说不定哪天姚近之一个高兴，就把那件水仙玉雕送给她呢。

姚近之又说道："说辞确实是书上的，可那件玉雕，是我小姑姑的嫁妆之一。"

陈平安只好报以礼节性笑容。

这一点，姚姑娘跟弟弟姚仙之其实挺像的，只是道行比弟弟更深些，不至于太过尴尬。

由此可见，其实姚近之不难相处。

裴钱已经开始溜须拍马了，娇滴滴问道："姚姐姐，你累不累，我帮你背包裹吧？背东西我熟得很，这一路都是我背的，保证不摔坏你那些宝贝们。"

姚近之笑着摇头，帷帽白纱，轻轻晃悠起来。

裴钱有些失望，仍是不愿死心，又道："那么姚姐姐你觉得累的时候，一定要跟我说啊。这巷子离着驿站还有五千六百多步呢，姚姐姐你腿长，约莫四千七百步就差不多了。"

姚近之只得点头，真是一个古怪的小丫头。

四人走在熙熙攘攘的孩儿巷，朱敛低头笑问道："步数记得这么清楚？"

裴钱唉声叹气道："无聊呗，反正又不会给我花钱，只好没事找事，还能咋样？"

朱敛哈哈大笑。

暮色中，回到下榻驿站，陈平安去后边的庭院散步，发现卢白象和隋右边不知从哪里找来了棋盘，正在一座小凉亭内对弈，魏羡在旁观战。

陈平安走入凉亭时，棋局刚刚分出胜负，卢白象小胜。

隋右边下棋杀力极大，气势极足，卢白象身为男子，反而不如隋右边来得杀伐果决。

朱敛也来到这边，隋右边与陈平安告辞一声，就此离开。卢白象便向朱敛邀战，佝偻老人笑着直摇手，说自己是个臭棋篓子，不敢献丑。魏羡在卢白象向他投来视线的时候，就说了句他连臭棋篓子都不是，根本就没看懂，只是闲来无事，想要知道两人棋局的胜负而已。

无人下棋，魏羡就离开了，朱敛紧随其后，只剩下陈平安和收拾棋盘残局的卢白象。

陈平安靠着栏杆，喝着养剑葫芦里的青梅酒，卢白象双指拈子，快速放入棋盒，虽然只是这么一个不起眼的动作，但是加上那棋子磕碰、敲击的清脆声响，竟然非但不枯燥，反而有些赏心悦目。

陈平安心生佩服，若非自己实在对下棋没有天赋，加上觉得手谈一事，太过耗费光阴，会耽搁练拳练剑，不然陈平安还真想好好琢磨如何下棋。

姚近之姗姗而来，在驿站内她便摘了帷帽，落座后，对差不多收拾完棋子的卢白象说道："卢先生，我们手谈一局？"

卢白象看了眼天色，笑道："估计是一场鏖战，天黑之后下棋，我是无妨，就是不知姚小姐到时候能否看清棋局？"

姚近之点头道："十五月圆，借着月光，应该勉强能够看清，卢先生不用担心此事。"

猜先，卢白象执白，姚近之执黑。

陈平安站起身，看了双方先手走势，没看明白深浅盈亏，便回到长椅上，盘腿而坐，缓缓喝酒。

由于队伍中有两位大泉供奉，陈平安不太愿意泄露姜壶的底细，所以白天喝酒都喝不太痛快，毕竟修士和武学宗师都眼尖，可能一个持壶抬臂的姿势幅度，就能够看出蛛丝马迹。陈平安神游万里，不知不觉，等到回过神，姚近之竟然已经离去，卢白象又在那边独自收拾。

卢白象一边收拾棋子，一边笑道："希望有朝一日，能够去那座坐落于彩云间的白帝城看看。好一个'奉饶天下棋先'，令人心向往之。"

陈平安脱口而出道："我有个……学生，下棋很厉害，以后你们见了面，可以切磋。"

少年崔瀺，或者说崔东山，那可是曾与白帝城城主手谈十局的大国手。不过承认崔东山是自己弟子，还是让陈平安有些无奈，毕竟总不能说是朋友。

卢白象却没有太较真，隋右边也好，姚近之也罢，两局棋，都没能让他在棋盘上使出七八分气力，只不过隋右边是真输，姚近之却是隐藏了棋力，但即便她倾力而为，还是输。对于自己的棋力之高，卢白象近乎自负，在那个遥远的江湖百年里头，身为魔教开山之祖的卢白象，除了武学上一骑绝尘，下棋亦是无敌。

卢白象真正好奇的是陈平安年纪不大，又不是这座浩然天下的儒家子弟，竟然就有学生弟子了。

闲聊了几句郡城的风土人情，卢白象就去归还棋盘棋盒，陈平安独自留在亭内。

已是秋末时分，按照队伍行程，到了蜃景城外边那座渡口，差不多刚好入冬。听说蜃景城下了大雪后，有世间少有的美景。

陈平安心境平和，武道一事，比起刚刚离开倒悬山那会儿的预期——十年后跻身第七境金身境，进展已经算是极快，远远超乎想象。飞鹰堡内外两场生死大战，还有藕花福地和边陲客栈一连串的厮杀，使陈平安不但成功跻身了五境，而且底子打得雄厚结实，即便现在就破开瓶颈，一举进入六境，他都不会觉得脚步轻浮。

不提其中的种秋，其余诸如头顶五岳冠的金丹修士、福地第一人丁婴、大泉王朝守宫槐李礼，陈平安哪一个赢得轻松了？

陈平安不知道六境入七境，得有多难，到底需要怎样的机缘和底蕴。七境之后，是羽化境，又名远游境，进入此境相当于一名纯粹武夫真正一步登天，能够如山上仙人一般御风远游。

纯粹武夫的九个境界，加上秘不示人的真正止境，总计十个。其中第八境远游境，陈平安最是向往。

冷冷清清的夜色中，哪怕骑乘马匹都在修习剑气十八停的陈平安，难得偷懒一回，就只是坐在凉亭里喝酒发呆。

直到姚镇和孙女姚近之散步而来，陈平安才站起身，发现老人脸色不太好看。姚近之轻声道：“此地郡守，宴席上只与爷爷聊沙场往事，爷爷喝酒还挺尽兴，可郡守在私底下，却遣人来驿站送了一份重礼，希望爷爷入京后，在朝堂上照拂他这个门生一二，把爷爷气得不轻。”

姚镇轻轻一拍膝盖，神色落寞，感慨道：“想当年多好一个年轻人，朝气勃勃，一身正气，上阵厮杀从不怯战，怎么到了官场，不过十余年，就变了这么多？”

姚近之笑道：“爷爷，十年不短了。乌纱略戴心情变，黄阁旋登面目新。”

姚镇冷哼一声，骂道：“画蛇添足！庙堂上，休想我帮这小子说半句违心话。”

姚近之笑着问道：“难不成他不送礼，爷爷就会因为以往攒下的交情，为他说好话了？显然不会，既然横竖都不会，他还不如赌一赌，赌爷爷晓得官场的身不由己，也要入乡随俗；赌爷爷入主兵部衙门后，要拉拢起一拨行伍旧人，免得被京官勋贵们排挤。到时候孤立无援，形势所迫，爷爷说不定第一个记起来的名字，就是本地郡守了。”

姚镇苦笑不已。

陈平安并未插话，不过爷孙二人愿意当着外人的面，说这些弯弯肠子的官场规矩，陈平安只当是一门千金难买的学问，听在耳中便是。

只要过了那条横穿大泉版图的埋河，就等于北上之路走了一半。

这天黄昏，姚家队伍在埋河南岸的一座驿馆下榻，距离埋河不过半里路，姚镇拉着陈平安一起去河边赏景散心。

方才饭桌上的那道硬菜埋河鲤鱼是一绝。这条大河里的鲤鱼，金鳞赤尾，无论是清蒸、糖醋还是红烧，都没有半点鱼腥味，鲜美至极，是大泉王朝的贡品之一。

可惜那座名动朝野的埋河水神庙，距离驿站和渡口有些远，隔着三百余里。历史上数国的文人骚客，都曾在那座水神庙的墙壁上，留下珍贵墨宝，最早可以上溯到六百年前，甚至还有许多不同时代大文豪的诗词唱和，一先一后，一问一答，相得益彰，以及同一题材的暗中较劲，再加上后世士林名流的评点，使得一座水神庙熠熠生辉，文采之绚烂，文运之浓郁，简直要比蜃景城文庙还要夸张。

散步队伍分成三拨人，为首姚镇和陈平安并肩而行，裴钱拿着行山杖跟在后边。

两名充当随军修士的大泉供奉，与姚氏“三之”待在一起。两名修士，是一对道门师徒，因为此次潜行，并未穿上醒目的道袍，反而悬佩边军制式腰刀，掩人耳目。一路上，师徒二人疏远众人，年轻道士生得面如冠玉，气质温和，像是一位从钟鸣鼎食之家走出的贵公子。

魏羡、朱敛、卢白象、隋右边四人难得一起露面。

姚镇打心眼喜欢与陈平安相处，虽然大多数时候陈平安都不怎么说话，在家族以及军中都不苟言笑的老将军，到了陈平安这里，反而健谈了许多。这会儿就在给陈平安介绍大泉王朝山水神灵的品秩，说除了五岳正神之外，就以这条埋河水神的品秩最高，是一位大府君，不但可以开辟府邸，规格还与世俗藩王相等。

只是水神府常年关闭，埋河水神几乎不与世人接触往来，两百年来，只有寥寥几次显露真身，也是始终如云雾蛟龙，若隐若现。水神庙香火过于鼎盛，胜过最正统崇高的五岳神灵，每逢庙会，十数万人从南北会聚在埋河之畔，使得水神庙所供奉的那尊金身神像，一年到头都像是位于水雾之中。

姚镇朗声笑道：“只要遭遇干旱，皇帝陛下便会亲临水神庙祈雨，哪怕无法亲自赶来，也要派遣一位刘氏宗亲与礼部尚书一同南下。埋河水神，极为灵验，从未让大泉百姓失望过。”

给姚镇这么一说，连陈平安都开始惋惜无法路过水神庙，不然就可以喝着青梅酒，以刻刀将所见所闻一一写在竹简上。

沿着河流滚滚的埋河，往下游走了四五里，他们遇上了一位蹲在河畔愣愣望河的老汉。

姚镇回头看了眼老供奉，后者轻轻点头，老将军这才大步走向那老汉。

老汉神色木讷却体魄精壮，只是给姚镇这些人的阵仗吓到了，慌张站起身，喉结微动，咽着口水，怯懦地喊了声官老爷后，便不知如何应对，双手都不知道放在哪里才好。

姚镇喊了声大兄弟，要老汉无须紧张，随口问起他家住何方、营生为何。老汉不敢隐瞒，最后的答案，让人大吃一惊，原来老汉除了是庄稼汉，还做着捞尸人的行当，需要经常在埋河边上转悠，按照传下来的老规矩，自称“水鬼”。

姚镇心生好奇，详细问起了水鬼和捞尸一事，老汉有些犹豫，应该是觉得此事难以启齿，生怕这些贵人们听后心生不喜。姚镇又是好言安慰，老汉这才断断续续说了些此方乡俗，还真有许多不为人知的门道。原来他们这些自称水鬼的船夫，如果遇上了尸体，打捞起来，不可主动向其亲属索要钱财，在世生人愿意给，就收下，不给，就算数，只当是积了一桩阴德，不然就会最少三年晦气缠身。不过死者的亲人要是不给钱，又不愿意请一顿饭，那保管也会倒霉。

约莫是姚镇和陈平安都瞧着面善，老汉起了话头后，便逐渐没了拘束，含糊不清的大泉官话说得越发顺溜，主动与姚镇说了那捞尸的讲究，言语和神色之间也有了些笑意：“大人兴许不知，男人落水死了，肯定是俯在水面上，婆姨是仰着的，从无例外，在岸边看一眼，就晓得是男是女。拉上岸后，如果无人来收尸，就得帮着葬在离水神老爷庙不远的一个地方，再去庙里头上三炷香，在庙外求一红布条，绑在手腕上，就算是做了善事，以后会有好报的。”

老汉瞥了眼埋河水面，脸色沉重起来，接着道：“但是有两种捞不得：一种是死后直直立在河中的，无论男女，都不是咱们可以去捞的了，头发漂在河面上，看不清脸，出钱再多，咱们都不敢去。再就是一些个投河自尽的黄花大闺女，若是用竹竿子捞了三次，都没能捞上船，咱们就不能再管了，只要沾了手，没谁能有好报。”

裴钱一开始听得津津有味，到后来则头皮发麻，都不敢再看埋河一眼。

老汉舒展眉头，憨厚而笑，道：“哪天不做水鬼了，就要找个日头大的时辰，来这岸边洗手，算是跟水神老爷打声招呼。”

姚镇点点头，问道：“老哥这么多年，捞起了多少人？”

老汉想了想，摇头道：“可记不清喽。”

姚镇沉声道：“好人有好报，老哥莫要觉得捞尸这门营生不光彩，积德行善，好得很。”

老汉赧颜笑道："老大人一定是个好官，青天大老爷哩。"这已经是老汉最用心用力的一种称赞了。

天色不早，姚镇笑着与老汉告别。

陈平安说要再待会儿。

到最后河边只剩下捞尸人老汉，还有陈平安、裴钱和朱敛，其余人都返回了驿馆。

朱敛继续往下游走去。

陈平安坐在老汉身边，笑着递过酒葫芦，问道："老伯能喝酒？"

老汉赶紧摆手，谢绝道："公子可别糟践好东西了，你自己留着喝。"

陈平安伸了伸手臂，坚持道："那就是能喝了。"

老汉还是不敢接过酒葫芦，陈平安轻声笑道："老伯可能不信，我也是穷苦出身，当过好些年的窑工。"

老汉见这位公子没有收回酒葫芦的意思，只得小心翼翼接过，高高举起，仰头喝了一口，就赶紧还给陈平安。

一口咽下酒水，估计什么滋味都没尝出来，老汉却已是红光满面，很是高兴了。

陈平安喝了口青梅酒，问道："老伯今儿在这边是看有没有尸体漂过？"

老汉摇头道："这会儿河里水枯着呢，不太容易见着尸体。"说到这里，老人仿佛觉得说错了话，有些难为情，赶紧道："见不着才好。"

陈平安"嗯"了一声，默默喝着酒。

老汉本就是个闷葫芦，今天与姚镇唠叨了那么多，可能比往常一年的话语加起来，都多了。

陈平安看着眼前这条埋河之水，便想起了家乡的龙须河和铁符江。

老汉突然转头笑道："公子算是熬出头了，有了大出息。"

陈平安挠挠头，竟是不知如何接话，说自己没钱，好像站着说话不腰疼，承认自己有了大出息吧，又差了点意思。

裴钱就纳了闷了，奇了怪哉，不知道陈平安跟这么个老汉有什么好聊的，心想，你跟姚老头那么个当大将军的，话也不多啊。

三人一起沉默许久，蹲在岸边的老汉突然叹了口气，望向埋河水面，道："说些不中听的晦气话，公子别生气啊。"

陈平安点头道："老伯只管说。"

老汉轻声道："我那娃儿跟公子差不多岁数的时候，遇上了不该捞的可怜人，不听劝，捞上了岸，没过几天，娃儿就没了。我该拦着的。"

说起这些的时候，老汉脸上没有太多哀伤。最后老汉离去的时候，跟陈平安道了一声谢，说酒好喝，这辈子没喝过这么好的酒。

陈平安起身目送老汉愈行愈远。

裴钱还是不敢看埋河水面。朱敛原路折返而回后，裴钱这才胆子大了一些。

陈平安盘腿而坐，遥望江水和对岸，要朱敛带着裴钱先回驿馆，只是裴钱不愿意，死活要待在陈平安身边，朱敛就只好陪着她一起留在岸边。

陈平安闭上眼睛，像是睡着了。

裴钱百无聊赖地捡起一颗颗石子，可是不敢往埋河里丢，生怕不小心砸出一具立在水中的尸体来。她一想到女尸头发漂荡在水面上的画面，就起一身鸡皮疙瘩。裴钱下意识往陈平安那边挪了挪，握紧手中的行山杖，开始在心中默默背诵那本书的篇章，给自己壮胆。

朱敛身形佝偻，眯眼远眺。什么山水神灵、鬼怪精魅，武疯子朱敛自然不当回事。

许久之后，夜色深沉，裴钱惊讶出声道："怎么河上有座桥?"

朱敛愣了一下，顺着裴钱的视线望去，哪来什么桥，江水滔滔，仅此而已。

裴钱一双使劲瞪圆了的眼眸熠熠生辉，嚷道："哇，金色的桥!"

朱敛先看了眼陈平安的背影，并无丝毫异样，就有些哭笑不得，只当是这个鬼灵精怪的丫头片子在胡说八道，你哪怕骗人说河上有具尸体，都比河上多出一座金色长桥来得可信。

裴钱有些疑惑，神色茫然，因为她好似听到了陈平安的读书声，所读内容刚好是他要裴钱死记硬背的一段。这是陈平安在那本儒家典籍之外，唯一要她记住的东西，甚至还专门用小雪锥写在了那本书的末尾，所以裴钱记忆深刻。

陈平安从不愿意跟她说任何道理，只对曹晴朗说那些书本之外的道理，裴钱觉得这些文字，大概就是她唯一比那个小书呆子强的地方了。

此时此刻，一肚子委屈的她，便大声朗诵出来了。

是那"列星随旋，日月递照，四时代御，阴阳大化，风雨博施……"。

是那"君子不妄动，动必有道。君子不徒语，语必有理。君子不苟求，求必有义。君子不虚行，行必有正!"。

裴钱盯着那座金色长桥，背诵圣贤教诲，朱敛在想心事。

横跨埋河的长桥渐渐消失，裴钱有些口渴，便也没了读书的心气。她倒是想要学习拳法和剑术，只可惜陈平安不愿意教她，至于朱敛这些人，就算他们愿意教，裴钱她还不愿意学呢。

陈平安依旧处于坐忘的玄妙状态中，更奇怪的是他发现自己飘荡而出，神魂离开了身躯，悬在空中，看着盘腿而坐的自己，心中感觉很是怪诞。不同于之前对峙丁婴和蟒服宦官的魂魄分离，一分为三，此次出窍离体的，有些像是传说中的阴神，就是客栈那晚君子钟魁的那种，只不过钟魁同时修成了阳神和阴神。陈平安此时随着埋河江风中蕴含的灵气和罡风飘忽不定，身形不稳，远远比不得钟魁阴神、阳神的凝练稳重。

如果说这个“陈平安”只是个学步稚童，那么钟魁已是登山涉水如履平地的青壮汉子。

此等异象，裴钱和朱敛都未能有丝毫察觉。

两个陈平安几乎同时心念微动，心头泛起一个想法，挥之不去。飘荡不已的陈平安转头望了一眼埋河下游，然后盘腿而坐的陈平安睁开眼睛，轻声道：“裴钱，朱敛，你们可能需要帮我守夜几个时辰，我需要在这里练习剑炉立桩，今晚情况不太一样，无法细说。”

朱敛点头笑道：“老奴的本分事。”

裴钱一跺脚，哀叹一声，道：“早说啊，我该拿些点心来当夜宵的。”

出窍离身的那个陈平安，向埋河一步跨出，瞬间就掠出十数丈，直接来到了埋河水面上，像一截木头在水面浮浮沉沉。陈平安停下身形后，适应了这种高蹈虚空的诡异环境，脚尖一点，便会向前漂荡出极远。陈平安身体前倾，在埋河水面蜻蜓点水，仿佛是那御风凌空的山上神仙，或是纯粹武夫第八境的远游境。

双袖飘摇，御风远游。

陈平安当下还不清楚，种种机缘巧合之下，这是练气士的阴神雏形。

脱胎换骨，神气凝合，身外有身，是为阳神，喜光明；一念清灵，出幽入冥，无拘无束，是为阴神，喜夜游。

夜访水神庙。

陈平安觉得哪怕只是看一眼都行，去去就回。至于河畔那个陈平安，则闭上眼睛，双手掐剑炉诀。虽然一坐一神游，可是两者浑然一体。出窍阴神所见所感，修习剑炉立桩的闭眼陈平安一清二楚，完全身临其境。

大道之玄，玄之又玄。

陈平安直到这一刻才有些明白，为何修行之人会纷纷远离人间，潜心修道，登高望远，想来这些练气士眼中的风景，都已是世外高处了。

此刻河畔的陈平安看似在修习剑炉立桩，实则继续闭眼观想心中那座长桥。

比起藕花福地那两次，这次稳固了许多，虽然冥冥之中，依然觉得无法行走其中、渡河而过，但是登桥观河，应该已经做得到了，如果不是身边有朱敛，陈平安会走上去试试看。

今夜有此观想，既是因为想到了君子救与不救，还是因为想到了度人与度己的关系。

将裴钱带在身边，陈平安只是要她读书背书，并未说过任何一个自己琢磨出来的道理，看着裴钱的一举一动、一言一行，如对镜自照，陈平安不由自主就会自省。许多书上内容，陈平安自己往往感触不深，不得真意，可裴钱在，陈平安就会想得更多一些，比如君子日三省乎己，克己复礼，慎独……

读书万卷始通神，妙哉。

裴钱已经将第一本书背诵得滚瓜烂熟，看来今日夜游水神庙之后，大概可以让裴钱开始看第二本书了。

读书不在多，只看读进自己肚子有几个字。

这个不是道理的道理，倒是可以与裴钱说上一说，不过估计她多半只会当作耳旁风吧。

相传曾经有个僧人，识字不多，结果只读了一部经书，就读成了佛。

埋河之畔，有两人长掠如虹，身影模糊，一闪而逝，往下游急急而去。他们看到了河边三人后，轻轻点头，就算是打过了招呼。

等他们消失于夜幕，朱敛才收回视线。

原来是回了驿馆后，换上道袍的师徒二人，只与姚镇说今夜有事外出，天亮之前就能返回驿站。

姚镇不会阻拦，事实上也拦不住。两位驻扎在边境的刘氏供奉，就连身为姚家铁骑家主的姚镇，都不清楚他们的根脚背景、师门渊源。姚镇甚至怀疑，这对道门师徒，是不是直接听命于皇帝陛下，既防止北晋大修士刺杀自己，引发边军动乱，同时监督姚家边军的动向，毕竟他还有个刚刚卸任吏部尚书的亲家。

为此，姚镇私底下还询问过姚近之，是否要与那两位供奉刻意交好，就算不奢望他们庇护未来要在蜃景城开枝散叶的姚氏，好歹趁机结下一桩善缘。

她并不赞同，说那两人身份特殊，绝不可擅自笼络。臣子服侍帝王，若是君主英明，为臣者的头等聪明，就是连揣摩帝心的念头都不要有，多想无益，不过这只是对姚家这类疆臣而言，天子身侧的近臣，另当别论。姚镇便有些不服气，家族两次命悬一线，若非陈平安两次相救，早就没了，说不定还要被安上一个私通敌国、谋逆篡位的名头，要是如今还想着洁身自好，到了蜃景城，身边已无边军压阵，岂不是更加凶险难测？

姚镇想起了那个下了马背当文官的郡守门生，一时间心中别扭不已，难不成如孙女所说，以后要经常跟这类小王八蛋打交道？

姚近之笑言，恰好相反，小姑姑当年嫁入京城后，咱们姚家还想着自扫门前雪，事事恪守祖宗家法，是错了，可到了蜃景城，在朝廷接纳爷爷的前提下，继续明哲保身，则是对的，若是与那些豪阀、勋贵比拼山头和手腕，姚家根本别想在京城站稳脚跟。但也不是什么都不做，任人拿捏。

姚近之说了一句名士禅语："行到水穷处，坐看云起时。"

姚镇唏嘘不已，当初姚近之年纪尚小，对于小姑姑嫁给那个大雪天跪在姚家祠堂外边的李锡龄，就假借父亲之口，跟爷爷姚镇提过异议，大致意思是说姚氏遵守了数百年的祖宗规矩，一旦破例，姚氏上下知道是两人真情可鉴，可外人不会管这些，蜃景城不会管，皇帝陛下也不会管。

姚氏子女不可与豪阀联姻的祖训，既然破例一次，那么对刘氏忠心耿耿的姚氏边军，会不会再破例一次？

没有一，便无二。可有了一，二、三、四便会接踵而来，这才是常理。

爷爷，我姚近之若是外人，都要怀疑姚氏是不是觉得偏居一隅，太憋屈了。

老将军听到这里，满脸恼火，心胸之间更多的还是悲愤。

姚近之神色自若，递给爷爷一杯茶，笑道："将军饮酒，能够助长豪气，可到了蜃景城，爷爷当了官，就改喝茶吧。"

姚镇气呼呼接过茶杯，一饮而尽，仍是喝酒的路数。

姚近之嫣然一笑。

河畔两位道人的身影，飘忽如两缕青烟，远远快于奔马的速度。

这对道门师徒，老者出身于一个名为金顶观的道家旁门。别觉得"旁门"二字不中听，其实已经很了不起，宗字头之外的道家洞府门派，有资格跻身旁门之列的，一洲之内都不会多。

金顶观道士喜欢入世修心，人数不多，不足百人，而且一旦入世，往往隐姓埋名，不喜欢依仗靠山和祖师爷。金顶观现任观主，已经五百岁高龄，是一位货真价实的元婴地仙，在桐叶洲北部有很响亮的名声。

老者俗名尹妙峰，道号为葆真道人，取自"长生久视，全性葆真"一说，属于金顶观观主一脉。

唯一的嫡传弟子邵渊然，是尹妙峰下山入世，与其偶遇后，花费了整整十四年光阴的审察，才决定收入门下。其间葆真道人设立了三次大考，邵渊然皆过关，心性和天资无疑都是人上人。

之后邵渊然跟随葆真道人去了一趟金顶观，觐见观主，拜谒祖师堂挂像，姓名载入师门谱牒，从此正式成为金顶观的一名潜字辈弟子。最后又跟随师父来到大泉王朝，师徒二人联袂成为刘氏供奉，负责盯着南疆边境，已有十年之久。

别看玉树临风的邵渊然，如今面容不过及冠之龄，其实已经是不惑之年。

师徒二人都是龙门境修士，葆真道人自认此生金丹无望，而邵渊然资质远胜于他，如此年纪就成为观海之上的龙门境，实为修道天才。观主听闻邵渊然在大泉边境破境后，专程让人下山，赐下一件师门法器，还许诺邵渊然只要成功跻身金丹境，更有一件传承千年的镇门重宝，等他回山拿取，作为庆贺之礼。

所以尹妙峰希望能够借助大泉刘氏的雄厚底蕴，帮助邵渊然百尺竿头更进一步，结成金丹客，方是神仙人。

金丹之下练气士，犹在大小两牢笼。

关于大将军姚镇赴京任职一事，邵渊然隐忍许久，今夜终于还是开口问道："师父，姚氏真就这么逃过一劫了？"

尹妙峰问道："怎么，很失望？姚氏得以全身而退，姚近之就可以继续过她的安稳日子，说不定到了蜃景城，很快就会嫁入某个豪阀世族，侯门深似海，再难相见，所以你心里不太痛快？"

邵渊然摇头笑道："失落难免，不过修行修心，顺其自然而已。姚氏若是覆灭，弟子自会保下姚近之，护在羽翼之下，可既然姚氏渡过了难关，说明我与姚近之缘分未到，无须强求，以后有以后的机缘。"

尹妙峰笑道："深山常有千年树，人间少有百岁人。姚近之不是修行中人，如今美艳动人，你心动很正常，可二十年后，即便机缘来了，她已是人老珠黄的妇人，你那会儿，运气好的话，说不定已是一位陆地神仙，还会对一个颜色凋零的凡俗女子动心？"

邵渊然微笑道："那就到时候再说。"

邵渊然沉默片刻，耳畔狂风呼啸，问道："师父，我们此次突然拜访碧游府，是为何事？与昨天收到的京城飞剑传讯有关？"

尹妙峰淡然笑道："总之不是小事情。"

邵渊然无奈一笑，既然师父不愿多说，他只好按下心中好奇。

碧游府正是那位埋河水神的府邸，类似先前三皇子押送囚犯的那座金璜府邸。

只不过金璜府邸没了主人，如今多半是山精鬼怪扎堆了。

经此一役，北晋国的山水气运可谓大伤，金璜山神府君很快就会被押送到蜃景城。而与之针锋相对数百年的松针湖水神庙，垮得更早，水神庙余孽，只剩下一些虾兵蟹将，不成气候，能够不扰乱地方就算北晋的幸事了。

不过邵渊然想起一事，哑然失笑，刚刚被金璜府君娶进家门，转瞬间就变成阶下囚的那位山神夫人，可真是不走运，本以为能够夫妻恩爱数百年，远胜人间鸳鸯男女，哪里想到是这么个结局，就是不知道蜃景城会如何处置她。

不过这些狗屁倒灶的世间琐碎，不过是修行路上的趣闻乐事而已。邵渊然眼中所见，是地仙前辈们的大道逍遥，心中所想，是长生不朽，与天地同寿。

邵渊然心中豪气盈胸，见埋河两岸四下无人，便大笑道："师父，我去学那大蛟走江了！"

这位金顶观年轻道士飘到河面，踩水而下，每一次踩在河水上，都溅起巨大的水花，只是道袍之上滴水不沾。

尹妙峰依旧在江畔飘掠，看了眼得意弟子的江上风姿，低声笑骂道："臭小子，以后成了陆地神仙，还了得？"

陈平安只是大概知道水神庙的距离和方位，不过所幸只需要沿着江水盯住两边就行。

按照姚镇和姚近之各自的说法，那座埋河水神庙，在驿馆三百里外的下游，建造在河边一座无名小山之上，山坡平缓。庙会在每年的三月初一到十五，酬神献艺的香会多达百余个，热闹非凡，附近州郡的达官显贵，都会在庙会期间施粥舍茶。

姚镇当时感慨了一句，山水神灵，开府是第一大门槛，若是能够将府邸升为宫，那才是真正得了道，无异于某个山上仙家获得那个"宗"字。

姚近之着重说了水神庙的另外一奇，偏殿供奉有一尊灵感娘娘神像，求子之灵验，名动四方，几乎每天都有远道而来的妇人。她们多是出身富贵门户，生养艰难，便来水神庙的这座偏殿磕头烧香，施舍一些银钱，就能跟庙祝老妪请回一个腰缠红线的小泥娃娃，系在手腕上，返乡后一旦成功生育，不用回去还愿，只是抱回家的泥娃娃不能扔掉，要供奉起来，当作是遥遥酬谢灵感娘娘的恩德。

不过陈平安真正想要看的东西，是那水神庙前立着的两百多块白玉大碑，多是历史上埋河水神帮助大泉刘氏度过旱灾后，朝廷和文人对埋河水神歌功颂德的美文。

约莫不到两个时辰，不断左右张望的陈平安，沿着埋河之水一路漂荡，终于到了那座河边山。

夜幕深沉，水神庙大门关闭，但是陈平安依旧遥遥看到那边的灯火辉煌，这也是陈平安一眼看到水神庙的原因。

陈平安突然意识到自己这副模样，虽然裴钱和朱敛看不到，可若是水神庙那边有中五境的练气士，会不会一眼看穿，将自己视为夜间出没的作祟妖魔？这让陈平安有些犹豫。

难不成要白跑这三百里水路？加上回去的路，可就是六百里了。

思来想去，飘悬在埋河河心的陈平安还是打算靠岸试试看，最坏的结果，就是远远瞥一眼水神庙门，然后惊动庙祝或是此地修士，被追杀三百里，只好让驿馆那边的老将军姚镇出面解释。

就在此时，一个熟悉嗓音在耳边响起："阴神夜游？陈平安，你不是纯粹武夫吗？还能不能讲一点道理了？"

陈平安转头望去，哭笑不得，离着三十步远，有个青衫书生蹲在河面上，双手使劲攥着一大把头发,像是要将谁从埋河里头拔出来——正是钟魁。

陈平安来到钟魁身边,问道:“这是?”

钟魁抬起头,笑道:“我方才正在水神庙那边跟人抢占地盘呢,想着天亮之后,好烧个头香,求着神灵保佑,能够让九娘看我顺眼一些。”

陈平安指了指钟魁手中的头发,问道:“我说这个。”

钟魁白眼道:“埋河里边的冤死水鬼,还能是什么,应该是给你的阴神引来的,把你吃了,保准修为暴涨。我见它探头探脑的,一张脸竟然不似寻常水鬼那般稀烂丑陋,还挺水灵俊俏的,就想跟这女鬼商量,让她出来陪我聊聊天。”

钟魁不似那晚阴神、阳神出窍远游,一身浩然气肆意流泻,今夜他就像平时待在客栈,刻意遮掩了气机,所以河底水鬼,没有像那晚,一头头沉入水底最深处瑟瑟发抖。不然的话,钟魁哪怕只是靠近水神庙,估计埋河水鬼就要魂飞魄散了。

钟魁那两只袖子里头装着的肃杀秋风,可不管你是冤死的水鬼,还是遭了报应的恶鬼,一律是秋风扫落叶。

陈平安看看钟魁手中的女鬼青丝,再看看与女鬼拔河的钟魁,问道:“好玩吗?”

钟魁点点头。陈平安转头望向远处那座水神庙。钟魁松开手中的头发,河面下阴影如获大赦,一闪而逝。

钟魁站起身,伸手按在陈平安阴神的肩头,笑道:“仔细看清楚了,就知道好不好玩了。”

两人猛然坠入河水。

阴神夜游,看待世间万物,亮如白昼,即便是在河水中,一眼望去,依旧视线毫无阻碍,眼力与陈平安真身的武道修为持平。

陈平安算是见识过许许多多的鬼魅精怪了,还是第一次感到……恶心。

埋河水底之下,陈平安和钟魁四周,“站”着密密麻麻的水鬼,它们静止不动,多是身穿雪白衣裳,尤为漆黑的头发遮住面孔,头发直直落下到腰间,像是矜持的大家闺秀出门上街,戴了一顶俗称市女笠的幂篱。

不仅如此,陈平安低头望去,看到了一双大如灯笼的银白眼眸,冰冷异常,死死盯住他们两人,却看不清它的身躯。

双方隔着至少一里路,那双眼眸依旧如此硕大,可想而知,若是近观,此物何等庞然。

钟魁笑道:“它和水鬼们,都是给你引来的,只是不敢下嘴,一来你这阴神虽然只是个雏形坯子,可还是有些不同寻常,它们便不敢妄动,只是实在眼馋,就不断汇聚在一起;再者它们包藏祸心,希冀着你能够惊动河底那头妖物,厮杀一番,它们好分一杯羹。结果你刚好在水神庙这边停下,就不再挪窝了,底下那头妖物估计都快要气炸了,不敢轻举妄动，毕竟埋河水神娘娘的那座碧游府，离这里可不算远。”

既来之，则安之，陈平安环顾四周，就当是欣赏风景了。

钟魁也在张望，喊道：“刚才那位长得很好看的水鬼姑娘，你还在吗？你要是不愿继续做这水鬼了，我可以一巴掌拍死你，至于能不能投胎，我不敢保证，但是帮你脱离河底那头妖物的束缚，不用再帮它作恶害人，不难。”

那对灯笼稍稍变大了几分，陈平安下意识眯眼望去。

就像小时候在田边钓黄鳝，偶然见到一条，黄鳝的头颅和身躯缓缓游弋而出。这头埋河妖物，粗略估算一下，竟是比棋墩山那两条黑白蛇蟒还要巨大。

陈平安问道：“那位埋河水神不管它吗？”

钟魁笑道：“不管？怎么不管。这位脾气暴躁的水神娘娘，之所以不爱现身露面，就是一次次试图搏杀此妖，已经有三次伤及金身根本。几乎每三四十年，都要教训一次这头妖物，一百年中，甚至还会有一次真正的生死厮杀。最惨的一次，水神庙金身都出现裂缝了，碧游府也给淹没了大半。”

陈平安更奇怪了，又问道：“朝廷不尽力围剿它？大泉朝廷做不到的话，你们书院不管？”

钟魁双手抱住后脑勺，解释道：“世事不简单嘛。这头水妖能够活到今天，除了靠道行之外，还是靠它的脑子多些。再说了，桐叶洲中部这么大，大伏书院就那么点人，能够打得死这条妖物的，就更少了。书院读书人要修身养性，每天读书做学问，很忙的，争取做贤人，做君子，做圣人，做能够在中土神洲那座文庙里头塑像的大圣人，读书之外，事情就更多了。再说了，大泉王朝本就已经有一位君子待着了。”

陈平安点点头，心中了然。

藕花福地那一趟游历，人间百态，尽收眼底。

钟魁说早有书院君子坐镇大泉王朝，陈平安被一点就透，想来那门户之争，书院亦有。

钟魁接下来让陈平安大开眼界，他指着河底那对灯笼说道：“你再瞪我一眼试试看？信不信我把你剥皮抽筋，送去给埋河水神当贺礼？”

那头水妖缓缓退去，那些水鬼也随之散去。

陈平安问道：“贺礼？”

钟魁点头道：“我之所以来此，是因为得到消息，埋河碧游府要破格升为碧游宫，大泉刘氏这个决定，我们书院默认了。其实本来大泉王朝是没这个资格敕封‘宫’的，估计是蜃景城那位君子用以亡羊补牢的手笔吧。”

一位获得“正统”二字的江河水神，必须先要获得朝廷认可，君主颁旨册封，礼部赐下金书玉牒、银签铁券，载入一国朝廷谱牒后，才有资格立祠庙、塑金身，受人间香火。

与此同时，还要获得一洲邻近书院的点头认可，不然依旧属于一洲淫祠之列。一些个地方水神的小庙可以不在乎，但是大的水神庙，却视为大道不全，会竭力恳请皇帝向儒家书院求来一部圣贤典籍，供奉起来，共受香火。

至于那部儒家典籍是哪位圣人的著作，可以酌情而定。一般都是书院看着给，但也有极少数腰杆硬、犟脾气的水神，会自己挑明了讨要某位圣人的某部典籍。

不过这种情况屈指可数，在桐叶洲更是千年难遇，敢跟浩然天下七十二座书院较劲的一根筋水神，怎么可能多？

钟魁没有告诉陈平安所有真相，他之所以暂时离开狐儿镇，凑这个热闹，就在于碧游府那个出了名暴躁的水神娘娘，非但没有因为即将由府升宫而受宠若惊，对大泉刘氏和大伏书院感激涕零，反而扬言要某本圣人典籍坐镇水神宫，不然她会继续悬挂那块“碧游府”匾额。

而那本圣贤典籍，如今可与“圣贤”半点不沾边了，这才是最让大泉刘氏崩溃的地方。

因为那本书，出自昔年文圣之手。

钟魁一听是这么场闹剧，就觉得这趟碧游府之行，自己是非来不可了，只是他没有想到会遇上阴神远游的陈平安。

第二章 谨遵法旨

陈平安心中有些恼火，心想不该如此随心所欲，念头一起，就信马由缰，这趟三百里水路，惹来这些水妖水鬼的觊觎，真要起了冲突，养剑葫芦还在肉身那边，之前在河上练习六步走桩，十分生涩，又出了几拳，更是绵软无力，阴神好似天生不擅武学拳法。一想到方才河底那对灯笼眼，陈平安就有些后怕。

钟魁兴许是看穿了陈平安的心思，道："阴神本就喜好夜游天地，你初次出窍神游，新生阴神别处不去，偏偏就来到这埋河水神庙，按照练气士的说法，这就有可能是可遇而不可求的机缘了。但仍是要小心应对，机缘一事，福祸不定，可不全是好事。"

陈平安问道："那水神庙里头的庙祝，是不是修士？能发现我的阴神身份吗？"

钟魁没好气道："就埋河娘娘那性子，隔三差五就要去跟水妖打生打死，河里头又有这么多冤魂厉鬼，全部被那头水妖驱使，你觉得还摆放着她金身的水神庙，能没有高人坐镇？不然早给那头自封'黄仙君'的水妖，连庙带小山一起吞入腹中了。"

陈平安汗颜道："好像是这么回事。"

钟魁总算说了个好消息，道："不过你放心，你这尊阴神，很虚，只要不进祠庙烧香，水神庙那边就没人看得出来。"

钟魁皱了皱眉头，绕着陈平安转了一圈，啧啧称奇，道："陈平安，你是不是遭遇过两次大祸？一次极早，伤到了命数；一次就在几年前，断了长生桥？"

陈平安犹豫了一下，点点头。一向谨小慎微的他，破例没有刻意隐瞒，道："差不多是这样。"这既是因为钟魁身上的大伏书院君子头衔，更是因为此人口中称呼的那声"齐先生”。

钟魁揉着下巴，陷入沉思。

陈平安问道：“你是怎么看出来的？”

钟魁依然在打量着陈平安，缓缓道：“树有年轮，可观岁数。这人的魂魄，其实也差不多，只是人身小天地，天地大人身，人之皮囊血肉筋骨，就像在两者之间树立了一堵墙。”

见陈平安一脸迷糊，钟魁举了个例子，道：“打个比方，浩然天下和青冥天下，修士想要相互查看，即便熟稔神人掌上观山河的神通，任你是十二境仙人的修为，都不管用。可当你阴神显化后，魂魄就如水落石出，清晰可见，便能够让我看出许多端倪。”

钟魁突然笑道：“陈平安，你这个缝补匠当得有点辛苦了。”

本命瓷碎了，在骊珠洞天中陈平安便抓不住任何福缘。长生桥断了，一副身躯四面漏风漏雨，才需要练习撼山拳吊命。钟魁说陈平安是个苦兮兮的缝补匠，可谓一语中的。

前有宝瓶洲贤人周矩，口诵诗篇，就能让敌人身处罡风，瞬间形销骨立；后有桐叶洲君子钟魁，更是深不可测，陈平安一时间对这些儒家书院，有了更复杂深刻的感受。

陈平安问道：“你要进庙烧头香？书院君子这么做，不会有问题？”

钟魁有些忍俊不禁，笑道：“如果被书院某些迂腐夫子晓得了，非议应该会有一些，只是无伤大雅，读书人没你想的那么死板。”

钟魁“咦”了一声，满脸促狭笑意，道：“好嘛，借你的光，我可以领教一下埋河水神娘娘的暴脾气了。”

钟魁嘴唇微动，两人四周的埋河水流如遇河中砥柱，绕行而过，同时泛起一阵淡淡的荧光，大伞遮蔽，华盖当头，遮掩了两人身形。钟魁抓住陈平安手臂，道：“随我一起去看好戏。”

埋河变得浑浊不堪，汹涌澎湃，像是有一连串水下闷雷在河中炸开。

距离水神庙三四里，一段河流的底部，成了一处战场。陈平安遥遥望去，有一个娇小身影，手持一物，每一次挥动，都在水中画出一条绚烂的银色弧线。由于速度太快，银线不断累积，就像一幅凌乱的草书，充满了大写意风采。

那个身影散发出淡淡的金色光芒，在漆黑河底，像是点燃了一盏明灯，尤为瞩目。

女子个子很矮，显得娇小玲珑，相貌年轻，长得姿容平平，还有些娃娃脸，圆乎乎的，只是一身湛然金光，眼神凌厉，很有威势。她腰间挎长刀，背后负长剑，手里头还拎着一杆铁枪，极长，快有她两人高了。

刀鞘呈青紫色，以金丝缠绕了大半。剑鞘与剑柄交界处，有五彩云霞蒸腾而出，景象瑰丽。想来那把鞘中长剑，定非凡品。

她在水中来去如风，毫无阻滞，快若奔雷，手中长枪，数次划破那头水中妖物的庞大身躯，鲜血四溅，使得埋河之水充满了血腥气味。

一次她被水妖头颅撞在身上，给砸入河底，带起一阵轰隆隆声响，转瞬间身形暴起，一枪刺透那巨妖的下颏。妖物的哀号震天响，疯狂扭转身躯，使得埋河中掀起滔天巨浪，就连水神庙那边的老百姓都发现了异样，只是人人并无畏惧，踮脚翘首，纷纷开始远眺，当作一桩新鲜事看待。

矮小女子除了出手暴戾迅猛之外，还是一个喜欢打架时骂人的黑衣姑娘。

“孽畜你反了天！我不去找你的麻烦，已经算你祖坟冒青烟了……罢了，你本就是个没祖坟的孽畜。既然你有胆子来我庙前，我就要你在这里留下几百斤肉！

“别以为你朝中有人，每年往蜃景城塞七八十万两银子，一直想要将我撤掉府君身份，我就怕了你，便是埋河水庙哪天真成了大泉淫祠，拼了金身不要又如何？说了要将你砍成十八截，就不会只将你剁成十七段！

“孽畜，来来来，再吃我一枪！回头我要让府上做一碗爆炒鳝鱼面，味道绝好！”

妖物体形巨大，金黄色，无鳞片，那种滑腻，让人作呕。它本是大泉一座著名湖泊中的妖物，世间物久成精，只是修行缓慢，虽有一份天大机缘早早到手，可六百多年勤恳修行后，依旧被拦在龙门境门槛外一百多年。后来经一位泛湖游历的高人指点，它便离开了湖中老巢，上了岸，历尽坎坷，从埋河源头开始往下走，模仿那蛟龙走江，破了瓶颈，得以跻身龙门境。若是让它一路畅通无阻地走下去，到了埋河与江交汇处，再顺势入海，说不定就要成就金丹。

不承想经过埋河水神庙时候，那个臭娘们竟然嫌弃它弄死了一些凡俗夫子，就说要替天行道，甚至不惜与它拼命。它那会儿刚刚跻身龙门境，气势正盛，并没有将她放在眼中，老巢所在的湖泊亦有水神坐镇，不过是它的应声虫而已，对它卑躬屈膝，每年还会向它纳贡。

当时从埋河水神庙外的河段，双方一直往上游杀去，那一场厮杀打得翻天覆地，最终水漫两岸三百里，所幸是那荒郊野岭的河段，才没有殃及百姓。

妖物在水中竟然不敌那位埋河水神，便只得退回埋河上游，休养了数十年，在龙门境稳固后，便幻化出人形，以壮汉形象上岸，携带重宝，亲自去碧游府登门请罪。哪里知道那个脑子坏了的臭婆娘竟然二话不说，就开始动手，妖物也是凶性大发，双方法宝尽出。那次交战比起初次河中遭遇战，更为惨烈，碧游府被淹没大半，损毁严重，水神庙的河神金身都出现了裂缝，而妖物更没讨到好处，一件本命法宝和一件镇水重宝，一损一毁，惨败而退。之后这两百多年，它将那碧游府之战，视为奇耻大辱，发誓只有这个疯婆娘金身崩坏、祠庙废弃之日，它才会大摇大摆上岸，因此即使它在种种经营谋划之后，道行暴涨，已经临近金丹境门槛，可是始终没有幻化人身。

至于河神的那一堆金身碎片，自然就是它的盘中餐了，说不定不用去往那条入海大江，就可以一举跻身金丹境！

只是打了两百多年的交道，正儿八经的水中厮杀，它还真不是这位埋河水神的对手，一次都没有占到过便宜。那婆娘好像铁了心要将它拦阻在埋河上游，同时她也因为这种损人不利己的行为，哪怕年复一年受着那么多人间香火，金身塑造还是进展缓慢。

今夜妖物又毫无悬念地吃了一场败仗，只好迅猛地往上游撤退。

矮小女子见它打定主意，只要自己追杀不已，它就上岸祸害百姓，这才愤愤然收手。

那杆铁枪早已在大战中坠入河底，她收了刀剑入鞘，找到那件最称手的兵器，骂骂咧咧，身形一闪而逝，返回碧游府。

钟魁这才和陈平安一起现身，两人上岸去往山上水神庙。

来此等待开门烧香的百姓，竟然有将近千人之多，山脚停满了马车和驴骡，庙外摆了许多夜宵摊子，热闹非凡，加上方才上游河段的异象，人人兴奋不已。

钟魁陪着陈平安去看那些白玉碑碑文。

白玉碑碑文多是大泉历代皇帝和地方官员的祈雨文，其中还有些类似罪己诏的内容，以及祈雨成功后的谢雨文，这些碑文陈平安看得快，一扫而过。

钟魁早早去了碑林最前边，蹲在地上，看着一块磨损严重的古老石碑，大概是岁月悠悠，风吹日晒雨淋，碑文只剩残篇数十字，内容断断续续，缺失许多文字。

陈平安来到钟魁身边，也蹲下观看，发现是一首诗，并无落款：天地聋，日月瞽……山河憔悴草木枯，天上快活人诉苦……缚以铁札送酆府。驱雷公，役电母，须臾天地间，风云自吞吐……擅神武，一滴天上金瓶水，满空飞线若机杼……扫却天下暑……

钟魁问道："能看出点什么吗？"

陈平安摇头道："认得字而已。"

钟魁感慨道："先生曾言，这块石碑所载文字，其实是一篇失传已久的道门修真口诀。"

陈平安问道："那你看出门道了？"

钟魁一本正经道："认得字而已。"

陈平安呵呵一笑。

两人站起身，看见祠庙大门那边，人满为患，钟魁埋怨道："为了你，我算是烧不成头香了。"不过钟魁很快无奈道："后门会比大门这边早开一两刻钟的，肯定早有官员或是权贵等着了，由庙祝亲自开后门，所以庙外边这些普通百姓，任你等了几天几年，这辈子都烧不成头香。"

陈平安犹豫道:“我家乡那边,有四字佛语,叫作莫向外求。”

钟魁“嗯”了一声,道:“此语绝妙。佛家讲究一个正信,就是要人笃信正法之心。关于头香一事,其实是世上许多香客们误解了。烧头香,不是进庙烧香的香炉里那第一炷香,头香只是每个心诚之人自己的头香,此生头香,今年头香,本月头香,都是头香。”

陈平安点头道:“有道理。”

钟魁笑道:“你以为成为书院君子很容易吗?学问需要很大才行。”

陈平安问道:“那你给我作一首诗,题目就是《观祈雨碑文有感》。我见文人笔札上经常有此举动,你试试看?”

钟魁抬头看了眼月色,道:“今夜宜上山下水,宜登门访府,宜近神祇,唯独不宜吟诗。”

陈平安又呵呵一笑。

钟魁恼羞成怒,道:“陈平安,你这样就没意思了啊。”他嘿嘿一笑,问道:“想不想陪我一起去趟碧游府?那可是未来的水神宫,稀罕得很,在整个桐叶洲都屈指可数,运气好的话,你还能见到那位埋河水神娘娘……”

陈平安说道:“方才不是见过了吗?”

钟魁一拍额头,只是这一拍,使得他灵光乍现,道:“机缘!你此次阴神夜游的机缘,说不定就在碧游府和她身上!”

陈平安摇头道:“算了,我得赶紧回去。”

钟魁一副见鬼的表情,世上还有人这么不把机缘当回事?

山脚那边闹哄哄,钟魁一把扯住陈平安,道:“麻烦事来了,去看看。”

这座祠庙的庙祝老妪,与一位仙风道骨的驻庙老修士,并肩站在山脚,拦住了一位白衣女子的登山之路。

远处夜宵摊子的百姓们指指点点。

女子脸色呈现出病态的惨白,不但如此,虽然看似衣裙与老百姓无异,可是细看之下,她身后一路行走而来的道路上,如一只竹篮始终漏水,路上湿漉漉的,痕迹明显。

老妪手持龙头拐杖,重重敲地,冷笑道:“小小水鬼,也敢冒犯水神娘娘庙,自寻死路!”

老修士笑道:“本就是一头水中恶鬼了,死路一说,似乎不太妥当。”

老妪笑容阴森,死死盯住这个大逆不道的埋河水鬼。小家伙而已,一拐杖下去就能魂飞魄散,将其打杀了,也算一桩功德。

那水鬼女子战战兢兢,咬了咬嘴唇,鼓起勇气,望向两位高高在上的大人物,怯生生开口道:“庙祝老神仙,这位仙师,我来此是为了寻找一位读书人,他说可以帮我挣脱水妖的束缚，不用继续为虎作伥……”

老妪一挑眉头，道：“笑话！你无故上岸，定是那水妖的阴谋诡计！”

老修士抚须笑道：“我来还是你来？”

老妪握紧拐杖，就要杖毙此鬼，却发现龙头拐死活提不起来，骇然转头，看到一个笑脸书生对她说道：“有话好好说，这位姑娘并未说谎，我确实答应过她此事。她敢冒着被水妖折磨的风险，上岸找我，很不容易，万一我是那信口开河的骗子，她以后十年百年可就惨了，说不定就要沦为这埋河底下的魂魄灯芯，在水中一直燃烧到魂魄殆尽。这种折磨，可比人间任何酷刑都要可怕。”

钟魁对那个先前被他扯过头发的女鬼笑道：“姑娘好胆识，眼光更好。这桩心愿，我帮你了了便是！就冲你敢上岸，我争取连你转世投胎的机会都求一求……”

老妪脸色涨红，都没能挪动手中龙头拐分毫，恼羞成怒道：“黄口小儿，你在胡说什么？你要在水神娘娘眼皮子底下，包庇那头水妖麾下的水鬼？”

老修士眼神阴沉，嘴上言语更是险恶，道：“这人居心叵测，说不定是想要里应外合，帮着水妖谋害咱们水神娘娘。”

钟魁置若罔闻，只是盯着女水鬼的眼睛——她眼中有畏惧、悔恨，还有一丝对眼前落魄书生的愧疚。

钟魁笑着点头，道：“就冲你这份善心，便是先生责骂，我也要为你破例一回，至少在我钟魁身前，善有善报，不分人鬼神怪。姑娘，请稍等片刻。”

钟魁伸手轻轻往下一扯，那重达百斤的龙头拐竟直直钉入地面，没了踪迹，接着他一巴掌打得那庙祝老妪在空中旋转了几十圈，摔在十数丈外，又一巴掌打得那老修士一个筋斗摔入了埋河水中。

陈平安微笑道：“合情合理，可是有点不讲礼了啊。”这是当初钟魁在客栈对他说的。

钟魁哈哈笑道：“扪心自问嘛。”收起笑容，钟魁一脸的无赖样：“占着理就行了，‘礼’这个字太大，我只是君子，又不是圣人，暂时还用不着。”

那埋河女鬼张大嘴巴，她猜得出眼前的书生是一位道行不浅的练气士，可绝对想不到能够一巴掌一个，打得那两位老神仙毫无招架之力。

钟魁气势大步向前，双袖扶摇，在女鬼身前站定，沉声道：“报上姓名、家乡、生辰八字！”

女鬼一一照做。

钟魁点点头，示意自己知晓了，双指并拢，轻轻抵住女鬼额头眉心处，淡然道：“我，大伏书院，君子钟魁。”

陈平安发现除了他和女鬼之外，好像水神庙外所有百姓都陷入了静止状态，光阴长河出现了短暂的停顿。

钟魁缓缓道："在此昭告酆都，此女子去往阴冥，万鬼不可侵，阎罗不可辱，种种业障一笔勾销，我来受之，放其转世，得大福报。"

陈平安猛然抬头，只见那埋河百丈上空，乌云密布，遮住了明月，隐约有大如山峰的一个阴冥鬼物的头颅浮现，气势惊人，模样与某些山上仙家画卷上所绘酆都品秩最高的鬼差如出一辙。然后云海越发厚重，下坠，铺满了埋河之水，那个传说中的阴间官吏，从黑雾中缓缓走出，上岸之后很快就停下了脚步，他低下头，头上是一顶冥府官帽，抱拳道："谨遵法旨！"随着他抬手抱拳，响起一阵哗啦啦的声响，原来他双臂缠绕着两串铁链，一直垂到地上。

钟魁收回手指，女鬼的神魂开始消散，如萤火点点，纷纷飘荡向立于河岸的鬼差。

她泣不成声道："谢过钟公子，希望来世可报大恩。"

钟魁笑着摆手道："不用，切莫再与我扯上关系了，下辈子安心当你的千金小姐。"

女鬼最终被那个类似巡狩使节的酆都大鬼差带走，埋河河面和空中的乌云黑雾蓦然一卷而散。

临了，那鬼差有意无意瞥了眼陈平安的阴神。

钟魁抹了把额头汗水，重重吐出一口浊气，转头对陈平安提醒道："你这阴神果然不同寻常，竟然可以不受压制，难道你以前走过光阴长河？这不可能吧？"

陈平安没有回答这个问题，只是说道："我觉得九娘应该会喜欢上你的。"

钟魁眼前一亮，惊喜道："你真这么觉得？"

陈平安微笑道："跟你客气一下，别当真。"

钟魁苦笑不已，然后喃喃道："被你耍了，被你耍了。"

钟魁突然歪着脑袋，用手心摩挲着下巴，啧啧道："我真牛气啊，如我这般相貌英俊又有本事的男子，不多见了。"

陈平安点头附和道："还能写打油诗，当账房先生。"

钟魁哀叹一声，道："跟你聊天，真没劲。"

碧游府并未建造在埋河水畔，而是位于山谷之中，距离河水有十数里远，加上这段河流两岸山路不通，穷山峻岭，人迹罕至。许多地方山水神祇的府邸，州郡父母官要一年一次登门寒暄，早已是官场惯例，但地方官员想要拜访碧游府，是一件苦差事，好在水神娘娘神龙见首不见尾，免去他们许多辛苦。

金顶观师徒尹妙峰和邵渊然是修行中人，当然不会觉得有何难处。来到碧游府大门前，尹妙峰朗声报上名号，除了大泉王朝的供奉身份，还报上了师门金顶观。没法子，埋河水神娘娘的怪脾气，大泉修士都听说过，尹妙峰生怕自己不搬出金顶观，碧游府今晚很可能不会开门。

不过这位葆真道人还是想错了，哪怕他报出了金顶观和邵渊然师祖的身份，碧游府依旧大门紧闭，连个看门的门房杂役都没露面。

尹妙峰神色不悦，却不得不忍气吞声，再次恳请埋河水神开门一见，还坦言自己带着皇帝陛下的密旨。

邵渊然则越发好奇，师父到底是为了什么大事，才害得他们两个吃这一顿闭门羹。

占地百余亩的巨大府邸灯火辉煌的大厅中，有个矮小女子正一脚踩在长凳上，埋头吃着桌上那碗面条。

准确说来，是一大盆，比她两个脑袋还大，正是爆炒鳝鱼面。

大厅里站着好些个府邸管事和女婢，皆是在埋河中冤死枉死的水鬼。

其中一位老人轻声问道："娘娘，真不见那两位金顶观道士？"

女子头都没抬起来，下筷如飞，发出哗啦啦的吃面声响，含糊不清道："见个屁！说来说去就是那套说辞，烦死个人。"

她突然抬起头，对一名正在摘下袖套的厨子说道："烧得不错，下次多放些辣椒，放个三四两的，这味道就更好了。别忘了，最好是刘老三铺子的朝天椒，那个辣味最正宗！"

那厨子模样的憨厚汉子好像是个结巴，点头道："娘……娘，我……我……晓得了。"

矮小女子翻了个白眼，愤愤道："娘你大爷的娘，老娘还是黄花大闺女！"

她突然心头一震，一拍筷子，猛然起身，满脸杀气，骂道："他娘的，还有人敢在祠庙那边捣乱？胆子有点肥啊！"

桌上出现一缕烟雾，如人焚香，烟雾里有一名老妪的声音响起。

女子凝神听完，杀气腾腾地打了个饱嗝，又低头弯腰，拿起筷子，吃了一大口爆炒鳝鱼面，这才一抹嘴，大步往外走去。走到门槛附近的时候，她对老管家说道："我要去趟祠庙，你去打发了门外客人，就说还是那么个意思，除非朝廷能够让书院拿出那本书，否则咱们碧游府就宁肯守着那块旧匾。"

老管事愁眉苦脸，他虽然敬重这位水神娘娘，却也不畏惧，径直问道："娘娘，万一那两位道门神仙动了肝火，将我打得魂魄皆无，如何是好？那以后谁给娘娘你去人间市井置办物件？"

她"呸"了一声，斥道："怕死就怕死，还给自己找由头。"说是这么说，她一步跨出门槛后，就没了踪影，只有话语回荡在碧游府门外："好好说话，不许杀人……错了，是不许杀仙。"

埋河水神庙内，凭空出现矮小女子的身影，挎刀背剑，没带上那把铁枪。身处金身祠庙地界，她一步就来到了那两个罪魁祸首身前，责问道："你们两个，怎么回事？为何要在此生事？那个刺史强行丢进来的庙祝老婆娘，说话从来只能信三四分，我信不过她那套添油加醋好几斤的措辞，可此地动荡，我一清二楚，你们说说看，我听着便是。"

与陈平安和钟魁对峙的她一边说话，一边悄悄后退。不是忌惮什么，而是仰着脖子与人说话，她觉得太没面子了。

等到无须如何抬头，她才停下身形，记起一事，自我介绍道："对了，我就是本地的埋河水神。"

钟魁便将过程说了一遍，简明扼要，事情真相便很清爽了。

她听完之后，轻轻点头道："差不多是这样了，那么你们随意逛，我会让那庙祝老婆娘本分些，不对你们使绊子。"

钟魁见她要走，赶紧挽留道："我还真有正经事找你。"

她脸色凝重，作为统辖埋河水运的正统水神，先前此地动静诡谲，有人遮蔽了天机，好似方圆十数里都被山雾笼罩，使得她无法探查其中古怪，但是对方大致深浅，她心中有数，比起那头棘手的水妖，只强不弱。虽然身处祠庙之中，她的战力比水底更胜一筹，但是打架这种事情，她一个姑娘家家的，能不打就不打，既然那个读书人把话说清楚了，那就当作萍水相逢好了，你走你的阳关道，我回去吃我的那碗鳝鱼面嘛。

不承想眼前的书生还有正经事要说，难道还是那碧游府由府升宫一事？

她直截了当问道："你是大伏书院的人？"

钟魁笑道："水神娘娘一猜就中，果然……"

"别'果然'了，打住打住！"她举起一只手，打断了钟魁后边的客套话，没好气道，"你们读书人喜欢溜须拍马，果然不假。"

陈平安觉得有趣。

钟魁挠挠头，问道："真不能换一本圣人典籍？你知不知道，你这样钻牛角尖，大泉刘氏皇帝会很为难，蜃景城那位书院君子，说不定也会恼火于你的不知好歹。并非是我们大伏书院不近人情，架子大，而是水神娘娘你这要求，过于不合常理了。"

她点头道："我晓得是我要求过分了，所以你们就别答应此事了，我又不稀罕什么碧游宫。对了，希望你们书院千万别迁怒大泉朝廷，真有什么事，就冲着我来，一人做事一人当，碧游府这点担当，还是有的。"

钟魁无奈道："我就想不通了，水神娘娘你怎么就非得讨要那位圣人的典籍？难不成你还与那位圣人认识？"

那位埋河水神娘娘使劲摇头，道："我一个小小水神，哪能认识那位学问比天大的文圣老爷，就是看过他老人家的书，觉得他的文章，字字珠玑，写得比道理很大但措辞沉闷的礼圣，还有学问更差劲一些的亚圣，都要好很多。嗯……至圣先师跟文圣老爷相比的话，勉强算是不相上下吧……”

钟魁眨了眨眼睛，道：“水神娘娘，你当着一位书院君子的面说这话，不怕被雷劈死吗？嗯？”

钟魁终究出身于最正统的亚圣一脉，何况他的授业恩师——大伏书院的山主，更是从中土神洲那座亚圣府邸走出来的。

钟魁气归气，倒还不至于对眼前这位水神娘娘做什么，但是不吓唬她一下，又良心难安。

其实真正的原因，是钟魁担心此地异象引起了坐镇桐叶洲中部的先生的注意，以神通观望此地山水，那么他这会儿要是还不仗义执言，为自己所在的这支文脉挽回点颜面，回去之后还不得被先生骂死？

大概是醒悟了自己的口不择言，已经属于大不敬了，水神娘娘眨了眨眼睛，告辞道：“我家里还有碗面条没吃完，得回去了，凉了不好吃。”

陈平安一言不发站在旁边，心中已是翻江倒海。

埋河水神庙的庙祝老妪，是当地刺史府邸的亲信，除了刺史大人的引荐，她自己又花了许多家底银子，跟蜃景城礼部衙门打点关系，才得以占据这么个油水十足的位置，不知有多少练气士眼红。老妪先前以焚香告神的手段，跟碧游府告状，这会儿不用水神娘娘提点什么，自己就消停了，彻底没了报复的心思——不敢，万万不敢。

大伏书院的年轻君子，放个屁都能崩死她。

大泉王朝为何数十年来蒸蒸日上，在桐叶洲中部隐约有诸国盟主之势？除了皇帝英明神武，文臣武将群英荟萃之外，其实所有人都心知肚明，是因为蜃景城有一位君子坐镇，而北晋、南齐这些传统强国，如今连书院贤人都没有一个。

眼前这位书院君子，如此年轻，本身就是一种莫大的威慑。

而立或是不惑之年才艰辛考取状元郎，这与少年神童一举夺魁，是天壤之别。

庙祝老妪和那个返回岸上的老修士，像是两个等待夫子板子拍下的犯错蒙童。这两位老神仙，与碧游府关系很一般，晓得水神娘娘打心底瞧不上他们，碍于刺史府和朝廷颜面，娘娘才睁一只眼闭一只眼。捞钱一事，只要不过分，就不会与他们水神庙计较。

只是今晚有些难熬了，因为水神娘娘和祠庙不再是他们的护身符。

钟魁厉声呵斥道：“一个是负责祠庙香火的庙祝，一个是大泉朝廷的驻州修士，半点恻隐之心都没有，不问青红皂白，就要仗势行凶，难怪这埋河底下水鬼如此之多，除了大妖祸害之外，你们两个同样难辞其咎！”

老妪和老修士吓得脸色雪白，书院夫子“正衣冠”后的金口玉言，每一个字都重达万斤，可不是什么虚言。

水神娘娘沉声道："埋河水鬼泛滥一事，主要还是我的过错。"

钟魁一挥袖子，丝毫不卖水神娘娘的面子，斥道："两回事！这两人职责如此重要，却想着事事省心省力，不肯多问半句，不愿多想半点，何等渎职！他们又不是那躺着享福的富家翁，在其位谋其政，在这里，他们的一举一动，都涉及朝廷的山水气运！"

两位老神仙肝胆欲裂，看这架势，已经扯到了朝廷大义，若是年轻君子再往书院宗旨上边靠，他们两个岂不是要万劫不复？

老妪率先跪地求饶，无非是些以后绝不再犯的言辞。老修士也弯腰作揖，说自己愧对朝廷信任，日后必然鞠躬尽瘁。

钟魁冷哼道："念在你们初犯，就由水神娘娘处置。"

两人赶忙起身致谢，再向水神娘娘请罪。

钟魁嫌两人实在碍眼，挥袖训斥道："还不速速返回祠庙闭门思过，少在这边丢人现眼！"

两人狼狈离去。

钟魁转头对水神娘娘正色道："身为埋河水神，受万民供奉，你好歹管一管下边的人，别总盯着那头水妖。神道香火一事，可不只是打打杀杀。烧香百姓若是心诚，哪怕一年只有一炷，香火都不算断，可若是辖境内人人利欲熏心，来此烧香，只为索取，对你并无太多诚心，又能如何？数百年香火，香雾漫天，连大晚上还有数百人在外边等着进庙烧香，声势比蜃景城的文庙和城隍阁都要大了，真正的香火每天到底有几斤重，凡夫俗子不清楚，庙祝不清楚，你身为埋河水神，能不知道？若非灵感娘娘殿的存在，帮你拉拢了一大批诚心妇人的香火供奉，你的水神庙、碧游府早就被那天赋异禀的水妖，给铲平了！"

水神娘娘破天荒有些心虚和羞赧。

钟魁不再言语。陈平安心湖已平静，两次游历浩然天下，外人提起齐先生和文圣老秀才，只有三次。

东宝瓶洲彩衣国的城隍爷沈温，藕花福地的老道人提到了顺序之说，再就是眼前这位水神娘娘，竟是读过了书，便成为文圣老秀才的……崇拜者，而且还不是一般的仰慕，是近乎痴迷，连陈平安都不敢说老秀才的学问连至圣先师也不过堪堪持平。崔东山当年也只说自己的先生文圣学问通天，在世间读书人眼中如日中天，却并没有与任何一位文庙神像圣人比较。

何况向大伏书院请出一本儒家典籍，供奉于祠庙之中，涉及一位神灵的金身根本，更兼还牵扯到山水神祇梦寐以求的府邸升官。

陈平安对于这位水神娘娘的决定，既震惊不解又由衷高兴，就好像世间人海茫茫，终于遇到了一个同道中人。

钟魁对陈平安说道："知道为何道理讲得通吗？不只是两巴掌的事情，甚至都不是因为我的君子身份。"

陈平安确实好奇，诚心询问道："怎么说？"

钟魁神色慷慨道："是我们儒家书院用一部部圣贤典籍，千年复千年的教化，和七十二座书院在九大洲立得住，使得山上山下，人人心生敬畏。若是书院夫子们，处处只靠武力，山上山下自然口服心不服，只会积弊丛生。我钟魁不过是前人栽树后人乘凉罢了。"

陈平安觉得有些古怪，钟魁当下的言行举止，跟平时可谓天差地别。

当然，钟魁所说之理，挑不出毛病。

钟魁眼珠子转悠几下，摆出竖耳聆听的姿势，笑出声，低声道："先生总算走了，想必今夜风波，已经被我应付过去。因祸得福，哈哈，说不定下次返回书院，先生还会口头嘉奖我几句。"

陈平安无言以对，这才是他所认识的那个钟魁。

埋河水神娘娘大开眼界，差点要怀疑此人的君子身份，是不是伪造。

钟魁拍了拍肚子，问道："给你说的那碗面条勾起了食欲，我们去你碧游府上吃顿夜宵？"

陈平安皱眉道："不远处就有夜宵摊子。"

如今陈平安早已不是不谙世事之人，当初文圣老秀才神像被搬出文庙，还被人砸了，所著典籍，在浩然天下一律禁毁，九大洲的七十二书院，要么是山主亲自出面，至少也是一位君子来负责督促各地朝廷奉行此事，不得有误。现在一旦他掺和到埋河水神庙、大泉朝廷与大伏书院之中，只要被有心人利用，到时候很有可能害人害己。

已经盖棺定论的文脉之争，后世最不用讲理，为何？因为圣人们早已说尽了道理。

那位身形玲珑的水神娘娘，好像改变了主意，主动邀请两人去往碧游府，笑道："祠庙外边的摊子，哪里比得上我碧游府的夜宵？来来来，我正好拿出一坛百年陈酿美酒，款待两位贵客。"

她是想着用这位书院君子的身份，狐假虎威，来压下碧游府外两位刘氏供奉的软磨硬泡。

她沾沾自喜，觉得自己的计谋不比那头水妖逊色。她越想越开心，傻乎乎乐呵呵笑着。

陈平安有些无奈，这水神娘娘也过于实诚了些，好歹等到将人骗进了府邸，你再偷着乐不迟啊。

钟魁装眼瞎，视而不见，拉着陈平安，只说想要看看那坛窖藏百年的美酒，比不比得上客栈的五年酿青梅酒。

今夜现身水神庙，已经无法掩人耳目，又有钟魁当场训斥庙祝、老妪，水神娘娘便干脆放开了手脚，朝埋河伸手一抓，河水顿时激荡不已，涌出一条水柱，在掠向岸上后，变化为一条栩栩如生的黄色蛟龙，长达百丈。蛟龙来到山上庙外，温驯俯首，埋河水神跃上龙首，钟魁拉着陈平安飘掠而上，站在蛟龙脖颈之间。

蛟龙拧转身躯，从岸上返回埋河，往下游的碧游府迅猛游弋而去。

岸上等待开门烧香的百姓们，亲眼见到水神娘娘的英姿和神通，一个个跪地磕头。起身后人人满脸欢喜，深感此行不虚，得见水神娘娘显灵，那是多大的福气！

三人骑乘着蛟龙，很快就来到那座位于幽寂山林间的碧游府——看似离河颇远，实则府邸底下，与水脉相连。府邸位于一座阵法中枢，能够汇聚埋河水精，汲取整个埋河水域的香火气运，这便是埋河水神的立身之本，祠庙那尊金身神像，只是外在显化而已。

门口那对出身金顶观的道门师徒，葆真道人尹妙峰和弟子邵渊然，除了水神娘娘的闭门羹，还吃上了一顿夜宵，老管家让厨子做了些色香味俱全的拿手菜，加上两壶美酒，款待两位扬言不见着水神娘娘便不离去的大泉供奉。老管家心中有些愧疚，两位远道而来的客人脾气极好，既不闯入府邸，也没有放狠话，那位葆真老道，只是跟他们笑着讨要了这顿夜宵，让生怕被打杀于门口的老管家很是感动。

蛟龙化作一条溪涧，迅速消失在府外地上。

钟魁心中了然，瞥了眼身边的水神娘娘，她干笑着，装傻扮痴。

道门师徒二人见到了钟魁，立即起身相迎，走下台阶后打了稽首，自报名号。他们虽未亲眼见到钟魁以阴神阳神，离开客栈去教训两位皇子殿下，但是对于钟魁这个名字，尹妙峰早有耳闻，如雷贯耳。最早是他们二人发现每当姚家铁骑在边境上展开厮杀大战，战场远处，就会出现一位落拓邋遢的青衫书生，遥遥观战，从不插手，大战落幕便悄然离去。

尹妙峰便利用自己的供奉身份，向蜃景城询问此事，竟无人能够查出此人根脚，后来借助师门金顶观，才得知钟魁是大伏书院历史上最年轻的君子，他十二岁成为贤人，十八岁成为君子，二十岁又获得了君子头衔的前缀“正人”。获得“正人”二字，这可不是一位书院山主能够决定的，需要君子所在文脉的学宫圣人亲自考证，再获得数位在文庙塑有神像的圣人一起点头认可，才算过关。

因为每一位正人君子，又被誉为准圣人。

大伏书院的名声，不如位于桐叶洲南北两端的另外两座书院，但是在一洲儒家内部，以及宗字头仙家洞府的视野中，钟魁作为桐叶洲土生土长的读书人，很受各方势力和地仙们的亲近。为了争取让这位正人君子坐镇本国，桐叶洲最强大的几座王朝，都在竭力与大伏书院交好。

哪怕金顶观观主，下山遇见君子钟魁，恐怕都要以平辈之礼相待，所以尹妙峰和邵渊然不敢有丝毫不敬，邵渊然感受到师父葆真道人甚至对钟魁有些刻意的恭敬和讨好，他心中有些不适，但是没有流露出来。

尹妙峰不得不摆出这么低的姿态，是因为碧游府升官一事已到了紧要关头，钟魁作为大伏书院山主的得意弟子，说不定可以起到一锤定音的作用，到时候既完成了蜃景城的秘密任务，又能帮助大泉拉拢一位板上钉钉的未来儒家圣人，那么自己最器重的弟子邵渊然，未来就有了金顶观之外的靠山。

钟魁自然早就见过这对入世道人，而且不止一次，印象不坏，也不算太好，不然早就与他们打招呼了。

尹妙峰说明此次夜访碧游府的目的后，钟魁发现埋河水神一副置身事外的模样，既好气又好笑，只是今夜他来这埋河，本就是为了此事，加上水妖贿赂蜃景城一事并不简单，本就犯了他的忌讳，所以就干脆对尹妙峰说道："碧游府供奉典籍一事，就由我来劝说水神娘娘，你们尽管放心禀报蜃景城那边，当然措辞可以灵活一些。事成了，你们有功劳；事不成，你们不用吃挂落。至于为何我帮你们这一次，其中自有缘由，你们不用瞎琢磨。"

尹妙峰感激致谢，与弟子邵渊然告辞离去。

老管家领路，带着自家水神娘娘和那位好像来头更大的年轻客人，一起去往府邸待客大堂。

陈平安走在钟魁身边，打量着碧游府的风景，影壁上绘有一幅水神庙和埋河水流的生动画面，香火袅袅，烟雾升腾，河水翻涌，还会发出流水声响。

只有水神娘娘看得见陈平安的阴神，道门师徒无法看破，这是因为陈平安身处祠庙和碧游府，都属于埋河地界。至于水妖，在这条它选择走江的埋河，其实已经获得接近水神娘娘的神通，所以也能看到；而那些道行浅薄的水鬼，其实更多是酒鬼"闻到了香味"一般，天生被吸引。

到了一间烛粗如臂的明亮大厅，桌上还放着那碗爆炒鳝鱼面。

陈平安看着那只"大碗"，愕然不能语。

钟魁脸色如常，一屁股坐在桌旁，跟水神娘娘笑道："也给我来一份，不用这么大的碗，小碗就行了。"

她点点头，然后望向陈平安，问道："这位公子要不要吃夜宵？"

阴神不似修士身外身的阳神，吃不得人间美食，只以天地灵气作为进补之物。

陈平安笑着摇头说不用了。

一水神一君子，同一张桌子，各自吃着盆里和碗里的鳝鱼面。

陈平安心湖中有钟魁的声音响起："这位水神娘娘，擅长炼化兵器，不知是什么机缘，获得了上古传承，以石碑上那篇祈雨诗歌，作为炼器法诀。据说这口诀的品秩很高，属于那位上五境仙人的证道根本，故而某些人很在意，只是碍于名声，只能徐徐图之。"

如钟魁所说，埋河女神总计炼化了九件兵器，兵器数量实在多了点，其中两件跻身法宝之列，在与水妖厮杀的过程中，打坏了三件。这些兵器都是她能够在两百多年内，稳稳压下水妖的制胜法宝。

世间女子出门郊游，是换脂粉、换衣裙，这位埋河水神娘娘，巡视辖境，是看心情选择兵器傍身。

吃过了夜宵，水神娘娘跟钟魁打开天窗说亮话，道："劳烦君子给我一个准话，我要是执意讨要文圣老爷的那本典籍，大伏书院是不是会找个由头，要我碧游府灰飞烟灭？不然就是故意刁难大泉刘氏，迟早有一天大泉会被北晋、南齐夹击而灭国？"

陈平安对她刮目相看。

钟魁摇头笑道："大伏书院还不至于这么蛮横，最多就是碧游府自毁前程，以后无论你给大泉王朝做出多大贡献，再无希望晋升为宫了。这点你要心里有数。今天不管是因为你心底觉得碧游宫得之不正，还是真的仰慕那位文圣老爷的道德文章，总之你就是拒绝了大伏书院的好意，书院会把今日事记录在书院档案，将来即使你立下造福苍生、有功社稷的壮举，仍是只能挂着碧游府的匾额。到时候你若觉得书院处事不公，不妨想一想今天的选择。"

她点头道："我记下了，到时候肯定不怨你们大伏书院，其实说起来，还是我冒犯了大伏书院的威严才对，一报还一报。"

钟魁冷笑道："你还知道啊？"

小小水神碧游府，胆敢拒绝大伏书院的敕封，落在桐叶洲其余几座书院眼中，可不就是天大的笑话？

钟魁这些看似轻描淡写的"定论"，是担了很大压力和风险的。

读书人最讲面子，吃了大闷亏都不碍事，可要是给当众打了脸，多半就要笔刀杀人了，所以钟魁今晚这些话，就是碧游府和埋河水神庙的最大护身符。毕竟钟魁是毫无悬念的下一任大伏书院山主，甚至有人传言，钟魁此生有望成为某座学宫的大祭酒。

水神娘娘笑容尴尬，问道："要不要再来一碗面条？"

钟魁啧啧道："一碗面，保全碧游府；一碗面，保下大泉王朝。水神娘娘，你倒是打得一手好算盘。"

钟魁嘴上不饶人，却还是再要了一碗面条，因为是真的好吃。水神娘娘还让人端上了两坛好酒，香味扑鼻，比陈平安喝过的酒水好得多了去了，除了倒悬山的黄粱忘忧酒，大概唯有桂花酿能够媲美。只不过喝酒吃面，都没有陈平安的份。

喝酒之前，水神娘娘口口声声说，这百年陈酿，万万不可多饮，一人至多三大碗，喝多了，神仙也要醉倒。然后陈平安就看到了钟魁跟她各自喝了四大碗，一只酒坛见底，滴酒不剩。接着，水神娘娘又让府上奴婢拎了一坛上桌。

于是陈平安见到了两个酒品奇差的醉鬼。

钟魁哀号着“九娘啊！”。

水神娘娘则大着嗓门说醉话，还时不时一巴掌拍在桌上，帮着自己助长气势。这会儿她一脚踩在椅子上，一手跷着大拇指指向自己，对刚刚认作兄弟的钟魁问道：“混江湖，靠什么？”

钟魁还在念叨着他的九娘。

水神娘娘便自问自答：“骨气！脊梁要直，拳头要硬，做人和说话，都要敞亮！钟魁兄弟，我觉得你这人还不错，有担当，是个大老爷们！我便认了你这个兄弟，以后刀里来火里去，你一句话的事情！”

陈平安百无聊赖地坐在一旁，心想，若是身为御江水蛇的青衣小童在场，肯定会担下那朋友义气，胸脯拍得震天响。

钟魁伸手指向桌对面的水神娘娘，醉眼蒙眬道：“混江湖不是武夫的事情吗？你一个水神……不对，好像水神自称混江湖，才是最名正言顺的。好嘛，算你说得对，只是骨气可不能当饭吃……”

水神娘娘一挑眉头，灌了一大口酒，大着舌头含糊道：“平时有饭吃，饱得很！炖蛇肉，爆炒鳝鱼面……我家厨子，据说以前是给皇帝老爷烧饭做菜的，手艺那是一绝，所以……骨气还是要有的！”

钟魁摇晃脑袋，嘟囔道：“你有你的骨气，关我屁事，我只要九娘……”

陈平安站起身，就要去大厅门口赏景，近在咫尺的好酒喝不得，终归是看着心烦。

就在此时，钟魁悚然坐正身体，一袭青衫猛然一震，浑身酒气荡然无存。那位水神娘娘则砰的一声，脑袋磕在桌上，接着脑袋一歪，沉沉睡去。

陈平安转过头望去，只见一个中等身高的背影，身穿襦衫。

钟魁作揖行礼，恭敬道：“弟子钟魁，拜见先生。”

那人嗓音浑厚，缓缓道：“扶乩宗一位外门杂役弟子，前段时间，无意间撞破一桩天大祸事，那是一头上五境大妖，把扶乩宗山门毁去小半，扶乩宗两位玉璞境，一死一伤。大妖也身受重伤，试图往西海逃遁，好在被最早赶去的太平山宗主拦下。但是太平山镇压在井底数千年的那些妖魔，竟然刚好在这个时候，逃逸出大半，如今整个桐叶洲中部，动荡不已。”

钟魁脸色凝重，问道：“先生，弟子该如何做？”

那人冷笑道：“反正不是大半夜喝酒浇愁。”

钟魁低下头，道："弟子知错。"

那人叹息一声，呵斥道："天亮之前，动身去往太平山。到时候你与所有书院弟子，都要听从太平山道士的调遣，不可倚仗书院身份各行其是。听清楚了没有？"

钟魁点头道："知道了。"钟魁欲言又止。

应该正是大伏书院山主的男子摇头道："围剿那头大妖，只有上五境修士才有资格。"

钟魁默然。

书院山主最后说道："钟魁，你要小心行事，这场祸事，谁都有身死道消的可能，便是我也不例外。"

钟魁点了点头，突然意识到一件事，问道："狐儿镇？"

书院山主犹豫了一下，道："可以暂且放下。"

钟魁眼神复杂。

儒家圣人驾临碧游府的法相，已经刹那间消散。

陈平安站在门口那边，目瞪口呆。

扶乩宗，太平山，都是陈平安恰好相对熟悉的桐叶洲宗门，尤其是藕花福地那位镜心斋仙子——真实身份是名叫黄庭的太平山女冠。

最让人匪夷所思的是那头大妖，竟然使得扶乩宗那对神仙眷侣，一死一伤？

钟魁站起身，望向陈平安。

陈平安疑惑不解，问道："怎么了？"

钟魁苦笑道："我可能会有一个强人所难的请求。"

陈平安立即明白钟魁的意思，问道："是那支小雪锥？"陈平安摇摇头。

钟魁脸色黯然，只是也觉得是在情理之中。

陈平安笑道："不能送你，但是可以借你。"

钟魁大喜，问道："当真？你可想好了。此次厮杀，凶险万分，莫说是我钟魁，便是我家先生都有可能丧命，你就不怕说不定哪天小雪锥就会毁在战阵中？不怕我钟魁就算没死，事后也就这么赖账不还了？"

陈平安眨眨眼，伸出四根手指。

钟魁哈哈笑道："懂了，扪心自问。"

陈平安突然想起一个问题，问道："让我真身来这碧游府？三百里水路，需要耗费不少光阴。不如你直接去驿馆河边取小雪锥？"

钟魁想了想，道："可以让水神娘娘去将你的真身带来，很快的。因为有些事情我需要在这座碧游府做，不适合给外人瞧见。"

钟魁边说边走到桌前，手指敲击桌面，嚷道："水神娘娘，还装睡呢？"

娘娘笑着直起身，离开酒桌，道："这就去接回这位公子的真身。只是劳烦公子真身，在我数十声后，跃入埋河水中。"

这位水神娘娘一边朗声数数，一边身形长掠去往碧游府附近的埋河河段"捞人"，这即是一方神祇的独有神通。

数到十后，陈平安一拍脑袋，想起些什么，有些无奈。

片刻之后，水神娘娘除了带回陈平安真身，还带来个浑身湿淋淋的小跟屁虫——裴钱。

钟魁爽朗大笑。

陈平安问道："阴神如何返回？"

钟魁一挥衣袖，摇动一阵清风，将陈平安的阴神轻轻拂入真身，提醒道："在能够以阳神护驾之前，以后可别轻易阴神夜游了。"

陈平安长呼出一口气，从方寸物中取出小雪锥，交给钟魁。

钟魁接过小雪锥后，问道："以后怎么还给你？"

陈平安笑道："你可以将小雪锥寄往东宝瓶洲的大骊王朝，龙泉郡落魄山陈平安。"

钟魁点头之后，脸色古怪，越来越古怪。

实在忍不住，钟魁问道："该不会你真的认识山崖书院的齐先生吧？我可知道骊珠洞天的好些事情。"

陈平安既不点头也不摇头。

那位水神娘娘喝了口酒压压惊，这才小心翼翼地问道："那么你认识齐先生的先生吗？"

陈平安挠挠头，摘下养剑葫芦喝起了酒。

好像喝酒一事，还是老先生教的？当时老秀才被某个少年背在身后，老人使劲拍打着少年的脑袋，嚷嚷着"少年郎要喝酒哇"。

裴钱说要去大门口那边看那堵影壁，影壁上面庙里头的香火会飘，还有香味，水流会动，还有声响，太有意思了。

水神娘娘大手一挥，招来一名妙龄婢女，让其带着裴钱去赏景。

想起刚刚离开的那位其他文脉的儒家圣人，陈平安便放下酒葫芦，说道："齐先生当初在我家乡龙泉郡——其实最早就是那座骊珠洞天——担任学塾教书先生。虽然我小时候穷，没上过学塾，但是齐先生自然是见过的，毕竟小镇就那么大。我家隔壁邻居是齐先生的学生，他经常提起齐先生。"

钟魁坐回酒桌，笑眯眯倒了杯酒。陈平安这些说辞，他当然信，且不全信，一个年纪轻轻的纯粹武夫，就拥有养剑葫芦和两把本命飞剑，还能阴神夜游，虽然骊珠洞天藏龙卧虎，陈平安可能另有福缘，可要说陈平安跟齐静春只是“见过”，钟魁打死不信。

但是陈平安有所保留，钟魁就不去刨根问底。

虽说文圣学问，已被各大书院禁绝，但其实民间书楼私藏几部文圣著作，看过读过也不是什么大事。甚至别说是认识齐静春，就算是上过那座学塾都没有关系，只要你陈平安不是继承齐静春学统文脉的嫡传弟子，就绝对不会有任何麻烦。退一万步说，在桐叶洲的大伏书院辖境内，即便真是，也无妨，有他钟魁，更有他先生。可要是在南北两端的那两座书院，就说不准了。

水神娘娘两眼放光，双手撑在酒桌上，急匆匆问道：“那你见过文圣老爷吗？是不是特别儒雅的一位老人，高冠博带，袖有清风，严肃中又带着点温柔，而且一眼就看得出是位学问通天的世外高人，气质就跟画上的那些山林高士差不多？”

陈平安只得违心说道：“不曾见过。”

水神娘娘的眼神中既有惋惜，又有怜悯，前者为自己，后者为陈平安。她颓然坐回位置，豪饮一大碗酒，抹完了嘴，唏嘘道：“那真是人生憾事了，你竟然没有见过这样的老先生，以后争取见一见，不然你的人生不圆满。”

陈平安无奈笑道：“好的，我争取。”

她记起一事，又问：“那你见过一个叫崔瀺的家伙吗？一个身为大弟子却欺师灭祖的王八蛋。还有那个剑术通神的剑仙，名字特别霸气，叫左右，据说他的剑术，举世无敌。还有茅小冬之流……文圣这么多弟子，你总见过一个吧？”

陈平安提了提酒壶，道：“憾事憾事，喝酒喝酒。”

水神娘娘一拍桌子，满脸的怒其不争，斥道：“喝个屁酒，你这人怎么回事？我要是在骊珠洞天土生土长，离开家乡后第一等大事，就是去寻访文圣老爷。若是闯不进那学宫功德林，那就退而求其次，好歹要去骂过崔瀺，见识过左右的剑术，与茅小冬下过棋……”

陈平安附和道：“有道理有道理。”

钟魁忍着笑：“骂崔瀺？水神娘娘，不是我瞧不起你，那位大骊国师即便按传闻所说境界大跌，还是可以用两根手指捏碎你金身的。”

水神娘娘理直气壮道：“我在大骊京城门外骂上几句，他也听得到？”

钟魁翻白眼道：“那他还真听不到。”

三人各自喝着酒，气氛逐渐凝重起来。

潜伏在扶乩宗附近的那头大妖，被揭穿身份后暴起行凶，竟然让那对擅长合击之术的玉璞境道侣，一死一伤，战场还是在那扶乩宗山头。那头大妖哪怕占着先天体魄强韧的优势，恐怕境界也得是十二境才行。

一头本该早已扬名立万的仙人境大妖，竟然无声无息地隐匿在桐叶洲中部无数年，扶乩宗和书院都没有丝毫察觉？而且好巧不巧，太平山宗主去拦截它入海的时候，太平山镇压妖魔的牢狱就突然打开了，众妖成功逃逸四方？

水神娘娘小心翼翼地问道："斗胆问一句，你家那位山主先生，离开了书院，身先士卒搏杀大妖，真不怕陨落吗？"

钟魁气笑道："念我家先生一点好，行不行？再说了，天底下谁都可以问这个，唯独水神娘娘你就算了。这两百多年，你主动离开碧游府，跟那头埋河大妖打了多少场架？"

水神娘娘喝了口酒："那不一样，我就是一个小小水神，你家先生可是出身文庙某位圣人府邸……"

钟魁斜眼道："这就是你从文圣老爷那些圣贤典籍中看出来的道理？"

水神娘娘恼羞成怒，当面骂她见识短浅都没关系，可牵扯到文圣老爷，万万不行，于是一拍桌子站起身，骂道："钟魁，你再这么阴阳怪气说话，就把面条和酒水吐出来！"

钟魁喝了口酒，道："我就喝你家的酒。"他又喝了一口，又道："我又喝了，真好喝。"

水神娘娘气得脸色铁青，浑身颤抖。

陈平安轻声道："家乡有个牌坊，四块匾额中有一块，写着'当仁不让'，大概就是钟魁先生为何如此选择的原因了。之前钟魁说为何浩然天下愿意遵守儒家订立的规矩，钟魁先生今日此举，无论最后生死，我和水神娘娘你，会觉得大伏书院之学风，足可令人高山仰止。我以后若是有了子女，他们出门游历天下，我就一定会让他们来一趟桐叶洲，去一次大伏书院。"

钟魁点头，举起酒碗敬了陈平安一次。水神娘娘"嗯"了一声，认可此说，便也敬了陈平安一碗酒。

天下无不散的筵席。

钟魁放下酒碗，准备做完最后一件事情，就要离开这埋河碧游府。

裴钱一路小跑到大厅门槛外，双手作掬水状，满脸雀跃，对陈平安献宝似的大声喊道："我从影壁上捞出的一捧水，要不要瞅瞅？"

她放低胳膊，十指合拢双手之间，还真装有一汪碧水。

陈平安看过一眼，吩咐道："还回去。"

裴钱"哦"了一声，又屁颠屁颠原路返回，身后跟着那位掩嘴娇笑的婢女。

水神娘娘觉得小闺女挺好玩，笑道："一捧埋河水精而已，值不了几个神仙钱，公子其实不用叫她放回去。"

陈平安摇摇头，并没有解释什么。

钟魁亦有随身携带方寸物，是一枚小巧玲珑的青铜镇纸神兽，名为獬豸。

钟魁重新取出了那支篆刻有"下笔有神"四字的小雪锥，以及三张金黄色材质的符纸，底纹是浅淡的篆书。

陈平安不识货，只觉得这三张符纸与自己那些金色符纸略有不同。水神娘娘却是行家，惊讶道："风雷纸？分别是龙爪篆、玉筋篆、灵芝篆，这可就值钱了，我碧游府当初开辟府邸的时候，符纸之类，大泉朝廷不过只赏下一张龙爪篆纹的风雷纸而已。"

见陈平安神色自若，好似不晓得这种符纸的珍稀之处，水神娘娘解释道："这种符纸写成的符箓，最能劾鬼，便是金丹、元婴这些高高在上的地仙，都视此物为心头所好。此物极其昂贵，金丹之下的修士，想要买上三张这种品秩的风雷纸，估摸着已经倾家荡产了。"

陈平安不是不知道金色材质符纸的好，当初在梳水国战阵上，跟随老剑圣宋雨烧一起凿阵，一位皇室供奉就曾祭出一张金符，敕召出一尊金甲神人，以此拦阻陈平安的突袭。陈平安亲眼看到那老者丢出符箓后，是一副心肝颤的可怜模样。

"如今连太平山都不太平，这桐叶洲中部有多乱就可想而知了。行走江湖，没几张护身符，还真不行。"水神娘娘一副颇为老到的样子。

钟魁将三张符纸放在酒桌上，手持小雪锥，画符之前，轻声道："陈平安，朋友归朋友，钱财往来还是清爽一点。我帮你写三张符，是一套我自创的厌胜符，可以单独使用，就当是与你借这小雪锥的利息了。这天地人三才兵符，杀气颇重，足以吓退金丹境鬼魅，便是元婴境的鬼王，三符齐出，只要把握好时机，说不定都可将其重伤。"

陈平安拍了拍他肩膀，笑道："既然如此贵重，那么小雪锥可以多借你几天。"

钟魁一抖肩膀，震掉陈平安的手，翻白眼道："跟你不熟。"

水神娘娘咋舌不已，实在猜不出两人是什么交情，一个肯借出上品法宝，一个肯送出三张风雷纸。

钟魁就像当初在客栈写春联，又开始装模作样，一手持笔，悬停空中，准备落笔画符，一手抖了抖袖口，高高抬起，吩咐道："圣人有云，读书破万卷，下笔如有神。水神娘娘，拿酒来！"

水神娘娘拿了一碗酒给他。

陈平安提醒道："别得意忘形，好好画符，画岔了不灵验，你就给我再变出一张风雷纸来。你自己说的，朋友归朋友，钱财要清爽。"

钟魁悻悻然放下那碗助兴酒，陈平安又说道："跟你开玩笑的。"钟魁一脸幽怨。

水神娘娘有些佩服这位阴神夜游的年轻公子了，你真不把书院君子当回事啊？

钟魁灌了一大口酒，然后打了个酒嗝，之后出现了玄奇的一幕：钟魁吐露出丝丝缕缕的雪白灵气，好似那读书人读出来的一肚子浩然正气，缠绕在小雪锥笔尖之上。接着，钟魁念了一句诗词："牙璋辞凤阙，铁骑绕龙城。"之后轻轻一抖手腕，笔尖上"摔落"了一大串米粒大小的小人，细看之下，竟然是一位位身披银色甲胄的骑马武将，百余骑在风雷符纸上飞快排兵布阵，各自策马而停。右手持笔的钟魁，左手双指并拢，朝符纸上一指，沉声道："定！"那些银甲骑将瞬间消融，化入金色符纸当中，刹那之间，就变成了一张符箓。

之后两张，也是差不多的画符手笔，当得起"腕下有鬼神"之美誉。

水神娘娘大为叹服，不愧是大伏书院的准圣人，且不谈道德文章，仅是这份符箓造诣，恐怕即使是一位玉璞境符士都要拍案叫绝。

钟魁将三张符箓交给陈平安，道："三才兵符，大功告成。"

陈平安小心接过符箓，笑问道："画了三张符箓，累不累？"

钟魁一拍自己肚子，嗤笑道："小事一桩！我这满腹韬略，藏着十万甲兵，三张符箓而已……而已？"

钟魁目瞪口呆，因为他看到陈平安才收起三张符箓，又拿出了三张符箓，最上边那张，亦是金色材质，却不是底纹古篆的风雷纸，似乎岁月更加悠久。

陈平安将它们轻轻放在桌上，笑眯眯道："既然不累，那就再帮我画三张。最好是一张雷法符箓；一张引路符，能够破开一些山水地界的迷障；一张可以禁锢剑修本命飞剑的符箓，例如那水井符。"

水神娘娘满腹疑惑，这位外乡公子哥，可真不是一般的有钱。

钟魁抹了抹额头汗水，哀叹道："罢了罢了，好人做到底，再写三张就三张。"略作思量，打定主意，钟魁沉声道："我给你写一张龙虎山天师擅长的'主法'五雷符箓，本就位居万法之首，传承驳杂，又以龙虎山为正宗、主法。我家先生曾经数次游历龙虎山，见过大天师一回，刚好学了一道五雷符箓，五龙衔珠，蕴含雷霆，气冲太虚……"

发现陈平安眼神怪异，钟魁"哎哟"一声，苦兮兮道："就不能让我缓一缓再落笔啊？一鼓作气写了三张上品符箓，累惨了。我哪里想到你能拿出三张这么好的符纸来，早知道我就装孙子了。"

陈平安笑着落座，道："喝过了酒，气定神闲了再画符也不迟，我不催你便是。"

钟魁这才松了口气，喝了一大口酒，将最上边的那张金色符纸单独摘出，端正放好。

只见那悬停在符纸上方一尺有余的小雪锥，笔尖有紫电闪白雷鸣，咫尺之间，便有浩荡天威。水神娘娘心惊胆战。

写完了气势惊人的五龙衔珠雷法符之后，钟魁又写了一张破障符，然后就一屁股坐在椅子上，呆呆望着最后那张青色材质的符纸。

陈平安心中了然，伸手拿起那张符纸，笑道："算了，不吓唬你了，先前两张符箓足矣。"

钟魁脸色肃穆，抓住陈平安双指拈住青色符纸的那条手臂，道："此符，我一定要画，只是我需要好好酝酿一番，小心落笔，若是画岔了，就算你陈平安不打我，我自己都要骂自己。”

陈平安问道：“能画成？”

钟魁反问道：“这有什么成不成的？当然能画成，我只是觉得画一张寻常的水井符，若是只能禁锢、关押元婴之下的剑修飞剑，太过暴殄天物而已。”

陈平安赞叹道：“钟魁，你画符天赋比我强太多了。”

钟魁无奈道：“你一个纯粹武夫，说自己画符不如我，你觉得我会高兴吗？”

陈平安哑口无言，沉默片刻，不再打扰钟魁休息、温养心胸之间的浩然气。他心中有了个决定。

钟魁深呼吸一口气，对水神娘娘说道：“将府上所有鬼魅送出碧游府之外，等我画符成功，再让它们返回。”

水神娘娘虽然不知为何，仍是使用埋河水神和碧游府君独有的术法神通，将府上所有管事、婢女、杂役瞬间“驱逐”出去。

钟魁站定，一手负于身后，一手持小雪锥，两袖内清风呼呼作响。

一瞬间，碧游府就开始震荡不已，地下水脉汹涌澎湃。水神娘娘一时间呼吸困难，向后退去，尽量远离那位大伏书院的君子，但仍是觉得难受至极，直到飘掠离开了大厅，才略微好受一些。

她咬着嘴唇，眼神恍惚，这个名叫钟魁的读书人，绝非书院君子那么简单！

钟魁落笔之时，口中轻轻念诵道：“投袂剑起，澄净江河，四方岳崩，九洲海沸。”

符成之后，只会隐匿在符箓之中的符胆，竟然当场显化，是一位一指高度的白衣剑仙，飘浮在符纸上方，灵动出剑，剑气流转，风驰电掣。

钟魁脸色微白，收起小雪锥，灌了一大口酒，虽然筋疲力尽，可是满脸笑意，道：“这符也是自创而成，是我最得意的一道符箓，取名为镇剑符，以一位上古剑仙的磅礴剑意，厌胜所有上五境之下的本命飞剑。符纸太好，我这符箓画得也好，不似那什么水井符，不过是困住飞剑片刻，这张镇剑符一出，可就是直接剥夺一位金丹境剑修的本命飞剑了，但对于元婴剑修的飞剑，还是关押不住太久的，迟早会破符而出。切记一点，这张符箓千万别轻易拿出来，给外人瞧见，因为我家先生叮嘱过，这镇剑符，不合规矩，太过针对剑修，很容易惹祸上身。”

陈平安有些愧疚，忙揖谢道：“辛苦了。”

钟魁笑着摆摆手，以心声与陈平安言语道：“这张符纸，是圣人书写自家根本学问的手稿纸张，你知道有多难得吗？便是我家先生，离开中土神洲的时候，也才随身珍藏了三张而已，渡海之时用去一张，到了桐叶洲又用去一张，如今只剩下一张了，是先生的心肝宝贝，连我都只能看，不能摸。所以说，如果只是金色材质的符纸，我这镇剑符，威势就要下降一大截，只能困住金丹剑修的本命飞剑至多一炷香工夫。”

钟魁口呼痛快痛快，又开始喝酒。

陈平安手腕翻转，悄悄递给钟魁一张符纸。

钟魁呆若木鸡，瞪眼道："你疯了不成？不知道价值也就罢了，与你说了它的珍稀程度，还如此儿戏？赶紧拿回去！"

陈平安不由分说，直接松开了手指，任由那青色材质的符纸飘落，钟魁只得赶紧接住，迅速收入袖中。

陈平安摘下养剑葫芦，高高举起，轻声笑道："祝你太平山之行，斩妖除魔，马到成功。"

钟魁欲言又止，终于还是没有说什么，只是默然举起酒碗，跟陈平安手中养剑葫芦轻轻碰了一下，各自喝了一大口。

钟魁喝完碗中醇酒，站起身，告辞道："走了。"

陈平安抱拳相送。

钟魁正要离去，陈平安提醒道："不跟水神娘娘讨要一坛美酒？"

钟魁眼睛一亮，朝陈平安竖起大拇指。

水神娘娘本就是豪杰性情，自然不会吝啬，拎了两坛过来，却被钟魁将其中一坛转赠陈平安。陈平安也不客气，刚好客栈青梅酒已经喝完了，就将这碧游府百年陈酿缓缓倒入养剑葫芦中。

钟魁拎着酒坛，身形一闪而逝，当空掠去，来到了埋河岸边，正要渡河而过，骤然停下，原来是看到了自己先生的阴神，仿佛在岸边等待自己。

钟魁赶紧将酒坛藏在身后。

大伏书院山主是一个神色木讷的中年男子，缓缓行走在埋河之畔，钟魁跟在他身后。

浩然天下的七十二座书院，七十二位山主，境界高低不一，最高者，可以是那高耸入云的仙人境，可只有元婴境的山主，也不乏其人，就像大隋新山崖书院的茅小冬，就只有元婴境。不过山主坐镇书院，元婴境就能够媲美玉璞境，仍是谁都不敢小觑的修为。

这位来自某座圣人府邸的读书人，在书院山主当中，境界不高不低，是玉璞境，在大伏书院，那可就是仙人境修为。只是此次去往扶乩宗更西边的海滨，追杀那头大妖，离开了书院，那么他就只是玉璞境了。

山主轻声道："对方极有可能还有后手，所以不是要你畏缩不前，而是希望你凡事皆谋定而后动。哪怕是在太平山周边收服妖魔，还是不可掉以轻心。"

钟魁点头道："弟子明白。"

山主停下脚步，伸出一掌，手上飘着一张青色符纸，示意道："收起来，用以护身。"

钟魁没伸手去接，问道："先生方才在河边，没有运用神通查看碧游府？"

山主轻声斥道："先前埋河畔，你擅自招来冥府鬼差，作为大伏书院山主，职责所在，我岂能不一探究竟？你在碧游府，只是与朋友相处，我自然非礼勿视！我若不是当着外人，不好交给你这张符纸，阴神早就离开了。"

钟魁笑道："先生言芳行洁，山高水长。弟子受教了！"

山主不以为意，问道："为何不收？"

钟魁只得坦诚答道："除了那支与我投缘的毛笔，那朋友还送了我一张青色符纸，与先生这张材质一般无二。"

山主皱了皱眉头，便收起了手心符纸，似有不悦，问道："如此贵重之物，你为何坦然收下？"

钟魁哑然，用心想了想，答道："不知为何，好像收下才是对的，请先生责罚。"

山主沉默片刻，叮嘱道："那坛碧游府美酒，你不用藏藏掖掖了，既然交了个不错的朋友，还不值得为此喝酒吗？记得喝酒可以，不许耽误太平山行程，以及……下不为例。"

钟魁挠挠头，先生该不会是鬼上身了吧？先生之古板，那是出了名的，处处循规蹈矩，事事恪礼守仪，与北俱芦洲那个不动手则已、一动手就山崩地裂的书院山主，是至交好友。

山主这尊夜游阴神在弹指间，就回到了已极远处的真身之中。山主有些伤感，看着弟子钟魁与那年轻人的往来，他不由得会想起自己年少时，与许多出身差不多、岁数差不多的圣人府邸子孙，以及豪阀和宗门子弟一样，或多或少都会嫉妒某个姓齐的。

因为那个自称阿良的人——他们这帮人最佩服的那个家伙——最喜欢与人说："小齐是我朋友，谁敢欺负他，我就打得他家老祖宗的棺材板都压不住。"

碧游府，水神娘娘在钟魁离去后，第一句话就石破天惊，对陈平安道："我知道你见过文圣老爷，而且绝不是那种擦肩而过，萍水相逢！"

陈平安不为所动，反问道："我怎么自己都不知道？"

水神娘娘嗤笑道："你还装？钟魁认不得你身份，看不出你的学问脉络，那是因为他不属于文圣老爷、齐静春这一文脉。我是谁？文圣老爷所有著作，我一字不差地翻阅了无数遍。文圣老爷当年参加的两次三教争辩，是何等苍天在上，我更是一清二楚！腹有诗书气自华，读什么书，浩然之气便有不同。我是谁？好歹是一位埋河水神，望气之术，是我专长！"

看着言之凿凿的水神娘娘，陈平安笑问道："所以呢？"

她瞬间泄气，气势全无，失望道："你真没见过文圣老爷啊？"

陈平安点点头，坦然道："见过。"

水神娘娘趴在桌上，眼神哀怨不已，一听此话猛然蹦跳起来，嚷道：“见过？”

陈平安伸出一根手指，示意她小声一些说话。

水神娘娘痴痴望着这个果真认识文圣老爷的年轻人，哎哟，娘咧，世上咋有这么英俊的小哥儿？要不将他灌醉了之后……拜把子当兄弟吧？如此一来，自己岂不是就算跟文圣老爷攀扯上丁点关系了？

她抹了一把嘴，傻乎乎乐呵起来，心想自己果然计谋无双，不愧是读过那么多文圣典籍的，书真没白读，绝对不会给文圣老爷丢人现眼。

陈平安有些后悔说认识文圣老秀才了。

第三章 真先生也

一更人二更火三更鬼游荡，四更贼五更鸡鸣天下白。

今夜三更时分，埋河水中阴气森森。驿馆这边，兴许是因为有姚家铁骑坐镇其中，兵戈肃杀，无形中挡住了那份瘆人气息。

姚近之在屋内练习金钱课，俗称火珠林，是山上秘法之一。说是秘法，其实不算真正入流，姚近之是年幼时在书楼偶然所得，这些年只当作消遣之举。金钱课以三枚铜钱掷地问卜，或是六钱问课法，以六枚铜钱置于竹筒内，丢出铜钱后看正反，问前程，断吉凶。这方法时灵时不灵，姚近之其实自己都不太信这个。

今天她以三钱问自己此行入京的前程，大吉。又以六钱问课法，测验大泉刘氏的国祚长短。

事后一枚枚收起铜钱，姚近之满脸疑惑，百思不得其解，只得自嘲一句不问苍生问鬼神，本就不对。她不再烦恼这两次结果，起身来到窗口，看到姚岭之正在练刀。再远一些，一间屋子还亮着灯火，不用猜，也知道是姚仙之在挑灯夜读兵书。

她坐回桌旁，想着接下来可以经常去找那位卢先生下棋，可以给那个叫裴钱的小姑娘送几样精巧小物件，还要找个机会，送给那位年轻供奉一样合乎分寸的东西。身为女子，她看得出那个邵渊然眼神深处隐藏着的话语，只是她明明看穿了，却假装不懂罢了。

此次北行，一直以来，她就只与那位年轻道士说了两三句话而已，以及一次故意地望向那人背影。而那位年轻供奉，说来好笑，自以为在她面前神色淡漠，便能掩藏一切。

她可以肯定，那次自己“无意”中的凝望，足以让一位志向高远的修道之人，心生涟漪了。姚近之一直坚信，这比千言万语还要来得有分量。何况人之言语，本身就从不在多，入不入耳是一回事，落不落在他人心头，又是一回事。女子容貌佳者，男子权势重者，先天便有优势。

姚近之一想到这里，便有些小小的抑郁。为何某人能够真正心平气和地与自己相处？

从深夜直到天将大亮，朱敛一直待在埋河畔，徘徊不去。

昨夜怪事连连，先是小丫头裴钱信口雌黄，说是看到河上有一座金桥；然后陈平安停了剑炉立桩，说是要他和裴钱先回驿站，说完转身就跃入埋河水中，裴钱二话不说就跟着跳了进去；之后埋河中莫名其妙出现了一个漩涡，河面上灵气盎然，让朱敛有些不适，那漩涡将陈平安和裴钱裹挟其中，骤然出现，骤然消失，只留给朱敛一个矮小女子的模糊身影。

听说桐叶洲只是这座浩然天下的九大洲之一。

天地广袤，何其大也；修道之人，何其高也。

早先朱敛心情有些郁郁，他就像个富甲一方的县城豪绅，突然进入京城，发现自己兜里那点银子，什么都买不起，到底还是有些失落的。只不过这点小心思，朱敛收拾得很快，很干净，反而生出满腔豪气和斗志。别看朱敛成天笑眯眯，跟在陈平安屁股后头鞍前马后，可这些天武道修为上的勇猛精进，一刻都没有耽搁。

其余三人，也不比朱敛逊色。魏羡在仔细审视着这座天下，于细微处见天地；隋右边在车厢内闭关悟剑；卢白象更是天纵奇才，琴棋书画，无所不精。

这就是朱魏隋卢四人，最无形的优势所在。

无一例外，他们都曾无敌于人间，作为纯粹武夫，心境近乎无瑕，最当得起“纯粹”二字。

四人之间，又暗自较劲，七境瓶颈，就看谁最早打破了。

只要跻身了武夫金身境，第八远游境和第九山巅境，对他们而言再无大门槛，就只是时间长短而已。

朱敛抬头看了眼天色，开始沿着原路返回，手心掂量着一块鹅卵石，轻轻摩挲，不断有碎屑被河边清风吹拂而散。

四人除了武道瓶颈之外，自然谁都对自身枷锁心怀不满，别忘了魏羡是南苑国的开国皇帝，卢白象是魔教的开山鼻祖，隋右边更是连福地规矩都想要一剑打破的女子剑仙。要说这四人对那个手持四幅画卷的年轻人心悦诚服，心甘情愿当牛做马，别说陈平安，恐怕那个名叫裴钱的孩子都不相信。

只是客栈一役，这四人对陈平安印象深刻。

朱敛攥紧手心石子，喃喃自语："看那陈平安如今自然流露出来的态度，卢白象应该是最早吐露真相之人，所以两人才会如此亲近轻松？"

钟魁画完那张符胆惊艳的镇剑符，与他先生一前一后离开埋河，碧游府的山水气运逐渐趋于稳定，那名妙龄女婢带着裴钱返回大厅。

裴钱先前在影壁那边，刚将那捧埋河水精丢回影壁，结果就看到上面香火紊乱、河水翻滚的画面，好像下一刻河水就要涌出石壁，水淹府邸。裴钱吓了一大跳，嚷嚷着要回陈平安身边待着，可那名早年冤死埋河的水鬼婢女，当时被水神娘娘运用神通赶出了府邸，因此裴钱只能孤零零站在影壁那边，号啕大哭，哭得嗓子都哑了。

这会儿返回大厅，裴钱脸上还带着泪痕，怯生生站在门槛那边，没敢进门。她这点眼力见儿还是有的，知道陈平安在跟人谈正事，若是这次又是她闯祸，惹恼了陈平安，上次有钟魁帮忙说情，这次可没谁为她仗义执言了。

陈平安转头问道："怎么了？"

裴钱一溜烟跑进大厅，在陈平安旁边的椅子上端正坐好，有些委屈和心虚，道："我刚把那捧水还给影壁，不晓得缘由，就地动山摇的。陈平安，我真不是有意的啊，你可不许生气。"

陈平安一弹指打在裴钱额头上，笑道："你还知道怕啊？"

裴钱一看，心中大定，那吓人异象，多半跟她没关系，底气一足，腰杆立即就硬了，此时见酒桌上香味扑鼻，实在嘴馋，记起以前在藕花福地听天桥底下的说书先生说那些志怪故事，总讲什么水底龙宫和神仙府邸里的一杯酒一颗桃子，吃了后就能增长寿命，便试探性问道："我能喝一小口酒吗？"

陈平安一瞪眼，裴钱立即故作恍然道："我年纪还小哩，喝什么酒，还是陈平安你多喝一些吧。"

生性豪爽的水神娘娘，被这鬼灵精怪的小闺女逗得乐不可支，对裴钱道："府上还有不少百年陈酿的水花酒，回头我送你一坛。至于陈平安是抢走了自己喝，还是给你剩下点，我可就管不着了。"

裴钱待在陈平安身边，可就天不怕地不怕了，老气横秋道："真要送我酒的话，我是要谢你的，但是我如今年纪还小，喝不得酒，否则会耽误读书识字。到了能够喝酒的时候，我们再来你家中做客，到时候你可莫要小气，否则就对不住你的神仙身份了。"

水神娘娘啧啧称奇，仔细打量起裴钱的眉眼，越看越心动，对陈平安半真半假道："好有灵气的小姑娘，不然让她留在碧游府吧，我帮你照顾她，以后我这碧游府的埋河水神娘娘位置，就给她了。我保证倾囊相授，再给她炼化两件法宝，最多两百年，她就可以成为大泉王朝最有实力的水神。”

裴钱慌慌张张站起身，大怒道：“不许胡说八道，我还要去东宝瓶洲龙泉郡，帮忙给我家老宅子贴春联呢！”

陈平安婉言谢绝了水神娘娘的提议，不把裴钱带在身边，实在是不放心。

水神娘娘也未强求，不过方才那些言语，还真不是开玩笑。若是被自己一眼相中资质的裴钱留在了碧游府，她还真会竭尽全力让小姑娘继承埋河水神神位，帮小姑娘尽力铸造炼化两件法宝品秩的兵器，再违背点心性，与大泉王朝和大伏书院虚与委蛇，为碧游府赢得一个“宫”字，那么她就可以放开手脚，去宰了那头作祟埋河两百多年的大妖，哪怕玉石俱焚，到底是一桩造福两岸九十万百姓的功德，对得起从文圣老爷书上读出来的圣贤道理了。

至于她这位水神娘娘，为何对裴钱如此有“眼缘”，里面更有学问。

作为长久坐镇一方水土的神祇，埋河水神本身福缘极大，否则也无法从一块无人问津的祈雨石碑上，悟出了一门作为上五境修士大道之本的仙术口诀。方才她运用神灵的望气之法仔细察看，不看不知道，一看吓一跳，她自己已算是世上侥幸拥有金形之姿中的佼佼者，而眼前这个黝黑瘦小的小姑娘，竟然比她还要出类拔萃，是头等的神灵之身，通俗说来，就是不当个享受香火的山水神祇，那就是暴殄天物圣所哀了。

所谓的金形之姿，有点类似剑修的先天剑坯、佛家的佛子，得天独厚，若在某条正确大道上修行，则一日千里。世上相术中有一门称斤论两，专看一人骨气有几斤几两重，金形之姿，就是世间最重的一种。金形之人，多先天体态瘦小，却骨头极硬，性情强悍，易急躁，杀伐果决，尤其是五行之中金主肃杀，自有威严，故而天生官将之材。

其实这位水神娘娘的眼力虽好，却仍是不够好。

裴钱资质之出众，早已高出五行范畴之外，所以朱敛观裴钱，也会觉得小丫头是个习武天才。甚至连先前购买铜钱的姚近之，心中思量，都觉得小丫头兴许会是个术算人才，只要跟随自己研习占卜算卦，定能够事半功倍。

唯独君子钟魁，看得更加全面和深远。

只可惜裴钱遇上了陈平安，道理也不跟她说，至于习武或是修道，裴钱更是想也别想。

这个丫头片子，如今跟随陈平安一起跋山涉水，只要额头上能够贴着一张价值一栋大宅子的符箓，就已经欢天喜地，走路不觉得累了。

这大概就是一物降一物。

裴钱跟随朱敛练武也好，留在碧游府当下一任埋河水神也罢，不管成就有多高，都不用奢望她会对朱敛、水神娘娘感恩，说不定哪天起了冲突，一巴掌就把他们拍死了，事后她还觉得理所当然：你们惹恼了我，我本事又比你大，不打杀了你们，难不成还留在身边碍眼？

只是到了陈平安这边，裴钱的心思念头，则大不相同，可谓独一份了。不过两人只缘身在此山中，皆浑然不自知罢了。

水神娘娘挥挥手，婢女默默退去，她这才问道："陈平安，我是爽快人，你更是，不然钟魁不会与你如此人情往来，那我就有话直说了？"

陈平安点点头："水神娘娘只管直说。"

水神娘娘神色凝重，似乎在酝酿措辞，有大事相商。

陈平安不知何故，照理说府升官一事，钟魁已经帮忙敲定，碧游府不该有什么难事才对，可既然她如此严肃，陈平安就静等下文。

她缓缓问道："陈平安，你见过了文圣老爷，那么文圣老爷是不是出口成章，一字一句，都会让人佩服得五体投地，令人高山仰止？听了那些深入浅出的大道至理，就会心生'我辈晚生只管砰砰磕头'的想法？"

桌对面的水神娘娘，神采飞扬。

陈平安亏得没喝酒，不然真要将一口酒水当场喷出。

裴钱不知道水神娘娘所说的文圣老爷是谁，但是听口气好像陈平安认识那个挺厉害的老头儿，她便觉得与有荣焉，双臂抱胸，很是骄傲。

陈平安喝了口养剑葫芦里的碧游府百年水花酒，犹豫了一下，不忍心破坏水神娘娘心目中文圣老秀才的伟岸形象，挑选着词说道："老先生自然学问极大，脾气绝好，待人和善，从不拿捏架子，出门在外，很……平易近人。"

能不平易近人吗？平易近人换成貌不惊人更合适，比在客栈中的钟魁还不如，个子小小的，游历天下，就是那副穷酸老书生的模样。喜欢拐人喝酒，喝酒喜欢装醉赖账，酒品也不太好。

可这些实话，陈平安不忍心说与水神娘娘，怕她一个不小心，真就道心崩碎了。

水神娘娘这次干脆不用大白碗喝酒了，直接拎起那酒坛，仰头灌了一大口，叹道："文圣老爷果真是如我所想这般……苍天在上！学问通天，却又悲天悯人，行走人间，和和气气，善待世人。文圣老爷当年竟然只在中土神洲那座文庙排在第四，不得陪祀在至圣先师左右，岂有此理！"

水神娘娘喋喋不休，不停为自己敬仰万分的文圣老爷打抱不平。

陈平安并未搭话，却想起了很多真正的读书人，以及向往读书人的人：齐先生的先生，齐先生，藕花福地很像齐先生的种秋，他陈平安，以及很像自己的那个孩子曹晴朗。

世间万般讲理与不讲理，终归会落在一处，此心安处是吾乡。

陈平安不说话，只是喝酒。如此好喝的酒，那般美好的人和事，文圣老秀才的顺序之说，齐先生的不失望，种秋的问心无愧，曹晴朗怀揣着的希望……他陈平安今天肯定喝不成烂酒鬼，说不定像阿良所说，真能喝成了酒仙呢。

一个自顾自说话，一个自顾自遐想，都肆意喝着酒，不用人劝。

碧游府的水花酒，所谓窖藏，那可是藏在埋河水精之中，一放百年，自然陈酿甘醇，入口容易，可后劲不小。

水神娘娘是真喝酒醉了，盘腿坐在椅子上，脑袋摇摇晃晃，说自己羡慕死了陈平安，见过文圣老爷，还跟文圣老爷那么熟悉，这辈子得了大圆满，她就没这份幸运，每天只能端坐在神台上。水神庙看似香火弥漫，比蜃景城还要香火旺盛，可是香火之中，夹杂着那么多的私心私欲，求财求富贵，求子求权势，她都不喜欢。她就想跟文圣老爷当面问上一问，圣人们的道理说了那么多，文庙已经树立了那么多尊神像，饱读圣贤书的读书人多如牛毛，为何世道还是这么不堪，总是让人越来越失望，让她对人间越来越喜欢不起来。

水神娘娘掰着手指头说着一句句文圣老爷的书中经典，埋怨这么好的道理，世人都不愿意学，是不是文圣老爷你的学问太高了，世人根本摸不着？最后她双手挠头，茫然不已。

裴钱翻着白眼，暗想：得嘞，以后自个儿还是不要喝酒了，若是像这位娘娘这般疯疯癫癫的，实在太可笑了。

陈平安喝酒有一点最好，在醉死拉倒那一刻之前，总是越喝眼神越明亮，整个人焕然一新，眉眼飞扬，如拳法不再是收而是放，好似一身少年老成的暮气都让酒气压下了。

可这不意味着陈平安就真是越喝越清醒，而是喝醉了就会压不住本性本心。打个比方说，喝酒之前，谨小慎微，如双手始终捂住铜镜镜面，或是双手护住一盏陋室灯火，不愿让外人瞧见，喝酒之后，便松开双手，大放光明，照彻四方又何妨？

陈平安重重将养剑葫芦搁在酒桌上，朗声道："文圣老先生的学问怎么就太高了不管用？管用得很！我就要与你说一说。此学说，放之四海而皆准，善人能学，恶人也可以学；帝王将相能学，贩夫走卒能学；山上神仙也能学，妖魔鬼祟可学，山水神祇亦可学！至于是否愿意学以致用，那是学了之后的事情，先学了这门学问，便是裨益！"

陈平安下意识学那君子钟魁，更学那学塾授业的齐先生，正襟危坐，接着道："学了世间真学问，便可心田有那源头活水来！我觉得老先生这门学问，阐述那'顺序'二字，就是大学问，真学问，人人可学！你学不学？"

水神娘娘眼神恍惚，昏昏沉沉，一拍桌子道："你说了我便学学看！"

陈平安身体微微前倾，以手指在桌上写下"顺序"二字，道："这门学问宗旨，是这'顺序'二字！在礼仪规矩的秩序之外，别开生面，又有一条大江大河，恩泽苍生！我陈平安所学不深也不多，只说我知道之事，晓得之理，无错之话！我现在便用老先生那晚与我所说内容，先与你说这顺序之说的开宗明义！"

一五一十，陈平安将那晚老夫子坐而论道、提纲挈领的开篇内容，仔仔细细说了一遍。幸亏陈平安记忆好，哪怕喝醉了酒，依然没差。

第一篇，分先后。世间事皆有来龙去脉，不可跳过任何一个环节，只拣选自己想要的来讲道理，不然世间万事，永远说不清对错，那还怎么真正讲理？难不成各说各话，道理说不通之后，仍是只能靠拳头说话？大谬矣！

第二篇，审大小。对错有大小之分，便需要将法家之善法和术家之术算这两把尺子借来一用。

第三篇，定善恶。以礼仪规矩作为根本准绳，结合各地乡土风俗人情，以及人心道德，定人是非和功过，扪心自问善与恶。

第四篇，知行合一！错则改之，无则加勉。

仅是这四篇内容，详细铺陈开来，陈平安就说了一个时辰之久。

“这门顺序学问，是顶好的学问，可想要起而行之，处处合乎学问宗旨，何其难也！

“之前不知道为何文圣老先生要劝我喝酒；不知为何左右一剑劈掉雨师神像，讲也不讲道理，就又一剑铲平了蛟龙沟；更不知道为何钟魁身为君子却如此不像一个书院君子；为何心相寺老和尚会说这个世界亏欠着好人；为何老道人带着我看遍藕花福地，总是好人难得好报，恶人难获恶报。”

在说道理的过程中，陈平安常想要将学问与处事并举，做到言行合一，可是说着说着就会开始自我否定，告诉桌对面那位聚精会神竖耳聆听的水神娘娘，他觉得自己琢磨出的道理仍是太小，尤其大是大非之外的复杂善恶、细微人心，远远没有资格去盖棺定论。

陈平安坐在那里，很多时候都在自言自语。

又是一个多时辰，光阴如碧游府外的江水缓缓流逝。水神娘娘早已站起身，恭敬肃立，微微躬着身子，如学生聆听夫子教诲，铭记在心，不敢错过一字一句。

裴钱趴在桌上，脸颊贴着桌面，望着一口气跟别人说了那么多大道理的陈平安，好像听进去了，又好像心不在焉。

陈平安说他之前不明白很多事情，其实小女孩裴钱也不明白，更不明白。

为何天大地大，对谁都讲理、和气的陈平安，独独对她那么不好，对她脾气最恶劣？可她还是会觉得待在他身边好，比起当年她一个人在南苑国京城像个小小的孤魂野鬼，年复一年飘来荡去，总觉得哪天冻死了饿死了就拉倒，要好太多了，所以她哪怕挨骂挨打，也觉得……没什么委屈。

陈平安会看到世间种种别人的好，裴钱只愿意看到世间种种他人的恶。

碧游府邸那块匾额上的三个金字，光彩夺目，金光流溢。府内一众人鬼或惊骇或惊喜地发现，整座府邸处处是淡金色的光在如水流淌。

碧游府外的埋河之水，在月辉照耀之下，波光粼粼，尤为皎洁。许多戾气难消的冤死水鬼，不由自主地从阴沉河底游上河面，沐浴在月色下，然后又纷纷消散，如获解脱。

埋河畔的水神祠庙内，在外等待天明开门烧头香的善男信女们，喧哗大起，原来祠庙内那尊水神娘娘的金身神像脱离其泥塑金身，蓦然拔地而起，高达十数丈，俯瞰人间，而那尊泥塑金身上的“金身”二字，变得越发名副其实，威严之外，神气凛然。

埋河深处，那头距离金丹境只差丝毫的大妖，隐匿在河底一处老巢，本该最为舒适惬意，这一刻竟是仿佛置身于油锅之中，煎熬万分。不得已，它迅猛冲出老巢，大声咆哮着，掀起滔天大浪，沿着埋河水流疯狂往上游逃匿而去。

天微微亮，碧游府大厅内，水神娘娘衣袖飘摇，浑身金色光彩流转不定，尤其是心胸之间，有一枚金色丹丸滴溜溜旋转，映照得整座大厅金光远胜烛光。

书上有云，朝闻道，夕死可矣。她不承想自己还有这份齐天洪福，竟能夜闻大道，朝结金丹！

水神娘娘对眼前这位年轻男子感恩戴德，鞠躬到底，喜极而泣道：“既然小夫子是文圣老爷的嫡传弟子，为何骗我？”

水神娘娘说完之后，久久没有得到答案，抬起头一看，哭笑不得，原来那位小夫子竟然已经坐着熟睡过去，唯有微微鼾声。

她会心一笑，小夫子这份自在和宽心，瞧着不太讲究，可在她眼中，比那“十步一杀人，千里不留行”的人间豪杰，毫不逊色。

这位埋河水神想了想，就要去背起陈平安，送他往府邸雅舍休息，不承想裴钱如临大敌，赶忙护在陈平安身边，问道：“你要干吗？”

水神娘娘翻白眼道：“难不成要他在这儿睡到日上三竿？总得有张舒服的大床让他躺着吧，不然我碧游府还谈什么待客之道。”

裴钱“哦”了一声，叮嘱道：“那你小心些，别吵醒了我爹。”同时裴钱还小心翼翼将那只养剑葫芦，重新悬挂在了陈平安腰边。

要是弄丢了这只养剑葫芦，估计自己不被陈平安打死，也会被骂死。

没办法，在陈平安心中，就数她最不值钱了。

水神娘娘没跟小闺女计较称呼，她自然一眼看出，陈小夫子跟小姑娘绝对没血缘关系，至于为何一大一小会一起结伴游历江湖，估计就是缘分吧。缘聚缘散，缘来缘去，最是妙不可言，就像今夜到今晨，谁能想象，初次莅临碧游府的陈平安，就给她带来如此之大的机缘？须知山水神灵进阶，除了朝廷敕封、皇帝下旨，以一国气运换取某位神祇的神位登高之外，就只能一点一滴，收取祠庙内善男信女、心诚香客们一钱、一两、一斤的香火精华，比起练气士和纯粹武夫，更难精进。

水神娘娘动作轻柔，背起了这个天底下酒品第一好的年轻人。他并不重，她也没有运用神通，缩地成寸，直接去往小院，而是背着陈平安，一步步走去，这对于急性子的埋河水神来说，是破天荒的耐心了。她很好奇，这么个年轻人，肚子里怎么就装有那么大的学问？怎么就能够被文圣老爷和齐静春视为文脉继承人？那会儿，他应该还是个少年吧？

若真是少年闻道的话，那得是多好的出身，多好的天赋才行？难道是那传说中神灵转世、生而知之的天之骄子？可转念一想，她又觉得不对。文圣老爷什么天才没见过，应该不会如她这么俗气。

裴钱走在水神娘娘身边，一直在仰头打量着她的脸色，看这位府邸主人笑得有些古怪，小女孩终于忍不住问道："你该不会是喜欢上我爹了吧？"

水神娘娘摇头柔声道："不会，我既不喜欢，也觉得配不上。如果一定要选一个世上读书人，作为相濡以沫的夫君，我啊，大概还是更喜欢那个邋遢君子，嫁给这般男子为人妇，才能过日子。陈公子这样的，难。"

如果水神娘娘喜欢上了陈平安，裴钱会生气，可当她听说水神娘娘不喜欢陈平安，她就更生气了，脱口而出道："你眼瞎啊！"

水神娘娘转头看了眼气鼓鼓的小丫头，笑道："哎哟，难道天底下的女子，都要喜欢陈平安，才算不眼瞎？"

裴钱冷哼一声，一副"你这娘们头发长见识短，我才不与你废话"的骄横表情。

水神娘娘本就心情舒畅，见着了裴钱这副模样，更是笑出声来。觉得自己被小瞧了的裴钱便越发气愤，恨恨道："笑什么笑，我爹是你恩人，我是他女儿，我就是你的小恩人，你放尊重些！"

水神娘娘脚步轻缓，轻声问道："不然我送你一份谢礼？"

裴钱眼睛一亮，只是很快黯然，有气无力道："算了吧，你自己送陈平安，我可不敢胡乱收礼。不然他醒了后，肯定又得嫌弃我没家教，不懂礼数了。好心当成驴肝肺，我何苦来哉？你说是不是？"

水神娘娘忍俊不禁，好不容易才憋住笑意，一本正经道："没事，我自有贵重之物要赠送陈平安，你呢，既然是'陈平安女儿'，我作为半个长辈，初次见面，送些东西给你，哪怕你偷偷藏着，不给陈平安发现，也并不过分，又不算大是大非。再说了，你又不会拿去为非作歹，要是事后陈平安晓得了，最多骂你几句，不痛不痒的，怕什么？"

裴钱略微心动，只是很快就嗤笑道："你怎么知道我不做坏事？我坏得很哩，我要是得了什么厉害至极的仙家宝贝，或是学了了不得的神仙术法，我见谁不顺眼，一照面就咔嚓了他们，比那个姓朱的大坏蛋、老东西，还有那个名字叫'右边'、整天板着一张臭脸的丑娘们，杀人更利索，就跟我平时饿了吃饭一样，眨眼工夫，就要再盛一大碗白米饭了！陈平安都拦不住！不过呢，到时候陈平安打不过我的话，我会照顾一下他的面子。”

小女孩越说越开心，说得水神娘娘心惊胆战。直到这一刻，她才意识到陈平安带了怎么个小怪胎，竟然把杀人一事，说得跟吃饭一样，而且不是懵懂稚童喜欢故作骇人言论那种。

水神娘娘变了眼神，再次仔细观察裴钱。

裴钱突然怒道：“你这水神娘娘，真是坏心眼，恩将仇报！你是不是故意坑害我，一门心思想要陈平安瞅见我犯了大错，把我赶出家门，你好趁机当好人收留我，要我在这碧游府给你当个端茶送水的小丫鬟？”

水神娘娘默不作声，一边背着酣睡的陈平安，一边低头打量着黝黑娇小的小女孩。她故意让自己眼神冰冷，既刻意掩饰，又有些泄露，笑问道：“你就这么看我？”

果然，裴钱立即就退后一步，故作轻松，笑道：“水神娘娘，我跟你开玩笑呢。”

水神娘娘心中了然，这个拥有金形天姿的小姑娘，来头绝对不小，而且几乎不用奢望自己能够驾驭此人的心性。

水神娘娘没来由想起了当初裴钱捧水而至，陈平安轻轻一句，小姑娘立即就原路返回，放回那捧水精，而且好像全然顺乎本心，没有半点违逆的意思。水神娘娘终于咀嚼出一些苗头，然后在心中对背上的年轻人赞叹一声。

裴钱乐了，道：“你方才吓唬我呢。”

水神娘娘有些无奈了，小丫头果真有洞悉人心起伏的敏锐直觉？这要是有人跟她朝夕相处，得多累？

水神娘娘将陈平安送到碧游府一栋最雅致的独栋小院，院门房门皆自行打开，把他放在被褥华贵的床榻上，裴钱嚷着让开让开，帮着陈平安脱了靴子，再盖好被子，这才一屁股坐在床边，瞪着水神娘娘，后者笑道：“你有你睡觉的地儿，我这就带你去。”

裴钱使劲摇头道：“我得替我爹守夜，防着坏人。”

水神娘娘道：“行了，别想着拍马屁了，陈平安真的睡着了。”

裴钱将信将疑，回头看了眼陈平安，这才起身，笑嘻嘻道：“那带我去眯一会儿，困死我了。不过千万记得我爹醒了，就立即叫醒我，我们还急着赶路呢，说好了天亮之后跟上大队伍的，我爹向来说话算数。”

水神娘娘算是彻底服了这个人小鬼大的家伙了，带着裴钱离开屋子后，好奇问道：“大队伍？怎么回事？”

裴钱犹豫了一下，大致说了一下姚家队伍的情况。

水神娘娘点点头，道：“没问题，你们安心睡两个时辰，到时候我像昨夜那样，一下子就将你们送到埋河上游。”

裴钱这才放心，跟着这位极其有钱的“矮冬瓜”女子，一起去往附近的一间院子。

她嘴上挑三拣四，满脸嫌弃，可心里头早已羡慕得一塌糊涂，心想着以后自己有了大把银子，一定要有这么大的宅子，这么富贵气派的屋子，还要用金子银子铺地，再在屋子里贴满那些黄纸符箓！

安置好陈平安和鬼精鬼精的小姑娘，水神娘娘一步就来到了碧游府大门外，抬头看着那匾额，怔怔出神。又一步倒退跨出，瞬间来到了供奉有她金身的水神祠庙内，距离开门迎接香客还有约莫一刻钟，她大步走入主殿内。

先前她结成金丹，天生异象，使得门外数百香客们纳头便拜，心诚至极，她在远处碧游府内，亦是心生感应，对于神道香火，略有所悟。

大殿内神台上的那尊泥塑金身，已经恢复原样，不再神光外露，照耀埋河。神像其实与她本人相貌只有四五分相似，而且神像女子身材婀娜，衣袖飘举，线条灵动，如神人身披天衣。她一直觉得神像过于美化自己的形容姿色了，完全就不是自己，只不过这就是山水神祇祠庙塑像的规矩。

此水神庙最早的一位庙祝妇人，是溺水被水神娘娘所救，之后便死心塌地，舍了俗世的富贵身份，在水神庙担任了庙祝，一做就是五十年，从一个年轻妇人，慢慢变成了白发老妪，因为没有修行资质，活到八十高龄便去世了。正是这位庙祝，勤勤勉勉，行走四方，帮着水神娘娘收拢信徒，年复一年开设粥铺救济百姓。弥留之际，老妪握住了水神娘娘如羊脂美玉的纤手，沙哑笑道“娘娘还是这般好看，金身神像还是匠人手艺不精，不及娘娘容颜万一，是她这个庙祝当得差了”。最后老妪泪眼婆娑，询问水神娘娘一句话，四个字而已：“可曾消了？”

不等水神娘娘给出答案，老妪就去世了。

那位至死也虔诚的庙祝，其实不是一开始便是世人眼中的好人。她年轻的时候，男人行商，经常出门在外，她耐不住寂寞，便勾搭了别的男人。事情败露后，更是勾结野汉子害死了丈夫，之后成功改嫁，还霸占了前夫所有家产，快活了几年后，因恶缘而聚，由恶报而散，一次踏春郊游，被见异思迁的男人打得半死，丢入埋河水中，刚好被那会儿才是埋河一座淫祠小小水神的娘娘救起。

凡此种种，这位水神娘娘始终不得解惑，直到读到了文圣老爷的道德文章，说那人性本恶，教化向善，埋河水神才幡然醒悟。

身为埋河水神，可以凭借香火照见人心，原本她对人心丑陋深恶痛绝，甚至还会排斥那些袅袅香火，总觉得每次让人许愿灵验，自己就多一丝恶业缠身。在那之后，她的心境才开始有所转变，统辖埋河水域，镇之以威，震慑恶念，同时联手埋河两岸的数个城池的城隍爷，数次显灵，对朝廷祈雨一事，不遗余力施展神通，哪怕拼着道行衰减，金身黯淡，都要争取有求必应，不管香火是善念还是贪念，至少先做到让自己问心无愧。

可数百年光阴，岁月悠悠，总有耐心耗尽的时候，她开始越来越少走入水神祠庙，越来越喜欢待在那座闭门谢客的碧游府，凭借那道仙人口诀，潜心炼化一件又一件兵器，以此打发枯燥乏味的神祇生涯。还有一个更重要的内幕，是因为那门上古传承的法诀，不但可以炼器，还可炼埋河之水，更可炼人间香火，真正是一法通万法通的仙家大神通。

原本以为那个名叫裴钱的小姑娘，既然有缘来此，资质又如此之好，说不定就是冥冥之中自有天意，可以继承自己的神位与这份无上道诀，只可惜事实好像并非如此，那就只能再等了。神位传承，与练气士收徒如出一辙，从来不是小事，一着不慎，不但弟子遭灾，师父也会被牵连得身死道消，要么就是教出一个养不熟的白眼狼，离经叛道，欺师灭祖。比如她最仰慕钦佩的文圣老爷，学问多高多大不也一样教出个崔瀺？

晨曦从窗户洒入主殿内的地面，水神娘娘收回视线，轻轻发出一声叹息。庙祝老妪站在门口，布满皱褶的苍老脸庞上挂着一大把激动欣喜的老泪，委实是知道了天大的喜讯的样子。

水神娘娘一人得道神位登高，埋河水神祠庙众人自然是跟着鸡犬升天了。从今往后，不但那头水妖要夹着尾巴，再不敢兴风作浪，而且从刺史府邸、郡守府邸再到各地县衙，恐怕人人都要换上一副更加恭敬的嘴脸了，便是那个自恃恩人身份的倨傲刺史老爷，说不定以后都要客气许多。

庙祝老妪忐忑问道："娘娘，咱们埋河附近的城隍爷、土地公，以及一些小河河伯，几乎都赶来给娘娘道贺了。他们晓得娘娘的脾气，不敢叨扰碧游府，都备好了重礼，在这庙外边候着呢，见还是不见？若是娘娘乏了，我可以帮着推托一二，他们是不敢说什么的。"

水神娘娘淡然道："我还有点时间，见见他们吧。庇护一方山水气运，教化辖境九十万百姓，不是我们一座水神庙可以做到的，需要同心协力。"

老妪心中惊讶万分，不知为何这位惫懒的水神娘娘突然转了性子，可到底是好事一桩，立即领命转身去传谕。

只要娘娘愿意花些心思，招徕各方山水神祇，埋河水神庙，定然可以一呼百应，成为名副其实的大泉水神庙第一！

自那位初代庙祝女子死后，埋河水神庙祝已经换了一位又一位，可水神娘娘始终都没有什么感情，来来往往，生生死死，就只是那样了。

此时此刻，独自一人的水神娘娘，好似在与一位故人对话，笑道："听说蜃景城有两户人家最擅长塑造神像，张家样号称面短而艳，更添风采，曹家样被誉为衣服飘举，飘然欲仙。你觉得哪个更适合我一些？你会更喜欢哪一家的匠人？"她嘴角翘起，眯眼而笑，大手一挥，"你不用想了，哪家口气大，开价高，就挑哪家，如今咱们可不用愁钱了！"

拂晓时分，河畔驿馆，老将军姚镇发现陈平安没有出来吃早饭，便有些奇怪。朱敛笑呵呵解释说少爷游历未归，昨夜临时起意，要去瞻仰埋河水神庙，老将军不妨先行赶路，少爷一定会跟上。

姚镇大笑着说这家伙真是不仗义，早知如此，昨晚就该一起去的，耽搁一两天行程算什么。

朱敛没有多说什么，笑着退下，与卢白象三人坐在了一张桌子上。

卢白象望向他，朱敛摇头笑道："莫要问我，少爷当时并未要我跟随，只说会尽早返回，让我与驿馆这边打声招呼。"

魏羡只是埋头喝粥，下筷如飞。

隋右边无论坐姿还是饮食，是四位"扈从"当中最有独到气韵的一个。便是姚家随从铁骑当中最没心没肺的，都觉得这位姿容绝美的背剑女子绝非俗人，不是任何一位大泉世家公子能够拥有的扈从。

卢白象皱了皱眉头。

朱敛微笑道："怎么，不放心我？我就算有那份心思，可有那本事吗？"见卢白象不愿与自己说话，朱敛笑意更浓。

坐在最角落的道门师徒尹妙峰和邵渊然对视一眼，并未就此言谈半句，但是两人心湖之间，各有声音响起。

邵渊然喝着一碗小米粥，以心声询问道："埋河水神庙后半夜的异象，会不会跟此人有关？"

尹妙峰答道："说不定。照理来说，不太可能，毕竟那位水神娘娘引来的天地感应，是结成金丹的大气象，君子钟魁都未必有此能耐可以帮助她一二。只是这位来历不明的陈公子，实在不可以常理揣度，我们无须理会，只要不是横生枝节，我们就已经可以向大泉刘氏交差了。碧游府升不升官，都有一位书院君子兜着，已是万幸，如今埋河水神靠自己的本事进阶，我们昨夜登门拜访那一趟，其实也可以拿出来说道说道，沾沾光，说不定为师可以帮你要到一份好处。"

邵渊然点了点头。他眼角余光瞥了眼重新戴上帷帽的姚氏女子，不再说什么。

姚仙之和姚岭之虽然是姚家嫡系子孙，而且备受器重，可是一样没有资格跟爷爷姚镇同桌，三个位置坐着的，都是跟随姚镇征战大半辈子的老卒，无关品秩高低。姚镇视为理所当然，三位百战老卒也不觉得有何不妥。

姚仙之朝姚岭之眨眨眼，努了努嘴。

姚岭之问道："做什么？"

姚仙之压低嗓音，问道："你说陈公子是不是遇上了不开眼的家伙，斩妖除魔大杀四方去了？你想啊，陈公子凭借一己之力，打得埋河几百里妖魔，一个个鬼哭狼嚎，这幅画面，是不是特有英雄气概？”

姚岭之没好气道：“你还没睡醒吧，喜欢白天做梦？”

姚仙之挑眉道：“你觉得陈公子做不到？”

姚岭之说道：“我是觉得埋河没那么多鬼魅，毕竟有座水神庙压着呢。”

姚仙之哈哈笑道：“我就说嘛，你其实心里头也相信陈公子是有这份能耐的。”

姚岭之横眉竖眼，斥道：“喝你的粥！”

姚仙之开心笑道：“今儿粥特别好喝！”

哪家少年郎，不仰慕那真豪杰。

陈平安猛然惊醒，从床上坐起身后，大汗淋漓，仔细思量一番，才稍稍心安几分。记忆中，只说了文圣老先生的顺序，并没有过多涉及三四之争，也没有多说齐先生。不过即便如此，他决定等会儿见着了埋河水神娘娘，还是要提醒几句，关起门来闲聊，可以言行无忌，开了门就不要再谈论此事了，不然他陈平安可以一走了之，返回宝瓶洲，你水神娘娘的碧游府跟祠庙金身都是不可以挪窝的。

陈平安瞥了眼床底下的那双靴子，愣了一下，竟是靴尖朝里摆放的，他摇摇头，好嘛，生怕我不知道是你帮忙脱的靴子？真是一身的机灵劲儿，为何就不愿意多花在读书上？

离开屋子后，陈平安站在院中，约莫是辰时的尾巴上了，姚家队伍应该早已起程，他和裴钱需要加紧赶路，不提去往驿馆的三百里埋河水路，就已经耽搁了一个多时辰。

不过昨夜喝过那顿百年陈酿水花酒之后，此时神清气爽，既是客栈大战后身子骨痊愈得差不多了，更有心境上的轻松自如，就像一间老屋子，积攒了太多杂七杂八的物件，哪怕主人都视为宝贝，可若是哪天收拾齐整了，再一眼望去，肯定会更加顺眼。

院门口那边站着一个妙龄婢女，正是昨晚领着裴钱去看影壁的府邸水鬼，她对着陈平安嫣然一笑，道：“陈公子，娘娘要我在这边候着，只等公子醒了，就领着去往昨夜喝酒的大厅。”

陈平安笑着快步走去，问道：“我带来的那个小丫头呢？”

婢女抿嘴而笑，小心解释道：“那位小姐起得要早一些，只睡了不到一个时辰，就醒了，然后我带着她逛了一趟碧游府。小姐活泼开朗，府中下人都很喜欢。”

陈平安犹豫了一下，还是直白问道：“她没跟你们碧游府索要什么吧？”

婢女赶紧摇头道：“没有没有，真的没有。”也是个不会撒谎的。

陈平安无奈道：“她讨要了什么，若是太过贵重，我们不会带走，若是寻常之物，我可以付钱。”

婢女忐忑道：“她只要了些碧游府购自市井坊间的纸笔，说是她从今天起要学习画符，还说这笔钱，她迟早会还给碧游府的。陈公子，只是些寻常纸笔，真不值钱，恳请公子别责怪小姐，不如公子就当是我送给小姐的礼物？公子不知道，我已经好些年没有与人打交道了，小姐愿意与我说话聊天，我很开心，就跟我还是活人时过年似的。”

陈平安笑道：“那我就当是你送给她的，不过到时候我让她与你道声谢。”

婢女笑逐颜开，侧身施了个万福，道：“公子善解人意，希望以后能够常来咱们碧游府做客。”

陈平安见到了裴钱，她笑脸灿烂。陈平安问道：“就没什么想要说的？”

裴钱瞪了眼陈平安身后的女鬼，悻悻然从袖子里拿出一支兔毫小楷毛笔，然后掀起外衣，原来将一大摞宣纸贴身藏着了。

她赶紧说道：“我与萱花姐姐说过了，这笔和纸是我跟碧游府借的，以后肯定还钱！只是怕你不答应，我便藏了起来。”

陈平安问道：“就算你将来挣了钱，知道宝瓶洲离着桐叶洲有多远吗？以后怎么还？若是让仙家渡口帮忙寄送，那些钱，你都可以在南苑国京城买栋宅子了。你保证能挣到这么多银子？”

裴钱一脸茫然。

陈平安冷笑道：“说不定就是知道这点，所以才说愿意还钱吧？”

裴钱笑容尴尬，视线游移不定，就是不敢正视陈平安。

陈平安伸手过去。

裴钱哭丧着脸道：“不许打脑袋，不许扯耳朵，其他地方随便打！”

陈平安气笑道：“把笔纸交给我收起来，这位姐姐方才说了，是她当作离别礼物送给你的。”

裴钱将纸笔交给陈平安，望向那位捂嘴而笑的娇俏女鬼，一副感激涕零的表情，道：“萱花姐姐，你人这么好，不对，是当鬼当得这么好，应该让你当水神娘娘的。”

陈平安将物件收入养剑葫芦内的方寸物中，瞥了眼裴钱，裴钱立即醒悟，对着婢女鞠躬致谢。

两人一女鬼到了大厅，水神娘娘等候已久。

比起之前那个大大咧咧、有着江湖豪气的埋河水神，今天她总算有点水神娘娘的架势了，换上了一身类似朝廷诰命夫人的锦衣华服。

婢女萱花退去后，水神娘娘开门见山，沉声道：“陈平安，滴水之恩当涌泉相报，更何况是比天大的恩德，我得拿出点什么给你，不然愧疚难安。我想了一下，碧游府并无能够让你瞧得上眼的物件，我自己炼化的那些兵器，品秩是还凑合，只是两件法宝，都是我的本命物，给不了你，其余兵器，品秩又不够。话说回来，便是一股脑都给了你，还是不足以报恩，所以我想要将祠庙外那块祈雨碑上的仙家炼化口诀赠予你。”水神娘娘掏出一枚玉简，道：“希望你记下这门道诀后，最好立即销毁，并非是我小气，碑文所载，涉及一位上古仙人的证道根本，机缘大，因果也大，轻易外传，不一定是好事，一旦承载不住，反而惹祸。”

陈平安二话不说，点了点头，便笑着伸手接过，干脆利落地收入飞剑十五当中。

水神娘娘讶异道：“不推脱一二，与我客气几句？你来我往，就更显真情了啊。”

陈平安忍住笑，道：“实不相瞒，我还真需要一门上乘炼器口诀。当初莫名其妙就阴神夜游了，念头一起，就直奔你们水神庙，钟魁说的机缘所在，应该就是这个。天予不取反受其咎。”

水神娘娘挠挠头，道：“理是这个理，可总觉得缺了点什么。你要是大义凛然地拒绝了，来一句君子行事不图回报什么的，我再一哭二闹三上吊，死活要送你，你不得不收下，最后宾主尽欢而散，多有意思。”

陈平安笑着不说话。

之后水神娘娘便要带两人去往埋河，依旧是运用先前的神通，将二人送往埋河上游的驿馆附近。山河千里辗转一念间，这是山水神灵最让练气士羡慕的神道术法之一，另外一个应该就是神祇只要身处自家香火祠庙，便拥有类似儒家圣人坐镇书院和真人身处道观的额外威势。

水神娘娘大概是不愿太快分别，带着他们步行走向碧游府大门。临近大门，她突然问道：“陈平安，你有没有文圣老爷的著作？最好是文圣老爷亲自送你的那种。你放心，我不会堂而皇之供奉在水神庙，那也太不知死活了，我就是偷偷藏在碧游府中，与我私自刻下的那块牌位放在一起，这既是我的最大心愿，更是我的功利心使然。如今我神道跨出了一大步，修为暴涨，但是从今往后，更需要真正将文圣老爷的道德学问给读活了，直觉告诉我，一旦成功，我还能百尺竿头更进一步，说不定到时候连大泉王朝的五岳正神祠，都会不如我这座埋河水神庙。”

见陈平安默不作声，水神娘娘停下脚步，破天荒露出哀求神色，恳求道：“陈平安，求你了。”

陈平安思考很久，才答道：“老先生是送过我一本儒家入门典籍，却不是他的著作。”

水神娘娘满脸惊喜，忙道：“只要是过了文圣老爷手的书本，就成！我可不傻，书中必有大道真意！”

陈平安脑海中，浮现出那个初次见到的矮小女子，挎刀背剑，手持一杆差不多有她两人高的铁枪，在埋河水底大战水妖、慷慨奋发的英姿。更想起了她在水神庙外对他和钟魁说的言语，从头到尾，并无半点骄横，中正平和得不像神祇，而像一位真正的读书人。

陈平安叹了口气，转头对小女孩说道：“裴钱，我让你反复读的那本书，你应该已经背熟了，不然就送给水神娘娘吧？”

水神娘娘愣了愣，竟是询问的口气？

更让水神娘娘一头雾水的一幕出现了，裴钱咬紧嘴唇，死活不开口，更不愿意点头。

陈平安摘下养剑葫芦，喝了一口酒。

水神娘娘一咬牙，说道：“我碧游府其实还有一件镇宅之宝，极其珍稀，绝不比那仙人口诀差，只要愿意赠书，我就投桃报李！”随后她笑望向裴钱，道：“除了报答陈平安，我同样再送你一件好东西，不敢说价值连城，却也是一等一的罕见宝贝。”

可是裴钱只是站在原地，不说话不点头，两只小手死死攥紧衣角，心里既怕陈平安生她的气，从此更加讨厌她，又怕陈平安点头答应了水神娘娘。

陈平安别好养剑葫芦，弯下腰，竟然对裴钱笑了，揉了揉她的小脑袋，道：“不愿意就算了。”

裴钱抱住陈平安，一下子哭了起来。

陈平安都不知道这家伙是怎么想的，为何哭，对水神娘娘无奈一笑，道：“不好意思，我回到宝瓶洲后，争取帮你找一本，到时候寄给你，至于报答不报答的，用不着。”

水神娘娘哀叹一声，看了眼陈平安，又看了眼裴钱，扼腕痛惜道：“只好如此了。”

他们来到埋河水畔，陈平安背着裴钱往水中一跳。

水神娘娘大袖一卷，埋河水中再次出现先前朱敛所见的古怪漩涡，下一刻，她与陈平安和裴钱已经站在了三百里外的埋河水中，一人飘掠，一人踩水上岸。

水神娘娘站在岸边。陈平安告别离去，走出一段距离后，他大概是跟裴钱说了些什么，哭花了脸的小女孩转过头，与水神娘娘挥手告别。

水神娘娘笑着挥手。

渐行渐远，背后的裴钱始终呜呜咽咽。

陈平安笑道：“又没做错什么，哭什么？”

小女孩脑袋抵住陈平安，哭道：“对不起。”

陈平安：“嗯？”

小女孩伤心欲绝，又道：“你说得对，我就是个赔钱货。”

陈平安气笑道：“瞎说什么。以后记得好好读书，要用心。”

裴钱抽了抽鼻子，使劲点头。

陈平安没好气道：“别把鼻涕擦我身上。”

裴钱后仰一些，擦了擦陈平安背后的眼泪和鼻涕，笑了一声：“嘿！”

一大一小身影消失在远方。

水神娘娘开怀大笑起来，果然这才是文圣老爷的嫡传弟子！

若是一听说还有那重宝可以换取，世间有几人，会真正在乎一个身边小女孩的意愿？

她收起笑意后，脸色肃穆，向着陈平安离去的方向，作揖到底。

果然闻道有先后，昨夜坐而论道，今天起而行之，是谓知行合一。

陈平安真乃夫子也，真先生也！

姚家行事老到，驿馆那边有人等候陈平安，朱敛也在其中，少年斥候姚仙之更是死皮赖脸留下了。

陈平安与那两个姚家老卒道了歉，老卒们哈哈大笑，其中一人连忙摆手说陈公子这般客气，太把自己当外人了，使不得使不得。

姚仙之看待陈平安的眼神，就像看待一位从沙场凯旋的功勋武将，让陈平安有些摸不着头脑。

一行人骑马追赶大队伍，裴钱与陈平安同乘一马，小女孩高兴得很。老将军姚镇早就让车马缓行，于是很快陈平安就看到了那支队伍的身影。

姚镇经过这段时间的休养，又有一位皇子殿下的灵丹妙药辅助，被刺客重伤的伤势几乎已经痊愈，今天北行又放缓马蹄，在征得姚近之的同意后，离开了车厢开始骑马。到底是大半辈子在马背上厮杀的老人，年轻时候早早习惯了长途奔袭的急行军，便是在马背上睡觉都不会跌落，加之今天沿途风景怡人，又有小恩公陈平安与他并驾齐驱着聊天，说了些埋河水神庙的景象，姚镇精神头极好，笑声爽朗。

陈平安想要让老将军帮着跟官府讨要一幅埋河流域的堪舆图，姚镇问也不问就答应了下来。

裴钱已经被陈平安赶去车厢了，再度与隋右边共处一室，后者盘腿而坐，闭目养神，横剑在膝，气度森严。

裴钱一直就不喜欢这个冷冰冰的娘们——见了谁都跟欠了她好几十两银子似的，整天臭着一张脸，小心明年就变成一个老太婆。

裴钱在进车厢前，跟陈平安要回了那小楷毛笔和宣纸，这会儿坐在角落，自顾自打开棉布包裹，将新家当小心翼翼放入其中，又从最底下抽出一本褶皱严重的书，突然瞥见包裹里头有一双靴子，瞧着是新买不久，却沾满了泥土，她吐了吐舌头，赶紧收起包裹，不敢让人瞧见。

后仰躺下，裴钱双手高高拿着那本破损老旧的书，翻来覆去瞅了半天，最后放在脸上，沉沉睡去。

睡着之前，小女孩想起那个家伙要她以后真正用心读书，不要光用力气背书，她心里嘀咕，今儿太累啦，明天再说，明天一定做到。只是一想到有句话，叫作“明日复明日，明日何其多”，她便开心得快要笑出声了。

小女孩今天睡得格外香甜。

隋右边睁开那双狭长的桃花眸子，轻轻吐出一口气，随即她抬起手掌，轻轻一拂，将那股气机瞬间拍碎。

画卷四人，除了最早走出画卷牢笼的闷葫芦魏羡，其余三人都是同一天来到这座浩然天下。

朱敛走了条外家拳极致的路数，走到武学巅峰后，才由外转内，不然这个被丁婴亲手斩杀的武疯子，也不会想要一人打杀其余九位大宗师。那场惨绝人寰的大乱战，朱敛最可怕的地方，在于受伤越重，出手杀力越强，虽然丁婴侥幸活到了最后，还得到了朱敛头上的那顶莲花冠，可这位被誉为千古第一人的丁婴，一辈子都不曾与人提及那场南苑国京师之战，说不定这其中大有玄机。

卢白象才情极高，学什么都快且精，所以武学一途，海纳百川，这点与藕花福地后世第一人丁婴大致相同。只是卢白象的野心，或者说志向，不如丁婴那么疯魔纯粹，故而当年开创魔教之后，依旧是孤家寡人一个，喜欢云游四方，所以才会身陷重围。不过那一场大战，便是参与血腥围剿、落得个境界大跌的正道宗师，其内心深处，对于卢白象确也有一丝佩服。而那场大战中，最死战不休的两人，皆是爱慕卢白象的名门仙子，大概就是抱着殉情求死的心境了。

魏羡的武道最为罕见，天生的沙场万人敌，擅长应对围杀之局，一人凿阵，虽千万人吾往矣。历史上，关于这位南苑国开国皇帝的稗官野史和江湖趣闻，其中几乎没有任何捉对厮杀的记录。

而隋右边，无论是资质，还是心性，其实更像是一位浩然天下的修道之人，而不是憧憬什么“止境”的纯粹武夫。隋右边虽然最近始终身处方丈之地，但是她真正视线所及，依旧不是人间，而是那天上。

她如今在尝试一门剑走偏锋的剑术，这在灵气稀薄的藕花福地，只能是一座空中楼阁，而在浩然天下，却大有可为。

当下步骤有些类似武人的“填海”，只是她又有差异，是在腰肋之间煽风点火，自铸剑炉，温养一口剑气，模仿纯粹武夫一口真气，游若火龙，巡狩四方。

隋右边一旦成功，不仅仅是炼就了体魄，炼就了精神，还会炼就一缕剑气成剑坯，几乎是那剑修本命飞剑的雏形了。

而关于剑修的一切，如今的隋右边根本没有机会接触到，全靠自己的摸索领悟。隋右边的练剑天赋之高，可想而知。

她这些天只是听说了一些个姚家边军的私下议论，说的是姚家恩人陈平安挡下刺客的壮举，其中就提及剑修杀力之凌厉巨大，飞剑之神出鬼没，让她心向往之。

如此才好，藕花福地太小，容不下她的剑，这座天下够大，她有朝一日，定要去那最高处出剑！

隋右边继续闭上眼睛，她的对手，从来不是魏羡三人，修行一事，她绝不会输给任何人。

大泉王朝正值繁荣鼎盛。

车厢外边马蹄阵阵，沿途许多乡野稚童都会驻足观望，村夫村妇们也不畏惧，眼光中只有好奇。

陈平安骑马而行，看着那些大泉百姓。当年身边带着青衣小童和粉裙女童，在大雪纷飞时节过关入境，曾碰到了大骊一队精锐边军斥候，训练有素，极其精悍，看了他的通关文牒后，就笑着建议他们可以去往烽燧借住，躲避风雪。

对于大骊皇帝、藩王宋长镜，以及邻居宋集薪，陈平安的印象可算不上好，但正是因为那次偶遇，陈平安对于大骊王朝，没有了成见。

当天队伍在黄昏时分下榻于一座临近州城的大驿馆，驿馆极其雅致，还有一个小园林，绿竹丛丛。

当晚姚镇就亲自给陈平安送来一幅堪舆图。陈平安当时在屋内端详那块玉简，裴钱在桌对面打哈欠，脑门上贴着一张宝塔镇妖符，理由是她听说竹林容易出现女鬼，风一吹，哗啦啦地响，总觉得就会有女鬼在竹林间飘来荡去。姚镇敲门后，裴钱立即跑去开门，老将军见着了额头贴符箓的小丫头，一问缘由，哈哈大笑，说就算真有鬼祟隐匿竹林也不用怕，军伍出身的姚家儿郎，一个个阳煞十足，是鬼魅害怕他们才对。

裴钱“哦”了一声，摘下符箓放在桌上，就去自己的屋子睡觉了。

姚镇用手往下压了压，示意陈平安坐下说话。两人落座，陈平安自然要道谢，官府堪舆图，一直是朝廷严禁流入民间的物品，比起弓弩之类的兵器管制得更加严格。

姚镇笑道：“不是多大的事情，本地刺史答应得很爽快，当官当到了封疆大吏的分上，就不用太理会这种事情了。你也别觉得欠了我多大人情。话说回来，那刘刺史一开始见着了我，十分局促，没办法，他有个亲家，在兵部衙门当差，这不就落到我手上了，一听说我要一幅堪舆图，你是不知道当时他的脸色，那叫一个如释重负啊。”

陈平安笑道：“那我可就真不客气了？”

姚镇伸手指了指陈平安，笑道：“你啊你，我就不明白了，两场厮杀，生死可谓头等大事了，恩公是何等的爽利人，怎么到了日常相处，却如此规矩，不痛快，不豪气。”

陈平安无言以对。

姚镇轻声道：“我那孙子，姚仙之，脸皮薄，不敢开口，就求我来跟你说一声，想要你指点一下他的武艺。你觉得咋样？”

陈平安仔细想了一下，答道：“如果只是客客气气切磋一下，我自无不可。但是如果他想要真正有所收获，我推荐他去找魏羡，我帮他跟魏羡打声招呼。”

姚镇一本正经道：“那小子就是想要客气一下。”

陈平安无奈道：“那我明天跟他搭个手。”

姚镇抚须笑道：“那么客气之后，我再让他去找那魏羡。”

陈平安点头道：“回头我就去和魏羡说一声。如此一来，这幅堪舆图，我收得心安理得了。毕竟有我们这样的高手指点，千金难买。”

姚镇一拍桌子，大笑道：“对嘛，你现在这种不要脸的蔫儿坏，像我年轻时候，难怪咱们投缘！”

陈平安苦笑摇头。姚镇乘兴而来乘兴而归。

陈平安摊开那幅堪舆图，从方寸物中取出那方水字印，轻轻呵了口气，往埋河水神庙和碧游府两地，重重盖了两下，这才收起了水字印和堪舆图。

他继续浏览玉简上密密麻麻的蝇头小字，巴掌大小的玉简，正反两面篆刻了足足五千多字。正面为那仙家炼器诀的正文，反面是水神娘娘的注释和心得。

虽然表面上只是一门炼化器物的口诀，其实是说那五行大道，文字内容洁净精微，宗旨高远。因为水神娘娘是从一块祈雨碑文中悟得，她便以五行之水作为开端，来清晰地阐述大致脉络，水，五脏中肾主水，五官为耳，五觉为声，五指为尾指，五液为唾，五音为羽，五志为恐，五祀为井，主神为北方玄武。

涉及的气府窍穴，具体应该如何炼化，在玉简背面，水神娘娘皆有详细解释。她可以说是知无不言言无不尽，就连这门仙家道诀能够炼化金身和香火一事，都明说了。

陈平安看得惊心动魄，这才知道碑文上篆刻的“一滴天上金瓶水”，大有深意，是说口诀修行大成之后，简直就等于是将整颗金丹融化为水精的功效，润泽五脏六腑。“满空飞线若机杼”，则是将人体内经脉的“驿路”，牵连呼应。而“化作四天凉，扫却天下暑”中的四天，又涉及道家青冥天下，那座白玉京高楼中的四层，能够以四种道法帮助修士降服心魔，这可就不是旁门左道了，而是道家最正宗之法。这简直就是所有元婴地仙梦寐以求的通天坦途，行走其中，等于“山登绝顶”的地仙，往天上架起四座天桥，白白多出了四次保证不会误入歧途的机会，甚至可以原路返回，而且修行期间，同样可以裨益体魄神魂，这等好处，谁不艳羡？

难怪水神娘娘直言此诀“万物可炼”，推断就算是宗字头的仙家洞府，这道法诀都会是宗主独有的山门重宝。

陈平安闭上眼睛，在心中默默背诵那五千字，打定主意以后不可轻易拿出玉简。

不知为何，陈平安手握玉简，只觉得遍身清凉，通体舒泰，客栈一役的残余伤势，以极快速度恢复。陈平安睁开眼睛，意识到有些奇妙。只是这枚玉简到底是何种美玉，陈平安认不得，想着以后到了落魄山，可以问问魏檗。

后半夜，一阵水汽骤然弥漫，笼罩驿馆。白雾茫茫，尹妙峰和邵渊然硬生生打断了坐忘吐纳，同时走出屋子，去往园林那边。

陈平安也停下了剑炉立桩，打开窗户，一跃而出。

很快在几位随军修士火急火燎的提醒下，驿馆姚家人纷纷披衣起床，老卒们披挂甲胄，手持兵器，严阵以待。

朱敛屋内漆黑一片，但是佝偻老人其实一直围绕着桌子，默默打转，步伐极有讲究。

隋右边盘腿坐在床上，睁开眼后又闭上了眼。

魏羡直挺挺躺在床上，双手握拳叠放在腹部，纹丝不动。

卢白象来到窗口后停步。

竹林那边，见着了那位不速之客，尹妙峰和邵渊然都松了口气。尹妙峰笑着抱拳道贺道："水神娘娘金身大成，可喜可贺！"

眼前所站之人，身材矮小，身穿一身华美异常的诰命服饰，正是从碧游府匆忙赶来的埋河水神。

从今往后，便是金顶观观主亲临此地，见到了这位修为暴涨的埋河水神，都已经不能居高临下看她了。须知若是在那埋河水域，尤其是碧游府和水神庙附近，这位矮小女子就等同于一位元婴地仙的实力。

水神娘娘笑道："上次是我碧游府招待不周，万分失礼，我这次前来，除了一桩私事之外，也想要邀请尹真人近期去我府上做客，我给尹真人，还有小邵真人，都赔个罪。"

葆真道人还真有些受宠若惊：一来是对方修为今时不同往日，就算身在此地，亦可算是半个元婴大佬了；二来碧游府已经与那准圣人钟魁搭上了关系，哪怕撇下大泉刘氏不理不睬，朝廷也只能捏着鼻子认了；三来大泉上层都晓得这位埋河水神的臭脾气，她愿意如此表态，尹妙峰不过是一个龙门境的刘氏供奉之一，如何能够不惊喜？

即便心高气傲的邵渊然，脸上都有了真诚笑意。

陈平安来到师徒二人身边，先与他们问好一声，这才望向那位水神娘娘。

尹妙峰和邵渊然识趣离开，离开之前尹妙峰顺势点破了埋河水神的身份，让姚家老卒和随军修士都不用如此戒备。

姚镇笑着向水神娘娘遥遥一抱拳，埋河水神的种种传闻，便是在边境上都有不少，很对这位老将军的脾气。

水神娘娘对姚镇也抱拳还礼，说了一句让人哭笑不得的直爽话："哪天将军告老还乡，重回边关，一定要去我碧游府喝酒，管够！"

姚仙之和姚岭之，几乎同时翻了个白眼。姚近之头戴帷帽，站在姚镇身边，亭亭玉立。

最后水神娘娘手腕一翻，变出一坛酒来，抛给了陈平安，以心声相告道："小心收好那枚玉简，玉简本身，就是好东西，不然早就让那些大道文字给炸得粉碎了。"

接下来水神娘娘的言语，可就不藏藏掖掖了，谁都听得到，只见她大大咧咧地对陈平安豪爽笑道："这一路上思来想去，差点就想要以身相许报答大恩了，亏得我忍住了。这坛水花酒，我来的时候喝了小半，原本是想着给自己壮胆的，不承想入了驿馆，我还是胆子小了，实在说不出那臊人话。陈平安，少了一位如花似玉的美眷，是不是有些遗憾？哈哈，刚好剩下大半坛美酒，拿去借酒浇愁！"

这位水神娘娘，来也匆匆，去也匆匆。陈平安站在原地，拎着酒坛，总觉得这酒喝也不是，不喝也不是。

姚镇笑得幸灾乐祸。

姚仙之呆若木鸡之后，伸出双手，朝陈平安竖起两根大拇指。

裴钱迷迷糊糊站在远处。陈平安板着脸，带着裴钱返回住处。

两人分开的时候，陈平安严肃道："以后你如果见着了一个姓宁的姑娘，今晚的事情，不许说出去！"

裴钱眨了眨眼睛，问道："万一，我是说万一，我不小心说漏了嘴呢？"

陈平安沉声道："我被打个半死之后，我再把你打个半死，听明白了没有？"

裴钱立即朗声道："懂了！我读过了书，如今铁骨铮铮着哩，打死也不说！"

各自返回屋子。

陈平安抹了一把额头上的汗水，笑了起来。他不再练习剑炉立桩，而是趴在桌上，拿出那块小小的磨刀石，上面篆刻着漂亮的"天真"二字，可爱的"宁姚"二字。

宁姑娘，我很好。这一路，又走了很远，遇上了很多人和事。

有些想你，不对，是很想你了。

第四章 白猿背剑

一位身穿诰命华服的矮小女子，凭空出现在埋河水岸，缓缓而行。

随着境界修为的急剧攀升，埋河水神娘娘对于两岸水运的掌控，越发娴熟，这就像是武将在开疆拓土，马蹄所至，即是国土。

埋河本就是一条几乎东西向横贯大半个大泉王朝的大河，之前她是凭借一身炼化兵器，勉强维持埋河威势，面对一头尚未跻身金丹境的作祟水妖，就已经颇为吃力，若是贸贸然升碧游府为碧游宫，大泉朝廷又不愿拿出一部分国运，让钦天监修士带来放入水神庙中，一旦府邸匾额换成了碧游宫，四面八方皆是眼红和垂涎，说不定宫府两块匾额，哪天就给人当柴烧了，这也是这位水神娘娘不愿答应的原因之一。

她天生豪爽、性情暴躁，这不假，可能够坐镇埋河数百年，将一桩桩机缘都牢牢抓在手中，自然绝非痴傻之辈。

她蹲下身，从埋河中掬起一捧水，月色下，手心的河水涟漪微微荡漾，相较以往，灵气盎然了太多。

赶来驿馆之前，先是有许多水神庙承受不住的香火精华，倒退流转，悉数涌入祠庙，原本银白色的香火精华，竟然变成了淡金色，丝丝缕缕，飘向主殿内那尊泥塑金身。金身金身，可不是什么造像匠人的镏金镀金手艺，而是一位山水神祇的神道根本所在，是一种大道显化。那些淡金色的浓郁香火缓缓熏染神台上的金身神像，在神道之中，被誉为“描金”。只有两种情况，才会出现这等异象：一种是带着皇帝旨意的钦天监修士，奉旨行事，以一支御制毛笔蘸金描绘某位神祇金身，多是“数次点化”而已；还有一种是儒家圣人,对着金身“指点江山”,而且这些儒圣,至少是七十二书院山主之辈。

除了埋河水神庙莫名其妙获此大福缘之外,碧游府更是水运升腾,祥云汇聚如一顶华盖,几乎能算是一座修行的洞天福地了。

此举被视为封正!真真正正被浩然天地正统所认可!

河神娘娘心再大,也知道这份令她措手不及的大恩,丝毫不比第一次陈小夫子授业解惑逊色。

在驿馆开玩笑说想以身相许,实在是她不知如何报答了。

那枚玉简,其实就是她碧游府的镇宅之宝。上古时代,埋河曾经是桐叶洲三条入海大渎之一的主干,此后沧海桑田,因江河改道、积淤、阻塞种种变故,那条大渎的规模越来越小,最终只剩下了一截,便是埋河。碧游府的前身,是一座河渎龙宫的废墟,而那枚玉简就是她从破败龙宫中找到的至宝,万年不改颜色,是那江河水精凝为实质,更是一方天地水运的具象,再由老龙王炼化为玉简。想必龙宫犹在的遥远岁月里,这枚玉简就是龙王爱不释手的珍惜之物。

她要陈平安记下仙家道诀后就立即销毁玉简,其实是起了一些戏弄之心。

除非陈平安是上五境神仙,才有本事毁去玉简。

不过既然拥有了那门“一步登仙”的道诀,要将玉简炼化为本命物,她相信只要陈平安用心,希望不小。

她一步跨入埋河,走在水面上,如志怪小说里的神女。唯一的美中不足,就是那头水妖肯定勾结了附近某位山神,登岸隐匿于某地山运之中,没了踪迹。

水神娘娘一个后仰直直倒去,就那么躺在埋河水面上,随着水流往下游漂荡而去。河中溺死的水鬼,浩浩荡荡在河底跟随这位水神娘娘,往水神庙那边漂去。

她突然捂住脸,一副没脸见人的娇憨模样,自语道:“那些羞臊话,哪里是一个黄花大闺女可以说的。”好在很快就恢复了斗志,她坐起身,雀跃道:“赶紧让人去蜃景城请匠人,重塑神像!人靠衣装神靠金装!神像胸脯那边的曲线,夸张就夸张一些嘛,腿也可以长一些!”

一些开了灵智的河底游荡水鬼,真是长了见识,世间还有如此……有趣的水神娘娘。

姚家队伍的北行之路,遇上了很多啼笑皆非的事情。

一位小有名气的江湖豪杰,带了一杆精铁打造的八宝玲珑枪,慕名而来,说要领教威震边关的姚家枪。

此人呼朋唤友,十数骑呼啸而至,齐齐停在官道上,他高坐马背之上,抖了一个花俏枪花。倒不能说是三脚猫功夫,身为二三流武夫,十数年水磨功夫还是有的,只是这类武林中人的切磋技击，比起姚家铁枪当然不在一个境界上，后者转瞬之间，可分生死。

姚镇当时坐在车厢内翻阅兵书，只觉得好笑，没有跟这帮想出名想疯了的江湖好汉一般见识。姚近之一声令下，姚家骑卒默然摘下轻弩，吓得那拨人立即蹿出官道，等到姚家队伍远去，才喋喋不休，埋怨这姚家铁骑是绣花枕头，徒有虚名，连下场比较枪法高低的底气都没有。结果当天这伙人就被州城官府缉拿归案，难兄难弟们吃了顿结结实实的牢饭。

后来还有一个下五境的野修，年纪不大，二十岁出头，想成为姚家的随军供奉，却也不敢造次，说清楚大致身世背景以及适当吹捧了一下自己的神仙术法后，就在下榻驿馆外边蹲着，啃着干饼就着劣酒，等候发落。姚镇让人送了一百两银子给他，野修涨红了脸，仍是收了银子才离开。

随着距离蜃景城越来越近，姚镇即将赴任兵部尚书的消息不胫而走，传遍朝野。又有一位落魄不得志的兵家修士，正值壮年，身材魁梧，堵住了去路，扬言姚家只要有人胜得了他，他立即滚蛋。然后邵渊然露了一手，他便滚蛋了。

真正引起姚家队伍好奇心的，是山神涉水、水神上山这接连两桩奇事。

只不过这两位山水神祇，远远比不得埋河水神这等品秩，是最末流的地方神灵。那山神管辖方圆百里地界，水神则是负责一条两百里河水的河伯，双方山水相邻，关系并不和睦，时有摩擦，不过以往都是小打小闹，在山水边界隔空对骂而已，但近期一位大香客更换了烧香门庭，从山神庙去了水神祠，那可关系着每年小十万两白银进谁口袋的问题，小山神就让麾下一名土地公，暗地里去劝说香客回心转意，不料给河伯撞了个正着，打得土地公灰头土脸。山神一气之下，直接越界涉水，两把大板斧，打得十数里河水掀起滔天大浪，百姓惊骇，水神哪里丢得起这个脸，裹挟江水，倒流上山，直扑山神庙。

姚家队伍当时刚好在岸边赶路，见此情景两位供奉和姚家随军修士就护着姚镇和那三姚，去看热闹。

陈平安也在一行人当中，只有裴钱和朱敛跟随左右。

于是就看到了河伯逞凶山神庙的景象。

双方好一通厮杀，山神占着地利，将河伯打回水中，河伯就再次驾驭浑浊河水直扑山神庙，愈战愈勇。

双方你来我往，各展神通，好好一座秀丽山峰，给大水淹得一塌糊涂，参天树木断折无数。

战场之外，山上的土地公和山魈精魅，河边的虾兵蟹将和水鬼仆役，摇旗呐喊，一个个声嘶力竭，看上去比上阵厮杀还要累。而且双方相互较劲，河里的在河边架起了红皮大鼓，为自家河伯老爷擂鼓助威，鼓声如雷；山上的就赶紧搬出一面高达数丈的旗帜，使劲挥舞，猎猎作响。

邵渊然站在姚近之身边，为她解释山水神祇的内幕，言谈风趣。一旁少女姚岭之听得有滋有味，只是不知道帷帽下的姐姐姚近之，是什么心思。

裴钱忙着在岸边捡取那些活蹦乱跳的河鱼，这可比她自己钓鱼轻松太多了。

这场闹剧，被一位脸色铁青的州城城隍爷打断，他御风而来，悬停空中，把两位神祇骂得狗血淋头。

这位城隍爷身穿大泉礼部特制的官服，前后官补子与阳间官服相同，只是城隍爷的官服一律为黑色，意味着为人间君主行走阴间，约束夜间出没的众多鬼魅阴魂。相比散落天下各处又屡禁不绝的淫祠，城隍爷更需要朝廷敕封，而且几乎不存在“名不正”的情况。必须扎根城池之中的城隍爷，自然最容易受到朝廷控制，而且城隍爷对朝廷天然忠心。

陈平安看着这方山水的闹腾，心境平和。比起自己在龙泉小镇的经历和两次游历时的所见所闻，眼前这些画面终究是小打小闹，谈不上可笑，只是很难再有在家乡披云山第一次见到壮阔江河的感觉了。

朱敛就站在陈平安身边，四名扈从当中，姚家人对此人印象深刻，因为相比其余三人，这个佝偻老人真的太像一名随从了。加上都听说了客栈厮杀中四人的表现，依稀知道背剑的绝色女子是一位剑师，器宇轩昂的卢先生是用刀的宗师，闷声不吭的魏羡一夫当关，挡住了皇室练气士的围攻，而这个神色慈祥的小老头，出手最凶残，大战落幕之际，老人所站位置四周，地上都是残肢断骸。

朱敛没有去看陈平安，许多时候，人心无须用眼看。

朱敛越发好奇那个龙泉郡，以及龙泉郡前身骊珠洞天，到底是如何的藏龙卧虎，才能够让如此年轻的陈平安，好似早早见过了人间的大风大浪，再难有心境上的波澜起伏。

年纪轻轻，古井无波，难免有暮气、城府之嫌。但是朱敛却不做如此想，处处与人为善的陈平安带给他一种模糊的感觉，就像那心境的古井深处，隐约有一条恶蛟在水底游弋，影影绰绰。

只是这条不为人知的蛟龙，大概是被礼仪规矩、善恶之分等给死死束缚在井底，哪怕是想要浮出水面、探出头颅都做不到。

朱敛不敢揣测其他，只确定一件事情：陈平安内心深处，必有一两个放不下的极大执念。

这次腾云驾雾数百里赶来劝架，让城隍爷劳心劳力，心情大恶，他恨不得将那河伯庙、山神庙一脚一个踩平了。

山水神祇擅自越界一事，极其敏感，一旦给人往京城礼部衙门捅上去，他这么个人在家中坐、祸从天上来的城隍爷，下场比那两个不知轻重的蠢货好不到哪里去。

城隍爷打发了那两个战战兢兢的王八蛋，发现了河边的姚家一行人。他运用望气之术，只是一瞧，就觉得这些人有些刺眼，心中震撼，立即想要落下身形，去一探深浅，只是那些人跋扈得无法无天，有两位修士直接拔刀相向，放话说“不得靠近，不然视为行刺”。城隍爷气得差点要喊回那两个辖境下属神祇，所幸吃了几百年的香火，养气功夫到底还是有一些，最终只是牢牢记住了那些陌生面孔，脸色阴沉地返回州城。

返回大队伍的途中，姚镇来到姚近之身边，轻声问道：“为何如此不近人情？”

姚近之无奈道：“一路上的官场应酬，觥筹交错，在所难免，可若是涉及城隍和神灵，可就说不清楚了。爷爷总不希望还没进入蜃景城，就被六科言官以密折弹劾吧？哪怕皇帝陛下不理，可是京城从官场到市井，注定要掀起一阵妖风妖雨，天底下有谁不爱看热闹？我们自己这趟不就是来看热闹的吗？会在乎那山神河伯的对错是非吗？”

姚镇让她一点就透，深以为然。老将军心中惋惜不已，若是姚近之是男儿身，留在边关，才叫放心。

裴钱捡了一大堆河鱼，结果陈平安不愿意收，她只得拎着鱼尾巴，一条条使劲甩回河中，累得她汗流浃背。

到了既是州城又是郡城的骑鹤城，大泉京师近在咫尺了。

这座郡城历史悠久，相传有一位修道高人在此骑鹤飞升，令其名声大噪。郡内有一座小山，风景平淡无奇，只因为是那仙人骑鹤飞升之地，每年都有无数文人骚客来此游历，小山四周，皆是京师权贵购置打造的宅院，寸土寸金。

先前那位城隍爷应该就在这座城中，而姚镇还不至于忌惮一个州城城隍。

掌握一国城隍升迁、贬谪的礼部尚书，品秩俸禄与他没差，何况大泉尚武，兵部尚书不是什么虚职，不然也不会成为所有武将养老的第一把交椅。

依旧是下榻驿馆，这是朝廷规矩。城内驿馆占地极广，竟是不输王侯宅院，为了迎接姚镇，刺史和郡守派人几乎清空了整个驿馆。

事已至此，姚镇只能领情，假装什么都不知道。水至清则无鱼，官场尤为如此。

一般而言，庙堂上容得下忠臣奸臣、能吏昏官和众多墙头草，唯独容不下一位好似道德圣人的存在。那就像朝堂上高悬着一面照妖镜，一众国之栋梁们的种种瑕疵，纤毫毕现。

老将军心中感慨万分，这些为人处世的道理，是孙女姚近之在十四五岁时候说的话。

有些时候，姚镇会自嘲，自己这一大把年纪攒下的人生阅历，难不成都当成马草给喂了战马？

好在队伍之中还有个陈平安，姚镇这次北行，就喜欢找这个年轻人闲聊。

陈平安先前按照约定，跟姚仙之切磋过，指点了一二。姚仙之将陈平安的话语奉为圭臬，回去找爷爷谈心的时候，很是忧伤，说自己这一辈子练武都练到了狗身上。姚镇就问他："你这个所谓的'一辈子'是几十年啊？"姚仙之哑口无言，把一旁煮茶的姚近之给逗乐了。姚近之虽然下棋就没有赢过卢白象，可这斗茶，她堪称国手。

风沙粗粝的边关之地，世代男女皆英武的姚家，怎么就养出这么一个钟灵毓秀的女子？

姚仙之没来由冒出一句："近之姐，我不喜欢那个邵渊然，我喜欢陈平安。"

姚近之微笑道："你喜欢和不喜欢，关我什么事？"

姚仙之还要说话，被姚近之瞪了一眼，就吓得把到了嘴边的话语咽回了肚子里。

姚镇笑得很没有家主风范。

姚近之轻描淡写地说："爷爷，如果不出意外，朝廷马上就有密使来到骑鹤城，到时候爷爷再笑不迟。"

姚镇笑不出来了，跟这些在官场染缸里浸泡过几十年，一个个在公门修行成老狐狸精的家伙，玩那花花肠子，实在是让老人头痛。

陈平安在自己屋子里练习六步走桩，以虚握剑式，闭目观想一位位剑修各具风采的出剑。

桌上摆放着一节竹筒，竹子是普通绿竹，从沿途一座青山上的竹林中随手劈砍而来。

陈平安想要雕刻出一只笔筒，作为临别赠礼，送给姚老将军。

裴钱跑过来说想要去外边逛逛，陈平安就让她去问卢白象愿不愿意带她出门，如果不行，那就老实待在屋子里读书。

之前陈平安给了她第二本儒家典籍，有一天她一脸雀跃地来到陈平安房间，说自己能够倒背如流了。陈平安拿起书，让她试试看，竟然还真一字不差，背诵了千余字，然后就被陈平安扯住了耳朵，让她回屋子闭门思过，只说了一句："告诉你读书要用心，你当作了耳旁风？"

裴钱气鼓鼓回到自己屋子，站在椅子上，俯瞰着桌上那本破书，捏着下巴，眉头紧锁。用心？啥个意思？自己这还不够用心？为了能够做到把一本书倒背如流，花了她一炷香工夫呢。她蹲下身，看了看撰写这本狗屁典籍的圣贤名字，记住了，等到自己练成了剑术和拳法，以后一定要打得这个老王八蛋哭爹喊娘。

她重新站起身，瞎琢磨了半天，就是没能想出答案，便跳下椅子，拎着那根相依为命已久的行山杖，练习了一通疯魔棍法。

耍完之后，丢了行山杖，她顿时觉得自己距离天下第一高手又近了些，这才心情好转，扑倒床上，呼呼大睡去也。

今儿得了陈平安的指令，裴钱便屁颠屁颠地去找那个私底下被她取了个"小白"绰号的卢白象，但是卢白象竟然在跟隋右边下棋，说等他半个时辰，裴钱便转头望向枯坐一旁、看不懂棋，就只为了等待分出胜负的魏羡，刚要说话，正死死盯着棋局的魏羡突然说了个“走”字，就站起身来，裴钱恍然大悟，两人一起离开驿馆去逛街。

裴钱笑问道：“老魏，你身上带钱了没？”

四人当中，裴钱对魏羡最不害怕，口口声声喊他老魏。魏羡也从不恶脸相向，事实上是他根本不在乎。

魏羡默不作声。

裴钱埋怨道：“那上个屁的街，瞧见了漂亮玩意儿和好吃的，咱们都买不起。”

魏羡突然说道：“我有些银子。”

裴钱皱眉道：“哪来的？偷的？抢的？你分我一半，我就不告诉陈平安。”

魏羡说道：“教了客栈小瘸子一套拳法，得了几钱银子，最近传授姚仙之拳桩，又得了十几两。”

裴钱满脸艳羡道：“老魏你可以啊，走哪儿都能挣着大钱，这一点我服你。”裴钱双手负后，挺起胸膛走路，很快又啧啧道：“不过老魏你还骗小瘸子的钱，就不厚道了，骗他还不如骗那九娘呢，她兜里才真的有钱。可惜喽，老魏你长得不讨喜，远远不如我爹年轻俊俏。老魏，生了这副砢碜模样，怨不怨你爹娘？”

堂堂一位开国帝王，给一个小闺女这么说道，亏得魏羡还能无动于衷。身材矮小的汉子一板一眼道：“当年宫廷画师给我画像，都称赞我相貌英伟，我觉得他们说的是真心话。”

裴钱震惊道：“老魏，是你猪油蒙了心，还是他们眼珠子长在屁股上头了？”

魏羡继续修起了闭口禅。

骑鹤城无夜禁，城内富豪不计其数，很愿意一掷千金。

出了驿馆，拐出一条街后，一大一小走在熙熙攘攘的人流中。裴钱兜里没有一文钱，但是气势上像是个腰缠万贯的富二代。

这也不奇怪，她都能在人生地不熟的狐儿镇，骗得一大帮同龄人都以为她真是一位流落民间的公主殿下，最后还能把一伙精明油滑的捕快骗得团团转，毕恭毕敬地把她护送回客栈。

裴钱突然问道：“老魏，我总觉得那个每天不敢见人的娘们，看我爹的眼神不太对劲。”

魏羡淡然道：“帝王心术也。”

裴钱一头雾水，问：“你说啥？”

魏羡不再言语。

裴钱也没刨根问底，咽了咽口水，有些嘴馋了，笑眯眯道：“老魏，能不能给我买个糖人吃？”

魏羡摇头。

裴钱气愤道:“老魏,你怎么如此小气家家的?”

魏羡破天荒露出笑意,道:“我可没陈平安那本事和耐心,养不熟你。”

裴钱懵懵懂懂,可怜兮兮道:“那我跟你借钱买糖人?”

魏羡点头,道:“按照三分利算。”

裴钱愁眉苦脸,道:“虽然我知道三分利是个啥规矩,但我觉得还是算了吧,不吃就不吃,饿不死人的。”说是这么说,她脚底生风跑到了一个吹糖人的摊子前边,双脚生根,死活不愿意挪窝了。

魏羡总不能撇下裴钱一个人,弄丢了裴钱,陈平安这种人,肯定会对他拳脚相向。

摊子那边,带架子的长方柜,下边有个木圆笼,装着小炭炉,吹糖老翁手法娴熟,以大勺子浇下黏稠的金黄色糖稀,兜兜转转,瞬间就能变出各色糖人。周围稚童扎堆,一个个瞪大眼睛流着口水,有长辈在身边的,都如愿拿到了造型各异的糖人。

魏羡掏钱买了两串,裴钱眼巴巴盯着一手一串的魏羡。

魏羡递给裴钱一串,慷慨道:“赏你了。”这口气,就像是帝王赏赐了一块多大藩地似的。

裴钱眉开眼笑,道:“回去我在爹面前,天天说你的好话。我如今是半个读书人了,一口唾沫一颗钉!”

一大一小,啃着糖人,人海之中,并不起眼。

驿馆内,棋盘上已经分出了胜负,仍是隋右边输。

隋右边对于手谈一事,并无胜负心,

卢白象在屋内独自复盘,凝视着棋局,双指拈着一枚棋子,按在桌面上,轻轻滑动。

不远处那间屋子里,陈平安正在雕刻那只竹筒,他要尝试着在笔筒外边篆刻一整篇圣贤文章。

所幸这些年一直在竹筒上刻字,唯手熟耳,又有少年岁月烧瓷拉坯的底子在,字刻得不敢说气韵飞扬,但字里行间,蕴含着端正之意,即使没有咄咄逼人、入木三分的雄健气势,却也如溪水绵长,终归还是有那么点意思在的。

有人说,下五境修士修了个长寿,中五境修士在求长生不朽,上五境修士在更高处更远处大道独行,几乎一刻不得停歇。陈平安觉得这样没什么不对,忙碌充实,不辜负光阴,只是偶尔还是需要停下脚步,或者是放缓脚步,静下心来,欣赏修行路上的风景。

在竹筒上刻下美好的文字,是如此;亲手做个不甚值钱、唯有心意的笔筒,也是如此。

一夜无事。

陈平安熬夜刻了大半笔筒，睡了两个时辰就起床，在继续走拳桩的同时又虚握练剑。

即将入冬了，不知道有没有那份运气，到了蜃景城外那座渡口，就遇上今年第一场大雪？大雪之中的蜃景城，据说宛如仙境。

吃早饭的时候，陈平安得知姚家队伍要在骑鹤城休整两天，也未上心。

姚仙之跑来找陈平安，说大伙儿约好了，一起去游览那座仙人骑鹤飞升的小山，而且刺史府邸那边早早通知驿馆，无论姚老将军去不去那边，小山附近今天都会戒严，不许任何人登山。

碰头后，陈平安发现人还不少，有同辈的三姚，身穿青衫的道士邵渊然，竟然还有极少抛头露面的隋右边。

魏羡和卢白象选择留在驿馆，一路游山玩水的老将军此次没有露面，有些不同寻常。

今天出门，陈平安换上了那件品秩提高一筹的法袍金醴，所以是以白衣现身，若是有心，就会发现他的发髻上还别着一支白玉簪子。

宝瓶洲最北端的大骊王朝，其青壮男子本就身材高大，普遍要比南方老龙城那边高出至少半个脑袋。而且十五六岁的男子，成家娶妻，在宝瓶洲市井乡野，是常有的事。唯有豪阀世族和书香门第，才会讲究二十及冠。

陈平安在练拳之后，个子一直在往上蹿，不知不觉中，已经是正儿八经的年轻人相貌了。

陈平安屁股后头跟着那个黝黑精瘦的裴钱。只要是在陈平安身边，裴钱就没那么害怕朱敛。

一行人去往城中央那座小山，经过州城武庙门外，看到了一个怪人，发生了一件怪事。

那是一个身上带着血污的高壮少年，闯入了武庙，结果很快被武庙庙祝带人架着丢出了大门。

州城的文武两庙，可不是闲杂人等可以闹事的地方。

那少年被丢出门外后，朝着武庙使劲磕头，砰砰作响。

庙祝是一位瘦高老者，站在台阶顶上，对少年厉色道："武庙圣人手持之刀，岂可被凡夫俗子染指？我念你年少无知，闯庙一事，不与你计较，速速离去，莫要痴心妄想！"

原来是一个闯入武庙、想要与圣人借刀的少年郎。

少年磕头磕得额头红肿，已经有了血丝，他抬起头，满脸绝望的泪水，沙哑着嗓子道："师父为了本郡百姓，一心杀妖除害，如今被困山林迷瘴之中，危在旦夕！师父将我送出山雾瘴气后，说只有跟武庙老爷借了那把长刀，才有机会斩杀那头祸害一方的凶狠大妖！庙祝老爷，我求你了，这是积德行善之事，武圣老爷不会生气的……”

庙祝冷笑道：“武圣老爷生不生气，你说了算？私自动用一位武庙圣人的兵器，按照大泉律法，你知道是什么罪责吗？县令就地免职！太守降一品！刺史罚俸三年！”

少年伤心欲绝，喃喃道：“地方上有了害人的妖魔，当官的不管也就罢了，如今连武圣老爷也不愿意管吗？”

庙祝看似疾言厉色，眼神冷漠，实则心中叹息一声：“你这少年郎，世间事哪有如此简单啊。”

朱敛抬了抬眼皮子，瞥了眼站在他身前的陈平安。陈平安刚要抬脚，邵渊然已经大步走出，陈平安便悄然收住了脚步。

邵渊然来到那少年身边，蹲下身问道：“你师父被困在何处，可知妖魔修为大致高低？”

少年一一禀明。

邵渊然伸手扶起了少年，一把抓住他的肩头，微笑道：“我去救你师父，助他除妖。”

邵渊然转过头，望向头戴帷帽的姚近之，致歉道：“姚姑娘，我恐怕去不了小山了。”

姚岭之轻轻点头，看不清面容。

邵渊然抓起少年，一掠而走，跃上远处屋脊，几次蜻蜓点水，便不见了踪迹。

姚仙之心生佩服，对邵渊然这位大泉年轻供奉的印象好了几分。

裴钱先前一直眯着眼看那个姓邵的，此时她歪着脑袋，怔怔无言。

有了这场风波，随后那趟登山之旅，众人就没了太多兴致，而且小山确实太小，并无任何出彩的地方。

只有背剑的隋右边站在山顶，仰头看着天幕，眼神炙热。

陈平安除了有些遗憾于此处风景的平平无奇，没有流露出太多情绪。

大泉山神、水神互斗也罢，骑鹤城的少年武庙借刀也好，终究是些不起眼的小水花。

大伏书院山主去与太平山宗主会合，联手阻截十二境大妖的入海远遁，才是大事，而君子钟魁去往太平山山门，也不算小事。

除了大伏书院另外两位君子、三位贤人和二十多位书院弟子，更南边一些的那座文渊书院，来到太平山的读书人数量更多，足足五十多人，可惜只由一位老迈君子领衔，其余书院弟子，修为远远不如大伏书院。

这就是文渊书院的尴尬之处，书院名声不显，是桐叶洲四大书院中最不出人才的那个，山上经常有传言，这文渊书院恐怕要被摘掉七十二书院之一的头衔。因为这座书院已经将近百年没有出现一位新君子，书院正副三位山主，也没有太多拿得出手的圣贤文章。世人游历文渊书院，不是冲着圣贤去的，而是冲着那座藏书无数的文渊阁。

钟魁到了太平山山门，果真依循先生的训诫，告诉所有大伏书院弟子，听从太平山道人的安排，不可擅自行动。

虽然四方祸事不断，可是太平山道士无论何种辈分，都没有任何手忙脚乱，依然井然有序。一拨拨练气士按计划下山去往各地围剿妖魔，有折损有伤亡，战死之人，多是太平山道士，这让两大书院和许多仙家洞府的练气士，都心生敬意，越发精诚合作。一场场厮杀间隙，来自各地、同仇敌忾的众人，所谈最多之人，是扶乩宗那个一举成名的外门杂役少年，据说他已经被扶乩宗宗主收为关门弟子，宗主赐给少年一把曾由宗主的道侣炼化百年的半仙兵。

如果不是这位少年撞破了那头十二境大妖的阴谋，果断地提前发难，太平山那口井狱镇压的妖魔，恐怕就不是逃逸大半，而是全部重见天日，尤其是最底层的几头妖魔，道行高深，最低都是元婴修为。

最近一旬内，不断有潜伏各地的妖魔浮出水面，大肆祸乱一方，而且这拨妖魔，多是龙门境和金丹境，极难围剿。

太平山不敢掉以轻心，无论是本门道士还是驰援太平山的同道中人，几乎倾巢出动。唯有君子钟魁，选择留在了太平山。

所有人对此都没有异议，因为此次行走四方斩妖除魔，就以钟魁杀敌最多，而且他并非一味护着自家书院弟子，数次下山厮杀，他都主动进入其他山头门派的练气士队伍，所以太平山原本负责主持大局的元婴地仙，在亲自下山之前，对钟魁笑言："山门就暂时托付给钟先生了。"

那位元婴地仙私底下向钟魁透露，他们太平山的那位祖师爷，很快就可以返回，说不定还会从藕花福地带回那位女冠黄庭。

钟魁便大笑说，赶紧回来才好，不用他每天盯着那口井狱了。

在那之后，钟魁每天都会独自巡查井狱底层。

这天深夜，他刚刚走出井狱，就看到了一头听说过大名却素未谋面的……大妖。

事实上别说是他钟魁一个外人，就算是太平山许多辈分很高的道士，都没见过就在太平山上修行的这头大妖。

那是一头境界极高的背剑白猿，身穿黑衣，身材与成人男子等高，只是没有幻化成人形，始终保持着白猿原貌。

老猿虽是名动桐叶洲的大妖，却也是太平山的镇山供奉，不提老猿之前的修行岁月，仅是为太平山看护门户一事，就已经三千年之久了。

这头老猿的岁数，比太平山那位下山在外、硕果仅存的祖师爷，还要大。井狱的打造，是太平山开山鼻祖的通天大手笔，可在那之后的漫长岁月里，看守井狱一事，都交给了这位喜好背剑、极少现世的白猿。历史上寥寥几次大妖魔头的逃离，无一例外，都是白猿亲手解决，而且处理得干干净净，甚至连太平山许多地仙都不曾听说。

此次大乱之时，正值玉璞境的剑修老猿闭关，试图打破那仙人境瓶颈。算起来不过才闭关三五年，老猿就出关了，难道是知晓了外边的动静，不得不提前现身?

秋风肃杀，山林寂静，老猿哪怕只是站在那边，便如一座巍峨山岳。

钟魁仍是大泉边陲客栈的那一袭青衫，问道:“是你，对吧?”

背剑白猿没有说话，只以背后升起的如虹剑气作答。

人生路上，总会有那么几场疾风骤雨，就像是老天爷在提醒世人，你们是在寄人篱下，要乖乖低头，比如陈平安在泥瓶巷自家门口遇上了个蔡金简，在蛟龙沟遇上法袍金醴的原先主人，误入藕花深处，就迎来了一场宗师联手的围剿。

就看熬不熬得过去了。熬过去，雨后天晴;熬不过去，最多也就只能像武夫那般，嚷着十八年后还是一条好汉。

师父领进门，修行在个人。钟魁今天就是如此。

今天之前，大伏书院钟魁的修行，太好太快，太让人惊艳，在大道上一骑绝尘，让桐叶洲所有儒生难以望其项背。

可是今天，白猿现世，生死大敌。

这场面比起钟魁的先生——大伏书院山主去拦截那头隐匿扶乩宗附近的大妖，其实更加凶险。

这是有违山主初衷的。

钟魁当下处境，堪称必死之地。

白猿眼神漠然，看着这个被视为有望成为某座学宫大祭酒的年轻书生。

钟魁深呼吸一口气，眼前这头背着一把古剑的白猿，即便不曾破开仙人境瓶颈，即便不是先天以体魄强韧著称于世的妖族，也还是一位实打实的玉璞境剑修。

如果说练气士是天底下最叛逆的窃贼，胆敢叫板那天道循环的生死定数，那么剑修，无疑又是练气士中最不讲理的存在。

君子无故，玉不去身，白猿出鞘第一剑，就将钟魁那块大伏书院赠予每位君子的护身玉佩，给打得化作齑粉。

一君子一大妖之间，蕴含儒家圣贤文章真意的玉佩粉碎后，数以百计的金色文字缓缓消逝于人间，像是落了一场金色的小雨。

钟魁刹那之间就退至数十丈外的一处井狱边沿，双袖鼓荡，秋风肃杀，小小两只青衫袖口内，充斥着沙场秋点兵的雄浑气势。

太平山的这口井狱，是一口巨大水井模样的建筑，井壁开凿有一条不断向下的栈道，旋转向下，阴气森寒，就像一个直达幽冥的无底洞。

下五境修士甚至只要靠近井狱，就会被井狱积攒无数年的煞气，扰乱气机，侵蚀体魄。

太平山入门道士专门有一场苦修，就是在井狱附近坐忘吐纳，打熬体魄，苦不堪言。女冠黄庭之所以被视为惊才绝艳的修道美玉，就在于她初次跟随同门师兄师姐靠近井狱，当所有人都在苦苦支撑，不被煞气倒灌气府之际，她浑然不觉异样，偷偷摸摸走到了井狱边缘的入口处。如果不是当时那位负责盯着晚辈修行的太平山老道士，赶紧过去拎着小女孩的后领，说不定黄庭在九岁的时候，就已经步入井狱里了。

之后，黄庭跟太平山长辈斗智斗勇，总算在十一岁的时候，成功摸进了井狱，结果差点死在井狱深处，下不去，出不来，昏厥过去。最后她是被一位黑衣白猿丢出井狱的。

此时，老猿闲庭信步，缓缓来到了与钟魁隔着一口井狱的边沿。

那把出鞘古剑，剑气太重，已经完全看不清剑身真容。一剑击碎那块等同于上品法宝的玉佩后，飞剑甚至此刻已经不在太平山上，依稀可见远方有白虹飞掠，风驰电掣，就像一条纤细白蛇游弋在一大块黑幕上。

如此一来，原本即将被牵动的太平山护山大阵，瞬间停止了运转，而且出现了不同寻常的紊乱。

钟魁竟是无法成功驱使大阵镇压此妖。

祖师爷在去藕花福地接回黄庭的路上，宗主去了扶乩宗堵截那头十二境大妖，主持太平山事务的元婴地仙在下山之前，就将护山大阵的控制中枢，毫无保留地交给了钟魁这个外人，不为大伏书院君子身份，只是信得过钟魁而已。其实这种行为，大有僭越嫌疑，而且极有可能泄露太平山的内幕天机，可是太平山上上下下，毫无异议。

曾有圣人言，太平山道士，素有古风侠气。太平山道士确实当得起这份赞誉。

只是道高一尺魔高一丈，这头白猿，不愧是当了三千年的太平山镇山供奉，竟然能够让大阵暂时停歇。

钟魁神色凝重，在心中默念一篇圣贤文章，他双袖中的秋风，品秩比那求而不得的翻书风，还要高。

当初钟魁尚未及冠，早早跻身书院贤人之后，由于一年到头放浪不羁，在大伏书院很是“声名狼藉”，不被许多性情古板的老夫子所喜欢，如果不是山主近乎宠溺的庇护，早就给摘掉了贤人头衔。

成为书院的贤人和君子，可不是一劳永逸的事情，每过几年都有一场大考，钟魁当初酩酊大醉，昏睡了三天三夜，竟是直接缺考。大伏书院上了岁数的那拨教书匠，或是看不惯钟魁的随心所欲，或是愤怒他的挥霍才华，或是怀有天降大任必苦其心志的初衷，众人联名上书，要求山主剥夺钟魁的贤人身份。

那天正值冬日大雪，钟魁光脚行走于雪中，朗声口诵某位圣人的一篇道德文章，并且以仰头问天之狂徒姿态，向那位圣人询问文章中的疑惑，之后钟魁自问自答，神色颇为自得。

在钟魁停步之时，寒冬时节，竟有一阵秋风，送来了那位圣人亲口赞誉的一声“善”，响彻大伏书院。

秋风携带“善”字入袖，钟魁当天就跻身君子，无人胆敢质疑。

相传圣人造字，鬼哭神泣。

文字确实是有其力量的，对于书院弟子而言，尤为如此。

最巅峰的显化，即是那些“斯文正宗”文庙中圣人拥有的本命字。这些大圣人多是高立神台无数年，受世人顶礼膜拜，文脉不断，香火永存。

可即便是那座“正宗”文庙的圣人，不提居中的至圣先师与陪祀左右的那五位——当然如今就只剩下四位了——其余圣人，只拥有一个本命字。

天下唯有一人例外——山崖书院齐静春，春、静，皆是这位读书人的本命字，而且两个字，极大。

然后才是一般儒家书院山主、君子的口含天宪，一肚子浩然正气，引来天地共鸣。

之后是贤人之流口诵诗篇，引来罡风，能够让人形销骨立，让那鬼魅阴物魂飞魄散。

只背着一把剑鞘的白猿遥遥站在井口对面，没有说话，它只是伸出三根手指，大概是说杀你钟魁，只需三剑而已？

钟魁不言不语，不做任何口舌之争。

那枚象征君子身份的玉佩，早已将此地情形传回书院。

钟魁的四面八方，像是出现了一条条雪白瀑布，那些白色的水流，由一个个光芒璀璨的蝇头小字组成，仿佛太平山井狱旁，竖起了一张张巨大的典籍书页。以至于从井狱散发出来的煞气，被强行压往下方，那些被镇压其中的妖魔鬼魅，一个个凶性大发，嘶吼起来。井狱底下无数条铁链震荡的剧烈声响，如雷鸣般炸开。

太平山其实有两座护山大阵，分里外、明暗两种，先前那座是桐叶洲人皆知的护山阵，一旦启动，会有一把镜子如明月升空，光线照耀太平山，让任何妖魅无处遁形。身处那份光明之中，不但境界修为会被压制，尤其是妖物和鬼物，更是被天生厌胜，道行浅薄一些的，诸如那地仙之下，一照面就会瞬间消亡。

已经足够震慑半洲之地的明月镜，它的真正用处，外人打破脑袋都想不出来——它的存在，只是方便太平山找出对手，仅此而已！

桐叶洲谁才是桐叶宗、玉圭宗之后的第三大宗门？

千年以来，桐叶洲修士都说是宗主道侣皆是上五境的扶乩宗。可是关于这个争论，不管外人如何示好吹捧、诚心认可，扶乩宗从不自认如是，扶乩宗宗主只有一次笑言,若是扶乩宗搬到了北边那个小地方——宝瓶洲,就算是争第一又有何难?

白猿真正忌讳的,不在这座已经被动了手脚的阵法,而是太平山真正的撒手锏。

此时在太平山外游荡不定的那抹白虹,再度破开一层无形的山水气运,激荡而至,从天而降,直直落向钟魁的头顶。一张张瀑布似的书页,倾斜着倒流而上,在钟魁四周和头顶形成一座半圆形雪白大阵。

那长剑剑尖,与瀑布撞击后,迸发出无数电光火花。长剑下坠速度被阻滞了几分,而瀑布蕴含的天地正气不断急剧消散。

哪怕只是星星点点的火花溅射出去,就让太平山井狱附近的参天古树、观景凉亭和仙师修行洞府,被毁坏得满目疮痍,无数飞禽走兽,哀号逃窜。

钟魁不理会迟早要破开瀑布水流的那把古剑,反而死死盯住那个岿然不动的大妖。

白猿神色自若,嘴角带着一丝玩味,分明是在拭目以待,想要看一看这位属于必杀之人的书院君子,还有什么压箱底的本事。

钟魁头顶上方那一剑,只是它的第二剑。

妖族修行,先天不易,想要成为剑修,更是难度极大,所以跻身上五境的剑修大妖,无一例外,都会是蛮荒天下当之无愧的一方雄主。中五境的妖族剑修,在蛮荒天地,拥有种种殊荣待遇,几乎等同于浩然天下的书院弟子,哪怕是名正言顺的复仇或是攻伐,中五境妖族剑修都可以免死一次。不守规矩,肆意斩杀剑修之人,无论身份有多高,一经发现,就会遭到重责。

浩然天下的练气士,可能还不太清楚一名剑修大妖的可怕,毕竟虽然妖魅精怪数目众多,但是真正的大妖极为稀少,不过剑气长城那边,已经用无数人族剑修的慷慨赴死,证明过它们的恐怖杀力和血腥手段。

阿良为何强大,为何在剑气长城拥有无数的仰慕者、拥护者,就在于阿良在剑气长城砥砺剑道百年,面对同境界的上五境剑修大妖,不但无一败绩,还有追杀对方数万里,甚至是当场阵斩的纪录。所以,关于阿良飞升离开浩然天下,去跟道老二在那化外天魔横行无忌的奇怪地方,打得天翻地覆的最终结果,浩然天下的练气士都觉得阿良会虽败犹荣;反而是蛮荒天下的妖族,绝大部分都坚信那个死一万次都不够的剑客阿良,会打得那位“真无敌”变成了“真有敌”。

妖族敬重且崇拜最强者,即便对自称剑客的那个阿良恨之入骨,但是当有一位巅峰大妖提出,阿良战死后,可在蛮荒天下的葬身之处以剑做碑时,整座蛮荒天下——一座浩然天下视为“没有一句读书声”的蛮夷之地,竟然将此提议,视为理所当然。

此时,对于白猿与钟魁的对战,留在太平山上的百余位道士,没有袖手旁观。他们几乎都是山门中辈分最低的道士,许多还是脸色惨白却眼神坚毅的小道童。

钟魁厉色道:“退回去! 别送死!”

那些道人中的一位金丹境界老修士,虽然已经认出了老猿的身份,但仍是掷地有声道:“我太平山道士,斩妖除魔,没有死在人后的道理。”

白猿看也不看那位金丹修士,随手一拳,拳罡就将这名世俗眼中的金丹地仙,打得身躯碎裂,金丹崩坏。

以善意报答善意,虽死无悔。太平山道士是如此,钟魁更是如此。只见他一挥双袖,袖中两阵秋风,将那些太平山道士悉数裹挟其中,一个个抛向远处。

白猿对此视而不见,任由钟魁将那些道士丢出战场之外。一个钟魁,抵得上一座太平山。

白猿心念一动,那把出鞘古剑加速下降。

钟魁双指悄然拈住一张青色材质的符箓。

圣人文稿,以篆刻有“下笔有神”的小雪锥,画以君子钟魁独创的镇剑符!

长剑破开瀑布的一刹那,钟魁头顶浮现出那张青色镇剑符。那把古剑如同谪仙人坠入一座洞天福地,竟然彻底消失,就连将其炼化千年的白猿都感应不到。

太平山两大护山阵,那把如明月升天的镜子,只要是玉璞境修士,就可以将其禁锢片刻,而紧随其后的真正杀招,正是太平山那位修为通神的开山祖师,穷尽人力物力财力,铸造出来的四把上古仙剑的仿品,虽是仿品,却每一把皆是半仙兵的品秩,四剑结阵之后,更是威力通天,可以媲美一件名副其实的杀伐仙兵。

这头白猿所背之剑,恰好就是四剑之一。

作为镇山供奉,三千年间,白猿不仅仅是追回捕杀那些“逃离”井狱的妖魔巨擘,还有无数次潜行下山杀敌,立功无数。

最终在千年之前,那一代太平山宗主力排众议,将其中一把古剑赐给已经“功无可封”的白猿。

白猿虽然无法完全掌控四剑大阵,可是一时半刻的钻空子,对它来说太简单了。若是寻常地仙在紧急情况下,被迫仓促主持大阵,白猿有把握让四剑临阵倒戈。

现在白猿没有了既是佩剑又是本命物的那把古剑,白猿微微眯眼,扯了扯嘴角,动作细微,却充满了冲天的蛮横血腥气息。

钟魁一手负后,一手持小雪锥,如同站在书案前,开始书写第一个字:圣。

第二个字:人。

第三个字:有。

第四个字:云。

下笔极快。

小雪锥笔下每一个字都悬停在钟魁身前,气势浩大。

太平山上，风起云涌。

白猿轻轻摇头，一闪而逝。

白猿以双手拖刀之姿，掠过井狱的大半座井口，直扑钟魁，横扫而去，再不给这位书院年轻君子任何希望。

倒不是说钟魁写完完整的篇章后，白猿就无法应对，毕竟它出关之时，其实就已是仙人境的剑修。

它处心积虑，压了境界足足五百年，除非元婴境界的钟魁是那道祖佛祖转世，否则中间隔着一个玉璞境，还涉及中五境和上五境之间的天堑，钟魁如何能活？

若是钟魁能够同时驾驭两座太平山护山阵法，则两说。只可惜这两座大阵，除非是宗主和那位祖师爷亲临主持，否则都会被白猿视若无睹。

不过它如果再在太平山滞留片刻，就会很麻烦，真正的天大麻烦。

白猿轻轻飘落在钟魁原先站立的位置上，十数丈外，钟魁被拦腰斩断，两截身躯旁边，鲜血淋漓。

四个金字，一支小雪锥，俱已损毁。一颗堂皇正气的金丹早已不存，一尊品秩极高的元婴更是消散不见。

这就是一名十二境剑修倾力而为的结果。

白猿伸手一抓，从虚空处扯出一张已经出现裂纹的青色符箓，双指一搓，握住那把挣脱牢笼的古剑，放回背后剑鞘。

白猿瞥了眼被自己一扫之后连神仙也救不得的青衫书生，终于沙哑开口，这是它第一次说话，缓缓道："也算慷慨就义。"它仰头远望，一跺脚，整座太平山随之一震，其身形跃起，到了太平山之巅，一个转折，往南方疾速飞掠而去。

山头震颤之后，井狱底层好像没了拘束，弥漫整座井口的冲天煞气轰然而起。被镇压在井狱中无数年的妖魔，在经历过短暂的震惊、茫然后，发出无数大笑声。当那些想着要将太平山屠戮一空的妖魔邪祟正要冲出井狱之时，这股气势惊人的妖邪气焰，突然出现凝滞，开始犹豫不决。

原来，太平山北方远处，出现一粒光点。然后是雷声滚滚，连绵不绝，一座座云海被搅得稀烂。

山头又是一震，一位身材高大、满头白发的道袍老者落在钟魁尸体旁，满脸悲愤和愧疚。

一尊金身法相拔地而起，几乎要与高耸入云的太平山等高，他高高举起一臂，山头升起一轮圆月玉盘，被伟岸如山岳的老道士握在手中，往南方照去。同时，他一手抖袖，从太平山东南西三个方向，升起三道剑光，最终一一悬停在金身法相身侧。

这位道人，正是太平山当代宗主的祖师伯。

当年师兄执意要将仙剑之一赏赐给白猿，他是最为反对的一个，为此师兄弟二人形同陌路。

更有甚者，有个与他们师兄弟辈分相当的外人，还公然讥讽他是嫉妒一头畜生的福缘。

这位太平山的仙人境祖师爷，手持那好像可与天上明月争辉一二的明月镜，巡视片刻，终于照见了那头已在千万里之外的远遁白猿。

金身法相声音响如炸雷，骂道："忘恩负义的老畜生！贫道要将你碎尸万段！"

言出法随，三把太平山镇山仙剑——三抹照耀得方圆千里亮如白昼的光彩，划破长空，追向那头逞凶后拼命南逃的白猿。

背剑白猿委实果决，伸手取出背后四剑之一，驾驭它冲向其中一道碧绿光彩。

它只求太平山那三剑，出现略微停顿即可。

太平山祖师爷更是狠辣，竟然由得两把祖传古剑玉石俱焚，在空中炸出一团惊世骇俗的光芒，仍然毫不犹豫地控制其余两剑击杀白猿，其中一剑直直从无论如何改变路线都避之不及的白猿的背心处一穿而过。

白猿迫不得已，显现出数百丈法相，双脚重重踩踏山河，双手死死攥住了第二把古剑。

巨猿双手血肉模糊，巨大身形不断向后倒滑出去，但那古剑仍然挣脱巨猿双手的束缚，钉入它心口，透体而出。

身受两次重创的巨大白猿，再也维持不住法相，恢复成等人高的模样，已经伤了大道根本的它，拼尽全力继续向南远遁。

在法相消失之前，它狞笑道："你难道就不救一救那钟魁？你还有一线机会，你到底是救人还是杀妖，杀妖就要杀人，哈哈……"

这头大妖在狂奔出数百里之后，又被那两把因为距离太平山太过遥远而终于显露真身的古剑，两次刺透身躯。

老道士喟叹一声，他原本想要拼着强行更改、衰减太平山的山水气运，也要强行搬动整座太平山的"法相"向前数百里，就是为了维持住仅剩两把仙剑的威势，但是一旦如此作为，山腰处井狱旁边的书生，恐怕真要连一线生机都失去了，毕竟方才他使出金身法相后，真身始终留在原地，帮助钟魁凝聚仅剩的魂魄，试图逆转乾坤，使其"还阳活人"，这本就是逆天行事，会惹来冥府酆都的震怒。只要太平山气运一动，说不定酆都就会趁机而入，直接夺走钟魁所剩不多的残留阴魂。

故而那头老畜生才会有"杀妖就要杀人"一说，没有彻底打碎钟魁元神，恐怕也是那头白猿的算计之一。

井狱附近，老道士身前，出现了一道飘摇不定的阴魂，正是脸色雪白的青衫书生

——君子钟魁。

老道士沉声道:“是我太平山对不住你,钟先生。贫道无颜面对大伏书院。”

以仙人境老道士的辈分,无论是在太平山师门,还是整座桐叶洲,都是屹立在巅峰的云中神仙。老者称呼年轻人钟魁一声“先生”,可谓莫大的认可。这位太平山的祖师爷,所做所为,委实当得起道家“真人”二字。

只是人已死,只有一缕随时都有可能消散于天地间的孱弱阴魂,又有何益?

钟魁的阴魂微笑摇头,嘴唇微动,并无话语在浩然天下,但老道人自然知晓其意:“老真人不用愧疚,是我自己该有此劫难,逃不过去的,不是在这太平山,也会是在大伏书院,在桐叶洲的任何地方。”

井狱旁边,还有一位年轻女冠,她嘴唇抿起,有血丝渗出。

正是原本还需要留在藕花福地一甲子的黄庭,或者说是镜心斋的樊莞尔、童青青。

整个太平山,她比谁都更加愤怒。

那头背剑白猿,曾是她修行路上的机缘之一,传授了她一手山门不曾记载的背剑术,她将其铭记在心,甚至一起带往了藕花福地,所以那座江湖上,才有“背不背剑,是两个樊莞尔”的说法。

老猿曾经一次次带着她走入井狱深处,砥砺剑心,助她修行。

她要亲手宰了它,再问它一句,背叛太平山,可曾后悔!

至于为何选择背叛,黄庭不会问,不愿问!

钟魁真身一死,太平山之巅,就出现了一个巨大的黑色漩涡,隐约有一尊头顶帝王冠冕的巨大身形,冷冷俯瞰太平山。

钟魁阴魂抬头一看,惨淡而笑。

老道士原本想要收起金身法相,一见此景二话不说,金身法相微微屈膝,然后高高跃起,双手将那漩涡直接打碎,只是老道士的金身法相也随之崩塌而碎。

代价之大,无法想象。

钟魁刚要说话,老道士摆摆手,洒然笑道:“修行一事,境界什么的,算个屁,归根结底,还是要让自己觉得……爽!”

说完之后,老道士便有些神色落寞,这位钟先生,不谈什么准圣人、大祭酒潜质之类的大好前程,只说一个读书人有如此君子之风,就万万不该这样夭折。

黄庭转头吐出一口血水,对老道士说道:“祖师爷,我要下山!”

老道士点了点头,道:“白猿死前,你都不得归山,要么提着它的头颅回来,要么就干脆死在外边好了。那两把镇山古剑,你可以借用一甲子,之后就凭自己本事追杀白猿。”

黄庭沉声道:“太平山黄庭,领祖师法旨!”年轻女冠化作一抹流虹,往南而去。

太平山祖师爷，到底不是什么能说会道的人物，再者心中愧疚不已，便沉默不语。

钟魁内心深处亦有一份愧疚。

老道士突然眼神讶异，只见井狱附近有两缕清风，向钟魁阴魂缓缓飘荡而来，萦绕四周。不但如此，还有一支小毛笔，晶莹剔透，并非实物，浮现在钟魁身前。更有一件古代官袍模样的鲜红衣衫，从那座漩涡消散的地方，飘摇晃荡而下。

钟魁看着那支小雪锥，犹豫了一下，轻轻握在手中。

鲜红官袍披在钟魁身上，两缕秋风涌入官袍大袖内。

与此同时，井狱之下，那些一个个老实得像是市井鸡犬的妖魔鬼怪，不但乖乖缩回了牢狱原地，而且突然之间，不由自主地后退，直到退无可退。

钟魁想起了那句谶语。

不再是一袭青衫，而是一袭红袍的钟魁阴魂，喃喃道："钟魁下山之前，世间万鬼无忌。"

他转头望去，对着井狱脱口而出道："只管磕头。"

井狱之中，便响起了无数的磕头声响。

老道士抚须而笑，从仙人境跌回玉璞境，看来没白白跌境。

钟魁若有所悟，久久无言，最后他开口道："老真人，我有一事相求。"

老道士点头道："只要不是要贫道也给你磕头，都成。"

钟魁哑然失笑，最后作揖道："我虽已是鬼，可太平山真人也。"

老道士微微诧异，随即痛快大笑道："这马屁，爽也！"

这天深夜，陈平安没来由心情烦躁，便来到驿馆屋外的院子里，练习剑术，可是始终无法静下心来。

蓦然抬头，远处天幕，出现了一阵细不可查的微妙涟漪。

陈平安后退数步，飞剑初一和十五已经掠出养剑葫芦。

陈平安很快松了口气，是一袭古怪红袍的君子钟魁，身边还有一位白发苍苍的老道士。

老道士看了眼陈平安，笑着点头致意后，对钟魁轻声道："你们聊，聊完之后与贫道打声招呼，我需要赶紧带你离开，你目前还无法行走人间太久。"

陈平安心一紧。

钟魁笑道："什么都先别问，容我给你娓娓道来。"

大略说完了那场太平山之战。钟魁仿佛就只是个局外人，说得一点都不惊心动魄，枯燥乏味得很，而且还满脸笑容，什么打不过那头白猿大妖，技不如人，给人两剑一刀打杀了，成了个孤魂野鬼，以后做不得书院君子了……娓娓道来个屁。

陈平安怒道："就这样？死了？"他指着钟魁的鼻子，斥道："就这样从人变成了鬼？你不是书院君子吗？不是可以阴神阳神出窍吗？"

说到最后，陈平安嗓音越来越低，神色恍惚，轻声问道："怎么就死了呢？"

说到这里后，陈平安已经再也说不出话来，脑海中走马观灯，最终停留在一幕画面上。

有个浪荡不羁的读书人，蹲在埋河水面上，觉得女鬼漂亮，便拔着女鬼的头发，想要见她一见。

怎么自己心目中的读书人，都死了？

陈平安下意识摘下了养剑葫芦，又默默别回腰间。

那支小雪锥悬停在钟魁身前，分明已经与钟魁的阴魂融为一体。

钟魁小心翼翼道："陈平安，事先说好，真不是我不厚道啊，故意想要黑了你这支小雪锥，要打要骂，你看着办！"

陈平安问道："君子一言，后边怎么说来着？"

钟魁心虚道："驷马难追？"

陈平安坐在石桌旁的凳子上，钟魁挠着头坐在了旁边。

陈平安说道："反正你现在死了，也不是君子了。"

钟魁越发良心难安。

陈平安抬起头，望着钟魁，缓缓说道："但是我答应过别人的事情，一定做到，对齐先生是这样，对你钟魁也是这样。"

钟魁有些迷糊，问一声："嗯？"

陈平安红着眼睛，缓缓说道："说借你就是借你，一年是借，一百年一千年，也是借。"

钟魁默然。

陈平安最后问道："一千年不够，一万年够不够？"

钟魁轻轻点头，他站起身，陈平安跟着站起身。

钟魁再次笑容灿烂起来，朗声道："桐叶洲，鬼物，钟魁！我有个朋友，姓陈名平安！"

陈平安瞪了他一眼，然后也笑道："宝瓶洲，剑客，陈平安！我认识一位正人君子，叫钟魁。"

远处。

太平山的那位祖师爷老道，抚须点头，赞赏道："百年千年之后，今夜相见，就是一桩美谈。"

钟魁离开驿馆后，被老道士收入一块好似惊堂木的老槐当中。老道士突然转身，缩地千里，一步就来到了陈平安所在的院子。

还在发呆、尚未回神的陈平安赶忙弯腰，拱手抱拳："晚辈陈平安拜见老仙师。"

钟魁之前讲述自己的身死道消，说得轻描淡写，提及太平山的道人，却是毫不掩饰自己的亲近。

老道士伸手虚压了两下，道："无须多礼。"

陈平安直腰后，问道："不知老仙师去而复返，可是有事？"

老道士看了眼陈平安，点头道："拴得住，就是真豪杰。难怪黄庭和钟魁都对你刮目相看。"

陈平安没听明白，但也没多问。

老道士心情不错，笑问道："自称剑客，你的剑呢？"

先前从养剑葫芦现身的飞剑初一和十五，太平山老道士视而不见。

陈平安坦诚道："以前练拳，刚刚开始练剑，所以这会儿练习剑术，都是虚握剑式，更多还是心中观想。"

老道士自言自语道："早知如此，先前就不该忙着跟人在推衍上较劲，输了不说，还错过了观看你在藕花福地境遇的机会。"

老道士身材高大，头戴一顶象征道家三脉之一的芙蓉冠，道袍素白，又是白发白须，十分仙风道骨。

陈平安不知如何作答，就不说话。

面对这等慧眼如炬的老神仙，根本不用自作聪明，任何粉饰，无异于老妪抹胭脂，稚童穿官服，贻笑大方而已。

老道士突然问道："贫道可以借你一把剑，甲子光阴也好，百年岁月也罢，都可以商量。可以用法宝换取，也可以支付谷雨钱。"

陈平安犹豫了一下，还是摇头道："谢过老仙师美意，但是我其实已经有剑了。"陈平安有些赧颜，又道："何况我身上没有一枚谷雨钱。"

老道士之所以临时起意，想要借剑给这年轻人，委实是因为太过欣赏他与钟魁之间的千年万年之约，也有一层更深远的私心善意在里头。只是话语说出口后，就已经有些后悔。

还是不要揠苗助长了。

扶乩宗之乱，让老道士有些忧心，至于重返小院，则是看出了陈平安心湖的异样动静，好像钟魁之死，对此人心境影响颇大。

不过当他端详一番后，就又放下心来。

修行之人，忌讳心如一叶扁舟，随波逐流。至于那些心境紊乱如柳絮的，在老道士眼中都不配谈忌讳不忌讳了，根本就不该修道，修了道，侥幸攀高了境界，一切只为了蝇营狗苟，抢机缘争法宝夺灵气，下山行走人间，除了耀武扬威，仗势凌人，还能做什么好事？

只不过老道士再看不惯许多修力不修心的练气士，也只能守着太平山这一亩三分地，让自家山头的门风不歪。

陈平安厚着脸皮问道："不知道老仙师，有无护山阵法？"

老道士点头道："我太平山就有两座护山大阵，一座阵法中枢为明月镜，可照彻世间妖邪，让其无所遁形，有效距离远近，要看持境之人的修为高低，一旦被镜子照中，则会短暂跌境。之后就该轮到四剑阵登场，四把古剑，仿制远古四把大仙剑，是半仙兵的品秩，结成剑阵后，就等于是一把仙兵，万里之遥，转瞬即至。先前那头老畜生，如果不是炼化了其中一把，早就被贫道斩杀了，再给它跑出几千里都没事。如今它虽然逃过一死，但是老畜生本就刚刚跻身十二境，境界不稳，加上还要被这座天下的规矩压制，如今本命物一毁，真身又被捅出好几个窟窿，伤及元神，已经不值一提。"

老道士提及那头背剑白猿的时候，杀气腾腾，一身磅礴灵气犹如实质，白雾蒙蒙，如一条条纤细水流萦绕四周，之后收了收心，异象顿消，这其实是跌境的后遗症之一。

"麻烦就麻烦在那老畜生突然一个钻地，循着条破碎不堪的古代龙脉，消失了，多半是一条早有预谋的退路。"老道士指了指头顶，"先前贫道跟老畜生厮杀一场，后来又打退了一尊阴冥大佬，某位坐镇桐叶洲上方天幕的儒家圣人，当然看见了，落在了我们太平山，得知钟魁死后，勃然大怒，亲自去追杀那头白猿，哪里想到还是让老畜生溜掉了。现在就看与它有些因果的黄庭，能否找出点蛛丝马迹。只要发现了它，哪怕黄庭战死，那位在文庙陪祀的七十二圣人之一，此次早有准备，出手就可以一击致命。"

陈平安欲言又止。

老道士笑道："这是最坏的情况，黄庭那丫头一向运气好，在藕花福地又磨砺了性子，有两把古剑庇护，追杀白猿，说不定就是一桩破境机缘。"

陈平安"嗯"了一声。

老道士笑容玩味，道："被贫道强行拽出藕花福地后，本以为要被她撒娇埋怨半天，不料这丫头半句唠叨没有。一路上她提及你多次，说以后一定要去大骊龙泉找你。"老道士轻轻挥袖，又道："奇了怪了，贫道也不是健谈之人，今夜言语，抵得上几十年口水了。言归正传，我太平山的护山大阵，大有来历，攻守兼备，便是许多中土神洲的上宗、正宗山门，也不过如此。贫道不好私自传你炼化和运转方式，这涉及太平山的山水气运。不过贫道自己有一座护山阵，得自一座上古仙人的秘境洞府，杀力极大，倒是可以卖给你，就是太吃银子，打造起来耗钱，维持大阵运转更吃山水气运。贫道原本打算有朝一日，黄庭若是想要自立门户，在桐叶洲别处开宗立派，或是干脆嫁为人妇，与人结成道侣，便赠予她当嫁妆的。"

陈平安咽了口唾沫，与黄庭和嫁妆无关，而是被那四个字吓到了："太吃银子！"

老道士发现了陈平安的犹豫神色，哈哈大笑，打趣道："好算计好算计，贫道喜欢！"不等陈平安想明白其中关节，老道士已经不再提护山阵这一茬，轻声提醒道："陈平安，贫道不知道你身上带了什么宝贝，能够遮掩天机，防止别人推衍你的方位和运势，这样的东西，你一定要好好珍惜，真正是可遇不可求的物件，整个太平山，也只有一件而已，那还是咱们开山师祖留下来的。"

陈平安想起了那把不起眼的油纸伞，重重点头。

看着陈平安，老道士很是欣慰。

女冠黄庭，君子钟魁，都是屈指可数的入得老道士法眼的年轻人，如今再加上这个陈平安。

老道士觉得偏居东南一隅的桐叶洲也好，或是幅员更加辽阔的浩然天下也罢，这样的年轻人，能多一个就多一个。

世道再乱，仍有砥柱。

这位太平山祖师爷，当年成功跻身仙人境后，被他所在那一脉道统赐号为观妙天君，地位超然。

老道士之前为了防止钟魁阴魂被那尊冥府大佬带往黄泉路，跌了一境，心知肚明此生是再无机会弥补心中那个最大的遗憾了。

在历史上，无论儒家正统的浩然天下，还是道家坐镇的青冥天下，只要有道人从真君跻身天君，无论是三脉中的哪一脉，都可以请得动掌教祖师亲临，亲手交予道袍、道冠和一件信物。可是观妙天君作为浩然天下其所在道统中的最新一位天君，却没能亲眼见到那位大掌教离开白玉京，降临这座浩然天下，这是他生平最大的一桩憾事。老天君不敢妄自揣测，可太平山上上下下，都很是瞎琢磨了一番，为此太平山宗主还特意跑了趟桐叶洲最北边的那座书院，试探性询问，是不是哪位在文庙有陪祀神像的儒家圣人从中作梗，才使得他们这一脉掌教没能出现。

那位书院山主也是个爽快人，懒得与太平山宗主兜圈子，笑着反问，其余两位掌教可能有此"待遇"，可是以你们这一脉道统大掌教与咱们儒家的香火情，他老人家想要来浩然天下，谁会拦阻？

得到这个答复后，老天君越发郁闷，思来想去，只能是自己境界够高，大道却还小，故而掌教祖师有意敲打自己。

在太平山一役之前，老天君还想着若是将来跻身了飞升境，总归是能够见到掌教老爷的，如今便彻底成了奢望。

后悔全无，遗憾难免。

老道士刚想要离去，陈平安说道："谢过老真人！"

老道士笑问道："为何谢我？是为了钟魁跌境一事？"这位老天君摇头道："用不着

谢,这是太平山亏欠他的。”

陈平安沉声道:“谢过老真人和太平山,让我晓得了山上神仙,也有善待人间的侠义心肠。”

老道士心情顿时大好,笑道:“好嘛,不承想你小子跟钟魁差不多,溜须拍马的功夫,很是擅长啊。”

陈平安无奈道:“是我的真心话。”

老道士笑望向这个年轻人,道:“真心的马屁话,那才叫人舒坦。”老道士御风离去。

一颗小脑袋搁在窗户上,愣愣地盯着院子这边。说来奇怪,钟魁和老天君的出现,驿馆内并无人察觉,只有裴钱兴许是误打误撞,大半夜瞧见了院子里的陈平安。

陈平安回头望向裴钱,吩咐道:“睡觉去。”

不说还好,陈平安一发话,裴钱就去搬了条凳子,腿脚利索地爬上了窗台,一跃而下,稳稳落地。

陈平安问道:“不睡觉,跑这来做什么?”

裴钱讨好道:“睡不着,陪你说会儿话。”

陈平安摆摆手,说自己要练习拳桩,让裴钱愿意待着就待着。

裴钱看了一炷香后,就犯困了,跟陈平安打了个招呼,深呼吸一口气,往屋子窗台那边冲刺而去,高高跳起,估计是试图双手先按在窗台上,然后一通双腿胡乱扒拉,想着一蹿而上就威风了。

结果下巴猛地磕碰在了窗台上,后仰倒地。

陈平安转过头,不忍直视。

裴钱坐在地上,伸手捂住嘴巴,转过头去,泪眼蒙眬,泫然欲泣。

陈平安走过去,蹲下身,轻轻拿走她的手,看了看,笑问道:“还要英雄气概吗?”

小女孩那张黝黑脸庞上,泪珠子哗啦啦往下掉。

陈平安只好收起笑意,扶她站起身,道:“有个跟你差不多的小姑娘,也是这么毛毛躁躁的,不过她比你更吃得住痛,换成是她,这会儿肯定朝我笑,说不定还安慰我别担心。”陈平安补充了一句:“不过各有各的性子,你也不用学她。”

两人坐在石桌旁。

裴钱只敢微微张嘴,含糊不清地问道:“她叫什么名字?”

陈平安说道:“她叫李宝瓶,喜欢穿大红棉袄,还喜欢喊我小师叔。”

裴钱又小声问:“你很喜欢她?”

陈平安点点头,天底下哪有不喜欢李宝瓶的小师叔?

她是对的,裴钱默不作声。

陈平安问道:“方才看我走桩练拳,怎么样?”

裴钱一脸茫然,这次不是装不知道,是真的不知道陈平安为何询问这个。

陈平安也跟着疑惑起来,问道:“你没想过偷学?”

裴钱反问道:“我学你晃来晃去走路干啥?”

她站起身,神采飞扬,张牙舞爪,一下子假装拔剑出鞘,双指并拢乱戳,一下子蹦跳几下,还打了一套王八拳,乱显摆了一通,道:“我要学就学最厉害的招式!”

陈平安没有觉得任何可笑,反而神色凝重。

藕花福地大街上,陆舫御剑;陈平安的校大龙;以及打退种秋的神人擂鼓式;夹杂有魔头丁婴的一些个零散招式。

谈不上形似,但是,有人说过,练拳不练真,惹来鬼神笑。可若是练拳直接一步抛开了所有拳架,练出真意……

在陈平安的印象中,只有一个人做得到。

果然如此。

陈平安问了一个问题:“白天你盯着邵道长瞧,看出了什么?”

裴钱不敢回答。

陈平安说道:“只要别撒谎,不管你说什么,都没关系。”

裴钱这才环顾四周,轻声道:“我觉得那个姓邵的,不怀好意,不是个好东西。”

陈平安问了第二个问题:“你是不是能够看见今晚那位老道长?”

裴钱使劲点头。

陈平安有些无奈,那可是太平山祖师爷使出了方丈天地的大神通啊。

陈平安再问:“如果你以后练武有了出息,觉得有人欺负了你,你会怎么做?说实话!”

裴钱犹犹豫豫,问道:“一拳只打个半死?”

看到陈平安像是要生气了,干脆就破罐子破摔,双臂抱胸,气呼呼道:“一拳打死拉倒!”

陈平安笑问道:“那如果其实你错了呢?”

裴钱理直气壮道:“我每天都待在你身边,哪里会犯错!”

陈平安内心哭笑不得,板着脸问道:“可你总有一天会自己出门游历,行走江湖。”

裴钱斩钉截铁道:“我不会的!我干吗要一个人出门,外边那么多坏人,打不过怎么办?还有,要是我到时候没带够钱,天天挨饿,我去偷去抢,你知道了,又会打我骂我,我能咋办?对吧?所以我还是不出门了。”

陈平安问道:“那如果有一天,你练得很厉害了,比我还要厉害呢?”

裴钱皱着眉头,很用心想了想,拼命摇头道:“你又不是不知道,我懒着哩,最喜欢睡觉,还怕疼,之前走路,脚底上都是水泡,挑破的时候,我把嗓子都哭哑了。在客栈你跟人打架的时候，两条胳膊都瞧得见骨头了，你都不会哭，我可不行，我低头看一眼自己的胳膊，说不定就要吓晕过去啦。唉，天底下如果有不用吃苦就可以一夜练成的绝世武功，那就好喽。”

陈平安忍着笑，问道：“你也知道自己惫懒、不上进、胆子小？”

裴钱耷拉着脑袋，垂头丧气。

陈平安又问道：“怎么不说话了？”

裴钱委屈道：“下巴疼。”

陈平安笑了笑，背过身去，靠着石桌，望向夜空。

裴钱学着他，只是她个子小，就只能以后脑勺抵住石桌了。

陈平安轻声道：“过了年，你就十一岁了，所以你要多读些书，多学一些道理。”

任重道远，真是比自己练拳百万还要心累。不过挺好。

陈平安难得与裴钱说着心里话：“在家乡的时候，我比你略大一些，也从来没读过书，齐先生就跟我说道理在书上，做人在书外。”陈平安最后呢喃道：“希望世间每个人在年少时，都可以遇到一位齐先生。”

裴钱目前还是那个只喜欢挑选自己喜欢听的来听的小女孩，比如陈平安说她明年就十一岁了。

是啊，这个世界上，只有陈平安会记这些。

她今年是十岁，明年十一岁。

太平山老道士突然停下身形，取出槐木，钟魁阴魂现身飘落。

云海之上，钟魁看到不远处站着一位最熟悉的人——大伏书院山主，他的先生。

书院山主只是看着钟魁。

钟魁小声问道：“先生？”

山主似乎不敢相信这个噩耗，哪怕是现在都不敢相信眼前所见，嘴里念叨：“不该如此，不该如此的。”

一念之差，他当时就不该去碧游府，不该让这个“生平最得我意”的门生，去往太平山，就该让他老老实实待在那座边陲小镇的客栈里，盯着那头隐匿不出的九尾狐。

九尾狐虽是十二境的大妖，可是她的身份太过特殊，辈分太高，故而她的真名早已泄露，只要获知了世间所有远古大妖的真名，钟魁身在浩然天下，就等于有了自保之力。

谁都没有想到太平山的背剑白猿，才是井狱妖魔逃逸的罪魁祸首。

钟魁实在受不了当下的氛围，朗声道：“先生，义不容辞而已。读书人，要么以学问教化苍生，匡扶社稷，要么以一身正气除魔卫道……”

山主大怒，问道：“需要你跟我讲这些大道理？”

钟魁噤若寒蝉。

老天君喟叹一声，道："若是学宫那边问责，我们太平山绝不推脱。"

山主面对老道士，便不是对待钟魁的那般神态了，恭敬道："我那位兄长，恼火会有，却不会兴师问罪。再者，太平山何罪之有？天君何曾责怪钟魁为何护不住太平山，护不住那位地仙了？"

钟魁轻声补充道："先生，那位老道长名为梁肃。"

山主又要发火，钟魁立即闭嘴。

老道士感慨道："经此劫难，接下来桐叶洲可能会稍微好一些，可是婆娑洲和扶摇洲，恐怕要大乱了。先前三洲皆有重宝出世，果然就是妖族的谋划。"随即老道士小声道："你们书院一定要护住扶乩宗那个少年。他能够撞破此事……"

没有继续说下去。

山主点头道："理当如此。我已经跟扶乩宗商量好了，那个少年会化名进入大伏书院读书，至于以后会不会成为儒家弟子，全看他自己的心意。"

老道士笑道："嵇海的闭关弟子跑去当贤人君子，扶乩宗还不得跟你拼命？"

提及扶乩宗和大修士嵇海，山主有些唏嘘，道："嵇海坦言，不管是收取少年为嫡传弟子，还是赠予那件兵器，都是应该的，可是一见少年，他嵇海心中难以平静，会有碍修行，一辈子都没办法跻身仙人境，将来又如何去剑气长城，斩杀其他的十二境大妖？"

老道士神色惋惜，道："桐叶洲唯一一对上五境的神仙道侣，难得的天作之合，实在可惜。嵇海破境一事，会很难了。越是执念苦求，心魔越难消除。"

山主苦笑道："有些事，旁人可劝；有些事，不好劝。"

老道士叹息一声。

修道之难，难如登天，只是在很早以前，据说是登天不难，修道难。

中土神洲，一座最为巍峨的山岳之巅。

有一尊金甲神人，双手拄剑，覆有面甲，站在一块山顶石碑旁边。有个穷酸老秀才盘腿坐在石碑顶部，极其无礼。

老秀才袖中掐指，一拍大腿，嚷道："善了个大善！"

金甲神人扯了扯嘴角。

老秀才得意扬扬，问道："我这闭关弟子，咋样？"

被老家伙纠缠了足足一个月的金甲神人，不耐烦道："好好好，行了吧？"

穷酸老秀才指着几乎与巨大石碑登高的神人，哈哈笑道："你这副口服心不服的德性，我最中意了。"然后老秀才又开始好汉只提当年勇了，絮叨道："想当年我与人吵架，他们输了之后，一个个都是你这副鸟样，我就心里舒坦。"

金甲神人正是整座中土神洲的五岳大正神之一穗山大神，讥笑道：“当初是谁提议让你一个穷秀才，跻身文庙的？你告诉我一声，我去问他是不是瞎了狗眼。”

这是一桩儒家公认的大悬案。

老秀才贼兮兮笑道：“你猜？”

穗山大神再好的脾气，有人在耳边絮絮叨叨个一整月，也是要烦躁的，更何况这糟老头子向来是不见兔子不撒鹰的货色，能有好事？当下就不客气了，骂道：“我猜你大爷！”

老秀才跷起大拇指，指了指自己，道：“不是我大爷，是咱们儒家的祖师爷。我倒是希望他老人家是我大爷来着，唉，可惜可惜……”

以桀骜不驯著称于世的这尊穗山大神，竟是沉着脸，挺直了腰杆，双手松开剑柄，向此方天地抱拳行礼，算是跟那位至圣先师道歉了。

老秀才自顾自说道：“你知道我这个人吧，脸皮特别薄，总喜欢告诫自己，无功不受禄。可我才学高，文章写得好，道理讲得妙啊，于是咱们那位至圣先师，就找到了我，苦口婆心，好言相劝，把我给感动得不行。至圣先师夸了我好些我自以为一般般的地方，不过其中一句‘自古圣贤必是真豪杰，豪杰未必是圣贤！’说到我的心坎里去了。我觉得还是至圣先师懂我啊，就跟这位祖师爷提了一个小要求……”

穗山大神沉声道：“我不想听，闭嘴！”

老秀才扼腕痛惜道：“你这家伙咋这么分不出好坏呢？”

穗山大神冷笑道：“我要是拎得清好坏，能让你上山？”

老秀才揉了揉下巴，觉得在这件事情上，好像自己是不太占理，就立即改口道：“东海那个老牛鼻子，虽然性子实在不讨喜，做人还是凑合的，出手挺阔绰，不跌份。知道送那孩子一样好东西，虽然无助于修行，但是世间事与物，好不如巧嘛，刚好能够帮着遮掩天机，比阿良当年那顶破斗笠还要好。就冲这份手笔，他在藕花福地做的龌龊事情，我就不与他计较了。”

穗山大神挖苦道：“你这会儿就算想要跟他掰手腕，能行吗？”

老秀才语重心长道：“我们读书人，还是要跟人在道理上分高低啊。打打杀杀，即使捅破了天，也不算真本事。”

穗山大神破天荒没有反驳。

老秀才双手笼袖，穗山之巅的罡风，激荡不已，便是穗山大神的那副金甲上，都有符箓涟漪泛起，但是老秀才的衣袖和头发没有丝毫飘拂。

老秀才轻声道：“圣人难死，君子难活。诸子百家，唯有我们儒家，不刻意讲究什么护道人。书院，就是世间读书人的最大护道人。浩然天下三大学宫，七十二座书院，都有这样死在成圣之前的君子。我觉得这些不够聪明的正人君子，便是我们这座天下的脊梁骨，可以……”

老秀才说到这里，突然没词了，转头呼喝一声，问道：“傻大个，你想个说法出来。”

穗山大神淡然道：“顶天立地。”

老秀才再次一拍大腿，赞道：“大善！”

穗山大神冷不丁说道：“你可没当过儒家正儿八经的君子。”

老秀才默然。

文庙中，有一位圣人从他那尊泥塑神像中走出，神台极高，神像极其靠近居中的至圣先师，他还牵着一位跟随他从别处天下来到浩然天下的少年。

带着少年跨出门槛后，圣人转头看了眼空缺的一处神像位置，对少年笑道：“以后你有机会，可以与某人争一争。”

第五章 五千甲围山

老天君与钟魁离开后，一夜再无事。

陈平安把眼皮子打架的裴钱抱上了窗台，让她回去睡觉。

陈平安独自留在院中，没有走桩也没有练剑，坐在石桌旁想着今后的谋划。偶有失神，抬头望向夜幕。

听钟魁先前说过，儒家文庙陪祀圣人中，除了一些人去开疆拓土、寻觅新的洞天福地之外，其余圣人坐镇在这座浩然天下大洲、湖海的天上，俯瞰人间。在他们眼中，人间大修士，无论山上山下，就像那些夏夜飘荡的萤火虫，亮光的强弱，就看那些大修士的境界高低。所以太平山一战，太平山老道士与白猿放开手脚倾力厮杀，再没有遮掩气象，在桐叶洲上方的圣人视野中，就像蓦然炸开的两团光芒，故而引得圣人落下，防止神通广大的大修士一旦毫无顾忌，打碎山河，害了苍生。

更多时候，陈平安是在闭目养神，心中默诵碧游府玉简上的仙家口诀。

读书百遍其义自见，世间万法不离其宗。

拂晓时分，陈平安睁开眼睛，听到了院外老将军姚镇的脚步声，停在院门口，似乎在犹豫要不要敲门。

陈平安起身打开院门，姚镇笑道："不愧是武道宗师，能够听步辨人。"

陈平安问道："去驿馆那座园林走走，散散心？"

姚镇与陈平安并肩而行，缓缓道："昨天白天之所以没有跟随你们，去游览那位上古仙人骑鹤飞升的地方，是因为我得到了消息，说是蜃景城密使要来驿馆，所以只好等着。一直等到了晚上二更，才等到了那位贵客。你猜是谁？”

既然这样问，就绝对不会是跟自己没有关系的蜃景城人物，陈平安灵光一闪，答道：“申国公高适真？”

姚镇伸出大拇指，点头道：“正是这位国公爷。”

来者不善，善者不来。

既然让申国公担任密使，赶在姚家队伍进入蜃景城前，来骑鹤城传达旨意，说明在皇帝陛下心目中，申国公的分量，是要重于未来的兵部尚书姚镇。至于申国公离开京城之前，刘氏皇帝有无耳提面命，捣糨糊，陈平安并未见过刘氏皇帝，揣测不出。所以申国公秘密进入骑鹤城驿馆，对于老将军而言，无异于一个天大的下马威。

京城居大不易，哪怕你是姚镇也一样，照样是个边陲外人。

藕花福地那趟岁月悠悠的“远游”，陪着东海老道人一起观道，陈平安受益匪浅，可能直到离开藕花福地那一刻，这么个泥瓶巷的泥腿子，才将裤管上最后一点泥土抖落。

姚镇缓缓道：“大泉王朝，刘氏开国两百年，起起伏伏，原本外姓郡王国公，总计十人，就只剩下申国公府这么一棵独苗了。老申国公爷口碑极好，为人公道，两次冒着被摘掉国公府匾额的风险，分别保下了一拨清流臣子和一位边陲武将，所以庙堂上，无论文武，都念这两份申国公府的香火情。现任国公爷高适真，韬光养晦，不太爱出风头，不过年少时就与当时的那座潜邸来往密切。回头来看，这位国公爷也不简单，所以高树毅才有本事在蜃景城横着走……”

陈平安突然插话道：“高树毅横行跋扈，惹恼各方权贵，未必不是国公府自污名声的手段。两代国公爷，各凭本事，占尽了朝臣想都不敢想的好处，如果高树毅再不做点什么，国公府的下场，说不定就是先前姚家边军的境遇了。”

姚镇脸色古怪，再次朝陈平安伸出大拇指，赞道：“与我那孙女近之的言论，有异曲同工之妙。”姚镇拍了拍陈平安的肩头，笑道：“不过呢，这番论调，是咱们近之在十四五岁的时候说的。”

陈平安心中好笑，你老将军较这劲做什么，但嘴上还是附和道：“近之姑娘兰心蕙质，显学杂学皆精，我自然是远远比不上的。”

姚镇沧桑的脸庞上笑开了花，心中阴霾，一扫而空。

至于申国公高适真到了驿馆，具体说了些什么，姚镇作为刘氏臣子，当然不会泄露半点。

不过若是蜃景城和国公爷想要对付自己的小恩公，姚镇也不介意再死一回，反正将自己这一条老命还给陈平安，也还是姚氏赚到了，毕竟姚家铁骑已经算是彻底脱离了这场风浪。这是昨晚姚镇深夜送高适真出城后，返回驿馆与姚近之秉烛夜谈，孙女得出的定论。蜃景城在他姚镇进京之时，会有一场万人空巷的迎接盛事，姚家铁骑的名声，会在层层官府的推动下，享誉朝野。

驿馆园林极负盛名，在历代文人骚客、贬谪官员的极力渲染下，竟是有了“山池之美，亭台之秀，京师诸王莫及”的名头。

绿树成荫，小桥流水，两人走上一座木拱桥。如今陈平安对于桥梁结构的熟稔，可能已经不亚于一位工部衙门官员了。他走在桥上，脚步时轻时重，伸手轻轻敲打栏杆。姚镇只当是陈平安的个人爱好，也未好奇询问。

姚家队伍后天动身，今晚有一场刺史举办的筵席，明天是郡守私下宴请老将军姚镇，所以还能在骑鹤城游玩两天。

陈平安就留在院子里关门修行。

陈平安武道进阶一事，攀升速度已经远远超出离开倒悬山时的预期，不用着急，也急不来，但重建长生桥一事，却是有些燃眉之急的味道了。

两次观想，一次在藕花福地，一次在埋河畔，那座金色长桥都已成功现世悬河，一次比一次稳固，尤其第二次横跨埋河，陈平安都已经有信心走上去了。

不过一想到修成了长生桥，还要炼化五行法宝作为“身躯小天地”的镇宅之物，陈平安就头疼。有了水神娘娘赠予的玉简口诀，陈平安必须现在就开始着手准备，炼化足足五件之多的本命物。除非舍弃一身武道修为，不然长生桥一旦架起，灵气如海水倒灌，后果不堪设想。而若是自身气府拥有了五座形如湖泊、神仙府邸的存在，那就可以积蓄天地灵气，同时不至于太过影响一口纯粹真气的巡狩四方，双方大体上能够井水不犯河水。

那种玄之又玄的状态，就像同时有两个陈平安：一个陈平安凭借双拳，行走天下；一个陈平安在深山老林闭门谢客，默默修道。

陈平安在走桩之时，心中默念道：“齐先生赠予的水字印，一定要炼化成本命物，如此一来，与性命牵连，便是如山字印那样被人破坏，只要人不死，就还是能够在气府中隐约浮现，哪怕再无威势，也总归有个念想，这辈子只要想看，就能看到。而且水神娘娘的那道仙人法诀，对于炼水一事，篇幅最多。

“至于那枚能够温养体魄、神魂的古老玉简，多半也与五行之水有关，但是具体品秩高低，来历背景，都不知晓，还是需要问过魏檗才行。

“可惜金色法袍不在五行之列，不然品秩足够，也适合拿来炼化，不用时时刻刻穿在身上，一下子就会被元婴地仙看出根脚。唉，实在是可惜。

“彩衣国城隍爷沈温的那颗金色文胆，我在碧游府说那顺序学问时，心有感应，似乎可以炼化为五行之金。况且读书一事，本就与拳法剑术一样，是一辈子的长久功夫。

“五行之土，老道托那道童转告的话中，说到了大骊五岳的山河社稷五色土。如今大骊铁骑南下，战火如荼，难道是说大骊宋氏真能至少夺得整个宝瓶洲的半壁江山？

如果真是如此，大骊王朝的五岳五色土，确实值钱了。看来此事，下次返回龙泉，仍是要麻烦已有大骊北岳正神身份的魏檗。”

一袭白袍的陈平安“忘我”出拳，格外行云流水，不再是窑工学徒拉坯，也不是处处古板匠气如楷书，而是已如大家风流之行书了。

其中诀窍，唯有吃得住苦、抓得住福而已。

画卷四人，皆有怪癖。

魏羡最近喜欢上了零嘴吃食，腰边左右悬挂着两只小袋子，里头装满了从各色铺子里买来的食物。

卢白象喜好一切雅致物品，如今喜欢攥几颗棋子在手心，散步的时候，棋子摩擦，手心里就会发出轻微的吱呀声响。

朱敛不喜束缚，比如觉得穿靴还要穿袜，很麻烦，不知道从骑鹤城哪里买了双草鞋，换上了一身淡黄色麻衣。再就是不管在哪座城镇停歇，朱敛都会去买上几本谈神说鬼的志怪小说，或者花娇月媚的才子佳人小说，一有闲暇，就翻书打发时光。

隋右边除了每天悟剑之外，貌似没有任何癖好，本身就是最大的怪癖。

陈平安练拳完毕，返回屋内。

今儿朱敛在院子里晒着初冬的和煦日头，看着一本颇为香艳的才子佳人小说。

少年姚仙之来串门，正跟魏羡讨教拳法。

卢白象在与一同前来的姚近之下棋。

隋右边去过了那座小山后，气势略有变化，又开始独处闭关，横剑在膝，经常推剑出鞘寸余又推回，如此反复。

裴钱是个不愿消停的，看了一会儿卢白象跟姚近之的对弈，觉得无趣，就回屋子拿了那根行山杖，在魏羡和姚仙之旁边挥了一通她的招牌疯魔棍法。魏羡让姚仙之先练习一个拳桩，看了裴钱一会儿，久久无言。小女孩拎着那根行山杖，杂乱无章，有些时候还会不小心打到自己，不愧是杀敌一千自损八百的霸道路数，把在一旁练习站桩的姚仙之看得直翻白眼。

魏羡反而好像没觉得黑炭丫头有多幼稚。

裴钱气喘吁吁，弯着腰，双手握住行山杖，问道：“老魏，我的学武天赋咋样，是不是万里挑一？明天……算了，明年我能不能成为我爹那样的绝世高手，一只手打十个你？”

魏羡答非所问道：“江湖上说年剑月刀久练枪，你真想要棍法突飞猛进，我有两个建议：一是在油菜花田地，出棍如龙，久而久之，就有了天下无敌的气势；二是去捅个马蜂窝，身处险境，就会有另一种视死如归的气势。”

裴钱看魏羡说得真诚，思量片刻，将信将疑道："你没有骗我？"

魏羡淡然道："不信拉倒。"

背对这边的卢白象微微一笑。

佝偻着身子看书的朱敛，刚刚用手指蘸了蘸口水翻过一页，可是先前一页的男女情爱，实在是写得床笫香艳，忍不住又翻回去，重新欣赏了一遍。

裴钱突然摇摇头，叹了口气，眼神怜悯道："老魏啊，你难道没有看出我练的，根本不是棍法，而是剑术吗？"

魏羡故作恍然，就是没什么诚意。

裴钱恼羞成怒道："老魏你再这样没劲，咱们俩那串糖人的交情，可就没了！"

魏羡扯扯嘴角，有些幸灾乐祸。

刚说出口，裴钱就丢了行山杖，赶紧捂住嘴巴。

果然，陈平安的嗓音响起："回屋子抄书五百字。"

如今除了念书背书，裴钱还被陈平安要求抄书。裴钱每次咬牙切齿抄着书，都恨不得给自己两巴掌，让你跟碧游府那萱花女鬼讨要什么笔纸。陈平安说，既然你有了自己的笔，那就开始每天练字吧，不多，五百字，但是哪个字抄得马虎了，太过歪斜扭曲，不算在五百之列，还得重写。裴钱想死的心都有了，自己这才过了几天舒坦似神仙的快活日子？

裴钱鼓起的腮帮跟个大肉包子似的，她捡起那根行山杖，乖乖回屋子里抄书去了。

在院子这边其乐融融的当下，骑鹤城百里外的一座小山神祠庙辖境内，贵客不断，蓬荜生辉，小小山神，亲自担任仆役，端茶送水，殷勤伺候着那些贵人。因了每年的香火钱实在太多，不可称府的山神家邸，给修建得宛如一座仙境府邸。

率先莅临此地的是金顶观观主杜含灵，一位大名鼎鼎的元婴地仙，他是一位货真价实的山上神仙，身边带着两位美若天仙的年轻女修。

金顶观位于桐叶洲北方一处山水灵秀之地。

这么大来头的陆地神仙，别说这种不入流的山神庙，就是大泉王朝皇帝陛下，都未必请得动。

山神一开始吓得祠庙金身都要不稳，只是得了杜含灵亲口颁下的法旨，说只是借用此地招待朋友，事后必有还礼后，山神的心才踏实了。杜老神仙不至于跟他耍心机，他这芝麻绿豆大小的小山神还不配。

随后来了一位满身贵气的官老爷，带着的几个扈从都是修道有成的练气士。

然后一位面如冠玉的年轻道士悄然登山，身边跟着一对师徒，老人境界不高，受了重伤，弟子是个相貌憨厚的高大少年。

最后是他这小山神的顶头上司，在深夜出现，正是州城城隍阁的城隍爷，官身类似阳间的刺史，管着一州之内所有郡县城隍庙、山水杂流神祇。至于文武两庙，却又是例外，直辖于一国礼部，与城隍庙向来互不干涉，至于双方到底谁的品秩更高、权势更大，遇到紧急状况谁来主持事务，各地有各地的情况。

金顶观观主杜含灵，大泉申国公高适真，骑鹤城城隍爷，再加上既是金顶观弟子又是大泉刘氏供奉的邵渊然。

冬日和煦，风景宜人，这四位聚在山顶一座独占风光的观景亭。

山神远远站着，随时候命。亭子那边，相谈甚欢。

申国公高适真下山后，返回大泉京师蜃景城，不再像来时路上神情郁郁。

城隍爷悄然回到骑鹤城内最高建筑城隍阁，盯着那座驿馆，目光冰冷，嘴角有些讥讽意味。

杜含灵在山上多留了一天，离去之前，再次召见了此生金丹无望的弟子葆真道人尹妙峰，与徒孙邵渊然。师徒二人，如今都是龙门境，故而没能留在蜃景城担任头等供奉，而是驻扎边关，为大泉刘氏监视着姚氏铁骑。

除了给邵渊然提前赏下一件本门重宝，算是提早拿出了邵渊然跻身金丹后的师门嘉奖，地仙杜含灵还说了一桩密事。

性情沉稳的邵渊然都遮掩不住大喜神色，尹妙峰更是笑得合不拢嘴，起身替弟子向师尊恭敬致谢。

杜含灵嘉勉了邵渊然几句，就御风北去，返回金顶观。离去之前，不忘赐给山神一件品秩不俗的上好灵器。

山神自然感恩戴德，在杜老神仙腾云驾雾之后，跪在山顶磕头，遥遥谢恩。灵器到手，倒还在其次，能够从此攀附金顶观，结识一位神龙见首不见尾的元婴地仙，这才是这座山神小庙的天大幸事。

年轻道长邵渊然带上山的那对师徒，留在山上养伤。

老真人尹妙峰没有与邵渊然同时入城，他们俩先后回到城中驿馆。

山上一处静谧宅院，硬闯武庙借刀的高大少年，神色复杂，坐在床榻旁边的锦绣凳子上，双手握拳，好像想着如何都想不通的问题。

他那个师父躺在床上休养，虽然伤得不轻，暂时想要与人斗法厮杀、斩妖除魔，已是奢望，可下地行走，早就不是难事。

老人脸色微白，可精神极好，眼睛炯炯有神，转头盯着自己唯一的弟子，道："收个好弟子是一难，弟子修行顺利又是一难，不比照顾家中子女简单。我膝下没有子嗣，弟子就只有你这么一个，何况你天资比我好上太多，不为了你的将来好好谋划一番，我这个当师父的，死不瞑目。"

老人又笑道："先前道理和经过都与你说明白了，至于师父如何认识的金顶观，这次为何刚好碰上了邵小真人，你莫要多问，从今天起，只管勤勉修行。这次杜老神仙亲自出手，帮你打碎了瓶颈，你小子得以跻身中五境，这份恩情，要牢记心头。说句难听的，金顶观多大的一座仙家洞府，就算你小子诚心想要报恩，人家需要吗？不过呢，这份心，还是要有的，不然给金顶观当条狗的资格，都没了。”

高大少年眼眶湿润，低头道：“弟子没出息，让师父受委屈了。”

老人叹息一声，伸出手指，点了点这个榆木疙瘩，道：“你啊，还是根本就没开窍，罢了罢了，若非如此，我也不会独独收你为徒。说实话，邵小真人这般惊艳资质的人物，我便是早早瞧见了，也未必敢收入门中，一遇风云变化，哪里是我一个观海境修士，能够驾驭得了的。”

高大少年到底是争胜心重的岁数，道：“师父，年纪轻轻就跻身龙门境，我也是有些希望的。”

老人笑骂道：“痴儿！出去修行，师父还要养伤，不想对牛弹琴！”

高大少年“哦”了一声，站起身，告辞离去。

在少年走到门口的时候，老人轻声安慰道：“修行路上，有些委屈是难免的，怕就怕一辈子只能攒着委屈，所以你一定要比师父走得更高更远，可以让自己少受些委屈。这儿的山神庙和观景亭，不算高，从桐叶洲走到这大泉王朝，也算不得远，这方天地，神人异士，只在更高处。”

高壮少年转过头，点头道：“记下了。”

老人笑了笑，接着道：“如果以后真有那么一天，境界高了，能够跟杜老神仙这样的人物平起平坐了，记得对山下的凡夫俗子，好一些。”

一直闷闷不乐的少年在这一刻，笑容灿烂，顺着本心使劲点头。

老人笑道：“真是个痴儿！”

动身去往蜃景城的前一天，有人登门拜访陈平安。

是一位身穿道袍、头顶芙蓉冠的年轻道士，风尘仆仆，在陈平安屋内喝着一碗凉茶，说因他离骑鹤城最近，便有幸收到祖师爷的法旨，要给陈平安送来一样东西。

出身太平山的年轻道士，小心翼翼地拿出了一块玉牌，在将玉牌放在桌上后，给陈平安解释了玉牌的一番渊源。

年轻道士直言不讳道：“祖师爷要我明言，陈公子不用担心太平山在玉牌上动了手脚，会泄露行踪，被咱们太平山收入眼底。玉牌已经被祖师爷剥去山门禁制，现在就只是一块材质好些的器物了，当然对外依旧意义非凡，所以希望陈公子在离开桐叶洲之前，都能够稍稍麻烦一些，将它每日悬挂在腰边。”

陈平安起身道谢，太平山道士赶紧起身还礼，连说不敢。

陈平安收起了玉牌，立即悬挂在腰边，与那养剑葫芦一左一右。之后他将那位光明正大自报名号后走入驿馆的年轻道士送到大门口。

太平山此举，用心良苦。

陈平安腰间这块太平山祖师堂嫡传弟子的玉牌，正反篆刻着“太平山修真我”“祖师堂续香火”。

太平山的金丹、元婴地仙都未必能够悬挂上，因为这与修为和年龄无关。

整座太平山，就那么五六个人挂着这种玉佩，年纪最大的，已有三百岁高龄，如今管着太平山的道家藏书，不过是龙门境修为。年纪最小的，是个才七八岁的小道童，天资卓绝。

要说最出名的那个，肯定是一人仗剑下山云游的女冠黄庭。

所以说从这一刻起，陈平安在桐叶洲的护身符，就是整座太平山了。

而太平山那位祖师爷老天君，刚刚施展过令人侧目的仙人神通，金身法相现世，手持明月镜，驾驭仙剑杀敌万里之外。这会儿，谁敢招惹锋芒毕露的太平山？

陈平安感慨万分，走回院子。

一袭白袍，发髻别玉簪，腰间悬玉牌。

驿馆胥吏在路上见着了陈平安，都当他是一位读书人。

姚家队伍在这天清晨时分，起程去往蜃景城。

距离蜃景城那座著名渡口越来越近，也就意味着陈平安一行人与姚家队伍的离别时分，快到了。

一天黄昏，姚家下榻此次北行的最后一座驿馆。驿馆朴实无华，甚至还有些简陋，与骑鹤城那座坐拥园林的驿馆，有天壤之别。

沿着驿馆外那条官路，行走十余里，有座照屏峰，虽然不高，但如利剑出鞘，很适合欣赏日出日落，是一处名动京师的形胜之地，经常有达官显贵和王孙子弟在那边夜宿山顶客栈，就为了欣赏日出东海、映照山屏的奇绝美景。

姚镇非要拉着陈平安去照屏峰。

最后就只有老将军和三姚，陈平安和裴钱，去了照屏峰，登山夜宿于山顶的一间客栈。

这座客栈后面，就是一座崖畔朝东的观景台，在照屏峰六座客栈中赏景最佳。

一行人拿了客栈美酒、夜宵吃食，放在桌上，先赏月再赏日出。

少年姚仙之陪着手持行山杖的裴钱瞎胡闹，两人忙着“切磋武艺”。

少女姚岭之独自走到崖畔栏杆那边，往南边远眺，似乎有些伤感。

老将军信誓旦旦要熬夜等待日出，可是喝过了两壶酒后，没把陈平安喝倒，自己就醉醺醺了，姚近之和姚岭之只好搀扶着爷爷返回客栈。

裴钱和姚仙之精神好，肯定能等来日出景象。

陈平安独自坐在桌旁，拿了那根被裴钱丢在一旁的行山杖，在脚边泥地上，百无聊赖地画圆圈。

一个小圆，一个大圈，又一个更大的圆，再一个更大的圈，一层层，环环相绕。

陈平安的心神沉浸其中。

姚近之已经站在陈平安身后，看了很久，问道："就这么画下去了？"

陈平安收起行山杖，斜靠石桌，笑道："只能画到这里了。"

姚近之落座，给自己倒了一杯酒，喝酒的时候，脸庞皱着，看来是那杯酒很难下咽，喝完之后，瞥了眼地上，说道："是很难画下去了。我猜儒家的君子都画不下去。"

陈平安摇摇头，没有说什么，只是看着崖畔栏杆那边，姚仙之和裴钱一大一小，鬼鬼祟祟，似乎在商量着什么。

姚近之笑问道："你不问我是真懂你画了什么，还是假懂？"

陈平安轻声说道："姚姑娘多半是知道的。"

姚近之犹豫了一下，还是给自己倒了杯酒，一口饮尽，脸色绯红，越发光彩夺目，她缓缓道："你我二人之间，门户之间，国与国之间，洲与洲之间，文脉之间，三教之间，百家学问之间，天下与天下之间，人族与妖族之间！你在想自己知道的道理，就这'道理'两个字，到底能够包含几个圆圈，然后你就会在最外边的那个圈子轨迹上，兜兜转转，直到你确定下一个圆圈的边界，再跨过去，继续走，只有这样，你才会每一步都走得问心无愧。正因为如此，你的出拳出剑，就可以一往无前。也只有你陈平安，才有资格在客栈跟书院君子说一句'扪心自问'！"

陈平安转过头，望向这个女子，点头道："姚姑娘，你是我见过最聪明的人，之一。"

这是实话。

若无"之一"，就是违心的吹嘘了。毕竟不说其他人，光是自己那个"弟子"崔东山，就不是如今的姚近之能够媲美的。

姚近之约莫是喝过了两杯酒，不胜酒力，言语之间，神色之中，便有些别样风情，她凝视着陈平安，柔声问道："公子眼中，近之就只有聪明吗？"

陈平安愣了一下，挠挠头，直言道："姚姑娘，我有喜欢的姑娘了。"

姚近之掩嘴而笑，竟是半点不恼，反而问道："她很好看？"

陈平安蓦然之间，神采奕奕，毫不犹豫道："浩然天下所有好看的山，好看的水，加在一起，都不如她好看！"

姚近之仿佛毫无芥蒂，笑着喝了口酒，陪着陈平安坐了一炷香，闲聊了些蜃景城的风土人情，这才起身告辞。

转身之后，这位倾国倾城的女子走向客栈，眼神晦暗不明。

陈平安没有转头，始终将手肘放在桌上，斜着身子笑望远方的月色。他眼神温柔，似乎在望着一位姑娘，再也容不下人间多余美色。

他喜欢的那位姑娘，既是他心头的朱砂痣，也是明月光。

到最后，只有陈平安、裴钱和姚仙之三人看到了日照屏峰。

裴钱瞪大眼睛，趴在栏杆上，使劲瞧着那轮大太阳跃出东海，像是看见了一块大金饼，想要将其收入囊中。

姚仙之在短暂的惊艳和感慨之后，也就没多瞧什么，毕竟领略过无数次，家乡边陲那儿的月涌大江和星垂平野，不比这日出景象逊色。这名天才少年有些讶异，怎么裴钱盯着旭日老半天了，眼睛不疼？陈平安轻轻一跳，坐在了悬崖畔的栏杆上。姚仙之早就想这么做了，只是昨晚先是有爷爷和近之姐姐在场，不敢造次，后来又有最敬佩的陈平安坐在石桌旁，仍是没好意思，这会儿陈平安带头做了，姚仙之赶紧跟上，陪着陈平安一起眺望东海，仿佛心境都跟着开阔起来，对之后的蜃景城生活，充满了憧憬和希望。

下山的时候，老将军满脸懊恼，埋怨陈平安不厚道，日出之前，也不与他打声招呼，害他错过了那场壮丽景色，白白登山走了那么多冤枉路。陈平安不理会老小孩似的姚镇，姚近之一句“爷爷，昨晚破例准你喝酒，还不满足”，老将军立即消停了。

无论是姚镇，还是姚仙之，对陈平安最亲近的爷孙二人，知道马上就要与他道别，离别在即，别有愁绪在心头。

只不过这一老一小，是见惯了沙场风沙的武人将种，觉得些许离愁，且放心间便是了，以后总有再聚喝酒的机会，若学那小娘子惺惺作态，反而可笑。

终于到了那座蜃景城外的桃叶渡口，姚家停了车马。

陈平安背着那个青竹书箱。

挎刀少女姚岭之，大大方方的，先与陈平安抱拳感谢道：“陈公子，我祝你北行之路，一帆风顺！更祝你武运鼎盛！”

陈平安笑着点头，提醒道：“武道修行，不可急躁，天赋越好，越不能只盯着破境二字。拳法讲究收放自如，想要身轻拳意重，就要打好底子，滴水穿石，石如大敌，这滴水就是你的武学真意了。岭之姑娘，只要沉得下心，你一定可以练出大成就的。”

姚岭之冷哼一声，眼眸却含着笑意，道：“年纪只比我大一些，却如此老气横秋！”少女甩头就走。

姚镇没有多说什么，只是“珍重”二字。那只篆刻有一篇圣贤文章的青竹笔筒，已经被老人小心放好，打定主意要当一件传家宝收藏起来。

姚仙之在昨天就死皮赖脸跟陈平安要了一幅字帖，奉若世间第一珍宝。今天少年也没多说什么，只说：“希望陈公子以后一定要来蜃景城。”

头戴帷帽的姚近之出人意料，竟然说要单独跟陈平安走上一段桃叶渡口。

姚仙之吹了一声口哨，被姚岭之一手肘打在腰部，疼得少年直冒冷汗。

姚近之眼尖，看到了陈平安腰间那块玉牌，跟之前略有不同，翻了一面。

在离开骑鹤城，到达桃叶渡口之前，陈平安玉牌只以“祖师堂续香火”这一面示人，今天却是“太平山修真我”六字古篆。

姚近之心思微动，深深望了一眼这位从北晋国来到大泉京师的年轻人。她说了些客套寒暄的言语，并不出奇的内容，只是让人觉得感情真挚，文火慢炖，尤为动人。

不过陈平安领了情又不领情，此中味道，此间滋味，大概就只有两人各自心知肚明了。

姚近之最后拉家常一般，与陈平安随口说起了姚氏这辈人姓名中“之”的由来，原来早年有个云游边境的算命先生，不幸遭遇了一场兵祸，被爷爷姚镇所救，便为姚家算了一卦，其中就提及姚氏祖辈当中，出了一位了不得的人物，“之”字是那人的本命字，而且与姚镇的孙辈天生契合，只要人人有个之字，就可以沾一沾老祖宗的光，可以帮着藏风聚水，说不定就有某个晚辈，靠着祖荫庇护，出息大到无法想象。姚镇也没有多想，只当是一个好念想，便给姚近之这些孩子，在名字里都加了个“之”字。姚氏这一辈，二十几人，人人都有，别房旁支也不例外，姚镇并无偏心。其中又以姚镇身边这三姚，最出彩。

陈平安听完之后，若有所悟。

姚近之最后对陈平安施了一个万福，婀娜多姿。

陈平安抱拳还礼，犹豫了一下，还是诚心诚意道：“近之姑娘，在蜃景城除了帮老将军出谋划策，提防各路小人之外，你也要注意自己的安全。说一句冒犯的话，以后万一遇上了姚姑娘自以为过不去的坎，不妨问问老将军，由他来做决定，不用事事放在心头，独自承受。”

姚近之破天荒摘了帷帽，嫣然一笑，却不言不语，只是望着陈平安。

陈平安再次抱拳告别。

姚近之这个大家闺秀，竟也学着江湖人抱拳施礼，一双水润眼眸中满是异样光彩，朗声道：“青山不改，绿水长流！”

陈平安只得跟着说道：“后会有期。”

姚近之未喝美酒，就已两颊桃红。

远处，朱敛笑眯眯道：“美人恩重难消受，秋波流转最留人啊。”

隋右边负剑而立，视而不见。

陈平安回到这边，看见裴钱斜挎包裹，手持行山杖。接下来一路，已经没车厢可以坐了，不过她跃跃欲试，走路怕什么，不然脚底板那些老茧不是白长了？

陈平安与姚家队伍挥手告别。

骑马的姚仙之直起身，向陈平安使劲挥手。

陈平安一行继续北上，他轻声感慨道："可惜没能下一场大雪，不然可以再爬一次照屏峰，看看蜃景城到底是怎么个人间仙境。"

裴钱笑道："那咱们等到下雪再走嘛。"

这两天她成天围在姚近之身边，一口一个神仙姐姐，竭力讨好那个她心底认为"不敢见人的漂亮娘们"。事后姚近之果然送了她一份临别礼物，装在一个玲珑多宝小木匣里头，其中就有几枚辛苦收集而来的前朝孤品厌胜花钱，还有一枚造型古朴的木雕小灵芝，加上其他物件，零零散散十余件。裴钱一开始本想着能骗几两银子最好，陈平安不会拦着，她自个儿拿着也不重。结果姚近之给她出了这么大一个难题，裴钱反而不敢擅作主张，还是姚近之牵着裴钱的手，将多宝匣交给陈平安，解释里头都是奇巧却不贵重的物件，希望陈平安不要拒绝。陈平安本想婉拒，或是拣选其中一件就行了，只是姚近之坚持，陈平安只得帮裴钱收下，放在竹箱中。对此裴钱没有丝毫不悦，倒是视为天经地义的事情，挺大一木匣，重啊，放自己包裹里背着走去那啥天阙峰，不累死个人？

这会儿裴钱一边怂恿着陈平安去蜃景城等大雪，一边乐呵呵想着又有一场分别，说不定可以拿到她最眼馋的真金白银了！

陈平安笑道："那把你留在蜃景城？"

裴钱颠了颠包裹，握紧行山杖，铁骨铮铮墙头草，大义凛然道："我突然觉得吧，还是赶路要紧！"

陈平安对其他四人说道："没有跟姚家讨要战马，我们只能步行去往天阙峰的仙家渡口。"

朱敛立即笑道："多走走路，能养筋骨。"

桃叶渡河中有一艘乌篷小船，距离姚家队伍极远，船里金顶观观主杜含灵缓缓收起一只洁白如玉的手掌，对身边的一名年轻女修说道："去捎话给申国公，不要招惹陈平安了。此人是太平山祖师堂嫡传，杀了此人，别说是大泉王朝要遭殃，咱们金顶观都有灭门之祸。"

那名女修站起身，一掠而去。

还留下一位继续为祖师煮茶的女修，到底是修道小成的仙家女子，肌肤胜雪。

杜含灵眼神淡漠道："功亏一篑。"

由于极其稀少，陈平安腰间那块太平山的祖师堂玉牌，本就只在山上大一些的仙家府邸之间流传。不过寻常地仙，无论是金丹还是元婴，肯定大多知晓内幕。

毕竟那个女冠黄庭，早年让好些门派吃足了苦头，只是这一甲子才没了动静，不知是在闭关破境，还是被祖师爷约束在了太平山中。

若是这会儿去招惹那座太平山，就简直是比往常挑衅桐叶宗和玉圭宗还要失心疯。

杜含灵亦是不敢。再者他本就只是与申国公府以及高适真幕后大佬，做了一桩锦上添花的小买卖，杀了陈平安最好，不杀也没关系，不会妨碍他们金顶观的大局谋划，只不过高适真那边可能就要跳脚骂娘了。

但是于金顶观和他杜含灵又算什么？人间事小，帝王将相又能大到哪里去。

这位元婴地仙想了想，时势大乱，金顶观的一些棋子都已在各处落地生根，那他也该试试看再登高一步，不然当下的境界，仍是不够看。

至于高适真会不会丧心病狂地追杀那个年轻人，就与早早抽身离开的金顶观无关了。

“祖师爷，我要不要暗中提醒一声陈平安？”年轻女修轻声询问，只是很快就自己否定了，“画蛇添足，过犹不及。”

杜含灵笑着摇头，道：“不是不可，只是火候未到。而且就算当这个好人，也是邵渊然，不能是你。”

女修眉眼带笑，道：“祖师爷英明。”

杜含灵一笑置之。

不用陈平安自己说，姚镇就给陈平安拿到了一幅大泉北境堪舆图，以及两幅更加详细的州郡形势图，使得陈平安对去往天阙峰的大致路线心中有数。

一行人出了官道，走在一条黄泥路上。

裴钱额头上贴着一张黄纸符箓，手持行山杖，走路如风。她闲来无事，招惹魏羡道：“老魏，你吃撑了后，会不会放臭屁？”

魏羡不理睬。

裴钱便去烦卢白象：“小白，怎么没见过你拉屎呢？你这样不好，都憋在肚子里头。”卢白象哑然。

裴钱又跑到最后面的隋右边身旁，扬起脑袋，一脸谄媚道：“隋姐姐，你会不会飞啊？我经常听天桥下的说书先生讲故事，说神仙们不但会飞檐走壁，还会腾云驾雾，撒豆成兵。那老头儿骗酒喝呢，我才不信他，但是我信隋姐姐你啊，我可是见过有人踩在剑上飞的，隋姐姐你长得这么好看，肯定也会吧？我长大后，要是能有隋姐姐一半漂亮，就开心死喽。”隋右边对于这个小马屁精，呵呵一笑。

裴钱最后回到陈平安身边，莫名感慨道："我以前在家乡，总觉得如果吃土能吃饱，还吃不死人，就是天底下最幸福的事情了。"

陈平安说道："我在书上看到，在这桐叶洲北边，有一座山，那边的观音土，真的可以当饭吃。"

裴钱满脸震惊："泥土真能当饭吃？那我们要不要去背一箩筐？"

陈平安摇头道："不顺路。"

裴钱的脑子里，总是会有稀奇古怪的想法，比如她会很认真地询问陈平安有没有觉得每一栋屋子，每一棵树，都像一个人？她的理由是窗户就像是屋子的眼睛，大门是屋子的嘴巴，而叶子是大树的衣裳。

陈平安反问那为什么冬天那么冷，树木不穿衣服，夏天那么热，反而穿那么多？

是哦，裴钱挠挠头，觉得果然陈平安读书多，更有道理一些。

这一路，除了裴钱偶尔瞎扯，陈平安和其他四人几乎没有什么话语交流。

说来不可思议，当下这徒步五人，竟然是藕花福地历史上的五位"天下第一"。

陈平安行走之时，一直在反复咀嚼玉简上那篇炼化口诀。

这天行走在山林青石板路上，朱敛轻声询问道："少爷，怎么说？"

卢白象三人脚步如常，却都已同时察觉到异样。

陈平安说道："不急。"

此次北上，陈平安一行人刻意绕开了大泉北方边军的一部分辖境，多走山路，就是为了避人耳目，防止有人尾随跟踪。

但是今天他们发现终于有人泄露了马脚，只是此人来自何方势力，是边境偶遇，忌惮五人，所以必须来此查看，还是早有预谋，就是冲着陈平安而来，暂时不好说。

这天黄昏里，细雨绵绵，山路难行，在人迹罕至的荒郊野岭，他们经过了一座废弃多年的破庙。裴钱乐开怀，总算有个遮风挡雨的地方可以歇脚了。她的靴子和裤管沾满了泥泞，每次抬脚都像有好几斤重，哪怕撑着那把油纸伞，可斜风歪雨的，还是让她的头发黏糊在额头上，十分难受。

陈平安让裴钱停下，取出一张阳气挑灯符，拈在指间，率先走入空荡荡的破庙，符箓并无点燃，这才让庙门外的裴钱进来。

市井老话说坟地可睡，破庙别进，是有道理的。破败荒废的庙宇道观，神祇消散后，除了容易有谋财害命的劫匪流寇驻扎，更容易招来四处飘荡的鬼魅阴物在此盘踞，沦为藏污纳垢的阴煞之地，蛊惑祸害过路的借宿人。陈平安在宝瓶洲与张山峰、徐远霞同行时，就曾经遇上一头小狐狸精，只不过像那头狐魅那样心善的山泽妖魔终究是少数，更多还是觊觎活人肉身、仇视路人一身阳气的凶鬼恶煞。

破庙内神台都倒塌了，泥塑神像也不知所终，梁上遍布大大小小的蛛网。

朱敛捡了些零碎枯枝，仍是不够点燃一堆篝火，只得去外边拾取、劈砍了些浸湿的树木，花了不少时间才燃起火堆。

裴钱进了破庙后，立即又有了借口，跟陈平安讨要一张符箓贴在额头，说是她胆小，要靠符箓驱邪。

如今只有抄写完了五百字的圣贤文章，她才有资格借一张符箓贴在额头上显摆。

陈平安要她用一根小树枝在地上写五百字，裴钱苦着脸说那她就不贴符箓了，今天太累，能不能下次再抄书。

看着满身泥泞的凄惨黑炭小丫头，陈平安点了点头。裴钱如获大赦，凑到陈平安身边，询问能不能瞅几眼姚近之送她的那多宝小木匣。

本就是她的东西，只是一直放在陈平安的竹箱里头。陈平安让她自己去竹箱拿。裴钱小心翼翼取出做工精美的多宝小木匣，坐在陈平安身边，却背对着魏羡四人，盒子里头的宝贝们，看也不给他们看一眼。

这份抠门小气，估计是很难拧过来了，而且陈平安似乎也没有刻意在这件事上，为难裴钱。

之前朱敛故意逗弄裴钱，将那根谁都碰不得的行山杖藏了起来，裴钱差点跟他拼命。

多宝小木匣分出大小不一的九个格子。

除了小巧玲珑、木纹细腻的木雕灵芝，以及那几枚前朝的孤品厌胜花钱，还有一块包浆厚重的道家令牌，雕刻有道教的灵官神像，赤面髯须，金甲红袍，眉心开有一枚天眼，形象威武生动。这块枣红令牌极小，应该是大户人家从道观请回的物品，让家中晚辈悬佩，希望能够为孩子驱邪护身。其余多是秀气精美的女子装饰物件。

裴钱抬头悄悄询问陈平安："这里头，哪件最值钱？"

陈平安身体微微后仰，瞥了眼多宝小木匣里琳琅满目的物件，道："木灵芝和灵官牌，是不错的灵器品秩，下五境的练气士，能够拥有其中一样，就很幸运了。"

裴钱眼睛发亮，又问："那到底值几两银子？"

陈平安一记爆栗就敲下去，斥道："别人好心好意送你东西，你总惦记着值多少钱！"

裴钱缩了缩脖子，小心翼翼道："如果只有我，近之姐姐才不会送这么多东西呢。"

陈平安笑问道："你这都知道？怎么看出来的？"

裴钱伸手指了指自己眼睛，笑眯眯道："用眼睛看出来的呗。"

陈平安又抬起手，吓得裴钱赶紧捂住脑袋，腿上的多宝小木匣差点摔落在地。

陈平安帮她扶住匣子，没有真敲打她。

裴钱重新收好多宝小木匣，转过身交给陈平安后，压低嗓音道："近之姐姐是真的漂亮，我觉得比……某个人更有女人味哩。”

陈平安不置可否，瞥了眼庙外，雨越下越大。

朱敛在忙着煮饭。

陈平安站起身，拎了根烧火剩下的树枝，与剑等长，来到庙门口，站定后仰头望向雨幕。

几乎同时，朱敛四人都转头望向陈平安。便是盘腿坐在最远处的隋右边，都不例外，睁开眼后，双手分别放在长剑痴心的一头一尾上。

陈平安只是手握树枝如握剑，始终纹丝不动。

久而久之，四人又回复到各自的状态中。隋右边又闭上了眼睛。朱敛继续生火做饭。魏羡在破庙内四处逛荡，蹲在墙根，手里拿着一块涂抹着彩漆的破石头，多半是这座破庙神像破碎后的遗留。卢白象在翻阅一本棋谱，是姚近之所赠，据说记载了白帝城城主与大骊国师崔瀺的“彩云十局”。卢白象对这本棋谱爱不释手，一有空闲就取出翻阅，开卷有益。

等着生米煮成熟饭的间隙，朱敛掏出一本刊印粗劣的坊间艳情小说，裴钱壮着胆子凑过去想要偷看，被朱敛一把推开她的小脑袋。

裴钱看了眼卢白象手中的棋谱，看不懂，更不感兴趣。下棋一事，她最厌恶，你一下我一下的，还要想半天，太没劲，如果别人下一枚棋子，她能噼里啪啦连下三四枚，那才有些意思。

在已经可以闻到米饭香味的时候，陈平安轻声道：“有一伙人往小庙这边来了，你们先各忙各的，不用理会。饿的话就先吃饭。”

大雨滂沱，有一行人冒雨前行，往破庙这边躲雨而来。

十数人，头戴斗笠，身披蓑衣，个个身形矫健，人人挎腰刀，气息沉稳绵长。

陈平安与姚家队伍相处了这么久，一眼看出这些人必然是军中锐士。

为首一人，是位三十来岁的青壮男子，身材魁梧，行走之时，龙骧虎步，比身后众人更惹眼，可谓鹤立鸡群。

那人在破庙外十步地方，对拎着一根树枝的陈平安笑问道：“可是在剑修手底下救下姚老将军，打杀小国公爷高树毅的陈公子？”

见陈平安不说话，此人笑道：“我叫刘琮，是大泉刘氏子弟，这些年都在北方边境吃沙子，得到这两桩消息后，就想着一定要来拜会陈公子。之前我军中斥候鬼祟随行你们，多有冒犯了，我在这里与陈公子道歉一声！”

刘琮，大泉王朝的大皇子殿下，手握北方边军大权，在大泉王朝军中威望极高，除了靠这个从娘胎里带来的姓氏，更靠一场场实打实的边关战功。

陈平安问道：“就为了这些？”

刘琮哈哈笑道："当然不是。陈公子可能不太了解蜃景城，那高树毅小时候，每天都跟在我屁股后头，这么些年，关系一直不错。陈公子杀了他，我如何伤心谈不上，毕竟在我离开京师后，他更向着老三一些，不过我很好奇，武道修为到底得多高，才能跟御马监掌印李礼打得平分秋色！"

陈平安环顾四周。

刘琮伸出一只手掌，道："我带的人不多，就五千兵马。山上两千精锐边军步卒，山脚还有三千，不知道陈公子觉得这份见面礼，够不够？"

陈平安有些奇怪，问道："既然有这么多兵马围剿，你一个皇子殿下，还以身涉险做什么？你我之间就只有十步路，就算你也是位身手不俗的纯粹武夫，也不至于这么托大吧？"

刘琮大笑问道："陈平安，你今年几岁？还不到二十吧，知道我多大岁数吗？三十整了，不提之前在蜃景城的打熬体魄，这些年在边关厮杀无数，如今也才刚刚成为六境武夫！真要让我对上咱们大泉王朝的守宫槐，别说分生死，我恐怕连对老宦官出拳拔刀都不敢，你说是不是人比人气死人？"

陈平安问道："那你是走到这里来……找死？"

刘琮一手握住刀柄，一手拇指指了指身后，咧嘴笑道："这些皆是大泉北边最出类拔萃的随军修士，你就全然不放在眼中？"见那个手拎树枝的年轻人不愿说话，刘琮眼神玩味，"有人想要你肩上的这颗脑袋，有人想要你交出碧游宫的东西，有人想要你腰间的酒葫芦，陈平安，你真以为一个死了的书院君子，一块不知真假的太平山祖师堂玉牌，就能让你安然无恙到达天阙峰，大摇大摆乘坐仙家渡船离开桐叶洲？"

破庙内，朱敛端着一碗米饭，蹲在火堆旁，三两口扒干净后，站起身。

魏羡细嚼慢咽着米饭，吐出一句："这厮恁是话多，活不长久。"

卢白象手按刀柄，走向庙门口。隋右边背好长剑，紧随其后。

魏羡将剩下半碗饭递给蹲在自己身边的裴钱，道："赏你了。"

裴钱接过饭碗，往自己碗里一倒，然后碗叠碗，抬头认真说道："老魏，你要是死翘翘了，我肯定帮你找个地方埋了……到时候你身上的银子，我能当作酬劳拿走不？"

魏羡手握那枚甲丸，板着脸撂下一句："咱们四个，想死都难。"他径直来到陈平安身边，聚音成线，说了原本不太愿意说的一件事情。

陈平安听得清晰，赤手空拳的朱敛、狭刀卢白象和负剑隋右边，也依稀听得见内容，神色各异。

大雨滂沱，外边的一行人则听不清楚。

朱敛笑容阴鸷，问道："少爷，此役过后，能不能也赏给我一件好东西？如今四人，可就剩下老奴没个傍身物件了。"

陈平安直截了当道："暂时没东西送你了。"

朱敛有些惋惜，转头望向那拨不速之客，啧啧道："少爷，那等会儿老奴出手杀人，可就不再像客栈那晚，还要计较是不是拳法俊俏啦。"

隋右边神色冰冷，站在最右边，问道："公子，破甲一千，痴心剑能否从此归我？"

卢白象站在了最左边，微笑道："主公，我若是破甲一千，停雪借我十年就行。"

魏羡最后一个说道："披甲锐士杀腻歪了，练气士全部归我。"

陈平安笑道："那我干吗？"

裴钱在破庙里头大口扒饭，含糊不清道："爹，你陪我吃饭！"

风雨大，山脚处，申国公高适真拒绝了府上扈从替自己撑伞，站在大雨中，任由黄豆大小的雨点砸在身上。

别跟我高适真提什么家国忠义、山河社稷了，偌大一座申国公府，就儿子高树毅这么一炷香火，没了就是没了。何况二十多年倾尽心血和精力去栽培这个儿子，方方面面，身为父亲的高适真都挑不出高树毅半点毛病。他在收到三皇子那封密信之前，一直坚信，高树毅未来会是大泉的庙堂栋梁，无论是谁当皇帝坐龙椅，申国公府都会重振家风，权倾朝野，升为郡王府，为新帝倚重，吞并北晋、南齐两大强国，一举成为桐叶洲中部最大的王朝。

皇帝陛下说要补偿申国公府，三皇子说要补偿他高适真，供奉清客幕僚们都劝他隐忍。

高适真这段时间一直表现得很冷静，谁都看不出这是一个失去了独子的男人。他先是离开皇宫，再悄悄离开皇子府邸，最后秘密离开京师，担任皇帝陛下的密使，去往骑鹤城驿馆见姚镇，风平浪静。申国公府，还是那座深明大义的大泉国公府，高适真从来没有让那个垂垂老矣的皇帝刘臻失望。

如果没有那个从天而降的契机，高适真也确实掀不起风浪，毕竟蜃景城是皇帝陛下的，大泉王朝姓刘。

现在不一样了。有人找到了他高适真，他又找到了大皇子刘琮，刘琮又找来了五千甲士，至于暗中拉拢了多少山上势力，高适真不感兴趣。

狮子搏兔亦用全力，千万别给人添油，这是兵家大忌。连他高适真一个养尊处优的京城人，都明白的浅显道理，相信大皇子刘琮想得更加透彻。

高适真在等，等待刘琮下山时提着那颗头颅送与他，他好将其带回到儿子高树毅的那座新坟前。

破庙前，陈平安望向刘琮扈从中，藏头藏尾的最后两人。

察觉到陈平安的视线后，两人相视一眼，向前走出数步，正是武将许轻舟和仙师徐桐，老熟人，边陲客栈中，分别跟卢白象和隋右边交过手。

许轻舟摘掉蓑衣丢在一旁，露出一身甲胄，除了做样子的那把大泉边军制式腰刀，还有佩刀“大巧”，是一件兵家重器。

许轻舟默不作声，草木庵主人徐桐却笑道：“陈公子，又见面了。上一次在南方边陲，这次在北方边境，就像许将军的心爱佩刀取名大巧，真是很大的巧合。”

刘琮身后十名扈从，除了许轻舟和徐桐，其余八人，都是在北方边关久经沙场的随军修士。大泉王朝的边境战事，其实就只发生在北晋、南齐接壤的南北两处，南方是姚家铁骑为刘氏守国门，北部则是大皇子麾下的十二万边军，常年与南齐交战，战事频繁，经常叩关北征，战力高低不说，出刀子的次数，只会比姚家铁骑更多。

武将许轻舟，此次登山围剿陈平安一行人，他的目的很明确，他想要那副不同寻常的甘露甲，最好是连那把刀也一并收入囊中。

刘琮只答应下了甲胄，狭刀一事，可卖不可送，到时候就看许轻舟和所在将种家族，能够拿出多大的诚意来“购买”了。

高冠仙师徐桐，大泉境内第一仙家门派草木庵的主人，擅长雷法，精通炼丹，可养生长寿，以此结交了无数达官显贵。蓑衣下边所穿的那件法袍，灵气流泻之时，焕发出五彩云篆的雾霭画面，就像披了一幅彩绘山水画卷，事实上这件灵器法袍，名为“五彩峰”，是草木庵的祖传宝，已经极其接近法宝品秩。

仙师徐桐想要陈平安身上那件恢复真身后，如同一袭金色龙袍的法袍金醴。

垂涎三尺，梦寐以求！

陈平安望向刘琮，问道：“是为了那张椅子？”

刘琮厉色道：“不然？你当我五千边关儿郎的性命，不值钱？”说到这里，这位大皇子殿下咬牙切齿，“我要是今天不走到这破庙门口，不亲眼见一见你陈平安，我心里头……”刘琮指了指自己心口，“不痛快！”

陈平安道：“不痛快？不是你自找的吗？五千大泉边军战死这座小山上……算了，其实道理你都懂，你多半会告诉自己，成大事者不拘小节，等你当了皇帝，这五千甲士就是为国捐躯，死得其所。”

陈平安轻轻挥了一下手中枯枝，又问：“最后一个问题，你为什么会觉得我腰上这块牌子是假的？”

刘琮闲聊这么多，可能是为自己壮胆，也有可能是为了过自己心里的那道坎。

陈平安愿意陪着刘琮扯这些，都是为了最后这个问题——至关重要的一个问题。

要他脑袋的，肯定是申国公高适真，要碧游宫那件东西的，陈平安心中早有猜测，可到底是谁想要养剑葫芦？

出了骑鹤城驿馆，陈平安就已经挂上了玉佩。到了桃叶渡口，与姚家队伍离别在即，当天陈平安更是以“太平山修真我”五字，昭告天下，等于是向那座蜃景城挑明了自己“太平山祖师堂嫡传”的身份，为的就是希望能够减轻姚镇在大泉京城的压力。若是蜃景城那些蠢蠢欲动的敌人，连玉牌都认不出，姚家也无须担心。而看得懂玉牌的，多半就是不容小觑的高人，这些人反而会知难而退。事实上，当时在桃叶渡口乌篷小船内，运用神人掌观山河的金顶观观主杜含灵，就在此列。当他一看到那块玉牌，哪怕惹来蜃景城方面的不快，仍是执意脱身离开。

刘琮眼神古怪，只给了陈平安一半答案：“这块太平山的祖师堂牌子是真的，千真万确，只是同时又是假的。你不悬佩，其实更好，但你挂在了腰间，那我就要把那两个字还给你了：‘找死！’”

陈平安看着这个越说越理直气壮的大泉皇子殿下，跟这些生在帝王家的家伙，果然更加难聊。

眼前，双方各有各的道理，虽然有着对错、先后和大小，但是某种大势在幕后推着刘琮，这使得刘琮和五千甲士，以及隐匿其中的练气士和武道宗师，都已经箭在弦上不得不发了。陈平安总不能说大家和和气气进庙里吃碗饭，然后教他们争龙椅要用什么光明正大的手段。陈平安不想浪费这些口水，他倒是愿意讲，只是人家不愿意听罢了。

陈平安拎起那根枯枝，朝刘琮点了两下。

身边佝偻老人率先一冲而去，擒贼先擒王，即便是个陷阱又如何，他朱敛还真想领教领教这方天地的山上阴谋！

站在右边的隋右边，左边的卢白象，纷纷掠出。

魏羡身披神人承露甲，大步跟上抢在前头的武疯子，他暂时不会陷阵，主要还是护住这座破庙。

陈平安则按捺性子，等待对方的撒手锏。

在比半山腰破庙所在山头更高处的一座山峰，山顶站着两人，是不是世外高人，不好说，至少站的位置是很高了。

一位襦衫老人，腰间没有悬挂那枚书院赠予的玉佩。在大泉王朝，他站在哪里，都没有人胆敢质疑，哪怕是站在了蜃景城金銮殿的屋顶。

襦衫老人身旁站着一个肌肉虬结的魁梧大汉，一身蛮横气息不似人。

事关重大，老人还是问了一个有大不敬嫌疑的问题：“你家主人，不会失信于人吧？”

壮汉的回答更加直白无礼：“我家主人如何做，我哪里敢在这里瞎说。你有本事自己问主人去，前提是你得有这个胆子。”

老人自言自语道：“我踩着大义行事，终究还是名正言顺的。哪怕事后书院被太平山迁怒，怪罪下来，摘了我的头衔……也无所谓。”

壮汉讥笑道：“道貌岸然，说的就是你这种读书人吧？”

老人苦笑道：“知错能改善莫大焉。我读书何止万卷，百家学问都有涉猎，唯独漏了这句自家圣人教诲。”

壮汉也不愿得寸进尺，继续挖苦身旁这个老东西，万一他临时改变主意，来个什么幡然醒悟，岂不是要坏了主人这桩临时起意的谋划，于是好言安慰道：“那件宝贝，何等稀罕，别说是你会动心，不惜为此辛苦经营盘算了这么久，其实我也眼馋。等你拿到手后，我与你做一笔买卖，我身上那件主人赐下的法宝，送你了，你只需要传我半篇，我再给你卖命六十年，事成之后，传我剩余半篇，咋样？”

老人略作思量，点头答应道：“就这么说定了！”

壮汉提醒道：“我家主人临行前，交代过我，除非是救你的命，否则不可出手。他还要你最好也别轻易出手，就算出手，也悠着点，不然很容易惹来那个文庙圣人的注意。那位圣人虽说如今忙着搜寻那头太平山老猿，可他一旦快速赶来，驾临此处，刘琮这些蝼蚁还好说，我们两个肯定要吃不了兜着走。”

魁梧汉子提到了那位圣人，尤其是“文庙”二字前缀，让老人本就凝重的心情，越发跌落谷底。中土神洲那些“斯文正宗”的陪祀七十二圣，哪一个是好惹的？这可不是七十二书院山主之流，更不是世俗王朝恭维的书院“圣人”，而是名副其实的儒圣！老人脸色阴沉，点头道：“性命攸关，我当然明白。”

山顶风雨更大，只是雨点就像落在一把无形油纸伞上，在两人头顶上方向四处溅射而去。

壮汉打了个哈欠，他其实不太明白，以主人那么大的身份和能耐，为何要跟那个年轻人过意不去。

换成本洲南北两端桐叶宗和玉圭宗的前几把交椅，勉强说得通，不然就是像背剑白猿干脆利落打杀了的大伏书院君子钟魁——未来儒家某座学宫的大祭酒，也够资格。

只可惜主人千算万算，几乎将整座桐叶洲都给囊括其中了，扶乩宗那边竟然蹦出个外门杂役少年，误打误撞就发现了那位十二境前辈的存在，牵一发而动全身，以致彻底搅和了主人筹谋已久的这么大一个精彩布局。

难不成这个桐叶洲的气数如此浓厚？连距离倒悬山最近的那个婆娑洲都比不过？

要知道婆娑洲有个肩挑日月的陈淳安陈老儿，按照主人的说法，在他家乡那边都有很大的名气，被视为头等劲敌之列，他只要身在浩然天下，是绝对打不过醇儒陈淳安的。

有个头戴芙蓉冠的年轻道士，来到了大泉南边的边陲小镇，没有走入那座狐儿镇，只是沿着不算高的黄土城墙外，缓缓而行，伸出一只手掌，轻轻滑过粗糙墙壁，面带微笑。

最后他沿着官路走到临近小镇的客栈。客栈里面生意冷清，小瘸子趴在桌上打盹，老驼背坐在帘子那边抽旱烟，妇人坐在柜台后边算账，算来算去，让她恨不得砸了那个算盘。

年轻道士跨过客栈门槛，眼神温柔，轻声呼唤着“九娘、九娘”。

小瘸子迷迷糊糊抬起头，有些烦，怎么走了落魄书生，又来了个觊觎掌柜美色的年轻道士？难道天底下就没有好看的女人了吗？非要来他们客栈纠缠老板娘？

九娘抬起头，疑惑道：“小道长，我们认识？”

年轻道士除了那顶比较罕见的道冠，其实各方面都不惹眼，相貌普通，个子不高不低的，一身道袍也显旧。

九娘觉得此人眼光很是奇怪，既无狐儿镇青壮男子的那种猥亵，也无钟魁那种让人摸不着头脑的痴情，就像是在跟一个久别重逢的熟人，打着招呼，明明是看着她，却又像是看着更远的地方。

九娘有些不悦，在她问话之后，那个年轻道士只是笑望向她，眼神越来越明亮，越来越让人心悸。

年轻道士无缘无故泪流满面，却是笑问道：“九娘，我们回家吧？”

不等九娘破口大骂，那年轻道士已经擦了擦眼泪，自嘲道：“是我认错了人，见谅见谅。”

他在一张酒桌旁坐下，从袖口掏出几粒碎银子，拍在桌上，微笑道：“都买酒了，能买几壶就几壶。”

客栈地处边陲，鱼龙混杂，来来往往，经常有不是善茬的羁旅行人，瘸子少年在客栈打杂这些年，见多了脑子进水的客人，也没多想什么，便拿了碎银子说道：“咱们客栈的青梅酒，分三等，若是最好的青梅酒，客官就只能买一坛——”

年轻道士不等小瘸子说完，笑道：“就要一坛最好的青梅酒。”

离乡远游，天大地大，与谁都不可交心，如此比圣贤还要寂寞的游历，不喝酒怎么行？

他几乎喝遍了桐叶洲的美酒劣酒。

他喜好喝酒，如果有个品秩还凑合的养剑葫芦当酒壶，就正好。至于养剑葫芦里来历古怪的两把本命飞剑，毁了无妨，留下更好，等到重返家乡后，送给家族晚辈当礼物，也算对错过他们成人礼的一点弥补。在他家乡那边，送剑，比送什么都强。

此次桐叶洲变故，早早泄露了天机，两位手下未能蛰伏到最后，错不在他，实在是

"天时"二字尚在浩然天下，现在就看婆娑洲和扶摇洲两处会不会顺利一些。

原本太平山和扶乩宗都该覆灭，太平山天君祖师爷和宗主，嵇海夫妇二人，都会死，女冠黄庭这种占了一洲许多气运的天之骄子，也不例外。

至于大伏书院君子钟魁，在这位太平山年轻道士的名单上，排名其实很靠前。死了一个钟魁，意义之大，不亚于踏平一座太平山。

所以他当初给背剑白猿的命令，是以命换命都不亏，若是事后能成功遁入那条破碎龙脉，不管受伤多重，都是赚到了，之后就躲起来，老老实实藏着吧，不然他也护不住老猿，毕竟他只能从浩然天下带走一人。老猿若是没有伤及大道根本，仍是十二境剑修的境界，他可能会带走它，而不是念某些旧情，来这边境客栈喝闷酒。

钟魁本该活得更长久一些，更痴情一些。

驼背三爷以眼神示意九娘要小心此人，但九娘仍是执意自己拎着酒坛和两只白碗，来到那年轻道士对面坐下。

九娘倒了两碗酒，笑问道："小道长是认错我，还是真认得我？"

年轻道士端碗喝了口青梅酒，赞了一声好酒，手背抹着嘴巴，道："是我认错啦。"

九娘笑眯眯问道："小道长胆子大，也豪气，言语之间，从不自称贫道，难不成是个假冒太平山神仙的假道士？"

年轻道士摇头道："真道士，不能再真了。随便找了副皮囊，在太平山修行了百余年，才得了块玉牌，后来下山游历途中，死了，尸骨无存，师门连玉牌都没能收回去呢，惨得很。在那之后，我换了头面，四处逛荡，又开始找酒喝，最后回到了大泉，逛了好些地方，比如那埋河之类的，还在蜃景城遇见了一个名叫王颀的读书人。当时那人岁数不小了，名字取得真是不错，颀，圣人解字，身修长，心诚毅也。只可惜堂堂君子，千里之堤毁于蚁穴，毁在了一个贪生怕死的'贪'字上。"

九娘举碗喝酒的时候，手腕轻颤，她猛地喝完所有酒水，放下酒碗，问道："为何要跟我说这些，是要杀我？"

年轻道士像是听到天底下最大的笑话，喃喃道："早说了认错人，与你无关。我那故人，九条命呢，怎么杀？杀了你，白老爷可就要心有感应了。你是不知道，白老爷害得我有多可怜，儒家圣人即便杀了我，我不过是半死，帮着我早点回家而已，白老爷只要亲眼见到了我，即使是隔着一座天下，也能够把我挫骨扬灰。"他有些伤感，唏嘘道："我也舍不得杀。"

这位能够驱使两头大妖去拼命的年轻道士，笑了笑，端起酒碗，抿了一口酒，道："桐叶洲遭此大劫，以后再回头看，其实是因祸得福啊。"

九娘心中惊涛骇浪。

"不用担心，我已经喝过了美酒，说过了牢骚话，你们什么都不会记得。"年轻道士放下酒碗，伸出手指在碗沿上划过一圈，然后站起身，转身离开客栈。

客栈内场景诡谲，仿佛光阴逆转，九娘、三爷和小瘸子开始颠倒着说话做事。

最后年轻道士迈过客栈门槛之时，一切恢复如旧，小瘸子趴在酒桌上打瞌睡，老驼背在门帘子那边抽着旱烟，九娘还在打着算盘。

唯有那只年轻道士的酒碗，突兀地留在了桌上。

他身体后仰，望向柜台那边。

“九娘”冷冷抬头与年轻道士对视。

年轻道士看着“九娘”身后，一根根雪白尾巴粗如梁柱，密集簇拥在妇人身后。年轻道士数了数狐狸尾巴，皱了皱眉，很快眉头舒展，笑着离去。

“九娘”冷声道：“你迟早会被揪出来的。”

他早已远离客栈，余音却绕梁于客栈内：“求之不得，不然为何我要多此一举，对付一个太平山都要护着的年轻人？”

片刻之后。

小瘸子继续鼾声微微，烟雾继续缭绕，九娘打算盘的声响杂乱而起。

又过了许久，九娘瞥见桌上白碗，她一巴掌按在算盘上，怒道：“小瘸子，你眼瞎啊，桌上的酒碗怎么也不收？”

小瘸子一下子惊醒过来，看见桌上平白无故多出的一只酒碗后，挠挠头，分明记着是收拾干净了的，可不敢跟心情不佳的老板娘顶嘴，收了酒碗走去灶房。

茫茫边陲，有个道冠歪歪斜斜的年轻人高歌而行：“收葫芦，收酒葫芦喽，收了酒葫芦好装酒哟，心爱小娘倒酒的纤手，嫩如白玉藕哟……”

破庙外，风雨飘摇。

可就是这么一场滂沱大雨，竟然都能让人闻到一股血腥味。

隋右边往一边掠去，今夜她没有像客栈一役，如同剑师驾驭长剑，而是手持痴心剑，身形矫健如山野猿猴，一次次在树林间辗转腾挪，往往一剑而去，剑气吐露，将那些大泉边军连人带甲一同劈成两半。

卢白象去了与隋右边相反的方向，大踏步而行，只要边军甲士一旦持刀近身，便是随手一刀。不同于隋右边出剑的大开大合，卢白象无论是刀锋，还是细如毛发的凌厉罡气，都只挑选披甲士卒的脖颈，或是以刀尖“指点”那些边军锐士的额头。

其间两边山林中，又有武道高手和兵家修士隐藏在寻常边军中，伺机而动，暗中偷袭卢白象和隋右边，更有劲弩一拨拨激射而至。

隋右边一身锐气，竟是比手上痴心的剑气更浓，不愧是那个藕花福地历史上，首位试图仗剑开天、肉身飞升的女子剑仙。

卢白象闲庭信步。这些只算是人间精锐的甲士，即便夹杂有几个稍显棘手的敌人，也配谈“围杀”？难道不知道卢白象生前最后一战，聚拢了多少位正邪两道的宗师吗？

再者，连同朱敛，在狐儿镇外客栈走出画卷的三人，今时不同往日多矣。

隋右边潜心练剑，迅速适应这座浩然天下的气机流转，朱敛和卢白象何尝懈怠了？需要分心去适应此方天地灵气倒灌的六境武夫，与境界稳固的六境巅峰武夫，两者之间，大不相同。

破庙大门正前方。

陈平安只以飞剑初一、十五配合武疯子朱敛，突袭了一次皇子刘琮，此后就不再出手，依旧拎着枯枝站在屋檐下。

身穿兵家金乌经纬甲的许轻舟和草木庵仙师徐桐，加上那拨随军修士，挡在刘琮身前，以徐桐一尊符箓力士和一名随军修士性命的代价，挡下了这次攻势。

没办法，陈平安当初为了对付蟒服宦官李礼，手段尽出，许轻舟和徐桐一清二楚，所以对于神出鬼没的初一和十五两把飞剑，早有准备。

刘琮且战且退，许轻舟和徐桐始终护在这位大皇子身旁。

其余久经战阵的随军修士，则尽量抵挡那名佝偻老人的扑杀，还要注意之后那个身披雪白甲胄、尚未出手的矮小精悍男子。

山上两千甲士，以及随时可以登山增援的三千，加上所有随军修士和重金招徕而来的江湖高手，刘琮不奢望这样的阵容，就可以斩杀陈平安和四名宗师随从，但只要宰掉或者重伤两三人，就足够奠定胜局。

朱敛此时此刻，无愧“武疯子”的绰号，浑身八面撑劲，身体如簧，快若奔雷。一有风吹草动，发现随军修士有压箱底的偷袭手段，他立刻毛发如戟，未卜先知，精准躲过。

朱敛冲杀之时，佝偻的身体习惯了越发弯腰，双手垂地，每一次踩踏地面，都不知他如箭矢激射向何方，身形实在是太快了。

一次抓住机会，朱敛鬼魅般出现在一位中年随军修士身前，一拳打穿了此人的腹部，然后以当场暴毙的尸体作为盾牌，挡住徐桐一尊银甲力士的大刀劈砍，丢了尸体后，瞬间横移，再向前数步，看也不看，一臂横砸在随军修士的脑袋上，修士成了一具无头尸体，重重摔在数丈外。

魏羡身披八副祖宗甘露甲之一的“西岳”，以手去抓那些与朱敛擦肩而过的修士灵器，只要被他抓在手心，要么被直接捏爆，要么被掰得弯曲。

此时，持刀披甲的边军不断从道路两侧拥出，魏羡便开始后撤。

朱敛经常手拍脚踹，将那些修士驾驭的灵器丢向魏羡那边，魏羡既要打杀冲向破庙的甲士，还要收拾朱敛甩来的破烂。

在山路远处，竭力望向那处战场的刘琮脸色如常，问道："难道真要耗尽我那五千人马？靠五千条命活活堆死这些家伙？"

许轻舟沉声道："只能如此。我和徐桐，以及殿下事先安排好的三人，都会瞅准机会，在这四人换气间隙，给予他们致命一击。争取不让这些人白死就是了。"

刘琮攥紧腰间佩刀，青筋暴露，厉声问道："为何谍报上记载内容，跟眼前四名武道宗师的实力，相差如此之大？"

仙师徐桐苦涩道："其实我与许将军比殿下还要纳闷。当初在客栈我们还能各自与对手斗个旗鼓相当，今夜若是捉对厮杀，我和许将军必死无疑。"

刘琮吐出一口浊气，道："不怪你们，是那陈平安隐藏得太深。没关系，我方伤亡再惨重，都能从这个家伙身上找补回来！"

破庙屋檐下，陈平安低头看着在腰间挂着的祖师堂玉牌，陷入沉思。

第六章 太平山不太平

破庙所在的山头，雨越下越大，急促敲打在那些大泉北境边军的甲胄上，噼啪作响。边军所披铠甲多有磨损，布满刀枪箭矢的划痕。

新雨打旧甲。

千金之子坐不垂堂。为了让许轻舟和徐桐两人能够放开手脚，抓住稍纵即逝的机会，去斩杀陈平安四名扈从，大皇子刘琮已经默然退到半山腰，身边除了数十沙场心腹重重护卫，还有三名实力超群的随军修士。这些沙场死士所披挂的甲胄，比围杀破庙的边军更加沉重，属于重步武卒的制式铁甲。随军修士其中一名是温养出凌厉本命飞剑的观海境剑修，一名是擅长结阵的符箓道士，还有一名是身穿甘露甲的兵家修士。

刘琮对于陈平安的那颗头颅，志在必得，只是世事怕万一，他可不想在一座无名小山上栽跟头。

不知藏匿在何处的那位书院君子王颀，既然愿意亲身参与这场阴谋，那么刘琮对这位德高望重的大泉士林领袖，就不是很信得过了。若非高适真给出的条件实在太诱人，又拉上了许氏将种和草木庵，刘琮还真不敢冒这么大的风险，他实在好奇所谓的碧游宫宝物，到底是有多价值连城，才能够让一位书院君子不惜违背良知，主持策划了此次围杀。

虽说王颀事后自有其道理，可以与大伏书院山主解释，说是要抓捕一个假冒太平山祖师堂嫡传弟子，还可以往陈平安头上泼更多的脏水，比如说怀疑这个外乡人是从井狱逃逸出来换了身份相貌的妖魔巨擘，才必须请出北境五千甲来围困此山。但是刘琮不觉得这是一个天衣无缝的解释。

不过王颀有理与否与他关系不大，王颀如今还是大伏书院货真价实的君子。君子一言，世俗王朝的皇帝君主，尚且要听命行事，更何况是他刘琮一个皇子，此次带兵上山，完全符合儒家书院订立的规矩。至于宰了那个陈平安后，王颀如何给书院一个交代，就不是他刘琮可以掺和的了。

王颀秘密离开蜃景城，来到边境找到他之时，已经将御马监掌印太监李礼的一些潜伏棋子，向他全盘托出。说实话，当时得到那些散落京师各大府邸、大泉地方江湖、山上门派的死士档案后，刘琮大吃一惊——宦官李礼被誉为大泉守宫槐，何时势力如此盘根错节，渗透了整个大泉版图？

王颀作为一位享誉桐叶洲中部的老资历君子，又为何与一个宫内宦官搭上线？

李礼在朝野上下的名声再好，终究只是个裤裆没鸟的老不死而已，跟你君子王颀有云泥之别。

只可怜很早就被老宦官刮目相看的三皇子，苦心经营十多年，不惜亲身涉险，深入北晋腹地，好不容易接连捣烂了松针湖水神庙和金璜山神府邸，高树毅却竟然在姚家地头上给人打死了，连一国之内无敌手的李礼也阴沟里翻船。一着不慎满盘皆输，人算不如天算，果然天命在我刘琮！

可是刘琮在边境征战这么多年，统领十数万精锐边军，沙场上多次亲身陷阵也无所畏惧，却发现自己今天有些不可抑制的紧张。

破庙前，魏羡依旧如客栈一役，一夫当关，只管守住大门即可。若是有大泉甲士上前寻死，魏羡自然不会客气，身披甘露甲西岳，根本就无惧寻常刀弓，由着它们劈射。有胆敢欺身而近的甲士，魏羡一拳就让他们悉数倒飞出去很远，一些靠近庙门的尸体，也会被魏羡以脚尖挑飞。帝王心性，是那卧榻之侧岂容他人酣睡，如今的魏羡，则是所立之处岂容尸体碍眼。

偶尔有几支暗藏玄机的特制箭矢，无一例外，都是林中边关神箭手用强弓拉满，激射而出，魏羡才会躲避。

相较于魏羡出手的“温柔软绵”，朱敛那边的杀戮不愧其“武疯子”之称。

只要被朱敛贴身或是拉近到一臂距离的甲士，几乎都是惨绝人寰的下场，当场毙命不说，还死相惨烈，铠甲破碎，嵌入身躯，血肉模糊。

隋右边所在的战场，林中一次次剑光绽放，一剑横扫，往往是数名甲士连同树木一起被拦腰斩断。厮杀到最后，隋右边四周数百步，竟是再无一株山林高木。

卢白象那边，挥舞着一把飞鹰堡桓氏祖传法宝狭刀停雪，走走停停，或是踩在树干上蜻蜓点水，身形一闪而逝，唯有停雪罡气流淌的刀锋，在漆黑雨幕中带起一条久而不散的雪白光线。

短短一炷香工夫，大泉边军精锐就已经丢下六百具尸体，这还是山林间不宜武卒蜂拥推进的缘故。

一直站在庙门口的陈平安低下头，笑了笑。

地面上蹦跳出一个莲花小人，在向他挥动仅剩的那条莲藕小胳膊，嘴里咿咿呀呀，然后为陈平安指了一个方向。

陈平安顺着小家伙手指方向望去，是一座山峰最高处。莲花小人的意思是有两个家伙站在那边观战，很厉害，它都不敢太靠近那座山头。

陈平安轻声问道："那你有没有看到有个头顶芙蓉冠、身穿道袍的年轻人？"

莲花小人使劲摇头摆手。

陈平安朝它伸出大拇指，轻声笑道："去庙里躲着。"

莲花小人使劲点头，健步如飞，一个蹦跳，高高跳过门槛，见到了正在打饱嗝的裴钱，它便有些不情不愿。初次见到她，它便不太喜欢，有一次刚从土中冒头，就被裴钱手持行山杖一棍子敲了下去，没打中，裴钱便拎着行山杖四处狂奔，把它逗弄得筋疲力尽。裴钱因此被陈平安扯着耳朵走了一里路，疼得她哇哇大哭。

见裴钱鬼鬼祟祟，似乎是想去拿行山杖，莲花小人便有些气呼呼，这次竟是半点不怕她了，走到裴钱脚边，直挺挺躺在地上。

裴钱拿着行山杖，犹豫了半天，瞥了眼庙门口陈平安的背影，终于还是丢了行山杖，蹲下身，笑眯眯道："你呀，才是个赔钱货，半点用都没有，以后我爹肯定把你卖了换钱哩，到时候我可以买一大堆糖葫芦，啧啧啧，真好吃。"

莲花小人生着闷气，干脆侧身而卧，不看黝黑小女孩。

裴钱伸出一根手指，戳了戳小东西的胳肢窝，道："小赔钱货，以后你要是当我的小跟班，我就不让爹把你卖了换钱，咋样？"

莲花小人连滚带爬，去远处盘腿坐着，像极了陈平安读书时候的模样。

裴钱翻了个白眼，语重心长道："你知不知道我现在多有钱？我有个据说是多宝格的盒子，里头装着好多好多的宝贝。你以后对我放尊重点，晓得不？你要是乖了，做了我的跟班，说不定我哪天大发慈悲，就会从里头拿出一枚漂亮铜钱，学那老魏大手一挥，赏了！"

莲花小人面不改色。

裴钱怒道："你这小赔钱货，咋这么不懂事？信不信我今天晚上就学会了绝世剑法，你每次冒头都戳得你满头是包？你难道不知道我能够看得到你躲哪吗？"

莲花小人有些畏惧，可怜兮兮转头望向了陈平安。

裴钱立即赔笑道："逗你玩呢，咋这么开不起玩笑哩？"

庙门口陈平安心思微定。

既然知道了那座山峰上有两人隔岸观火，至少心中有数，不怕被杀个措手不及。

他猜测其中一人，极有可能就是那位坐镇蜃景城的书院君子。

正人君子，已经见过，钟魁。

书院贤人的口含天宪，在梳水国剑庄也听说过了。

想必这次不过是遇上了一位伪君子罢了，不用大惊小怪。

学问大小，与道德多寡，还真未必挂钩，更何况书院弟子也在修行，修行路上，越往高处登山做神仙，山上风雨越大，自然诱惑多，危险多，始终坚守本心，并不简单。

当初在碧游府，见到了那头与水神娘娘搏杀的河底大妖，就觉得奇怪，为何大泉朝廷会对此妖放任不管。

说不定那位君子所求，早已不在圣贤道理，不再是一心教化苍生向善，而是追求自身的长生不朽，或是其他外物，比如……那枚玉简上“可炼万物”的仙人法诀。

财帛动人心。

长生之欲，让一位上了岁数的书院君子心动，误入歧途，又有什么奇怪？

崔瀺这么一个巅峰时是十二境仙人境的圣人大弟子，不一样走了一条欺师灭祖的道路？

但是陈平安最忌讳的，是那个一手让自己身陷险境的“太平山年轻道士”，正是此人登门拜访骑鹤城驿馆，亲手将祖师堂嫡传玉牌，交到他陈平安手上。

直到刘琮自认为稳操胜券，泄露了一丝天机，陈平安才意识到不对劲。

生性谨慎、处处细心的陈平安，之所以这次栽了这么大一个跟头，实在是因为在这之前，对那座太平山的观感，太好。

背负老大剑仙陈清都的那把长气剑，误入藕花福地，镜心斋童青青和樊莞尔借助那把镜子成为神魂体魄合一的女冠黄庭。

陈平安对她的印象就很好。

之后便是那位太平山祖师爷老天君，为了斩杀背剑白猿，不惜毁去了护山大阵的两把仙剑，为了救下钟魁残魂，更是不惜跌境。

印象更好。

而最早知道太平山，是与陆台进入飞鹰堡，戳穿破坏了那名金丹邪修的百年谋划。飞鹰堡一切祸事的罪魁祸首，那名以山岳差点镇杀了陈平安的金丹邪修，试图在飞鹰堡堡主夫人的心窍中养出元婴鬼胎。在那之前，追杀这名老金丹的太平山年轻道士，应该就是尚未以谪仙人身份去往福地的黄庭。

更早之前，按照陆台的说法，是太平山一位长生无望的元婴大修士，体魄神魂皆趋于腐朽不堪，自知大限将至，就开始云游四方，想着尽可能为山下做些善事。不知为何，与扶乩宗一位戾气十足的金丹地仙，起了冲突，后者万万没有想到生机淡薄的对方，竟是位元婴。

太平山元婴大修士被追杀到飞鹰堡前身所在的山头附近，动用了扶乩宗的请神降真之法，却没有请下一位神灵，而是以本命精血为代价，施展禁术，招来一头远古魔道巨擘的分身，一战到底，同归于尽。

双方厮杀得惨烈至极，打得双方脚下地界，阴气汇聚，无异于一座埋骨十数万武卒的战场遗址。

所有关于太平山道士的种种，无论是耳闻，还是亲见，都让陈平安心向往之。

就连当下卢白象手中那把狭刀停雪，都是那位壮烈战死的元婴地仙的遗物。

所以拿到了那块祖师堂玉牌后，陈平安根本没有多想，只当是太平山祖师爷离开驿馆后，起了爱护之心，或是钟魁帮着说情，才有了匆匆忙忙的飞剑传物，交代附近山上道士交予陈平安一块护身玉牌。

现在看来，是陈平安太想当然了。

那块刘琮所谓“货真价实”的玉牌，材质绝佳，短时间内难以炼化为虚或是直接销毁。陈平安摘下玉牌，转身抛给裴钱，吩咐道：“将这块玉牌放入油纸伞内，记得收起伞，别再打开。”

裴钱接住了那块眼馋已久的漂亮玉牌，乖乖照做，手脚伶俐，没有丝毫拖泥带水。

裴钱不敢乱来，怕陈平安生她的气。

陈平安唯一一次生气，如果不是钟魁求情，她这会儿十有八九还在狐儿镇那破客栈扫地打水，给那个胸脯乱晃荡的老娘们当牛做马呢。

山顶老儒士冷笑道：“被陈平安发现了我们的行踪。”

魁梧汉子浑不在意：“这家伙本来就不简单，碧游府那么大动静，可不就是拜他所赐？不然我家主人，哪里会对付他这么个未成气候的纯粹武夫。主人临行前与我笑言，陈平安腰间的那枚养剑葫芦，只是个小彩头，主人真正看重的，是何方神圣，舍得给他一件能够遮蔽天机的宝贝。如果不是太烫手，主人当然是愿意借去一用的，可主人怕他一出手，整个桐叶洲就都要跟着动了，所以想让我们来探探路，推算幕后之人的身份，若真是某位儒家圣人的大手笔，甚至是那一记专门应对桐叶洲之乱的神仙手……”

汉子很快止住话头，不敢多说一个字。

书院君子王颀问道：“如何？”

汉子打哈哈道：“我忘了。”

王颀虽未追问，可心情渐好。

这魁梧壮汉，自认只是一头小妖，是尚未结成金丹的蝼蚁而已，不过一旦让他入水，战力还是可以媲美山上那些道行偏弱的金丹的。

在遇到主人之前，他倒也觉得自己是一方霸主了，占湖为王，领着一群腥臭无比的虾兵蟹将，当着土皇帝，很是威风。后来主人指点了几句，他才有了后来的造化，以上古时代曾是一条通海大渎残余水段的埋河，作为蛟龙走江的路线，果然境界暴涨，若非因为一些凡夫俗子的贱命，被那个臭娘们拦在了碧游府和水神庙以上河段，死活不让他过路，这会儿他早就是金丹境界了，若是再入海，元婴可期！

原本那娘们要是愿意让他顺利走完整条埋河，双方就结下了一桩极大善缘，将来他证了大道，即使他性情凉薄、天生暴戾，这份香火情是必须要找机会偿还的，不然天道循环，他之后的修行路上，就会出现种种坎坷。他打破脑袋都想不通，为何那娘们铁了心要阻他大道，真就因为自己害了那些个凡俗夫子的性命，是不是太可笑了？他坚信在这其中，必有不为人知的内幕，说不定沦为他腹中餐的男女，不凑巧与水神庙刚好大有渊源，她才暴跳如雷，一次次做着赔本买卖，与他不死不休。

这么多年双方打生打死，他深知埋河水神娘娘本身修为不高，只是她炼化器物太多，品秩太好，硬是靠着层出不穷的兵器，死死压了他一头。后来更是莫名其妙得了两桩大机缘，先是破损金身不但修复，金身品秩直接提了一大截，后来碧游府更是一夜间水运昌盛，成了一座灵气盎然的神仙洞府！

王颀所求，正是那门“直指大道”的炼器口诀。主人早年亲口对他们一君子一水妖说过，那口诀是某位上古仙人的大道根本，而且浩然正大，同样适宜儒士修行。

如此一来，意味着阳寿将近的王颀一旦得了仙诀，修行成功，不但可多活好些年，甚至有希望去争一争书院副山主的头衔。

这么多年来，王颀可谓对碧游府软硬兼施，他让这水妖祸乱埋河，甚至水淹碧游府，还打坏了那尊水神庙金身，就是希望那水神娘娘知道好歹，能够向大泉朝廷求援。王颀甚至有一次专程离京“游历”埋河水神庙，故意展露了些许君子神通，可那水神娘娘竟然视而不见，更没有向他这位君子诉苦半句。

之后王颀又施与天大恩惠，竭力要求大泉刘氏皇帝将碧游府升宫，则是希望那位水神娘娘念恩情，主动交出那块祈雨碑上只有她悟出真意的仙人口诀。

但埋河水神依旧无动于衷，甚至扬言非要将那位文圣的圣贤典籍供奉祠庙，共享香火，不然就宁肯守着碧游府那块破匾额。

这个水神娘娘，真是他娘的油盐不进、脑子进水了吧。

破庙山头不太平，太平山也不太平。

在中土神洲最著名的一条大河之畔，今天也有些不太平。

来了两位远游至此的男女，女子身穿锦缎宫装，虽然以帷帽遮掩容颜，可是只看身段及风情，便知必是祸水。

男子身材修长，面容消瘦，身披一件雪白貂裘，腰间悬挂着一只朱红色酒葫芦。

若是陈平安和青衣小童、粉裙女童在此，就会发现是当年黄庭国和大骊交界上，与他们风雪夜相逢于山崖栈道的那对主仆。

宫装女子名为青婴。

那次与陈平安三人分别后，峡谷之中，女子现出白狐真身，体形大如山峰，在她面前如同米粒大小的男子，只是轻描淡写喊出她的名字，已经生出八条狐尾的女子，便断去一条。

她称呼男子为“白老爷”。

男子此时举目望去，彩云之间有座白帝城，那位魔道枭雄——白帝城城主，天下人公认的第一棋手，竖着一根旗杆，旗上写有“奉饶天下棋先”。至今无人能够让那位城主降旗，何等霸气。

男子微笑道：“可惜没了那座琉璃楼。”

宫装女子柔声道：“老爷，听说那个喜好穿粉色道袍的家伙，对老爷您可是仰慕得很。”

男子置若罔闻，收回视线前，微笑道：“城主不用出城，我只是路过而已。”

宫装女子心情澎湃，与有荣焉！

能够让白帝城城主亲自离开白帝城之人，千年以来，唯有一人！就是文圣那名弟子。

咱们白老爷就这么简简单单拒绝了！

男子缓缓行走在这条黄河之水天上来的大河之畔，轻轻叹息一声，对青婴说道：“你离开片刻。”

青婴心一紧，不敢询问，立即一掠而走。

男子站在原地。

一位襦衫老者满脸肃穆，出现在男子身侧，作揖行礼，恭敬道：“礼记学宫吕玺，见过白老爷。”

男子面无表情。

吕玺，浩然天下儒家三大学宫之一礼记学宫的大祭酒！一位注定其神像得以立于文庙陪祀至圣先师的儒家圣人。

可就是这么一位几近三不朽的儒圣，对这位从宝瓶洲一路远游来到中土神洲的白老爷，仍是如此恭谨礼待。

吕玺一时间竟是不知如何开口，实在是太过为难，相商之事，太大了。

此时，白老爷自言自语道：“当年我将世间大妖所有真名，告诉那位小夫子，助他铸造九大鼎，放在世间九座大山之巅，希望双方共处，相安无事。

"在那之后，天下万妖蛰伏，退居山林，隐世不出，才有了你们人族的登山修道，才有了山上神仙，才有此方天地蔚为大观的美好风物。

"当年那个刚刚得了人道功德的小夫子，信誓旦旦对我说，先生以礼相待苍生，我儒家必替天下礼遇先生。"

说到这里，白老爷转头看了眼学宫大祭酒，扯了扯嘴角，道："'先生'二字，如今倒是几乎被你们儒家独占了，呵呵。"

吕玺欲言又止，神色沉重。

白老爷继续望向那条奔流到海不复回的滚滚河水，说道："后来有了搜山图，又后来，浩然天下九座雄镇楼中便有了一座镇白泽。你现在走到我跟前，要我去婆娑、桐叶、扶摇三洲，帮你们'搜山'寻大妖？凭什么，凭当年礼圣的两声'先生'吗？还是凭你们帮我打造的那栋高楼，容我在浩然天下有立锥之地？"

男子再次转过头，微微加重语气，问道："嗯？"

吕玺说不出一个字来。

好在那位白老爷露出一个笑意，感慨道："不过我是信他的，更知他的难处。所以这么多年来，依旧遵循着你们订立的规矩。至于你们啊，太不讲理了。读书人不该如此霸道的。应该以圣贤道理教化苍生，应当春风化雨，润物无声。"

如被中土五岳压顶的吕玺，稍稍轻松了一些。

白老爷自嘲道："妖族有我白泽，是大不幸。"

吕玺又开始头皮发麻了。

白老爷也不愿跟这个晚辈计较，缓缓道："我这次坏了规矩，擅自离开那栋楼，出去行走天下，就是想亲眼看一看，当年那个小夫子与我描绘的世道，这么多年过去了，到底到来了没有。"

"敢问先生，结果如何？是好了，还是坏了？"

吕玺问话，竟有颤音。须知白老爷的观感，关系到一座天下，不，是两座天下的走势！

白老爷微笑道："我想再看看。"他最后说道："可以吗？"

虽然看似询问，却看也不看那位学宫大祭酒，仅仅是这位白老爷言语之间蕴含的气势，就使得吕玺的方丈神通都遮掩不住气机，一条黄河大水，激荡起伏，大浪拍岸，头顶彩云更是聚散不定，显现出了白帝城的巍峨真容。

吕玺终于沉声道："可以！"

魏羡依旧牢牢守住破庙门前的那块空地，屹立不倒。

朱敛更加凶悍惊人，受伤越重，杀力越大，疯魔一般，所向披靡。

但是剑势大开大合的隋右边，在独自破甲九百，比卢白象要多杀两百边军后，即将换气之时，被许轻舟和草木庵徐桐联手偷袭，可即便如此，隋右边仍是拼着最后一点残余气机，在两人眼皮子底下斩杀了一百二十余披甲边军，才被许轻舟一刀劈掉头颅，又被不敢掉以轻心的仙师徐桐以压箱底术法，打烂身躯和魂魄，除了一把凄然坠地的痴心剑，世间应当再无负剑美人隋右边。

可就在许轻舟弯腰，正要拾取那件战利品的时候，破庙门口那边，大步走出一位神色冰冷的绝色女子，正是隋右边！

与陈平安擦肩而过的时候，她冷声道："已经破一千一百甲了。"

陈平安无奈道："一枚金精铜钱，都够我在家乡再买一座真珠山了。"

隋右边冷哼一声，心情大恶，一掠而去，翩若惊鸿，伸手向远处随便一抓，痴心剑已经破空而返，被她牢牢抓在手中，一道磅礴剑气直直而去，吓得许轻舟和徐桐左右分开十数丈。

原来大战之前，魏羡所说的秘密，是陈平安死则四人皆死，陈平安不死，四人死后，一枚金精铜钱就能让他们重新走出画卷，境界不跌丝毫。

山顶两名仍然袖手旁观的大敌，尚未露面。

陈平安闲来无事，晃了晃手中那根枯枝，既心痛那金精铜钱，又有些想笑，轻声道："前辈果然道法通天。"

大雨急促如沙场擂鼓，山上厮杀惨烈。

当那个驭剑女子死后突兀再现，从破庙安然无恙走出，山顶君子王颀和埋河水妖面面相觑。这是哪门子的仙家神通？难道那剑术卓绝的绝色女子，是道家旁门的符箓傀儡？还是不为人知的墨家机关术？可什么时候符箓和机关术已经高明到如此地步了？

被剑气夷为平地的那块山林空地上，武将许轻舟瞥了眼草木庵仙师徐桐。方才若非徐桐提醒，他差点就要伸手抓住那把必然法宝品秩的痴心剑。徐桐要他赶紧让开，许轻舟心头亦是巨震，果断弃了唾手可得的法宝，这才躲过了死而复生女子的剑师驭剑术，不然最少一条胳膊就要交待在这里了。

徐桐心情沉重，道："此女绝对不是寻常的纯粹武夫。"

许轻舟定睛一看，随着剑气转瞬间一劈而至，地上尸首分离的女子也凭空消失了。

远处一棵树上，毫发无损的隋右边站在枝头，手持痴心剑。

隋右边遥望身披兵家金乌甲的许轻舟，和手拈一张金黄材质符箓的仙师徐桐，战意盎然。她有一种直觉，只要再来一场耗尽纯粹真气的生死之战，破境在即！

许轻舟出现片刻的心神摇曳，这女子，"死了一次"后，修为和气势竟然涨得如此明显，分明是在大战中抓住了破境契机，打定主意要将他和徐桐当作砥砺武道的磨刀石，一旦让她跻身第七境金身境，恐怕自己手中的名刀大巧就失去了意义。

许轻舟是意志坚定、久经厮杀的纯粹武夫，尚且如此，徐桐身为练气士，大泉王朝第一大仙家门派草木庵的主人，面对一名六境巅峰纯粹武夫，本应无所畏惧，可是当这个敌人极有可能战场破境，而且像是一个杀不死的存在，只需一剑功成，就可以削去徐桐项上头颅的时候，徐桐如何能够不心惊胆战？

大千世界，无奇不有，法宝灵器千千万，可是练气士的命只有一条。

许轻舟已经察觉到徐桐的怯战心思，但他既没有恼羞成怒，破口大骂那位在蜃景城享福百年的神仙，也没有慌乱起来，这位出身大泉头等将种门庭的男子，沉着冷静道："再杀她一次，若是她再活过来，你我二人便避其锋芒。"

徐桐一咬牙，手指间那张金黄色符箓宝光流溢，恨声道："那就不计代价，再杀她一次！"

隋右边扯了扯嘴角。

她看那许轻舟和徐桐，不过是自己在登天道路上脚底下的两具白骨而已。

另一处战场，卢白象也需换气，一直在等这一刻才出手偷袭的武道宗师和练气士，杀伤力远远不如许、徐二人，所以卢白象只是肋部被划出一条血槽，肩头被一支朝廷特制、布满符箓纹路的墨绿色箭矢贯穿而已。卢白象随手抖了抖刀尖的血滴，竟是看也不看一眼那支箭矢，更没有腾出手去拔。

连他在内，四位藕花福地的历代天下第一人，走出画卷之前，各自都得到了一句话，只是相互并不知情，作为四人共主的陈平安，更是被蒙在鼓里。

魏羡最早走出那幅画卷，可破庙门口那句话，却说得挺晚。

卢白象当时就相信魏羡不会在这种事情上骗人，更相信不是陈平安暗中授意魏羡，想要诱使四人死战到底，只是卢白象暂时还不想死。

朱敛都没死呢，还最为生龙活虎。

卢白象虽然不曾听说过什么金精铜钱，只知道这座天下的神仙钱，有雪花、小暑和谷雨三种，但是卢白象觉得自己这条命，怎么都值一枚金精铜钱。

反正马上就要破甲一千，既然完成约定在即，就不用着急。何况对方这场围杀之局，想要收网捞起他这条大鱼，还早呢。

关于破境一事，卢白象可能是四人当中，看得最淡的一个。

隋右边无疑是最心头炙热的那个，因为她野心最大，要完成藕花福地未能完成的夙愿——仗剑飞升。

第二口新鲜的纯粹真气，在卢白象体内如大江大河奔流，虽然逊色于先前巅峰状态，但是足够再应付一炷香的厮杀了。

破庙所在山头的山脚处，又有大泉边军登山绞杀那些传闻中的魔道巨擘。

高适真被大雨淋得脸色惨白，终于拗不过身边一位国公府老管家，由着后者在他头顶撑起了大伞。

高适真方才刚刚经历过一场大喜大惊，先是有山上谍报传到山脚，负剑女子被许将军和徐仙师联手斩杀，脑袋被削落在地，魂魄又被打得飞散，死得不能再死了。结果片刻之后，又有斥候下山禀报，那负剑女子又活了过来，与许轻舟、徐桐展开了下一场厮杀，这次那负剑女子盯着两人追杀，不再针对边军甲士。

这位孤注一掷的大泉申国公，突然转头看着身边不远处，那些沉默登山的甲士，他们的脸庞在大雨中依稀可见。有些脸庞年轻，跟他儿子高树毅差不多岁数；有些百战老卒则已经不再年轻，如他高适真一般。

约莫两刻钟后，心情沉重的高适真又得到一个坏消息。

那负剑女子硬扛许轻舟一刀劈砍在背，以及一尊金甲符箓傀儡的当头一拳，临死之前一剑洞穿了徐桐的心脏。本不该当场死绝的徐仙师，虽然手段尽出，可是不管吞下多少灵丹妙药，施展了多少续命吊命的仙术，依旧死了，整颗心脏枯萎如灰烬。负剑女子死后，尸体又消失不见，当她第三次从那座破庙走出时，已经跻身了武道第七境金身境。许将军已经率先撤退，擅自离山，大皇子殿下震怒，扬言要严惩蜃景城许氏。

高适真一言不发，唯有冬夜里冰冷刺骨的瓢泼大雨，像是老天爷睡梦里的喋喋不休。

几代人都为国公府效命的老管家，轻声安慰道："国公爷，只要王先生不曾亲自出手，就说明还没有到一锤定音的时候，不用太悲观。"

高适真面无表情。

山上，卢白象虽然负伤极多，可除了腰部那道伤口，以及那支贯穿肩头的特制箭矢，战力受影响不大，依旧抵挡住了一次次如潮水般的攻势。

一些个漏网之鱼，破庙门外一夫当关的魏羡收拾起来毫不困难。

魏羡出身行伍，这位起于市井底层的南苑国开国皇帝，大半辈子戎马生涯，在藕花福地四国青史上赢得了万人敌的美誉。在那之后，所谓陷阵无双的沙场猛将，在世时再风光，撑死了就只是"魏羡第二"，所以魏羡比卢白象更适应乱军丛中的厮杀，无形之中，身处大军结阵的战场，魏羡就拥有一种类似儒圣坐镇书院的优势。

这可不是什么六境巅峰武夫就能拥有的天资，可能八境远游境和九境山巅境的宗师，都无法获得。

加上那副甘露甲西岳，不愧是让许轻舟眼红至极的兵家甲丸。要知道许轻舟本身披挂的甲胄，是兵家甲丸三等中的第二等金乌甲，品秩要高出甘露甲一大截。

与其他三人相比，朱敛出手不留余力，故而受伤极重。

在魏羡打算与朱敛互换阵地的时候,朱敛却拒绝了魏羡的好意。武疯子一旦身陷绝境,凶性之烈,令人胆寒。

但魏羡仍是执意要换下朱敛,更多是想要来一出“万军丛中取上将首级”的好戏,这个他最擅长。虽说多半要付出一条命,才能宰掉那个什么大泉皇子刘琮,但隋右边都死了两次了,魏羡觉得自己死去活来一回,能够换来一场彻底放开手脚的酣畅冲锋,不亏。再说了,在边陲客栈是护在门口,在这山上还是护在庙门口,自己岂不是成了一条看家护院的看门狗?

此时朱敛一拳打退一件练气士的灵器,借势后撤,佝偻身形一路往后滑,双拳已经可见白骨。

朱敛在重新向前冲杀之前,咧咧嘴,轻声跟背后的魏羡说道:“好心提醒你一句,死了能活,花的是那陈平安的银钱,心不心疼,看咱们四人各自心情。但是我劝你还是别轻易死,暂时我说不出理由,就是这么个直觉,信不信由你。你要是觉得无所谓,就绕过这些只会点术法的烦人苍蝇,去杀那皇子刘琮,我不拦你。”

魏羡好像不愿领情,问道:“能帮我挡着甲士入庙片刻?”

朱敛已经一脚重踏,身形快若奔雷,数次转折路线,重新与那些随军修士和在一旁策应的甲士纠缠在一起。

显而易见,他朱敛不帮这个忙。

魏羡一拳砸中一名劈刀砍向他面甲的大泉边军,打得那人胸口甲胄凹陷进去,撞飞了身后一名袍泽,尸体直接砸得身后的边军七窍流血,倒地不起。

魏羡抽空转头望向陈平安,道:“擒贼先擒王,我去试试看?”

陈平安点头答应。

魏羡深呼吸一口气,迅猛前掠,只是稍稍绕过了朱敛所在的战场。

朱敛嘿嘿一笑,道:“不听老人言吃亏在眼前,难得有回菩萨心肠,还给人当作耳旁风,这世道。”

陈平安再次抬头,直直望向那座山峰。

破庙内,裴钱在跟莲花小人显摆她的家当,又拿出了那只多宝小木匣。

她对那个憨笨蠢蠢的莲花小人,破天荒没什么戒心,它是除了陈平安之外,裴钱在这个世上最放心的。

只是莲花小人心不在焉,经常踮起脚尖望向门外的陈平安。

裴钱臭着脸教训道:“咋的,对我爹没信心啊?你断了条胳膊,还眼瞎?我爹是谁?会输?我跟你说,就算我裴钱哪天变成了不喜欢银子的傻瓜,我爹也不会打架输给别人!”

莲花小人一脸茫然,两者之间,有啥关系?它一直搞不懂这个脾气恶劣的黝黑女孩，到底在想什么。

这时陈平安的声音传入破庙："用树枝抄书练字。"

蹲在地上的裴钱如遭雷击，偷偷给了莲花小人的脑袋上一巴掌，没敢下狠手，怕五百字变成一千字，起身后拿了行山杖，在地上写起了圣贤文章。她每写一个字，小家伙就一个蹦跶，沉入土地，然后就在那个字旁边探出脑袋，咯咯而笑。裴钱翻了好些白眼，心想天底下怎么有这么无聊的小东西，该不会是个小白痴吧？唉，回头还是跟陈平安好好说道说道，卖了换钱，给她买本新书都成啊。

山顶，埋河水妖摩拳擦掌，跃跃欲试，道："不然我下去练练手？"

王颀沉吟不决。

埋河水妖看了眼雨幕，又道："再过一刻钟，这雨水就要小了，到时候就算你求我，我都懒得出手。你别忘了，我这次出现在这里，原本没有帮你杀人的必要，只是帮着我家主人盯着这边情况而已，到时候只需从陈平安的尸体上摘下那养剑葫芦，就可以拍拍屁股走人了。"

当然，他其实还需要帮主人寻找那件能够遮蔽天机的宝贝。至于如何找，大有玄机。

这桩密事，王颀一个离经叛道的小小书院君子，根本没资格知晓。

埋河水妖悄悄转移视线，遥望了一眼手持狭刀的卢白象。

王颀仔细思量之后，点头道："出手可以，不要现出真身，不然事后我无法跟大伏书院交代，那位山主不好糊弄。"

埋河水妖讥笑道："这还不简单？就说我这埋河水妖，受你点化，弃恶从善了，想要跟你和大泉朝廷讨要一座水神祠庙，所以愿意出把力，靠着立功，换取一个正统身份。"

王颀苦笑道："这番看似合情合理的措辞，皇帝刘臻兴许会信，书院山主绝对不会当真。行了，就按照我说的，千万别以妖族真身与陈平安缠斗，你只要逼迫陈平安露出一丝破绽……"王颀话语一顿，杀意十足，沉声道："我就要他在这里形神俱灭！"

埋河水妖撇撇嘴，道："行吧，希望你说到做到，能够一举击杀那个等着咱俩送上门的陈平安。别是什么嘴皮子功夫……"说到这里，埋河水妖哈哈大笑："差点忘了，你们读书人的嘴皮子功夫，正是咱们这座天下最厉害的，失敬失敬。"

王颀不跟这蛮夷妖物一般见识。

埋河水妖全然不在意会不会让破庙那边察觉动静，大步走出，每一步都踩踏得山头震颤，瞬间跃出，冲到了山顶崖畔，在空中画出一道弧线，最后轰然落地，发出巨大的声响。

王颀轻轻叹息一声，面有忧愁。

结成金丹客，方是我辈人，只是人老珠黄，草木有荣枯，千辛万苦得来的一颗金丹，也有黯淡之时。

他王颀一身所学，尚未施展抱负，如何能死？尤其是金丹练气士，对于生死大限，远远比那些浑浑噩噩的凡夫俗子更加透彻明了。

数着日子等死一事，何其煎熬。

来了。那座高耸山峰的下面，被魁梧水妖砸出那么大一个声势，陈平安不是聋子，自然一清二楚。

他左手拎着那根随手拾取的枯枝，右手一拍养剑葫芦，初一和十五从葫芦中掠出，消失不见。

他右手缩入袖中，拈出一张金黄符纸材质、由钟魁以小雪锥亲笔写就的宝塔镇妖符。

这张珍稀符纸，是钟魁赠予陈平安三张金黄符纸中底纹为龙爪篆的风雷纸。

虽然陈平安暂时不知来者身份，可世事就是如此巧合，一张写于碧游府的镇妖符，刚好被用来镇杀一头埋河水妖，实在是天理循环，报应不爽。

至于初一和十五，是陈平安祭出宝塔镇妖符后，在他向来者递出一剑前，用以阻拦山顶君子王颀对来者的救援的。

立于山巅的君子王颀，心中感慨，果真是一念起心，分出神魔。希望此次围杀顺利，在这之后，得了直指大道的仙人口诀，便不再理会俗世恩怨了，潜心修行，终有一日会成为书院副山长，到时候再弥补大泉王朝的山河气运一二便是了。

一位头顶芙蓉冠的年轻道士，并未御风远游，却一次次缩地成寸，很快离开大泉王朝边境，来到北晋南方，又一路往南，拣选了寂静偏远的山林湖泽，悄无声息，最后在一处山头停下，身形消失。

地底下，别有洞天，似乎是一条被掩埋的古道，这条蜿蜒古道岔路极多，可是他选择方向时没有丝毫犹豫。

一路上或阴森或瑰丽的地底异象，都没能让年轻道士停步片刻。最终他来到一座破败不堪的“山门”前，匾额歪斜，碎了小半，只剩下“渎别宫”三字。当他步入其中时，一股细微剑气骤起又骤然消失。

到处是断壁残垣，年轻道士脚步缓慢。

飞鹰堡，碧游府，狐儿镇。

除了九娘所在的客栈，其余两处都不是什么太紧要的地方，准确说来，飞鹰堡曾经极其重要，如今已是往事云烟了，让他不太愿意想起。

之后在桐叶洲的游历，一路上他处处无心插柳，至于最终柳成不成荫，这位年轻道士其实根本不在意。

在他主持的这桩桐叶洲谋划中，扶乩宗和太平山两头大妖才是关键所在。但是他发现竟然有个不知根脚的家伙，竟然一而再再而三出现在他走过的"大道"之上。

一次是巧合，两次还是巧合，那么三次呢？

要谨慎啊，可别一个不小心，让留在家乡那边一具以山脉作为枕头的真身，魂魄损失太过严重，使得数百年内无法清醒过来，到时候岂不是错过了万年未有的开疆拓土、争霸大业？还怎么为家族子孙谋取一块块无法想象的肥沃地盘？

他不断在心中如此告诫自己。

在这座废弃宫殿的道路尽头，是一座类似远古锁龙台的旧址，有一头衣衫褴褛、满身血污的白猿盘腿而坐，一身无法遮掩的凶煞戾气磅礴流泻，只是那一缕缕凝如实质的剑煞之气，每当要飘出这座巨大石台，就会被一条条莫名浮现的雪白闪电，打得毫无踪影。

正是逃命至此的太平山背剑白猿，只是如今已经不存在"背剑"一说了。

老猿沙哑问道："为何来此找我？就不怕我们两个都死在这里？"

年轻道士走到锁龙台边缘地带，没有拾级而上，微笑道："放心，家乡那边有个老东西，早就对你有过断言，你是个有福运的，死不了。"

老猿问道："你到底想做什么？"老猿瞥了眼这家伙身穿道袍、头戴芙蓉冠的模样，真是让它越看越压抑。

当年此人不知如何改头换面，以失去记忆的少年之身，被一个太平山金丹修士相中，带上山后，竟然瞒天过海，混进了祖师堂，还得了一块嫡传玉牌，是在女冠黄庭之前，太平山最有希望跻身玉璞境，打破青黄不接尴尬局面的修道天才，被寄予厚望。

此人跻身金丹以及顺势破开元婴瓶颈的速度，连太平山祖师堂都感到震惊，不惜专门为他找来一件遮掩天机的重器，为的就是防止桐叶宗和玉圭宗心生歹意。

在年纪轻轻就成功跻身元婴后，修行路上一直不遗余力斩妖除魔，得到极好口碑的他，有一天不知是觉得时机成熟，还是突然开窍了，在井狱中找到了白猿，展露了那个骇人的真实身份，命令身为镇山供奉的背剑白猿，故意放走一头井狱底层的大妖魔。一战之后，两败俱伤，元神受损，一个不到百岁的年轻地仙，竟然沦为风烛残年的境地，生机衰败，腐朽不堪，比千岁高龄的老元婴还要惨淡。在那之后，年轻元婴便以"天无绝人之路"为理由，下山游历，最终与那扶乩宗金丹修士厮杀惨烈，后者以失去转世机会，引来一尊远古魔头的分身降世，年轻元婴最终竟是尸骨无存。

那块太平山祖师堂玉牌没了，遮蔽天机的重器也毁于一旦。

这位昔年太平山最有天赋的年轻道士，坐在台阶上，背对着白猿，微笑道："钟魁，黄庭，是必须要死的。尤其是钟魁，他不死，不只是儒家未来多出一位学宫大祭酒那么简单。大战过后，生灵涂炭，自然就轮到了鬼魅阴物横行天下，咱们家乡那边有个老家伙,刚好擅长此事。如果儒家有个钟魁,到时候我们阵营当中,死的可能是这么多个你了。”

他高高举起胳膊,伸出三根手指,加重语气,道:“最少!”然后年轻道士又伸出弯曲的剩余双指,哂笑道:“其实是这么多,方才是怕吓到你。”

白猿嗤之以鼻,自然不信。五个自己,那就是五个十二境剑修!那个被它三招毙命的钟魁,有这本事?

年轻道士双手轻轻拍打膝盖,道:“如今你躲着当老鼠,好歹还有个盼头。扶乩宗那位,害我谋划失败,活该给人追杀到了海上。它运道不如你太多,哪怕入了海,还是难逃一死,现在就看那两个慢悠悠赶去的家伙,谁能捡到这个大漏。不过十二境的修为,临死一击,说不定还能拉个人陪葬。我回到家乡后,就不与他的子孙计较太多了。”

白猿皱眉道:“坐镇桐叶洲天幕的那位儒家圣人,连我都找不到,要想找出你,岂不是更难,你为何要急着离开?”

那位文庙七十二神像圣人之一,职责就是监督桐叶洲版图的动向,在他眼中中五境练气士、武道宗师和人间帝王将相的映象,不过是人间星火点点,密密麻麻,即使是太平山一役,圣人到底也只能注意到两团炸开的稍大萤火而已,然后才会运转神通,视线落在了太平山那边。

神人掌观山河,极其不易,国与国、洲与洲之间,亦有一道道无形的天然屏障。

穗山之巅,老秀才那般喜爱自己的闭关弟子,也不过是掐诀推衍而已。

若是有炼化之物被想要关注之人携带在身,则两说,找到此人会容易许多。可要是那人有了遮蔽天机之物,又是难如登天的境地了。

年轻道士双手抱住后脑勺,向后躺去,背靠着台阶,道:“为了不让太平山搜寻到我头上这顶祖师堂芙蓉冠,我主动坏了它的品秩。本来呢,再支撑个五六十年,还是可以的,但现在那个在天上年复一年画地为牢的儒家圣人,提前来到人间,可就不好说了。那位陪祀文庙的圣人,是必然会找到我的。在他找到我之前,我必须再做点事情。既然谋划失败了,与最早预期偏差了不少,好歹要再恶心恶心他们,比如说,杀个陈平安,再杀个黄庭之类的,不急,看情况吧。”

白猿默然,这些阴谋,实在不是它擅长的。

年轻道士微笑道:“被找出来,我才能够保留一丝胜算。当然了,不能让他们找得太轻松了,不然儒家会怀疑的。一定要让那位儒圣找得辛苦一些,才天衣无缝,让他们一点点抽丝剥茧,那个名叫陈平安的年轻人,或者是之后黄庭的死,就是线头。不然灰溜溜跑回家乡就有苦头吃喽,说不定就要被驱逐到那片山脉之中,自生自灭,然后给那个瞎子当苦役,我可就真输了个底朝天。一想到这个,我就有些愁啊。”

白猿一想到蛮荒天下的那个古老传闻,也有些悚然。

年轻道士啧啧道："确实有些怀念家乡的味道了。在这儿，太束手束脚了，既要防着头顶巡视的儒家圣人，还要忌惮那个神神道道的观道观观主，很是辛苦啊。若是没有后者，我在桐叶洲的布局，其实要轻松很多，无须刻意绕开他嘛。黄庭算是运气好，有我这个前车之鉴，给咱们那位脾气暴躁的祖师爷丢进了道观中。如果可以的话，真想见一见那个臭牛鼻子啊……"他的话语戛然而止。

破庙那边，裴钱突然捂住双眼，满地打滚，指缝之间，仿佛有日光、月辉迸射而出。片刻之后，这边的地底渎别宫锁龙台附近，就出现了一位高大老道人，冷笑道："哦？"

桐叶洲西边海上，一头现出千丈真身的大妖，掀起滔天巨浪，疯狂逃窜，身后有数道身影御风尾行。

海上，有一名剑修，心情烦躁，既不愿意给谁当那狗屁护道人，可是内心深处，又有些担心桐叶洲的乱局，殃及那个小齐给予所有希望的年轻人。

实在不愿现身人间，便在海上御剑散心，左右徘徊不去。

刚好，剑修名叫左右。

见着了那头已经识趣换了逃亡路线的受伤大妖。

可他心情实在糟糕，就一剑递去，将其斩杀了。

魏羡身披甘露甲西岳，在得到陈平安首肯后，趁朱敛牵制住大半随军修士之时，试图直捣黄龙，找机会宰了那皇子刘琮，哪怕换命都无所谓。

隋右边斩杀了草木庵仙师徐桐后，许轻舟哪怕明知刘琮会迁怒整个家族，仍是二话不说，擅自离开这座山头，返回蜃景城，与担任征西大将军的爷爷商量对策。作为大泉王朝名列前茅的将种门庭，又扎根蜃景城数代之久，许氏虽忌惮大皇子刘琮，却不至于束手待毙。

坐龙椅的，还是当今陛下刘臻，而不是刘琮。真与刘琮撕破了脸皮，大不了许氏就铁了心投靠二皇子，换一条真蛟扶为龙。

卢白象所处战场，战况依然胶着。大泉边军这五千死士，不愧是刘琮的麾下嫡系，知道军法森严的厉害，哪怕被杀得肝胆欲裂，眼睁睁看着袍泽一个个死于那人刀下，依旧不惜性命，疯狂扑杀而去。实在是太惨烈了，一些个铁石心肠的督军校尉虽然满脸泪水和雨水，但仍然恪尽职守，无论是谁，胆敢怯战而退者，斩立决！隐匿暗处的武学宗师和随军修士，都看得于心不忍。

仙气缥缈的游仙诗，兴许写得出山上的神仙风采，可从没有任何一首边塞诗，真正写得出沙场的血腥残酷。

埋河水妖从别处山峰降落在地后，大踏步奔跑而来，若有树木阻挡道路，一手拍去。

陈平安看那来者的声势，心中有了决断。

他将原本袖中右手双指间的那张符箓，换成了叠在一起的三张符箓。

当初在碧游府，钟魁向陈平安借了那支小雪锥，作为报答，画了三张符箓可结阵的三才兵符，又称“铁骑绕城符”。画符时，钟魁运一口浩然气，笔下有米粒大小、披挂银甲、身骑白马的百余骑武将，在符纸上冲锋而出，排兵布阵，策马而停，最终变作了一笔一画的符箓图案。

之后陈平安自掏腰包，拿出两张金色材质符纸，和一张圣人文稿的青色符纸，钟魁苦兮兮地按照陈平安的要求，分别画了龙虎山天师府的五雷衔珠雷法符，上山下水防止鬼打墙的破障符，以及最后一张品秩、威势远远超出井字符的镇剑符，被钟魁誉为“投袂剑起，澄净江河，四方岳崩，九洲海沸”。

此时，不敢现出真身的埋河水妖冲杀而来，距离陈平安已经不足百步。

陈平安缓缓走出屋檐，往右手边走去，很快双方就只剩下五十步距离。陈平安一抖手腕，三符被一口纯粹真气点燃，迅猛出袖，陈平安心中默念道：“列阵在前！”

埋河水妖哈哈大笑，脚步不停，一个纵身而跃，杀向那手拎枯枝的年轻人，讥笑道：“武夫耍符，也不怕让大爷我笑掉大牙？”

只是很快这头埋河水妖就半点都笑不出来了。三张金色符箓本体燃烧殆尽后，身形犹在空中的水妖惊讶地发现，虚无缥缈的三张符，开始围绕着他疾速旋转。水妖气沉丹田，使了个千斤坠，匆忙落地之际，三张符箓之中各有一名白马银甲的虚幻骑将，持矛冲杀而出。

水妖厉色道：“去死！”身形一拧，旋转一圈，迅猛三拳打烂那三名骑将。

只是源源不断有骑将冲出符箓，不多不少，一次三骑，无声无息。

埋河水妖如被困战阵中央，仍是毫不畏惧，出拳如虹，一次次打杀那些策马冲出符箓的骑将。

每当壮汉转移战场时，三才兵符的三张符箓就随之飘荡，始终保持原先距离。

埋河水妖杀得兴起，凶相毕露，只觉得酣畅淋漓，大呼痛快。

三张铁骑绕城符，短暂困住并且消耗一名几乎结成金丹的水妖，并不难，甚至是逼迫它现出真身，也不是没有可能，可想要活活耗死这头埋河大妖，绝无可能。

陈平安自然对此心知肚明。

留在山巅的书院君子王颀，在耐心等待陈平安的破绽，陈平安何尝不是在寻找一线机会，以符镇杀或是一剑斩杀阵中水妖。

大雨依旧，暂时还没有变小的迹象。

埋河水妖被那三张古怪符箓给纠缠得心烦不已，怎的，这些个骑将，就打杀不绝了？这都已经被他打碎了几骑了？一百五十？两百？

它越来越觉得形势不妙，那个站在三十步外的年轻人，手持枯枝，肯定不是好心等着自己破开符阵，再来一场狗屁的君子之争！尤其是它眼角余光中的那根枯枝，总是让它有些心神不宁，不对劲，绝对有古怪！

不管了，你王颀当那缩头乌龟，死活不出手，老子可懒得管你如何跟大伏书院讲道理。

身上已有多处细微伤口的埋河水妖，眼瞅着大雨的声势就要下降，此时再不占尽天时，到时候现出真身的威势就要骤减。

这头水妖双眸雪白一片，虬结的肌肉开始极度扭曲。

山巅王颀显然看出了埋河水妖的打算，怒喝道："不可！"

水妖哪里还管这些，大地蓦然震颤，现出巨大真身，一双眼眸大如灯笼，身躯长达百丈，头颅就搁在它原先的立足之地。

尚未灵气殆尽的铁骑绕城符便跟着拉开距离，依旧有铁骑向这头水妖冲锋而去。

一些个躲在两侧伺机而动的大泉边军，直接被黄鳝大妖的身躯一弹而开，倒飞出去的时候七窍流血，数十人或伤或死。

大雨淋在水妖身上，滑落在山上后，没有渗入泥地，而是迅速汇聚成了一条溪涧。

陈平安认出了这头大妖的身份，正是在埋河水底与水神娘娘厮杀的黄鳝大妖。看来山顶那个藏头藏尾的高人，无疑是书院君子王颀了。

陈平安双指拈着那张钟魁说是"五龙衔珠"的龙虎山正法符箓，灌入真气后，丢向埋河水妖头顶。

果真有五条十余丈长的"纤细"蛟龙，盘旋空中，口衔白珠，身旁有雷电萦绕。

埋河水妖刚刚以为到了自己施展神通的时候，不承想头顶出现了五条隐隐蕴含天威的蛟龙，心神微微凝滞之后，发出震天响的一声咆哮嘶吼，开始剧烈挣扎，想要挣脱铁骑绕城符的围困，尽可能少挨几颗"雷电珠子"。

铁骑持矛，一次次刺入鳝妖身躯之中，任由埋河水妖的身躯将自己一扫而散，身形与灵气一同消散，重归天地间。

一条蛟龙张开大嘴，一颗雪白雷珠激射而出，砸入埋河水妖头颅，山头颤抖。

又是两颗，分别砸在水妖七寸与尾巴上。不只是身躯剧痛而晃动，水妖的魂魄与金丹都一起颤抖起来。

唯一的好处，就是迸发出来的巨大冲劲，总算撞碎了那三张该死的兵符。

一道青色长虹从别处山顶落在这座山头的树干上，以心声请求陈平安道："你我双方就此收手，我让刘琮立即带兵离开，如何？"

王颀说出这番言语的时候，咬牙切齿，那头埋河水妖，真是个成事不足败事有余的东西!

一条衔珠蛟龙吐出雷电宝珠后,就会自动涣散消失。

陈平安没有任何停手的念头,最后两条蛟龙自然而然、毫不犹豫地吐出蕴含天地万法之首的最正雷法宝珠。

五条蛟龙已经不见,可那五颗珠子却死死镶嵌于埋河水妖的身躯之中,从头颅到尾巴,当最终连成一线后,大放光明。水妖身躯之中,雷电迅猛游走,最终形成一条几乎与水妖身躯等粗的巨大闪电。

与陈平安心意相通的初一和十五,改变原先策略,划出两条流萤,分别刺入埋河水妖灯笼大小的眼眸中。

隋右边亦是驾驭那把不知穿透过多少心口的痴心剑,精准钉入埋河水妖的头颅之中,一穿而过,整把长剑直接没入头颅下边的地面,足见其锋锐程度。

而王颀与陈平安,几乎同时出手,都有必杀之心。

陈平安以手中枯枝为剑,一掠而去。

天地间的这场大雨,仿佛瞬间全部被君子王颀驾驭,一滴滴改变了降落轨迹,千万滴雨珠,悉数激射向陈平安。

一剑过后。

树枝上再无王颀的身影,陈平安站在书院君子的位置上,一抖肩,法袍金醴激荡起一阵涟漪,将那些嵌入金色法袍的雨滴,全部弹开。

堂堂书院君子王颀,竟然避战而退了。

奄奄一息的埋河水妖,再也无法驾驭身躯下已成溪涧规模的雨水,血水与雨水一起渗入泥土。

陈平安手中的枯枝化作齑粉。之后他一掠去了埋河水妖头颅那边,在空中伸手一抓,将痴心剑握在手中,直接劈下了埋河水妖的整颗头颅。

大雨渐渐停歇,山上甲士开始撤退下山。

魏羡终究没能擒下大皇子刘琮,只杀了一名誓死护主的剑修,只得收了兵家甲丸在袖中,由着刘琮退往山脚。

朱敛受伤最重,却一次没死。

卢白象往埋河水妖尸体这边走来,这才有机会拔掉身上那几支特制箭矢,没有随手丢掉,一把握在手中,狭刀停雪已经被收回鞘中。

桐叶洲西海上,那头逃命的大妖,莫名其妙就被人一剑当场斩杀,大如山峰的整颗脑袋,像被一根丝线切割而过,齐齐整整坠入海中,长如山脉的尸体倒还是漂浮海上,起起伏伏。

一路追杀至此的三位桐叶洲大修，心思各异。

太平山当代宗主宋茅倒持长剑，剑尖朝后，以示诚意和感激，朗声道："太平山宋茅，谢过前辈助我们一臂之力，斩杀大妖！"

只是那名一身剑气疯狂流泻如瀑布的剑修，理也不理堂堂太平山宗主的示好。

桐叶宗掌管宗门戒律以及谱牒的一位老祖师爷，脸色阴晴不定。

这一路衔尾追杀大妖，只有宋茅倾力而为，全然不顾自身性命，恨不得与那头大妖同归于尽，只是宋茅虽是太平山名义上的第一把交椅，修为却不算太高，此次下山，因为山门井狱变故，又不敢携带其中一把护山仙剑，所以是心有余而力不足。至于这位桐叶洲仙家执牛耳者的桐叶宗祖师爷，则是不愿拼着修为受损击杀大妖，一头跌了境仍是十一境的大妖，真身巨大且尤为坚韧，哪里是好对付的。大局已定，这头畜生必然逃不出三人视野，钝刀子割肉，慢慢来就是，急什么？

所以此次奉命出山，这位玉璞境桐叶宗老祖师爷将其视为一桩美差，斩杀了那头祸乱扶乩宗的大妖，有功德在身不说，还可以让死了道侣的扶乩宗宗主嵇海感恩，所以虽然这一路追杀，藏藏掖掖，没有祭出镇门之宝，内心深处，却对大妖势在必得。

玉圭宗掌握那座云窟福地的姜氏家主，面如冠玉，仅就相貌而言，比他的独子姜北海还要年轻英俊。此刻他满脸笑容，显然海上那名剑修宰了大妖，让那桐叶宗老祖师爷算盘落空，他心情极好，毕竟他可没有携带杀力巨大的宗门仙兵。为了好朋友陆舫的剑道，他偷偷去了趟藕花福地，等于是在桐叶洲消失了一甲子，玉圭宗内部，怨言不少，所以才将他推了出来。又想马儿跑又不给马儿吃草，这位姜氏家主可不就要消极怠工？

身穿道袍、头顶芙蓉冠的太平山真君宋茅，虽然心中略有不悦，但是大是大非拎得很清楚，对方眼高于顶，全然不将自己和太平山放在眼中，自有他的底气在，就是实在想不到，桐叶洲何时出现这样剑术通天的剑修了？宋茅有些琢磨不透对方的心性和背景，不知道那人为何出剑，是借机捡漏杀妖证道分功德，还是纯粹的路见不平？会不会贪图那头大妖一身是宝的尸体？甚至是要全盘收入囊中，不许三人染指分毫？宋茅自然不在乎大妖尸体，只是此次桐叶洲大乱，此妖是明面上的罪魁祸首，与背剑白猿那头老畜生遥相呼应，才使得桐叶洲中部妖魔横行，所以必须要将尸体搬回去，让儒家书院过目，再由书院出面，请阴阳家推算天机。

宋茅一时间不知如何言语。

那古怪剑修望向桐叶宗老祖师爷，说了两个字："不服？"

在整个桐叶宗都威名赫赫的老祖师爷，说了一番暗藏杀机的话语："这头大妖最好是留着性命被带回桐叶宗，说不定能问出更大的阴谋来，不然我们三人，何必追杀如此之远？你却一剑杀了，断了线索，我们还如何顺藤摸瓜，找出幕后主使？好巧不巧，桐叶宗西海如此广袤,你怎么就刚好出现在大妖逃亡的路线上?"

玉圭宗姜氏家主脸上笑意不变,他是从来不嫌热闹大的。

宋茅正要说话,那瞧着不过是个中年男子的陌生剑修,淡然道:"那就干啊。"

从头到尾,剑修就说了这么两句话。

不服,就干。

这哪里是山上神仙的做派,半山腰那些中五境练气士都未必如此粗鄙,底层的江湖武夫还差不多。

宋茅已经来不及当个和事佬。

陌生剑修又是一剑,只是这次递向了"不服"的桐叶宗老祖师爷。

那位老神仙脸色剧变,一个字都说不出口,赶紧祭出一件炼化千年的本命法宝,是一口得自一座破碎洞天的上古礼乐大钟。钟为八音之首,这口炼化后高不过一臂的青铜古钟,法相高达十数丈,悬在桐叶宗祖师爷的头顶,将老人笼罩其中。古钟外壁篆刻有一篇上古儒家功德圣人的铭文,此刻大如拳头的文字迅速流转,老人屹立其中,可谓宝相庄严。

只是那一道剑气当头劈下后,以为至少可以抗衡片刻的老人,却发现身前古钟法相直接被劈裂开来,于是再不敢有丝毫托大,连人带本命青铜古钟一起倒掠出去,希冀着在自己倒退千百丈之后,剑气气势能够衰减。

退了再退。

长达十余里的海面之上,出现了一条久久没有被海水填平的沟壑。当剑气终于消失时,眼见手中托着的那座本命古钟上边出现了一条细微刮痕,桐叶宗老祖师爷面无人色,震撼之外,更是心疼不已。

这需要他耗费多少天材地宝才能修缮如新啊!那剑修随手一剑,怎么可能有此威势?

别说是桐叶洲,更别提北边那个小地方宝瓶洲,就算是婆娑洲,也不该有此剑仙!炼化一条大江作为腕上飞剑的曹曦——负责看守镇海楼之人,也绝无此剑气!

剑修一剑劈退老修士,滚那么远去,总算不碍眼了,转头对另外一人问道:"热闹好看吗?"

姜氏家主脸上笑容立即僵硬起来,抱拳赔罪道:"多有失礼,还望剑仙前辈恕罪。"

剑修冷笑道:"前辈?你岁数比我可大多了。"

这位姜氏家主在桐叶洲山上,那是出了名的死猪不怕开水烫,正色道:"修行路上,达者为先。我姜尚真哪敢与前辈相提并论。"

剑修不再理会这个听都没听说过名字的姜尚真,望向更远处那个心有余悸的老头子,问道:"你身上好像带着擅长攻伐的重宝,还不错,给我看一眼?"

那位刚吃过大苦头的桐叶宗老祖师爷，大致晓得了这个剑修的脾气，那真是比太平山老天君还火暴，哪敢傻乎乎亮出那件宗门重器，用屁股想都知道那剑修不会罢休，万一来一句“既然拿都拿出来了，别浪费了，干脆互换一招，试试斤两”，那自己到底是接还是不接？不接招，玉圭宗和太平山的人都在旁边看着；接了，接住对方一剑倒还好，接不住，莫不是要为那头毙命大妖陪葬？

老祖师爷再不敢摆谱，赶紧说道：“携带宗门重器，只为顺利杀妖，不可随便现世。”

他心中腹诽不已，世间竟有如此跋扈不讲理的剑修，儒家圣人都在干什么？也不管管？

不等老修士觉得我已经如此退让示弱，你稍微有点脑子，也该见好就收了，剑修就已经问道：“你不拿出来，怎么接得住我第二剑？”

桐叶宗老祖师爷气得火冒三丈，真当我是泥菩萨没半点脾气了？

姜尚真板着脸，心中偷着乐。

早看不惯桐叶宗修士那副欠揍的嘴脸了，不只是他，整座玉圭宗都是如此，尤其是自家老宗主，这辈子屈指可数的几次大动肝火，几乎全部是拜桐叶宗修士所赐。

此时太平山真君宋茅沉声道：“如今桐叶洲妖魔乱世，恳请剑仙前辈今天不要出剑。”

剑修收回视线，转而望向宋茅，道：“那你来接这一剑？”

宋茅毫不犹豫道：“可以！不管接不接得住，桐叶宗和玉圭宗的人都在场，会传讯我太平山，是我宋茅技不如人，即便死在此处，太平山绝不怨恨前辈！”

剑修念叨了两声太平山后，像是记起了什么，破天荒笑道：“果然是太平山的修道之人，还不错，桐叶洲也就你们上得了台面，其余不值一提。”

宋茅愕然，不知何解。

那剑修压下满身剑气些许，作为自己不再出剑的表态。算了，记得小齐曾经提起过这个太平山，说了句什么来着——素有古风侠气？

剑修说道：“大妖尸体你们只管拿走。”

宋茅如释重负，收剑入鞘，抱拳道：“谢过剑仙前辈杀妖。”

剑修犹豫片刻，望向三人，问道：“可有人认识一个叫陈平安的年轻人，知不知道他如今身在何处？”

宋茅和桐叶宗老祖师爷皆是惘然不知。

姜尚真在心中迅速权衡一番，之后笑道：“我刚好知道。”

剑修问道：“怎么说？”

姜尚真以心声对这位剑术通神的古怪剑修，简明扼要说了藕花福地的见闻遭遇。

剑修点点头，不以为意道：“小小福地的天下第一……还算凑合吧。”

姜尚真试探性问道:“前辈是否需要我帮忙看顾一二?”

剑修斜眼,不屑道:“你配吗?”

姜尚真无奈苦笑,不再说话。

剑修就此远去,与桐叶洲越来越远。

他左右可懒得给谁当什么护道人。

等到那名剑修远离此地,姜尚真嬉皮笑脸道:“果然还是咱们浩然天下更有趣些。”

宋茅好奇问道:“你认识这位大剑仙?”

姜尚真笑而不语。

小心翼翼回到两人身边的桐叶宗老祖师爷,冷哼一声,“此人剑术是高,就是……”

姜尚真幸灾乐祸道:“就是如何?”

老祖师爷硬生生将到了嘴边的话语咽回肚子,是真怕了那家伙的出剑,太不讲理了。

下一刻,老祖师爷觉得自己真是祖坟冒青烟了。原来那名剑修已经转瞬而返,他瞥了眼老修士,给姓姜的撂下一句话:“这头大妖的妖丹归你了。”

姜尚真抱拳笑道:“晚辈知道如何做。”

剑修左右,再次就此远离人间。

桐叶洲那条破碎龙脉的渎别宫中,白猿看到了一位身穿道袍的高大老人。

年轻道士笑容尴尬。

老道人笑问道:“心想事成,开不开心?”

年轻道士苦涩道:“很是意外了。”

坐在锁龙台上的白猿,虽然做不出年轻道士这种祸乱半洲的阴谋布局,但是修行数千年,眼力还是有的。

眼前的是观道观观主,那个据说谁都找不到的东海老道人。

想要进入藕花福地,世人就只能找到那个背负金黄大葫芦的小道童,一帮货真价实的陆地神仙,耐着性子与一个小家伙谈买卖。

年轻道士站起身,问道:“老道长来此,是要替天行道,杀我了事?”

老道人讥笑道:“天都塌了,哪来的替天行道。我来此地,是想看看,谁有这胆子和本事,敢觊觎我送出去的那把桐叶伞。”

年轻道士恍然道:“是那把小丫头随手撑在手中的油纸伞?”他叹息道:“早知道那陈平安与老道长有关,我可不敢冒犯,自找苦吃不是?”

老道人与年轻道士擦肩而过,一步步拾级走上那座锁龙台,道:“我对人间没有兴趣,不杀你。也该让某些安乐窝里的人长长记性了,不然早忘了那些老骨头们当年做了什么。”

年轻道士转过身,笑着跟在东海观道的老道人身后,步步登高,道:“谢老前辈法外开恩。”

有老道人这番话,他在桐叶洲的谋划,哪怕提早泄露,仍可算是成了一半,因祸得福也说不定。

重返蛮荒天下后,至少不会被放逐到那片山脉中去,给一个瞎子当苦力了,年复一年搬动一座座山岳,放在这里搁在那边的,别人觉得好玩,身处其中的大妖,有哪个不是觉得生不如死?关键是不知怎么回事,蛮荒天下的那些霸主,似乎从未想过要联手将臭瞎子这个大钉子拔出,丢到剑气长城那边去。

老道人走到锁龙台上,瞥了眼如临大敌的白猿,点点头,道:“小畜生还算有点意思,我便顺势而为好了,记得在藕花福地,拿出你的那门背剑术。”

刹那之间,已无仙剑可背的太平山白猿,在锁龙台上消失不见。

年轻道士心思急转,默默推衍,嘴上问道:“白猿已经不在,老前辈不如开门见山,想要我做什么?”

老道人反问道:“你的本心想要做什么?”

年轻道士坦诚道:“说了会死在这锁龙台,还是不说了。”

老道人有些失望,道:“我已经给了你机会,你一个真身巅峰距离十三境只差毫厘的大妖,却连一个陈平安都不敢杀,所以错过了一桩天大机缘。当初剑气长城陈清都,借了陈平安一把佩剑,为的就是将某些因果转嫁到陈平安的肩上。你要是杀了他,你与蛮荒天下有大功德,我呢,也可以趁机将陈平安收入道观之中,既可以气死那个老秀才,也可以让自己蒲团的位置抬高一大步。”

年轻道士心头大震。

老道人笑道:“现在晚了。”

年轻道士一跺脚,悔恨不已。脚下那座古老锁龙台轰隆隆作响,锁龙台外边的漆黑虚空,不断电闪雷鸣。

老道人说道:“你如果是人,在浩然天下当个纵横家,前途是不错的,当个阴阳家嘛,资质不太行。”

年轻道士无奈点头,道:“确实如此。”

老道人突然说了一句用意极深的话语:“其实你们这些两座天下的晚辈,如果生得更早一些,能够侥幸活到今天,很多都是不差的。”

年轻道士陷入沉思。

老道人双手负后,伸手一抓,锁龙台外那些电闪雷鸣,纷纷破开禁制和规矩,窜入锁龙台内,在老道人手心汇聚一团,最终形成一个拳头大小的雷电圆球。

这一幕看得年轻道士不得不中止思绪，苦笑不已。

这就是差距了，甚至与境界高低无关。

老道人将那颗雷电收入袖中，轻声道："老秀才很看不起的诸子百家，其中有个人，却为这世道泄露了一句最大的天机。"

年轻道士眼神炙热，抱拳道："恳请老前辈为晚辈解惑！"

老道人转过头，眼神冷漠，沉声道："你一个妖族，口口声声喊我前辈，自称晚辈？骂我是老畜生不成？"

不给年轻道士任何机会，一个本就残缺不全的魂魄从那具精心挑选的皮囊中飘荡而出，被老道人伸手掐住脖子，而"太平山年轻道士"的身躯则瘫软在地，然后跟白猿如出一辙，凭空消失。

只有那顶道家的芙蓉冠，留在了锁龙台上。

老道人随手一挥，大妖魂魄依旧是年轻道士模样，被重重砸在地上，脸上痛苦不已，哪怕如此，他仍是赶紧将那顶芙蓉冠驭入手中，匆忙戴在头上。

虽然当初为了成功越过那堵剑气长城，只能够以一魂四魄让人藏起，这才离开蛮荒天下，走入那座倒悬山，最后来到这座桐叶洲，可是在浩然天下修行了这么久，一身皮囊又属于绝佳，所以最终仍是跻身了十二境仙人境。

可他在老道人手底下，全无还手之力。

老道人缓缓道："有人曾言：'一尺之棰，日取其半，万世不竭。'"

靠着那顶芙蓉冠稳固魂魄的大妖，艰难道："是名家那位开山鼻祖不算最著名的学问之一，我在各家书籍上见过许多次，只是不曾认真思量。"

老道人讥笑道："所以说你们蠢啊。"

只剩下魂魄而无肉身的大妖，头戴芙蓉冠，心中惴惴，从未如此怀念家乡。

老道人转过头，微笑道："那把你的'当年遗物'狭刀停雪，上边的禁制，我已经抹掉，你会不会介意？"

大妖摇头不言。

老道人笑道："连个马屁都不会拍，活该你遭此大难。"

大妖一头雾水。

老道人已经一步跨入虚空，走了。

陈平安铺开隋右边那幅本命画卷，丢入一枚金精铜钱。藕花福地的南苑国京师，便下了一场小雨。

初冬时节，雨水虽然不大，可还是有些惹人厌烦。

一行四人走在街上，左右张望，啧啧称奇。为首的那个年轻人，雌雄莫辨，很是俊美，大冬天手持折扇，没有打开，轻轻敲打手心，落在南苑国百姓眼中，若非实在长得好看，不然就真是附庸风雅的大俗人一个了。

有个名叫曹晴朗的蒙童，原本已经从自家陋巷走到街上，只是突兀下了场雨，只得跑回家拿了把油纸伞，这会儿走到街巷拐角处，遥遥看到了那一行人，满怀着希望，瞪大眼睛望去，可依稀看到那位年轻公子哥的面容后，便有些失望，独自一人，快步走向学塾。种夫子授课，最不喜欢别人迟到。

曹晴朗看不太清楚那位公子哥，后者却将他看得一清二楚。

作为保留一身修为，以真身和完整魂魄落在藕花福地的谪仙人，陆台一落地，就跻身了最新的天下十人之列。

至于身后三名扈从，一样的待遇，却受限于在浩然天下打下的底子不厚，而且年纪也轻，所以撑死了就只是这座江湖的二流顶尖高手，距离一流宗师还有些距离——差点在那场劫难中心神崩溃的桓荫，改换门庭，投靠了陆台的年轻道士黄尚，城府深重的飞鹰堡外姓俊彦陶斜阳，正是头顶五岳真形冠的金丹邪修钉入飞鹰堡内部的棋子。

如今三人都是陆台的记名弟子。

陆台来到毗邻状元巷的一条街上，这里有一座小宅子，曾经是丁婴和鸦儿进入京城后的落脚处，算是魔教在南苑国的一处据点。大战落幕后，国师种秋一直留着这栋宅子。陆台笑道："从今往后，这就是我的私宅了。"

他转过头，对三人吩咐道："黄尚你去湖山派，能够从俞真意手上学到多少本事，看你自己的造化。

"至于陶斜阳和桓荫，这座福地，你俩随便晃荡。陶斜阳可以多留心龙武大将军唐铁意，桓荫可以接近塞外那个臂圣程元山。

"甲子之后，你们要是没办法跻身天下前十之列，那就乖乖变成这座福地的养料好了。自求多福吧。已经送了你们各自保命的物件，要是还淹死在这座小小的江湖里，我觉得带你们下来，简直就是浪费钱。"

陆台挥挥手，三人毕恭毕敬告辞离去。

不远处站着一位双鬓微霜的青衫儒士，正是曹晴朗眼中的种夫子，今天不是顽劣贪睡的学塾蒙童们迟到，反而是这位不苟言笑的老夫子自己迟到了。

陆台笑望向国师种秋，道："我与陈平安是朋友，种国师的风采，我已经亲眼领略过，所以我选择扎根在南苑国。"

种秋点点头，道："既然如此，我就拭目以待，但还是希望你不要毫无顾忌，哪怕你是陈平安的朋友。"

啪的一声，陆台打开素雅竹扇，轻轻扇动清风细雨，笑眯眯道："有没有想过六十年后，去看看外边的风光？"

种秋摇头，转身离去。

陆台不以为意，转头看着宅门，经过一年的风吹日晒，张贴的门神已经略显老旧，他自言自语道："快过年啦，门神得换，春联得贴，还要请几个顺眼些的漂亮丫头当丫鬟。要不先去趟春潮宫，跟那簪花郎周仕讨要几个？"

在陈平安往画卷丢入第二枚金精铜钱后，松籁国湖山派，下了一场细细绵绵的太阳雨，没有人大惊小怪，除了那位貌若稚童、御剑升空的掌门大真人俞真意。

俞真意御剑悬停在极高处，天上大风吹拂得一身道袍猎猎作响，轻声道："风雨欲来。"

南苑国京城一栋官邸，有个少年刚刚从藏书楼捧书走出，突然有一物从天而降，就摔在他身前，少年吓了一大跳。

仔细一看，是一头满身鲜血的小白猿，精瘦精瘦的。小家伙神色萎靡地躺在地上，眼神比那捧书少年还要迷茫。

藕花福地的北晋国边境上，一个年轻道士喃喃站在湖畔，痴痴望着湖中镜像，反复呢喃："我是谁？我是谁？"

最后头疼欲裂的他，抱着脑袋蹲下身。

破庙内，气氛古怪。

所有人围着篝火而坐，陈平安只说了一句"辛苦了"。

朱敛拒绝了陈平安递来的瓷瓶，说这点伤势，拿来开筋动骨最合适不过，不用浪费少爷的灵丹妙药。

然后他瞥了眼已是金身境的隋右边，笑问道："少爷，我对一句话百思不得其解。"

陈平安点头道："说说看。"

朱敛满身血污，多处白骨裸露，仍是笑容如常，问道："'吃一钱后，十一到十，此后停步'，做何解？"

隋右边猛然起身，杀气暴涨，却发现那把痴心剑被陈平安拿走后一直没有交还给她。

隋右边死死盯住佝偻老人，厉声问道："朱敛，你为何不早说？"

陈平安缓缓道："应该是说每死一次，我用一枚金精铜钱将你们从画卷再度请出后，你们未来的最高武道成就，就会从传说中的武道十一境武神境，跌落到第十境。吃了两枚，就只能成为九境宗师，所谓的山巅境，一般世俗武夫眼中的武道止境。"

隋右边神色悲怆，杀气更浓，既恨朱敛，更恨陈平安，无法抑制。

朱敛笑呵呵道："明白了，感谢少爷为老奴解惑。"

陈平安突然站起身，径直走向庙外，头也不回道："隋右边，你随我出门一趟，我有话跟你说。”

庙内隋右边眼神冰冷。

陈平安仍是没有回头，跨过门槛，继续道：“一炷香内，你不出门找我，我就把画卷烧了，你欠我的两枚金精铜钱，可以不用还。”

隋右边这才面无表情地走出破庙，快步跟上那个走在山路间的背影。

陈平安在隋右边跟上后，似乎毫不在乎她会不会暴起杀人，缓缓说道：“心境坏了，以后还练什么剑？你隋右边若是只有这点心志，我看你其实根本就不用练剑了，反正有没有东海老道人的束缚，你都走不到最高处。”

隋右边手指微动。

陈平安在前边依然缓缓而行，淡然道：“你会死的。你真想死的话，在你死前，我还有话要说给你听。”

隋右边默然。

一刻钟后，陈平安和隋右边一前一后，返回破庙。

隋右边虽然脸色奇差，但是心境似乎有所好转，半点杀气也无，也没了要破庙所有人一起为她武道崩塌而陪葬的疯狂死志。

两人再次坐在火堆旁。

陈平安接过裴钱的饭碗和筷子，开始吃今晚的第二碗米饭。马屁精裴钱蹲在他旁边，双手托着一小坛子腌菜。陈平安环顾四周，笑问道：“你们到了这座陌生天下，有什么想法吗？”

四人沉默片刻，卢白象率先开口笑道：“山中何事，松花酿酒，春水煎茶，愿得大逍遥。”

朱敛嘿嘿笑道：“世间情动，不过盛夏白瓷梅子汤，碎冰碰壁当啷响。愿得美人心。”

魏羡想了想，说了句符合他开国皇帝身份的话：“杀尽百万兵，宝剑血犹腥。”

裴钱瞪眼道：“老魏，屁咧，你就不能好好说话？”

魏羡点点头：“这话是南苑国文人送我的诗句，要是我自己吟诗的话，应该是……大雨哗哗下，柴米都涨价。板凳当柴烧，吓得床儿怕。”

裴钱这才点头笑道：“老魏，这诗比前面那首好多了，我都听得懂哩。”

魏羡笑纳了，“嗯”了一声，自夸道：“当年就有许多大文人说得诚恳，说我确是有些文采天赋的。”

裴钱翻了个大白眼。

隋右边自顾自道：“愿随夫子天坛上，闲与仙人扫落花。”

陈平安最后望向身边的裴钱，笑问道："就剩下你了。"

裴钱惊讶地"啊"了一声，羞赧道："我读书还不多，如今还不会作诗呢。"

陈平安扒了一大口饭，夹了一筷子腌菜，笑道："我也没让你作诗。"

裴钱"哦"了一声，神采飞扬，乐滋滋道："那我可就真说了啊，不许生气，不许骂我！"

陈平安点点头。

裴钱大声道："我想读最薄的书，吃最贵的菜，骂最坏的人，打最野的狗！"

陈平安差点被米饭噎到。

裴钱见机不妙，觉得大概是志向不够大，瞥见脚边的行山杖，赶紧补充道："要不……再加一个戳最大的马蜂窝！"

魏羡使劲板着脸道："小小年纪，就有如此王霸之志。"

裴钱向那老魏咧嘴而笑，伸出大拇指，赞道："还是老魏你上道！很有眼光哩，难怪能当个皇帝老爷。唉，就是如今穷了些。"

陈平安摇了摇头，然后也跟着笑了起来。

破庙外面，雨停了。

第七章 过桥登山

雨后的破庙里边，篝火带来一些暖意。

陈平安膝盖上盘腿坐着莲花小人，小家伙悄悄指了指裴钱的眼睛。

陈平安心中了然，让裴钱跟他出去一趟，小家伙没入土地，帮着陈平安去巡视小庙四方。

先前裴钱在破庙内的异象，陈平安虽未亲见，但是大战落幕后，裴钱袖子上全是鲜血，满身泥泞，说是先前眼睛疼，在地上打滚了很久。莲花小人当时手脚乱舞，给陈平安大致解释了过程。

一大一小走出破庙，陈平安走出一段距离后，转身停步，蹲下身凝视着裴钱的那双眼眸："你的眼睛怎么就突然流血了？"

裴钱心有余悸，脸色惨白，委屈得眼眶里都是泪水，摇头哽咽道："不知道啊，突然就疼得死去活来了，好像有东西要炸开，跟有钱人家过年时候那爆竹似的。对了，咱们到了家乡，过年的时候能放爆竹不？可喜庆了，我一直想要亲手试试看哩。"

陈平安哭笑不得，轻声道："当初离开家乡，有人让我五年之内都不要返回龙泉郡，不过过年的时候，放爆竹没什么难的。咱们说正事，是不是当初把咱俩丢出藕花福地的老道人，在你眼睛里动了手脚？他有跟你说了什么话吗？"

裴钱想了想，道："在老魏他家里，就是南苑国京城，不是有一口水井吗？我看了一会儿水井底下，又看了一会儿头顶的大太阳，烦着呢，然后我就在那儿见到了一个个子很高的老家伙，身上穿着道袍，他说要往我眼睛里放点小东西。我一开始当然不答应啊,可老道人说值钱得很,我想了一会儿,就答应了……"

裴钱哎哟一声,赶紧歪着脑袋。

原来是陈平安扯住了她的耳朵,教训道:"钻钱眼里,连命都不要了?"

裴钱嚷嚷着疼疼疼,眼睛疼,陈平安这才松手。

陈平安若有所思,钟魁就一直说裴钱的眼睛好看,应该是看出了些端倪,只是没有明说。

其实钟魁私底下说了句谶语:日出东海,万里熔金。月落西山时,啾啾夜猿起。

陈平安自言自语道:"总不能真是将藕花福地的日月,放进了裴钱眼睛里吧?"

至少裴钱能够看得出地底下的莲花小人,还能够看破太平山祖师爷那一手隔绝天地的方丈神通。

经过"太平山年轻道士"赠送祖师堂玉牌一事,陈平安有些一朝被蛇咬十年怕井绳的感觉。不过那位自称认识文圣的东海观道观老道人,是天底下最早听说过"顺序"学说的人,想来即便真要算计他陈平安,自己暂时也没有破局的本事,只能兵来将挡水来土掩,走一步算一步。之所以是算计,而不是太平山祖师堂玉牌这类用心险恶的阴谋,是因为到了老道人或掌教陆沉这种层次的修行之人,早已不屑使用阴谋诡计,皆是光明正大的阳谋,争取处处与玄之又玄的天地大道契合。

陈平安站起身,对裴钱道:"以后给你买一把新的油纸伞。"

裴钱讶异道:"花这冤枉钱做啥?"

陈平安没有给出答案,让她先回破庙里去。

等到裴钱一路跑回庙内,陈平安转过身,看到了自己一眼就能认出身份的男子——申国公高适真,因为高树毅长得跟这位国公爷有七八分相似。高适真身后站着一位管家模样的持伞老者,应该是位深藏不露的练气士,还有一位手持老藤拐杖的白衣老翁,对陈平安笑容谄媚。

高适真死死盯着陈平安,突然感慨道:"比想象中还要年轻很多啊。"高适真问道:"在那座边陲小镇,三皇子想要顺手牵羊,希冀着裹挟大势逼死姚家,为自己的功劳簿锦上添花,才有了那桩祸事。如果换成在蜃景城,你跟我儿子高树毅相逢,就像今夜的大雨,只是两个陌生人,在某个老字号的酒楼各自喝着美酒,你们会不会成为朋友?"

陈平安摇摇头。

高适真脸庞扭曲起来。

陈平安缓缓道:"我之前跟那个大皇子刘琮说过,其实我们道理都懂,就是有些时候再好再对的道理,比起自己想要拿到手里的东西来说,太轻飘飘了。高树毅这样的人,我希望他下辈子投胎,别再碰到我,不然我会再杀他一次。"

高适真脸色阴沉,问道:"你是想惹怒我,诱使我对你出手,你好借机斩草除根,让中国公府一脉从此从大泉除名?”

陈平安伸出两根手指,在身前随便一抹,道:“这就是你和高树毅的为人处世,做什么说什么,总有轨迹可寻。”

陈平安这个并无恶意的动作,让那持伞老者心弦紧绷,差点就要护在高适真身前,拄着老藤拐杖的白衣老翁更是差点遁地而逃。乖乖,以雷霆手段镇杀埋河水妖,再一剑逼退书院君子,哪里是他这么个小小土地公能够掰手腕的?打个喷嚏都能让他魂飞魄散了吧。那两张闻所未闻的金色符箓,真乃神仙手段也。

高适真反而是最镇定的那个人,又问道:“我此次上山,是为了将阵亡边军的尸体搬下山,你不会阻拦吧?”

陈平安道:“这就是我还愿意站在这里跟你说话的原因。”

高适真满脸怒容。

中国公府在大泉王朝屹立两百年,与国同龄,何曾受此奇耻大辱?

老管家轻声提醒道:“老爷。”

高适真深呼吸一口气,转头望向那位山水神祇中胥吏之流的土地公,喝道:“有屁快放!”

白衣老翁壮着胆子上前一步,对陈平安低头弯腰,笑道:“陈仙师,小的我要帮着国公爷收拾尸体,可能会派遣一些山精鬼魅,担心那些上不得台面的东西,不小心动静大了,会叨扰仙师在破庙的休息,所以赶来提前与仙师打声招呼,还希望仙师大人有大量,不与小的计较这些。”

陈平安点头道:“只管搬运。”

老翁怯生生道:“小的斗胆再多嘴一句,不知陈仙师打算如何处置那头大妖的尸体?是否需要小的使唤山精鬼魅们,为仙师代劳,做些例如剥皮抽筋、汲取大妖丹室精血装入瓶瓶罐罐这类力所能及的琐碎事情?”

只取了埋河水妖一颗妖丹的陈平安笑道:“那就有劳土地爷,事成之后,我会给些报酬答谢你们。”

老翁受宠若惊,连说不敢让仙师破费,差点热泪盈眶,天底下竟然还有如此温良恭俭让的神仙?

高适真冷哼一声,转身下山。

陈平安独自走向破庙。

埋河水妖距离结成金丹,只有一步之遥,那颗晶莹剔透的幽绿丹丸,枣核大小,不知是否因为挨了一张龙虎山五雷正法符箓的关系,妖丹内隐约有丝丝缕缕的雷电闪烁。今晚与这头埋河水妖一战,入不敷出,是板上钉钉的了,一颗尚未成熟的伪金丹丸,陈平安付出了足足三张龙爪篆纹的符纸,毁了这套钟魁亲笔画的铁骑绕城符,再加上那张陈平安自己掏腰包拿出的金色材质的龙虎山正法符箓，到现在陈平安都还在心疼。

走向破庙的时候，这位白衣飘飘、头别玉簪、腰系朱红酒葫芦的陈仙师，一直碎碎念："破财消灾，破财消灾。"

至于隋右边两次战死消耗的两枚金精铜钱，陈平安根本不愿意去想，一想到就心肝颤。

入了破庙，魏羡难得主动开口，问道："要不要返回蜃景城，痛打落水狗？如今大泉刘氏已经胆子都碎了，掀不起风浪。说不定那个书院君子还要砸锅卖铁，主动求和，央求咱们别走漏风声。"

陈平安想了想，还是摇头道："赶紧去往天阙峰仙家渡口，到时候我以飞剑传讯，分别给大伏书院和太平山说今夜事。其余我们不用多管了。王颀的所做所为，尤其是勾结妖族一事，必须让钟魁和书院知晓。如今连太平山都如此不太平，桐叶洲实在太乱，我们早早乘坐渡船返回宝瓶洲的老龙城。"

今晚守夜一事，交由卢白象和隋右边。

受伤最重的朱敛去远处溪涧梳洗一番，换了身洁净衣衫，在火堆旁盘腿而坐，安然酣睡，让裴钱佩服不已。

摘了甘露甲的魏羡虽然不用守夜，却去了破庙外面，在武疯子朱敛与随军修士厮杀的战场处，蹲下身，对着那些凌乱脚印怔怔出神。

陈平安在墙根那边，坐忘而眠，神色如常。

如何都睡不着的裴钱，却猜到陈平安心情不太好，多半是赔钱的缘故。因为没了落魄书生钟魁那几张符箓？她很想拎了行山杖就去揍莲花小人，都怪它是个赔钱货。迷迷糊糊，这个唯独她有个牛皮小帐篷的黑瘦小女孩，就此睡去。

天亮时分，魏羡坐在门槛上，看见破庙门外，有个谄笑着的白衣老翁，手持老藤拐杖，更远一些，站着一些道行浅薄的山精鬼魅，很是滑稽，其中有背着大行囊的，还有捧着瓷瓶陶罐的。老翁天未亮就到了门外空地上，也不喊话，就拉着一帮喽啰站在那边当门神，魏羡有些佩服这个老头儿，能对着破庙笑这么久。

陈平安睁开眼后，起身走向门槛，见到了恭候已久的土地爷，便快步走去，给了老翁一枚小暑钱作为酬劳，吓得掌管这方数百里山水的老翁，像是见着了一碗吃完就要上刑场的断头饭，死活不敢收下。

陈平安只得作罢，再次向这土地爷抱拳致谢。白衣老翁笑开了花，告辞之后，走出去两三里路，才抹了抹额头汗水。

一个人身鼠首的山精赶紧拍马屁道："土地爷，没想到你老人家还有这么大面子，能让那位仙师如此客气。这等英雄事迹，要是传出去，那还了得，以后这方圆千里，谁敢跟土地爷大嗓门说话?”

白衣老翁咳嗽一声,缓缓而行,觉得手中老藤拐杖顿时轻了几分,装模作样道:“以德服人,以德服人。”

陈平安看着堆放在门口的那些大小行李,叹息一声,在老龙城郑大风赠送的那块咫尺物,可以派上用场了。

飞剑十五作为方寸物,是极其特殊的存在,虽然一直用得得心应手,可到底不够大,无字玉牌作为地仙也要垂涎的咫尺物,其实极其稀罕,之前只是因为陈平安恋旧,才一直给陈平安暴殄天物地雪藏起来。方寸物和咫尺物,被山上修士誉为“最小洞天”,可遇不可求,崔东山作为走到过十二境巅峰的大修士,随身携带的也只有一件咫尺物。

寻常方寸物和咫尺物,各有一把打开“洞天”的钥匙,正是这些物件本身蕴含的脉络,被人炼化后,极难破解,除非是以大神通强力摧毁,一旦出此下策,里头的物件至少也要销毁大半,说不定“洞府”全部崩碎都有可能。郑大风自然不可能只给咫尺物而不给钥匙,不说清楚破解驾驭以及重新炼化之法。

此行去往天阙峰,再无波澜。

大泉王朝的真正底子,其实因为陈平安,已经伤得不轻——守宫槐宦官李礼,申国公府,大皇子刘琮,草木庵徐桐,将种许氏,坐镇蜃景城多年的君子王颀。

一路北行,陈平安背着竹箱,裴钱手持行山杖,斜挎包裹,额头上贴着一张百看不厌的宝塔镇妖符。

卢白象腰佩停雪,手心攥着几枚棋子,嘎吱作响。

隋右边背负着那把品秩暴涨的痴心,眼神恍惚的次数有些多,比起最初走出画卷那位剑心纯粹通明的女子剑仙,多了几分人味。

朱敛喜欢边走边看书,裴钱就纳闷了,老家伙走路不看路,怎么不摔个半死?

魏羡闲来无事,行走之时,竟然用上了陈平安的六步走桩。陈平安对此没说什么。

天阙峰,是大泉北边清境山的最高峰。清境山群峰绵延,林木尤为葱茏幽翠,远胜别处,以一个幽字冠绝大泉山水。

天阙峰有丹梯三千阶,从山脚直达山顶,山顶有一座青虎宫,在此间修行之人,与外界隔绝,从不涉足市井,对于达官显贵的登山访仙,一律拒之门外,加上清境山多野兽出没,又没有直达天阙峰的道路,使得青虎宫的存在,一直云遮雾绕,山野樵夫也不敢擅自靠近天阙峰。老人都说容易鬼打墙,是山上的神仙们不愿沾染俗气。

一行行走在清境山小路上。

哪怕天阙峰肯定比不上倒悬山和老龙城,可也绝不是大泉名义上的第一修行门派草木庵能够媲美的。那本购自倒悬山的《九洲神仙书》,其中就专门提及天阙峰的女仙梳妆台,虽然寥寥几句,却也极为传神,令人好奇不已。

陈平安便提醒了魏羡他们几句。

画卷四人，都是才智卓绝之辈，自然知晓轻重利害。

走得累得半死的裴钱突然抬头，惊讶出声道：“快看快看，天上有船！”

陈平安伸手按下裴钱的手指，轻声道：“山神娶亲一事，你给忘了？”

裴钱赶紧点头，拍胸脯保证道：“下次肯定不会了！”

陈平安笑道：“就算有下次，也没关系，你毕竟还小，但是我说是这么说，你不能因此松懈。”

裴钱笑容灿烂道：“明年就十一岁啦，可不小了。”

陈平安笑问道：“那你来背我的竹箱？”

裴钱苦着脸道：“可我今年才十岁啊。”

陈平安一记爆栗敲过去。

裴钱灵巧躲过，挪了几步，哈哈大笑。

朱敛笑眯眯地看着两人。

天阙峰，一峰独高，周边群峰如俯首低眉，所以很惹眼，只是临近山顶就开始云雾缭绕，看不清上面的具体景象。

大致算是进入天阙峰地界后，经过一座石拱桥，底下是哗哗作响的清澈溪涧，游鱼悠哉。

陈平安刚走上桥就停住脚步，往南望去。

登山之后，就不知下一次是什么时候，才能双脚踩在桐叶洲的大地上了。

扶乩宗那条有着千奇百怪的喊天街，大妖作乱后，是不是从此就没了？

那个撞破天大阴谋的外门杂役少年，会不会像自己这样，从一个泥腿子变成了另外一个人？

飞鹰堡那边，陆台在那座上阳台观道可有成效？当时为何要将价值二十枚谷雨钱的狭刀停雪，偷偷放入他的行囊？当时陈平安见陆台收了陶斜阳三人做记名弟子，还不太理解陆台那句“不近恶不知善”，如今才有些理解其中意味。

钟魁以后还是不是大伏书院的君子？

女冠黄庭追杀那头背剑白猿，会不会又是一番造化？

藕花福地的春潮宫周肥，返回玉圭宗后，摇身一变，成了整个云窟福地的主人，是叫姜尚真来着？

碧游宫和埋河水神庙的香火，有没有更加鼎盛？

大泉蜃景城到底有没有迎来今年的第一场冬雪？

曹晴朗在那个小宅子里，一个人过得还好吗？学塾先生的学问大不大？会不会教他书本以外的道理？

桥上，卢白象四人见陈平安停下，就跟着站在桥上。

陈平安看着远方，黑炭小女孩便抬头看着跟平时不太一样的陈平安。

朱敛一得空就开始翻书看。裴钱看过了陈平安，就踮起脚尖，想要看清楚这疯老头到底成天看些什么，鬼鬼祟祟的，见不得人。

朱敛一巴掌抵住裴钱脑袋，轻轻推开。

裴钱问道："书上写了啥？"

朱敛答非所问道："没写啥，就是些个老套故事。"

裴钱刨根问底道："啥叫老套的故事？"

朱敛呵呵笑道："对你这个年纪的小娃儿来说，不老套，见啥都新鲜。只不过书上故事，那些悲欢离合，纸上看来终究浅、淡、轻。看过就看过了，很快就会忘记。可是人活着，饿得肚子咕咕叫，脚底磨出了水疱，给人打了一拳鼻青脸肿，都是实实在在的。"

裴钱皱眉道："你到底想说啥？能不能好好说话，多学学人家老魏，行不？"

朱敛斜眼打量着手持行山杖的小丫头，啧啧笑道："胆子肥了不少啊。"

裴钱笑着退后了两步，摆手道："不肥不肥，就我这小身板，瘦了吧唧的。"

朱敛合上书，埋怨道："给你一搅和，书上那般荡气回肠的贴身厮杀，索然无味啦。不看了不看了。"

裴钱一头雾水，问道："书上的人，杀得很痛快？有我爹和神仙姐姐在破庙外那么厉害吗？"

隋右边黑着脸，强忍住一剑削去那老色坯脑袋，再一巴掌拍死这个口无遮拦的小丫头的冲动。

朱敛收起那本香艳异常的书，双手负后，摇头笑道："比不得比不得。"

觉得自己这一记马屁十分出神入化的裴钱，邀功般转头笑望向隋右边这位神仙姐姐。

隋右边转过身，径直走下石拱桥，眼不见心不烦。

裴钱有些纳闷，心想这个臭脸娘们今儿吃错药了？

卢白象依旧云淡风轻地微笑着，此地景色宜人，以后若是自己能够结茅修行，也该寻一处这样风景如画的风水宝地。

陈平安没有理会其他人。

到了宝瓶洲最南边的老龙城，就可以见到那个范二了，还有性情温婉的桂夫人，当然还有灰尘药铺的郑大风。

再往北走，去大髯豪侠徐远霞徐大哥的家乡，找徐大哥和张山峰去，告诉他们上次分别后，自己喝过多少好酒，一双手能数过来就算他陈平安输！

还要去书简湖，看看顾璨那个小鼻涕虫过得如何，见面的时候，成了仙家弟子的顾璨,会不会就再也不是自己屁股后头的拖油瓶了?

再去大隋山崖书院,那里有李宝瓶、李槐、林守一、于禄、谢谢。

当然还有个弟子崔东山。

估计这一趟走下来,五年之期也就差不多到了,到时候就可以回到家乡,走入泥瓶巷,走上落魄山。

金窝银窝不如自家的草窝,更何况自己如今的家,可真不是什么草窝了。

只有真正走过外面的世界,才知道如今的龙泉郡地界是何等适合修行,山水气运被大骊王朝强行截留在各座大山,可以说每一座都是盖了水字印后的碧游府。

天阙峰青虎宫,有大殿六重之多,分别供奉祭祀有各路道家神仙,主殿大柱上的对联,号称一绝,将近四百个字,有"仙人篆书榜金门"的美誉。青虎宫右侧有一堵巨大石壁,云雾缭绕,是一幅天然而生的蛟龙布雨图;左翼靠近悬崖,正是最著名的仙子梳妆台,源于有一棵古老青藤扎根崖畔,枝叶茂盛,一直蔓延垂挂下去,长达百丈,宛如一位天上仙子以云海作为溪水,梳洗一头长达百丈的青丝。

青虎宫宫主陆雍,是一位潜心修行、不理俗事的老元婴,名声不显,而且这辈子只注重炼丹一事,在山上练气士眼中属于最极端的"文修",战力极其不符元婴身份,所以在桐叶洲中部,一些个擅长厮杀的金丹地仙,都不太把青虎宫当回事。又因为天阙峰的仙家渡口规模不小,经常有地仙往来,青虎宫的练气士就没少受气。

昨天青虎宫来了一位身份比天大的贵客,报上名号后,山门弟子赶紧跑去通报,陆雍竟然舍了一炉丹药毁坏的风险,离开丹炉房,亲自陪同那位大修士逛了一圈天阙峰,战战兢兢,汗如雨下。也怪不得陆雍这般伏低做小的作态,实在是青虎宫早年招惹过对方所在宗门。青虎宫与桐叶宗更近些,桐叶宗是桐叶洲仙家执牛耳者,经常有弟子下山修行时,路过这座渡口。当年青虎宫一个不长眼的龙门境长老,在一场冲突中,偏袒桐叶宗一位嫡传小仙师,本来这不算什么,人之常情,可哪里知道那个跟桐叶宗闹矛盾的下五境年轻修士,竟是不显山不露水的玉圭宗弟子,而且关键是那人姓姜!

玉圭宗姓姜的人,有钱。为何有钱?云窟福地都是姜家的,能不有钱吗?

当年那个姜氏子弟也没喊打喊杀,就是砸了一大把钱,预订了整整一个月天阙峰渡口所有渡船,使得数百位桐叶洲练气士滞留清境山,大眼瞪小眼,待足了一个月后才得以启程,人人恨不得把青虎宫给砸个稀巴烂。

青虎宫中没人有胆子跟那个姜氏年轻人抱怨半句。陆雍身为堂堂元婴地仙,直接躲了起来炼丹,炼出一大炉丹药后,让青虎宫弟子们一个个送出去赔礼,这才没彻底砸了祖师爷辛苦打造出来的金字招牌。

一个姜氏子弟就这么牛气冲天了,那么姜氏家主亲临青虎宫,陆雍能怎么办?

天阙峰那条被称为“丹梯”的台阶顶部，站着姜尚真和陆雍，就两个人。

陆雍试探性问道：“真不用老朽让青虎宫弟子下山去，帮着前辈迎接那些贵客？”

万里迢迢从桐叶洲西海赶到这大泉北境的姜尚真，默不作声，高深莫测。

陆雍只觉得苦不堪言，难不成会是一场山崩地裂的神仙打架？小小青虎宫，哪里经得起姜尚真这种上五境神仙的一跺脚一挥袖？

陆雍只能祈求祖师爷们显灵保佑了。

与这种性情难测的上五境大修士相处，真是难熬，陆雍感慨万分。等这尊神仙离开清境山后，自己一定要闭关炼出一炉灵丹，不然实在憋屈。

陆雍小心翼翼问道：“不然老朽亲自下山相迎？”陆雍觉得自己作为一位元婴，已经卑躬屈膝到了这个分上，姜氏家主好歹也要稍稍念些香火情吧。

可姜尚真淡然道：“你配吗？”

陆雍膝盖一软，我青虎宫危矣！

姜尚真蓦然大笑起来，拍了拍老元婴的肩膀，道：“哈哈，开个玩笑，别怕别怕。只要今儿顺利，之前你们青虎宫惹出的那件破烂事一笔勾销不说，我姜氏再跟你购买一百炉最贵的丹药。”

陆雍咽了口唾沫，只得赔笑。

姜尚真啧啧道：“说这三个字，确实让人神清气爽。”

桥上。

朱敛三人也走过了石拱桥，与隋右边站在一起，所以桥上就只剩下陈平安和裴钱。

陈平安回过神后，趴在栏杆上，探出脑袋，似乎想要寻找什么。

裴钱蹦跳着，好奇询问：“找什么？”

陈平安说道：“想看桥底有没有悬剑。”

裴钱挺直腰杆，又开始施展她的马屁神功了，跃跃欲试道：“在桥上哪里看得到，我去桥底下帮你找找看！”

陈平安笑着站起身，揉了揉她的小脑袋：“不用了。”

裴钱仰起头，满脸疑惑。

陈平安低头看着她的那双眼眸。

裴钱配合着瞪大眼睛，使劲瞪圆了，问道：“给瞅瞅，我眼睛里边真有钱吗？”

陈平安愣了一下，拍了拍她脑袋，往桥那一头指了指，笑道：“去，咱们过了桥开始登山。”

裴钱说了一句“好嘞”，颠了颠包裹，挥动着行山杖，大摇大摆走下了石拱桥。

陈平安闭上眼睛，记起少年时在家乡坐在桥上，入梦后看到了另外一座桥——金色,极长。

云海滔滔,左边望去,日出大海,转头右望,月落西天。

陈平安就这么闭着眼睛,从脚底下这座不起眼的石拱桥一端,大步走向另外一端。

一袭白衣,山风拂过,双袖飘摇。

裴钱刚刚蹦跳着下了桥那边的台阶,转头望去,眼睛一亮,老气横秋道:“我爹真神仙也。”

陈平安闭眼行走石桥,身形微微摇晃,桥下流水,双袖行云,仙气十足。

魏羡对裴钱的点评深以为然,出口称赞道:“龙骧虎步,岳峙渊渟……”才说到一半,魏羡就闭上了嘴巴。

卢白象微笑道:“天有不测风云,有些小意外,无伤大雅。”

原来石拱桥是有阶梯的,不知为何,陈平安忘了这茬,竟是一脚踏空,连人带竹箱滚落在地。

裴钱一巴掌拍在额头上,亲爹啊,你咋这么不经夸呢?

隋右边别过头,嘴角有些笑意。

陈平安一个蹦跳起身,睁眼后拍了拍衣袖,旁若无人,大步前行。法袍金醴上有金光一闪而逝,那幅金色团龙的所衔之珠,其中蕴含灵气,越发凝聚。

若非有这件海外仙人的本命遗物傍身,陈平安这会儿可就不是摔个跟头这么简单了:一是体魄如同“开关迎敌”,任由天地灵气如海水倒灌窍穴,有大苦头要吃;二是极有可能以鲸吞之势,汲取清境山的天地灵气,到时候肯定要惹来一番异象,横生枝节,指不定又是一场风波。法袍金醴就像一座湖泊,起到了蓄水的作用。

只是终归治标不治本,要炼化五行之物,真正搭建起完整的长生桥,在自身气府开辟出五座类似湖泊,已经是当务之急。

当下这座长生桥,成也未成,妙不可言。

陈平安莫名觉得,直到这一刻,自己才真正被这座天地接纳。怪哉!

画卷四人眼睛都毒,起先觉得有些滑稽可笑,毕竟陈平安在他们印象中,时时端正,处处规矩,难得有这么狼狈的一幕,只是略微打量过后,就各自察觉到了蛛丝马迹,只是无人道破。

青虎宫三千级丹梯顶部,虽然有云雾缭绕,可并肩而立的姜尚真和陆雍,这两位都是大修士,比起纯粹武夫的画卷四人,自然看得更多一些。

陆雍惊艳道:“好一件龙衮法袍,委实深不可测,说不定就是传说中的‘小福地’品秩了。小仙师身穿此袍,恐怕比身披最高等的兵家甲丸,还要法宝不侵,飞剑不入。”陆雍误认为陈平安是位兵家修士。

姜尚真微笑道:“陆宫主好眼光。”

陆雍惶恐道:“前辈谬赞了。”

姜尚真转过头,问道:“如果我没有记错,你年纪比我还大,喊我前辈作甚?”

陆雍哑然,这姜氏家主作为整座云窟福地的太上皇,真是帝王心性,难以揣测,自己伴君如伴虎啊。

姜尚真又笑道:“这会儿,你若是说一句修行路上达者为先,就很机敏过人了。”

陆雍不知道姜尚真葫芦里卖什么药,只得苦笑道:“前辈高见,陆雍资质鲁钝,不然这辈子也不会只能跟丹砂草木为伍。”

姜尚真问道:“我这两百年,需要亲手打理福地事务,忙得焦头烂额,出门不多,比睁眼瞎还不如。陆宫主坐镇这天阙峰仙家渡口,迎来送往,你可听说桐叶洲之外,尤其是最近百年,浩然天下出了哪些出名的年轻剑仙?”

陆雍想了想,试探性说道:“剑气长城的那位?”

姜尚真气笑道:“陆雍你是真当我傻啊?我会没听说过他?”

陆雍忐忑不安,赶紧亡羊补牢,开始掰手指计算别洲有哪些名动天下的剑仙,给姜尚真说了一大串如雷贯耳的剑修名号,都是最近百年风头最盛的著名剑仙,关键是年纪都不算大,有八人之多,中土神洲有四个,俱芦洲有三个,小小的宝瓶洲竟也出了一个——前几年刚刚跻身玉璞境的剑仙魏晋。相较前边七个,风雪庙神仙台的魏晋,境界暂时不高,但是未来成就极其清晰,所以连桐叶洲这边都有所耳闻,甚至像青虎宫陆雍这样的元婴老修士,因为魏晋的关系,才得以头回听说那个宝瓶洲兵家祖庭之一的风雪庙。

一个个名字和大致事迹听在耳中,姜尚真始终摇头,只说“不对,差太远了”。

陆雍也没辙。

练气士中剑修本就稀少,剑仙更是少之又少,能够以元婴境无视一道大门槛的差距,斩杀玉璞境,世间唯有剑修。

最近百年中锋芒毕露的“年轻”剑仙,一心炼丹的陆雍真就只听说这么多了。

姜尚真不再为难陆雍,他自己内心也颇为无奈,之前两甲子,一甲子去了趟云窟福地,平定了一场千年难遇的大乱,受了不轻的伤势,之后一甲子光阴耗在了藕花福地,闭关休养,对于天下大势实在是无暇顾及。差不多两百年,山下凡夫俗子都死了多少回了,可对姜尚真这些山顶修道之人而言,尤其是还有望百尺竿头更进一步的,其实对于光阴流逝,感触不深,一步跨得出,站得稳,就可以多出数百年甚至是千年寿命。

山下人间的是非恩怨,实在不值一提,长生之下,道非道也。

姜尚真视线微微低敛,身后这座青虎宫号称供奉着所有道家神仙,而眼前脚下这条登天阶梯,三千级,便是寓意“大道三千”。

听上去道路还挺长，可有几人走得到真正的最高处。大道大道，可不是说这条路有多宽啊，相反，越往上走，脚下道路越窄，甚至会是座独木桥。

只不过姜尚真有自知之明，自己所修之道，所走之路，再高，也不会高成一座独木桥，不至于需要他去与前边的飞升境厮杀争道，也不会有后人需要挤掉他才能继续前行的情况。

关于那名海上剑修是何许人也，估计还得返回玉圭宗，跟老宗主讨教才行。他老人家别的本事不说，小道消息那是比谁都灵通。老宗主那种恨不得连新进女弟子穿什么颜色的肚兜都想问出答案，山头之间供奉们泼妇骂街一般的吵架，他都要去贴墙根偷听的习惯，真是……顶好的。世上有几个仙人境的山巅修士，会躲在府邸内，每天看过小门派各色仙子们，通过各自山门镜花水月的神通，花枝招展，搔首弄姿，展露所谓的“才情”，就会往那些门派匿名寄出大把大把的小暑钱，甚至是偷偷溜出宗门，亲自给她们送机缘送法宝的？

玉圭宗每年靠着云窟福地的提成，富得流油，老头子你身为一宗之主，他娘的还有脸皮跟我姜尚真喊兜里没钱心里好慌？还一脸豪气地跟我说寻见了一位同道中人，是那宝瓶洲一个名叫无敌神拳帮的老帮主？还要找个机会去拜会一下？

姜尚真有些时候真搞不懂，老宗主到底是怎么修成的仙人境。

几乎从不与他姜尚真谈论大道的老宗主，在他剥离谪仙人周肥身份重返宗门后，竟然语重心长地跟他掰扯了半天，说他不该如此对待世间女子，藕花福地那座春潮宫的女子，可怜啊。姜尚真挨了半天训后，老家伙就让他去西海截杀大妖，一件装装样子的宗门重器都没给，估计是真生气了。

反倒是那个被姜尚真带出福地的鸦儿，一到宗门，就被赏赐了件老头子自己私藏的法宝，当然是假借姜尚真的名义。

一行六人，走在青虎宫三千级阶梯上，陈平安有些奇怪，一路没有遇到任何人，抬头望去，云雾遮蔽视线，看不到那座青虎宫。

裴钱扯了扯陈平安的袖子，轻声道：“上边站着两个人，好像正等着咱们呢。”

陈平安心一沉，难道大泉王朝那边有谁还不肯收手？

就在此时，似乎是察觉到自己被发现了，那两人走下了台阶，从云海中缓缓走出——一位是玉树临风的年轻人，一位是仙风道骨的老神仙，只是老者明显慢了一个身位，像是扈从。

陈平安脚步依旧不急不缓，袖中双指间拈着那张青色材质的镇剑符。

遥遥望去，上边两人看似步子也慢，实则极快，转瞬间就站在了距离陈平安一行人七八级台阶的上方。

裴钱觉得那个年轻人有些眼熟，便躲在了陈平安身后。

姜尚真开门见山道:“陈平安,藕花福地一别,又见面了,看来我们缘分不浅。”

陈平安问道:“春潮宫周肥? 玉圭宗姜尚真?”

姜尚真笑眯眯道:“是也。”转头对陆雍笑道:“这才叫真正的好眼光。”

陆雍无言以对。

陈平安笑道:“没想到你这么快就找上门了。”

姜尚真收敛笑意,神色认真道:“陈平安,你跟周仕和鸦儿的恩怨,我不管了。无论你信不信,我在藕花福地的城头上,就想过是不是离开藕花福地后,找到你,请你去我姜氏当个供奉,云窟福地的许多机缘,只要你有本事,任你撷取,我姜尚真乐见其成。只是后来你执意要杀陆舫和周仕,我确实动了杀机,想要回到桐叶洲,做点什么,可是即使请了阴阳家修士帮忙,仍是找不到你,后来又有件事要做,便耽搁了。”

陈平安叹了口气,道:“不过还是被你找到了?”

姜尚真心中微微讶异。

离开藕花福地这才多久,为何感觉是两个陈平安了? 不在修行,而在心境。

陈平安身后那四人,应该就是福地传说中的那些历史人物了,负剑女子应该是陆舫经常提起的女子剑仙隋右边,其余三人,大致猜得出身份,只是暂时无法对号入座。佩刀的高大男子,是传说中那个年轻时英俊无双的武疯子朱敛? 精悍矮小的汉子,是魔教开山鼻祖卢白象? 那个笑眯眯的佝偻老人,是南苑国开国皇帝魏羡?

陈平安能够拥有这四名扈从,姜尚真有些惊艳和羡慕,只是还不至于太过嫉妒。

陆雍此时心中叫苦不迭,听姜尚真的口气,还真是结下大仇的死对头,那个小仙师修为似乎不高,那就肯定是背景太硬,以至于姜氏家主此刻露了面,都不敢随手打杀? 难道是桐叶宗那个老变态的嫡系子孙?

姜尚真开心笑道:“陈平安,你没有一见面就摆出与我拼命的架势,我就放心了。我们一边登山一边闲聊?”

陈平安简明扼要道:“好。”

于是陈平安和姜尚真并肩而行。

陆雍随后跟上,裴钱悄悄与这位元婴地仙走在同一级台阶上,只是隔着好几步远,偷偷打量着这个山上的老神仙。

只要陆雍一有转头的迹象,黑炭小女孩就立即跟着扭头望向远处风景,手中行山杖笃笃笃敲在台阶上。

陆雍大感讶异,这小闺女越看越觉得有灵性啊。

虽然这位青虎宫宫主打架的本事稀拉无比,可到底是元婴修为,一棵修道苗子好不好,大致能走到什么高度,还是能看出个一二。

姜尚真先问过了四名扈从的身份,陈平安没有掩饰。姜尚真得知真相后,发现自己就没一个猜对的，一拍额头，自嘲道："我的眼光跟陆雍有得一拼。"

气氛仿佛并不凝重，不似寇仇相见分外眼红，反倒如老友重逢，或是谈笑泯恩仇？可事实如何，就只有姜尚真和陈平安自己心里有数了。

姜尚真问道："此次北行，可还顺利？"

陈平安摇头道："磕磕碰碰，跟大泉王朝两位皇子都起了不小的冲突。"

"哦？"

姜尚真转头问道："陆宫主，大泉皇帝叫什么？"

陆雍赶紧答复："刘臻。"

姜尚真望向陈平安，道："我把他们老子拎过来，要他给你道个歉？去趟蜃景城很快的，要不了多久，说不定你在青虎宫吃顿斋饭的工夫，刘臻就站在你跟前了。不过大泉王朝是大伏书院管着的，书院山主很有来头，出自中土神洲的一座圣人府邸，有个当学宫大祭酒的兄长，你到时候别打死刘臻就行，不然我不好擦屁股。对那皇帝老儿饱以一顿老拳什么的，当然没关系。"

陈平安道："你真不用这样做。你能不能给我透个底，这次找我是为了什么？把我拦在天阙峰渡口，然后抓去玉圭宗？"

姜尚真爽朗大笑，抹了把嘴，自顾自乐呵道："屁颠屁颠赶来的路上，我倒是想过这么做。找你找得辛苦，说没有半点怨气，那是自欺欺人。其实玉圭宗是有弟子在蜃景城那边修行的，不然我还真没办法在青虎宫守株待兔。与你直说了便是，我在蜃景城待了一天，详细了解了你的所做所为后，还去见了那个姓姚的新任兵部尚书，也就只是远远看了眼，然后要蜃景城那名弟子以后帮着照拂姚氏，我自个儿就直奔青虎宫，就为了见你一面。"

陈平安停下脚步。

姜尚真依旧拾级而上，淡然道："到了上面，自会与你挑明一切。"

陈平安跟上姜尚真，一起步入那座围绕天阙峰的云海。这层绕峰流转的云海，可不普通，正是青虎宫的护山大阵，凡夫俗子深陷其中，就会名副其实地如坠云雾，视野所及，空无一物。这段路程白雾茫茫，走了一会儿豁然开朗，见到了一座雄伟宫观，原来是登顶天阙峰了。

陈平安站定，正了正衣襟，扶了扶头顶那支白玉簪子。

姜尚真依旧潇洒前行，走出去数步，见陈平安仍然站在原地，转头望去，发现这个打死丁婴的年轻人，神色十分奇怪。

等到陆雍、裴钱以及魏羡四人都走到了山顶，陈平安还是站在那里，一动不动。

裴钱顺着陈平安的视线望去，发现宫观那边，人头攒动，似乎都在好奇是何方神圣，能够让宫主和那位玉圭宗大人物亲自迎接。

在青虎宫那边的观望之人，多是年纪不大的练气士，还有不少是跟裴钱差不多大的孩子。

裴钱小声问道："咋了？"

陈平安回过神后，一只手轻轻按住裴钱的脑袋，微笑道："最早的时候，我跟他们一模一样，站在大门口，看着别人。"

陈平安继续前行，跟随姜尚真直接去往蛟龙布雨石壁那个方向的仙家渡口。

陆雍看了眼青虎宫那边的子弟，一个个惹人笑话，一挥袖，沉声道："都回去修行！成何体统，不像话！"

经过那堵蛟龙隐于云雾若隐若现、变幻莫测的石壁，走出三四里路，就到了天阙峰渡口。

渡口处有一艘悬停崖畔的巨大楼船，船底下竟飞旋着无数青色鸟雀，像是它们以羽翼托起了这艘浮空大船。

陆雍心情复杂，这艘渡船本该昨天就动身去往宝瓶洲老龙城了，只是被姜氏家主阻拦下来，手段很简单，砸钱。

青虎宫没敢跟姜尚真收钱，渡船所有乘客，都额外得到了一笔等同于路费的小暑钱，陆雍让一位长老去当的善财童子。

也有不长眼的，骂骂咧咧，不愿收钱，只想要跟青虎宫讨要个说法，青虎宫招惹不起，姜尚真就到了渡船上，一巴掌把那名桐叶洲北方金丹修士，从天上渡船打入了清境山一座低矮山峰之中。青虎宫遣人去将奄奄一息的金丹修士，从山壁中拔出来，惨不忍睹。可知道了姜尚真的身份后，金丹修士拖着病躯，硬生生咬牙重新登山，与那个一露面半句话不说就动手伤人的姜氏家主赔罪道歉。

陆雍从头到尾，尽收眼底。

见着了那艘船底鸟雀盘旋的仙家渡船，裴钱激动不已，恨不得立即施展一番疯魔剑法，那可就是剑剑不落空啊。

魏羡等四人也是第一次见到这番神奇景象，虽然脸上无动于衷，可心里仍然感慨万分。

这就是浩然天下了。

姜尚真站在渡口旁，笑道："我就只送到这里了。"

陈平安点了点头。

姜尚真犹豫了一下，道："能不能问一句，你师承何人？"

陈平安笑着不说话。

姜尚真仍不死心，又道："我无恶意。"

陈平安摇摇头，道："不是故意瞒你，而是我没有严格意义上的师父。"

教他烧瓷的，是不愿意收他为徒的姚老头。教他剑气十八停的，是阿良。教他拳法的，是十境武夫崔姓老人。教他学问的，是齐先生和文圣老秀才。教他画符的，是李希圣。

教他要与人为善的，是爹娘。

姜尚真无奈道："好吧，不愿意说就不说。我这次找你，是有人托付我，交给你一样东西，我已经小心装在一只瓶子里头。你收下后最好放入方寸物中，在你觉得到了真正安然无恙的地方之前，不要拿出来。"

陈平安两次游历，也算见识了不少，比如在飞鹰堡外就见过千里送人头的，但是与自己结仇的姜尚真，竟然跑这么远就为了送自己东西，陈平安打死都不相信。

姜尚真看着毫不掩饰戒备眼神的陈平安，一跺脚，施展神通隔绝出一座小天地，苦笑道："扶乩宗之乱，你听说过吧？"

陈平安点点头。

姜尚真指了指自己，道："那头大妖受伤后，仗着皮糙肉厚，仍是逃入了西海。我呢，刚好就是去追杀大妖的三人之一，其余两个，太平山宗主宋茅，还有个桐叶宗管谱牒的老王八蛋。大妖伤重，难逃一死，只是我和桐叶宗的，都不愿意下死手，怕惹急了大妖来一个玉石俱焚，伤了我们自身的修为，就想着慢悠悠跟着大妖耗死它，一路上还能欣赏欣赏风景，聊聊天。"

陈平安知道那场追杀，绝对不是姜尚真说的这么轻巧惬意。

姜尚真转头望向西边，唏嘘道："然后我们三个就遇到了一位剑修，那真是一身剑气冲斗牛，天生一副侠义心肠，脾气还好，一剑斩杀了大妖不说，还喜欢跟咱们讲道理，更不贪图大妖身躯……"说到这里，姜尚真一拍额头，"真编不下去了……"姜尚真眼神骤然间凌厉起来，盯着陈平安，"那名剑修问起了谁认识你陈平安，我便照实说了，他没有多说什么，只是去而复还，说了句'妖丹归我了'。就只有这么一句话，太平山和桐叶宗就没了任何异议，将一头十二境大妖最宝贵的妖丹，任由我剖挖取走。我清楚那名剑修的意思，所以才来找你，就是为了将妖丹交到你手上。"

陈平安脸色如常，道："那名剑修，我认识，叫左右。"

认识？就这样？左右？

真是个陌生的怪名字。

难道真是这两百年才冒头的年轻剑仙？

姜尚真都想要跳脚骂娘了，他凝视着陈平安的眼睛，手中多了一只半臂高的精美瓷瓶，问陈平安道："你知道这颗妖丹的价值吗？你知道什么样的剑修，才能够一剑斩杀现出真身的大妖吗？"

陈平安摇头又点头道："妖丹的价值，我不知道，但是左右的剑术，我知道。左右亲口对我说过，他的剑意比阿良低，剑术……比阿良高。我相信他。”

姜尚真面容僵硬，歪着脑袋，伸手揉了揉脸庞。

陈平安啊陈平安，你能不能别用这种轻描淡写的口气，讲一个自称“剑术比阿良还要高”的朋友？

陈平安也察觉到端倪，笑道：“放心，我与簪花郎周仕和魔教鸦儿的恩怨，跟你关系不大。再者，就算我去求左右，他也不会答应我，对你姜尚真出剑。”

自称大师兄的左右，那可是捏着鼻子才认的自己“小师弟”。

放心个屁！姜尚真倒不是不相信陈平安的话，而是那个叫左右的剑仙，出剑需要理由吗？估计他一个心情不好，就劈在玉圭宗山头上了吧。你陈平安要不去问问桐叶宗那老王八蛋现在的感受？接了一剑过后，为了不接第二剑，连那张老脸都不要了！

姜尚真打定主意，以后远离陈平安为妙。

接过装有妖丹的瓶子，陈平安没有二话，赶紧收入方寸物当中。

姜尚真轻声道：“这只瓶子也算件不错的法宝，就当是我姜氏的赔礼了。至于你和周仕以后能不能遇上，遇上了又会如何，以后再说吧。”

裴钱瞥了眼陈平安和那个家伙，就不再多看。

山神娶亲是第一次，伸手指向头顶渡船是第二次，事不过三。

裴钱是看得到两人，忍着不多看。陆雍和魏羡四人是看不到，便不再多看。

片刻后，两个身影重新出现在众人身边。

陈平安率先走向渡船，裴钱立即跟上，四人随后。

陈平安登上渡船后，转身向姜尚真抱拳道：“一码归一码，谢了。”

姜尚真笑着点头，多少年没有这种如释重负的感觉了？

早有青虎宫管事在船头等候，小心翼翼领着陈平安他们登上渡船顶楼。

姜尚真依旧望向渡船，久久无言，陆雍就只能老老实实陪着这位姜氏家主发呆。

渡船本就只是在等待陈平安一行人，此时很快就缓缓升空，往北而去。

姜尚真收回视线，轻声道：“贵客临门，你们青虎宫就不打算送点什么给这位陈仙师？”

陆雍心一紧，识趣道：“理所当然，要送要送，只是还望前辈提点，该送些什么才稳妥？”

姜尚真冷笑道：“什么贵重送什么啊，好歹是个元婴，还需要我教你送礼？”

陆雍一咬牙，小心翼翼道：“若是那位陈仙师婉拒，青虎宫该如何做？”

姜尚真转过头，眼神冷漠，道：“哭啊闹啊上吊啊，人家能不收下？天底下骗人钱财进自己口袋不容易，送钱还难？青虎宫这点小事都做不到，你这个当宫主的，怎么不去死啊？”

陆雍大汗淋漓，连连点头道："前辈教训的是，我心里有数了。"

姜尚真冷哼一声，又道："不管你陆雍送出什么，回头报个价给我，我双倍偿还青虎宫。"

陆雍刚刚有一番打算，不承想姜尚真眯起眼，阴沉道："别跟我在这种破烂事上抖机灵，该是多少钱就是多少钱，你陆雍和青虎宫还没资格，让我姜尚真欠人情。"

陆雍赶紧点头如小鸡啄米。

姜尚真突然自嘲一笑，拍了拍陆雍肩膀，和颜悦色道："方才想明白一件事，所以我打算在青虎宫多待一天，你挑选几个顺眼的子弟，我亲自为他们讲一讲修行之事。如果其中真有上好的修道坯子，我送你们青虎宫一个去往云窟福地的名额。嗯，别忘了，长得歪瓜裂枣的，资质再好，也别来碍我的眼，与人传道授业解惑，还是要讲究一个赏心悦目的。"

陆雍心中狂喜，终于发自肺腑地作揖感谢道："前辈大恩，陆雍铭记在心！"

修行路上，从来是福祸相依，祸，扛不扛得下，福，接不接得住，都是自身的修行。

比如哪怕是姜尚真这样的山顶神仙，要是换成了那个谪仙人周肥的身份，遇上一旦起了杀心的丁婴，一样就只能死在藕花福地了。

登上渡船顶楼后，一行六人，各自皆是头等厢房，当然陈平安的屋子更是大到夸张。

魏羡四人拿了玉牌和钥匙后，默契地跟随陈平安。

裴钱关上门后，丢了行山杖，在几间屋子串门，跑来跑去，最后去了那座观景阳台看云海，黝黑脸庞上挂着满满的幸福，呆呆眺望远方。

魏羡也去了观景台，其他三人落座，加上一个陈平安。

卢白象笑问道："主公，方才那位年轻神仙是？"

朱敛已经重新起身，倒了一杯茶水给陈平安，陈平安接过茶杯后，说道："是玉圭宗姜氏家主，姜尚真，好像是玉璞境修士，而且他掌握着一座品秩很高的云窟福地，福地版图极其广袤，有许多天材地宝。"

朱敛赞叹道："少爷何止是往来无白丁，分明呼朋唤友皆是山上仙人。"

隋右边看了眼神色从容的陈平安，然后给自己倒了一杯茶水。

陈平安摇头道："不是什么朋友。"

卢白象感慨道："玉璞境，那就是已经跻身上五境了。"陈平安已经给他们大致讲过纯粹武夫与练气士的各自境界划分。

武夫第七境金身境，八境远游境，九境山巅境是世俗武夫眼中的武道止境，但是世间其实犹有十境，可哪怕如此，陈平安跟他们说十境依旧不是武道止境。

练气士中五境，洞府境，观海境，龙门境，金丹境，元婴境。上五境只知玉璞境，仙人境，飞升境，其余二境，则失传已久。

观景台那边，裴钱看过了风景壮阔的云卷云舒，又开始觉得有些乏味了，唉声叹气起来，对魏羡道："老魏啊，我跟你说点心里话呗？"

魏羡"嗯"了一声，站在栏杆那边，渡船航行在云海上方，应该有仙家阵法庇护，才能够使得这渡船的观景台不受天上大风的激荡，唯有舒适的清风拂面。

裴钱踮着脚尖，愁眉苦脸道："我爹还是不愿意教我绝世剑术。"

魏羡淡然道："饭要一口一口吃。"

裴钱蹲在地上，背靠栏杆，愁眉苦脸道："愁啊。"

魏羡低头瞥了眼黑瘦小丫头，安慰道："没关系，明天还是这副鸟样，习惯就好。"

裴钱抬起头，眼神幽怨，问道："老魏，你这样的人，能找着媳妇吗？"

魏羡想了想，道："找得到，都是别人帮我找的，不过我最喜欢的那个，没能娶进家门。"

裴钱问道："为啥？嫌弃你长得丑？那也怪不得别人姑娘啊。"

这一大一小，安慰人的"本事"，相差无几。

魏羡趴在栏杆上，似乎回忆着什么："倒不是嫌弃我的模样，她也好看不到哪里去。就是那时候我家里穷，一心想着以后挣着了大钱就娶她，后来世道乱，她死了，我没死。"

裴钱站起身，拍了拍魏羡胳膊，安慰道："行啦，都是过去的事了，你想啊，这都过去多少年了，你还念着她呢，可不就算是她还活着吗？不错啦，说不定当年娶了她，越看越烦哩，你肯定也当不成皇帝老爷了。"

魏羡点了点头，赞同道："是这个理。当年我身边就没谁能够讲明白，那么多考取功名的，书全读狗肚子里去了。"

裴钱笑嘻嘻问道："老魏，你觉得我能当多大的官？"

魏羡说道："娘们当不了官。你这样子，长大了估计也是个丑姑娘，即便进了宫，一辈子也见不着皇帝。"

裴钱一脚踹在魏羡的腿上，怒气冲冲道："老魏，你咋是个老流氓呢？"

魏羡呵呵笑着，这位藕花福地万人敌，最近心里头难得有些小小的芥蒂，现在也没了。

其实也不能怪陈平安恶心人，还是他魏羡自己嘴贱，好死不死问了陈平安关于南苑国后世的历史，尤其是史书对他魏羡的评价。

陈平安当初察觉到南苑国不对劲后，就翻阅了许多正统史书和稗官野史，关于开国皇帝魏羡，自然翻到不少，其中就有种种魏羡诞生时的祥瑞和传奇，比如说魏羡父亲有次去田地里劳作，见到妻子仰卧在道路上，有白龙盘踞其上，然后就怀上了魏羡……

魏羡在那次闲聊之后，就再没跟陈平安说过话。

裴钱这个唯恐天下不乱的，当时就笑得捧着肚子满地打滚。这段时间就经常拿这个恶心他，比如她走山路的时候故意挺起大肚子，然后在魏羡身边打转，还嘴里嚷嚷着哎哟哎哟的。

最后是给陈平安扯得耳朵生疼，外加一记结结实实的爆栗，裴钱才消停了，还跑来跟魏羡道了歉，但背对着陈平安的时候，还是挤眉弄眼的呢。

魏羡不至于跟这丫头置气，可总归开心不起来。

裴钱抬头看着魏羡的侧脸，突然说道："老魏，对不起啊，以后我不笑话你了。"

魏羡咧咧嘴，笑道："么(没)的事。其实这算什么，还有好些事情，南苑国的史官没胆子写……"

裴钱小声道："比如？你给我说道说道，咱俩小声些说。"

魏羡轻声道："多了去了，比如那会儿我在乡里绰号鼠八，家里穷，就偷鸡摸狗，后来还干过剪径草寇、贩卖私盐的好些腌臜勾当。至于我娘亲，可没被什么白龙趴在身上过，倒是我亲眼看过她偷汉子，只是我没吱声。那汉子人不错，比我爹会做人多了，后来为了救我，那汉子堵在巷子里，被匪人把整个后背砍烂了，还喊着让我快跑。我能怎样？跑呗，反正到最后，我也没能找到杀他的凶手。"

裴钱一边叹着气，一边转身走向陈平安那边，骤然快跑，哈哈大笑道："魏羡他娘亲——"

陈平安转头望向一脸欢天喜地正要揭人伤疤的裴钱，怒道："闭嘴！回去道歉！"

裴钱吓得噤若寒蝉，眼眶一红，立即跑回观景台，正要开口跟魏羡道歉，魏羡却笑着拍了拍她小脑袋，道："行啦，哭啥，屁大点事。下次换你请我吃串糖人。"

裴钱赶忙答应下来，可仍是战战兢兢，怯生生瞥了眼屋子里的陈平安。完蛋，是真生气了。

她赶忙抱住魏羡大腿，哽咽道："等会儿我爹要把我丢下船，你一定要抓住我。"

魏羡无可奈何，转头望向屋子那边，笑道："真没事。"

陈平安犹豫了一下，点点头，站起身，对裴钱说道："过来。"

裴钱赶紧到了隔壁书房，手脚麻溜地关上门，这才耷拉着脑袋，一副挨骂决不还口、挨打决不还手的可怜模样。

陈平安沉声道："老魏是不是你朋友？"

裴钱想了想，不敢撒谎，老老实实回答："半个。"又匆忙补充了一句："半个已经很多了，小白还没有半个呢，就老魏有。"

陈平安问道："关于朋友，那两本书上怎么说的？"

裴钱不假思索就说道："友直，友谅，友多闻，益矣。忠告而善道之，不可则止，勿自辱。日三省乎己，与朋友交而不信乎？君子待人以诚……”

裴钱竹筒倒豆子，说了一大通。

陈平安问道：“那你做到了哪一句？”

裴钱低着头，小声嘀咕道：“书上说的，又不是你说的。”

陈平安气得不行。

裴钱轻声道：“我知道错了，除了不该笑话老魏，还有老魏待我以诚，我也应该以诚待之。”

陈平安这才脸色稍稍好转，黑着脸道：“拿上书，去观景台大声读书。”

裴钱问道：“我会背了，不拿书行不行？”一见陈平安又要生气，裴钱立即转身就跑，说：“要拿书的，不然诚意不够，愧对写书的圣贤。”

陈平安叹了口气，又想起了泥瓶巷的顾璨那个小鼻涕虫。

都不是让人省心的家伙。

观景台上，裴钱双手高高拿着书，不用翻书页，就开始大声朗诵起来，假装翻书页的时候，转头满脸得意，对魏羡轻声笑道：“老魏，我爹觉得我这次认错的话，说得对哦。”

魏羡伸出大拇指，以示嘉奖。

裴钱摇头晃脑，结果脑袋上给人一记爆栗砸下去。

裴钱头都不敢转，哭喊道：“我不敢了，我错了，真的不敢了……”

朱敛“嗯”了一声，负手转头而走：“好的，孺子可教，还有救。”

裴钱猛然转头，正要跟这个老王八拼命，结果刚好看到陈平安走出房间，立即憋下这口恶气，乖乖转头，继续背书。

不久之后，除了裴钱还留在观景台背书，就只剩下卢白象还在桌旁，与陈平安相对而坐。

卢白象笑问道：“主公，你就不问我那句话的内容？”

陈平安摘下养剑葫芦，倒了两杯酒，递给卢白象一杯，笑道：“想说就说，你不想说，我又能如何？”

朱敛曾经以为陈平安之所以对卢白象刮目相看，是因为后者第一个说出了那句话，算是第一个投诚的“叛徒”。

恰恰相反，卢白象至今未说，是画卷四人中的最后一个。

卢白象神色古怪，喝过了一杯酒，才说道：“我那句话，其实相比他们三个，应该是最没有意义的，‘花钱如流水，开不开心’。”

陈平安无奈道：“的确是那人的口气。”

卢白象问道：“以后能不能不喊主公？”

陈平安摇头道：“那可不行，听着挺带劲的。”

卢白象怎么都没想到是这么个答案，本以为陈平安极有可能会答应下来。

陈平安哈哈笑道："不用喊，开个玩笑。"

卢白象缓缓起身，抱拳行礼，微笑道："陈平安以国士待我，卢白象必以国士报之。"

陈平安也只好跟着起身，还礼道："这话换成朱敛来说，我还习惯，你来说，不太适应。"

卢白象笑着告辞离去。

陈平安独自坐在桌旁，耳边读书声不断，过了许久，说道："回屋子。"

裴钱就等这句话了，合上书本，欢快地跑回屋子，一屁股坐在凳子上，给自己倒了杯茶，嗓音沙哑道："渴死我了。"

陈平安问道："真不记恨我？"

"啊？"裴钱一脸茫然，神色并非作伪，"为啥记恨？"

陈平安笑着不说话。

裴钱可怜兮兮道："今天能不能不抄书啊，爬了那么多阶梯，可累了。"

陈平安啪一下，贴了一张符箓在裴钱额头，道："这张宝塔镇妖符，归你了。"

裴钱正要欢呼，陈平安已经说道："回自己屋子抄书去。"

裴钱一琢磨，自己赚大了啊，于是利索地重新挎好包裹，手持行山杖，蹦蹦跳跳抄书去了。

陈平安走到观景台。

已经是第几次乘坐仙家渡船了？

隋右边在自己屋子闭目养神，桌上放着那把越来越露锋芒的痴心剑。养了这么长时间的剑后，隋右边能够清晰感受到一股剑意在剑鞘内游走。

剑意，而非剑气。

那晚大战落幕后，她跟随陈平安离开破庙，两人有过一番对话。

陈平安的言语，有些说得很不客气："当下两枚金精铜钱，我可以不用你还，但是从今往后，魏羡、朱敛和卢白象，他们三个，花了我的金精铜钱，还不还，待定，可是你必须还，不过什么时候还，不讲究，只是话我得先说清楚，丑话说在前头，总好过到时候你跟我翻脸。"

有些则说得很让人怀疑："你别觉得我没资格与你说修行和剑道，我见过天底下剑术和剑意几乎是最强的两个剑修。我虽然练剑不久，但是我已经知道剑术和剑意在这座天下的最高处在哪里，一步步走去那边就行了。"

有些则说得玄乎："修行一事，重在叩心关。你们四个，曾经都是藕花福地的天下第一人，自己有自己的道路要走，而且会走得格外坚定。比如你隋右边，就一心想要剑术通神，越是志向高远，你现在就越绝望。但是相信我，天无绝人之路！”

最后隋右边询问陈平安为何唯独她，必须要偿还金精铜钱。

那个家伙，当时神色严肃，回答道：“我有个喜欢的姑娘，下次我去找她的时候，她要翻看我的家底，万一对不上账，而且还是因为其他女子，我怎么跟她解释？”

剑气长城，大战告一段落。夜幕中，这座天下，双月悬空。

走马道上，大小新旧两座茅屋那边，宁姚坐在茅屋里正对着的那处城墙上，膝盖上叠放着压裙刀和槐木剑，怔怔出神。

那位名为陈清都的老大剑仙，来到宁姚身边，盘腿坐下，道：“既然暂时空闲下来，那么有件事就可以告诉你了。”

宁姚疑惑转头。

老人笑道：“那把长气剑，我本来是想着将来哪天送给你的。”老人摆摆手，打断宁姚的开口，道：“但是此次妖族攻势，极其奇怪，我怕送你，反而是祸事。刚好陈平安要重建长生桥，我就让他背着长气剑去桐叶洲找那座观道观。借剑之前，我私底下与他明言，背了长气剑，好处一大把，可是坏处更大，要担因果的，是宁姚与妖族之间的大因果。”

陈清都微笑道：“那孩子……第一次流露出很不一样的眼神和脸色，哪怕他与曹慈一战，咱们就在旁边看着他连输三场，陈平安的眼神都不曾那么明亮。真是让人记忆深刻。”

陈清都转头问道：“宁丫头，你怎么不生气？不怪我多此一举，让他担风险？”

宁姚翘起嘴角，道：“生气？我不生气。我是宁姚！他是陈平安！”

意气风发，好像在说，我宁姚喜欢的家伙，愿意这么做，她半点都不奇怪！

陈清都跳下墙头，走向茅屋，啧啧道：“大晚上的，还要挨这么一剑，我也是自找苦吃。”

宁姚双手托着腮帮，开始想念他，满脸骄傲的笑意。

哈，我的眼光怎么就这么好呢？

她突然眉头紧皱，想起在泥瓶巷住宅有过一次对话，自言自语道：“啊？到最后还是我缺心眼？”

她站起身，收起了曾经借给他的压裙刀，以及跟他借来的槐木剑，然后一边学着那个笨蛋出拳而走，嘴里一边道：“我宁姚一只手，能打五百个大剑仙陈平安！”她停步转身，望向那座蛮荒天下，双臂抱胸，神采飞扬，“就问你们怕不怕？”

老大剑仙陈清都哑然失笑，好嘛，真要有这么一天，天底下谁敢不怕？

当初在天阙峰渡口旁。

姜尚真最后问了陈平安一个小问题:“为何要在乎那些青虎宫子弟的观感?而且你那是……想给他们留个好印象?图什么?至于吗?”

姜尚真当然看得破障眼法,知道法袍金醴和养剑葫芦的不俗,但是真正让姜尚真感到奇怪的物件,是陈平安别在发髻间的那支白玉簪子,材质普通。

他稍稍留心,就发现了玉簪上篆刻有八个小篆:

言念君子,温其如玉。

第八章 到达老龙城

天阙峰青虎宫这艘渡船，在到达宝瓶洲老龙城之前，还需要停靠三座渡口，最北一座正是桐叶宗山门外的常春渡，四季如春。

只是陈平安如今只想着安稳到达老龙城，其间三座渡口，加在一起停留了将近一旬光阴。陈平安始终不许裴钱下船去渡口店铺晃荡，黑炭丫头只能搬了条凳子在观景台，眼巴巴望着三座渡口熙熙攘攘的繁荣风光，偶尔魏羡会过来陪裴钱聊会儿天。

不过虽未下船，陈平安却请了这艘渡船的青虎宫长老管事，帮着购买了许多物品，魏羡等四人都给了一份单子，一起交予管事。

魏羡要了些各地风土人情的书，卢白象买了一把人间王朝从宫中流出的御制古琴，隋右边没提要求，仍是孑然一身唯剑足矣的架势。朱敛倒是给了一大串书单，结果陈平安光看纸上的书名，就头皮发麻，打死不乐意交给渡船管事了，实在是丢不起这个人，直接就让朱敛收回去，说是仙家渡口不卖这些书，到了老龙城让他自己去市坊书肆搜罗，朱敛扼腕痛惜，只得作罢。

陈平安除了练习撼山拳走、立、睡三桩，那部《剑术正经》所记载的剑术也没落下，反正两者可以一起练习，再就是钻研那道仙家口诀，虽然口诀极其上乘，可是世间炼器，最怕巧妇难为无米之炊，空有一身好手艺而无从下手。飞剑初一和十五，因为不是陈平安自己炼成的本命飞剑，所以只需养剑即可，又有“姜壶”这枚养剑葫芦，已经不能更加省心省力了，可一旦自己炼化本命物，所需天材地宝的数量和价值，那真是令人咋舌，品秩越高，越是无底洞。

那位观道观观主，让卢白象捎给自己的那句“花钱如流水”，除了调侃之外，也是个颠扑不破的大事实。

如今长生桥建成了大半，府门大开，迎接八方来客，越是身处灵气盎然的洞天福地，陈平安就越危险，所以在清境山临近天阙峰的石拱桥上，陈平安才会摔跟头。当时他还无法完全驾驭法袍金醴，去阻挡那股灵气的铁骑洪流，灵气与体内一口武夫纯粹真气相冲，才会失控。

法袍金醴能够收纳、转化的灵气再多，终究也有个瓶颈，一旦金醴蓄水饱满，任由灵气冲入各大气府窍穴，就该轮到陈平安的武道境界下跌了。

现在的问题，就在于炼化第一座洞府的法宝，到底选哪一件。若是选择五行之水，会相对简单，因为玉简上，那位埋河水神娘娘就是以炼水作为例子，阐述祈雨碑文蕴含的大道，讲解过大致的炼水所需材料，其中着重提及了“水精”这关键一物。凝聚了水运精华之宝物，皆可为水精，只是品秩悬殊，河伯坐镇的河水，跟上古龙宫坐镇的江渎之水，应运而生的水精材宝，天壤之别。

可以说，用什么品秩的水精来“炼水”，会直接决定陈平安五行之水本命物的品秩高低。

渡船悬空停靠常春渡旁，裴钱在观景台站在凳子上望着渡口那边，眼馋得很，惆怅得很。

陈平安这会儿坐在桌旁，对着桌上那方可爱可亲的水字印，也愁。更愁的是，当陈平安深入了解了“可炼万物”的那门法诀后，据他猜测，一旦炼化水字印为本命物，那么每次盖章，帮助世间有缘的水神提升水运，就极有可能会让陈平安伤及本命元气；好处就是原本钤印一次就会消耗一部分神通的水字印，不再有沦为寻常印章的担忧。所以陈平安打定主意，五行之水，就是炼化这方水字印了！

涉及本命物，由于不是寻常的炼化为虚而已，那么接下来必须拥有一只炼物的丹鼎。这又是一桩天大的麻烦，购买不易，得去找肯卖的仙家，找到了之后，又想购买到好的，说容易也容易，说不容易更是难如登天，就看陈平安兜里有多少神仙钱了。

老子现在没几个钱了！陈平安满脸愤愤不平。

谷雨钱已经一枚不剩，如今没了骊珠洞天，意味着天底下就再无新的金精铜钱出现，每用一枚世间就少一枚，而破庙一役，陈平安一下子就用掉了两枚。

如果不是隋右边，而是魏羡三个糙爷们，陈平安真想把他们拎出来揍一顿。

裴钱扛着凳子返回屋内，坐在陈平安身边，担忧问道：“咋了？咱们钱不够花了？”

无心之言，却恰好一语中的。

陈平安看了眼裴钱，这丫头安慰人的本事，到底是跟谁学的？

裴钱以为陈平安开始嫌弃自己是个赔钱货，吓得不轻，泫然欲泣，皱着那张黝黑小脸，悲悲切切道："别把我从船上扔下去啊，我以后每天不嚷嚷着吃鱼吃肉了，一碗白米饭加三筷子腌菜，就可以打发我了！"

陈平安笑道："跟你吃多吃少没关系。你这会儿是长个子的年龄，多吃几碗饭能花多少钱。"

裴钱一抹脸，瞬间笑容灿烂，道："到了老龙城，咱们有落脚地吗？如果有的话，就可以少花点冤枉钱喽。"

陈平安点头道："有的，我有个朋友在那边，还算比较有钱。不过事先说好，人家大方是人家的事情，不是你胡乱伸手要东西的理由。"

裴钱病恹恹的，有气无力道："知道了。"

她还以为又能碰到个姚近之这样的家伙呢，送东西眼睛都不带眨一下的，还会求着她收下，关键是陈平安还无法拒绝。早知如此，当初就不该刺姚近之那句话了。有一次头戴帷帽的姚近之私底下跟裴钱闲聊，说话间摘下帷帽，皮肤白嫩白嫩的，让裴钱自惭形秽得很。后来忘记聊到了什么事情，裴钱就笑呵呵拍了一记暗藏刀子的马屁，道："近之姐姐你长得这么美，想得美也是应该的。"姚近之也未生气，只是笑着伸出纤嫩如青葱的手指，轻轻点了点裴钱额头。

日复一日，从初冬时节就这样到了冬至，渡船已经离开了桐叶洲版图，位于两洲之间的海上。等到停靠老龙城海外孤岛那座渡口，估计已是冬末时分。

其间卢白象看陈平安在屋内枯燥走桩，问道："这拳架很普通，为何如此坚持？"

陈平安回了一句"立身之本，不在多高"。

卢白象若有所思。

等到卢白象离开屋子，裴钱小声询问陈平安是啥个意思，陈平安就笑着说想不出多高明的言语，随便糊弄一下，下棋厉害的人都喜欢往复杂了想，把裴钱乐得不行。

这天陈平安坐在书房，毛笔拿了放放了拿，把坐在对面抄书的裴钱给看得比陈平安还着急。

陈平安最后站起身，离开屋子去找朱敛，回来的时候越发犹豫不决，最后只得收起纸笔。

裴钱很是纳闷。

之前让飞剑嗖一下带走的两封书信是写给大伏书院和太平山的，陈平安写得可都很快，那么这封信，是写给谁的呢？

陈平安来到观景台，练习剑炉立桩。

有人敲门，裴钱跑去开门，见了那人后，有模有样作揖道："裴钱拜见青虎宫陆老神仙！"

老人笑着点头，心情舒畅了几分。

正是天阙峰的元婴地仙陆雍,陈平安赶紧过来相迎。

落座后,裴钱手脚麻利地倒了三杯茶水,先给陈平安,再给陆雍,当然没忘记给她自己也倒了一杯。

陆雍拐弯抹角、兜兜转转聊了差不多一刻钟的场面话,陈平安便耐着性子,与天阙峰上这位风头被姜尚真碾压的陆地神仙,客气寒暄。

可别把地仙不当回事。陈平安走过大大小小的江湖,知道一位陆地神仙的分量,不会因为自己认识左右而能够在姜尚真面前不卑不亢,就可以对眼前这位青虎宫宫主心存轻视。能够坐镇一块风水宝地又拥有一座仙家渡口的老元婴修士,说句难听的,一旦撇开盘根错节的关系,铁了心要杀他陈平安,撑死了就是陆雍两三袖子的事情。

见这陈平安并未仗势凌人,陆雍对这个年轻人的印象又好了几分。

仗势的势,既是万里迢迢赶到天阙峰的玉璞境姜尚真,更是那个让姜氏家主有如此作为的幕后大佬。

陆雍喝过了两杯寡淡茶水,终于转入正题,道:"陈公子大驾光临天阙峰,是我青虎宫的幸事,我当时其实正好在炼一炉丹药,是道家的坐忘丹,此丹性情温和,最适合修士在打坐吐纳时服用,除了可以静心,最重要的是还可以养神,尤其温补心窍。丹名坐忘,其实还有一个世俗说法,虽糙却准,就是吃了丹,坐着就已是修行,忘记原本的修行一事也无妨。"一聊起炼丹,陆雍就神采奕奕,跟站在姜尚真身旁时判若两人,"心是一身之主,百神之将帅。只是自古心难定,佛家就说心猿不定,意马四驰,故而修行一事,就有了'灵山拴意马,玉府锁心猿'之说。我所炼的坐忘丹,极难炼成,就算侥幸炼成了,一炉可出丹十颗的材料,最多不过出三四颗而已。青虎宫出自我陆雍之手的坐忘丹,之所以还算受桐叶洲诸多地仙的欢迎,就在于其中有一妙,别家炼丹仙师不曾有,就是能够让修士心扉之上,如同养出山下百姓张贴大门上的两尊门神,庇护心关!"

陈平安由衷赞叹道:"养出门神在心扉之上,可谓神仙手笔了。"

陆雍很是受用,抚须而笑。他自然不是"正好"炼这炉坐忘丹,事实上此丹想要炼就,除了需要一大堆天材地宝,还要等待天时,耗费"地利",也就是清境山这一方山水的珍贵气数。不然如何让桐叶宗的金丹元婴地仙都来争抢?至于为何其他炼丹神仙炼不出,除了陆雍炼丹之术确实高明之外,清境山蕴含的独到山水气数,更加至关重要。

这就是为何陆地神仙开宗立派和开辟府邸,选址都要慎之又慎的根源所在了。

陈平安突然问道:"既然桐叶洲的地仙们都要奉若珍宝,那么六七境左右的纯粹武夫,也可以用来稳固魂魄?"

陆雍愣了一下,点头道:"当然,只是我这青虎宫坐忘丹,给那些断头路的莽夫,过于大材小用了,简直就是牛嚼牡丹。"

陈平安笑问道:"宫主与我说起这坐忘丹,是想要看在姜尚真的面子上,价格略低,卖与我陈平安?”

陆雍心一紧,这家伙竟敢直呼姜尚真的名字。

陆雍脸色不变,道:“陈公子未免太小觑我青虎宫了,与朋友打交道,谈什么价格。说来巧了,陈公子这一到天阙峰,我送了公子与姜氏家主离开后,这一炉丹药有如天助,竟然破天荒炼出六颗之多,是我陆雍炼丹数百年来头一遭,这等福缘,一生当中就只有两次。冥冥之中自有天意,可见陈公子与我青虎宫,与我陆雍绝对是有大缘分的。大道机缘所在,我岂敢藏私?便为陈公子拿来了这六颗坐忘丹!”

裴钱微微张大嘴巴,娘咧,世上还有比自己更能睁眼说瞎话的家伙?这老神仙的马屁功夫,她可以学上一学啊,似乎比她确实要更加“读书人”一些?

陆雍大概也觉得自己的这番措辞,有些“失了火候”,故作心疼道:“虽是大道所指,不得不顺着天意行事,可我仍是有些心疼,只希望陈公子以后能够为我青虎宫,在姜氏家主面前美言几句。姜氏生意遍及大半个桐叶洲,说不定以后青虎宫出炉的灵丹妙药,就能从这六颗坐忘丹上,找补回来了,亦是幸事,所以陈公子只管坦然收下。退一万步说,即便姜氏家主瞧不起青虎宫这点出产,青虎宫能够与陈公子成为朋友,也是不亏!”

裴钱赶紧给陆老马屁精,哦,不对,是陆老神仙,又递过去一杯茶水。

陈平安自然比裴钱想得更多,涉及姜尚真,以及姜家生意和青虎宫的产品,这六颗坐忘丹,其实比较烫手。

陈平安略作思量,就打算婉拒了。如果把姜尚真换成老龙城范家,说不定还有商量的余地,生意一事,本就是你我双方锦上添花,可陈平安不愿意跟姜尚真有更多往来。

所以陈平安开口道:“陆宫主好意,我心领万分,只是这一炉坐忘丹太过价值连城,不敢夺人之美。再者,我其实与姜尚真关系平平……不过关于陆宫主赠丹一事,我可以致书信一封给玉圭宗姜尚真,绝不让陆宫主为难便是。”

陆雍神色自若,似乎在权衡利弊,心底则有些懊恼自己的画蛇添足了,就不该动那小心思,想要陈平安闻弦知雅意,帮着青虎宫与姜氏牵线搭桥。

这艘渡船底下一楼,有位年轻修士站在窗口,脸色阴沉,这个蠢货陆雍,真是不知死活。

屋内还有一位姿容出彩却脸色惨白的女修,正是那位先前在天阙峰被姜尚真一巴掌差点拍死的金丹地仙。

这位站在窗口施展了障眼法的年轻修士,则是潜入渡船的姜尚真。他突发奇想,在青虎宫开坛讲学后,并没有立即返回玉圭宗,而是选择偷偷登上了渡船,直接找上了那位给人从石头缝里拔出来的可怜金丹女修。在听到敲门声她恼火开门后,姜尚真撤了遮掩气机和面容的术法的那一瞬间,她吓得差点跪地求饶。

姜尚真没打算在陈平安面前现身，也没有任何多余的企图。在涉及大道根本的事情上拖泥带水，从来都是修行大忌，滴水可破心境，泥点可污金身，不可不慎。

姜尚真只要等陆雍办妥他交代过的事情，就会返回位于桐叶洲最南端的玉圭宗，一大堆狗屁倒灶的事情，还需要他回去处置，比如那个胆大包天、擅作主张的“独子”姜北海。上五境修士，子嗣尤其来之不易，远远不如中五境只要想要开枝散叶，就可以子孙满堂。但是对于姜北海，姜尚真却恨不得打断这个败家子的手脚，丢进云窟福地生生世世当那乞丐娼妓。看来自己一甲子不在家族，让这个志大才疏的家伙有些忘乎所以了。

楼上，陆雍不敢再有更多念头，只想着送出那瓶坐忘丹。只是万事开头难，之后未必就简单了。

陈平安不知道姜尚真之后对青虎宫的恩威并济，他只认定跟姜尚真攀扯上关系的事情，就只能是左右要姜尚真转赠妖丹一事，绝对不可再多。

练拳吊命，是陈平安外在的立身之本。心思纯粹，拴得住，立得稳，在人心复杂的世道，其实更是他的立身之本。

陈平安很清楚，姜尚真出现在天阙峰，陆雍就不敢对自己心生歹意，所以即使不收这瓶坐忘丹，也不担心青虎宫会翻脸不认人。尤其陆雍还是一位元婴地仙，只会更珍惜当下的修为和地位。

于是就苦了悔之莫及的青虎宫老宫主，不管他如何软磨硬缠，那个年轻人言语和善，措辞温和，偏偏就只是不收那瓶坐忘丹。

难不成真要按照姜尚真的玩笑话，一位元婴地仙在自家地盘上，对着一个后生一哭二闹三上吊？陆雍做不出来。

所以只得让陈平安再考虑考虑，陆雍则离开屋子，去了渡船同一楼层的另外一间。结果刚打开门，就看到了最不愿意见到的一张面孔——脸色淡漠的姜尚真。

生平最恨别人“自作聪明”的姜尚真，拿出了玉璞境的大神通，早早将这间屋子打造成一座方丈天地的牢狱，此时根本不与陆雍废话半句，直接伸手一抓，将措手不及的老元婴拽入屋内天地中。屋内凭空浮现出一根根有金龙缠绕的金色栋梁，它们开始从柱子上飞掠离开，如同一条条金色锁链，穿过陆雍一座座关键气府，最后一条最为威严的金龙一爪按住陆雍头颅，将其拍倒在地上。

姜尚真走到匍匐在地的老元婴身前，一脚踩在他的后脑勺上，轻声笑道：“天大的面子都给了你青虎宫，还人心不足，真当我姜尚是心善的菩萨？如果不是陈平安出现在天阙峰，因为那支玉簪子，给了我一点小念头，我就不是为青虎宫弟子讲大道送福缘了，而是要将你陆老儿的元神硬生生拍进那堵石壁当壁画了！”

姜尚真微微加重脚上的力道，可怜陆雍身处小天地当中，连哀号声都发不出，唯有神魂剧烈颤抖，痛得这位不擅争斗厮杀的元婴地仙，只觉得生不如死。

姜尚真眯起眼，脚上力道越来越大，接着道：“世间多少修士，全是你陆雍这般不讲究，不知道见好就收的道理！凭着一点机缘，成了半吊子的山上人，就觉得自己有多了不起？连我姜尚真都要夹着尾巴做人，只为了一个剑修，就可以压着自己的一肚子杀机，在陈平安面前好好说话，你陆雍倒好，真是比我姜尚还要牛气啊！”

陆雍后脑勺已经略微凹陷下去，如果再有片刻，恐怕就会元神爆裂，金丹与元婴一起在这座小天地炸开，姜尚真当然会被波及，受伤不轻，可看样子，姜尚真是全然不在乎这份后果。

姜尚真原本已经答应，青虎宫一位资质尚可的弟子，在未来跻身中五境的当天，就可以去往云窟福地历练，寻觅自己的机缘。青虎宫也算因此结交了姜氏和玉圭宗。

不出意外的话，以后至少再不会有一名金丹修士，敢顶撞青虎宫渡船长老，指名道姓骂陆雍了。

可这又如何？福缘到了手，抓不住，反成祸事，万事皆休。

更远一些，同样是骊珠洞天出身的少年，赵繇和宋集薪，比起从未上过学塾的陈平安，两个同龄人甚至还算是齐静春的学塾嫡传弟子，尤其是赵繇得到了齐静春最根本的那枚“春字印”。可当赵繇这位被齐静春寄予厚望，甚至连看门人郑大风都喜欢的骑牛车少年，面对当时的大骊国师崔瀺时，不一样被崔瀺只看成稍大一些的蝼蚁而已？使得一方春字印，彻底消散天地间。

若是赵繇没那么“聪明”，誓死不以春字印与崔瀺换取机缘，那么当时“春风犹在少年袖”的齐静春，岂会任由崔瀺拿走印章。

眼前，陆雍同样因为一念之差，就要丧命于此。

姜尚真深呼吸一口气，收回脚，只是又一脚踹在陆雍脸面上，踹得他撞在一根金龙缠绕的柱子上。

陆雍挣扎着坐起身，背靠大柱，头顶就是那条倒挂的金龙，它那头颅缓缓扭转，随时可以一口咬掉陆雍的脑袋。

姜尚真压下怒气，蹲下身，与那陆雍平视而笑，问道：“受此大辱，有没有生气啊？”

陆雍惶恐道：“不敢不敢！”

姜尚真心念微动，他身前出现了一片翠绿欲滴的柳叶。

陆雍心神大骇，竟是直接开始磕头，砰砰作响，哀求道：“恳求前辈饶命！”

玉圭宗的姜尚真，一向只是以钱囊鼓鼓著称于桐叶洲，极少有与人厮杀的消息传出。

而玉圭宗的老宗主，对姜尚真青眼相看，不顾非议，把原本宗门与姜氏共同经营的云窟福地，全盘交给了当时的年轻姜氏家主，一洲皆知。

约莫五百年前，桐叶宗就有了一条“玉圭可欺，绕姜而走”的不成文规矩，并且传闻这是桐叶宗一位元婴修士的临终遗言。

姜氏家主姜尚真，本命之物只是一片柳叶，别说是桐叶宗，就算是玉圭宗的地仙，都未见过。

桐叶宗那位老元婴的遗言后半句，则是“一片柳叶斩地仙”。

姜尚真揉了揉下巴，道：“在我手上，姜氏威名沉寂两百年，此次出山，不杀个地仙，对不起列祖列宗。”

陆雍泪流满面，抬起头，哀号道：“前辈杀我陆雍这等末流元婴，岂不是更辱姜氏？前辈应该换一个杀啊！”

姜尚真啧啧道：“这句话，说得如我一般机敏过人啊，有点意思，有点意思。”

姜尚真打了个响指，那片柳叶与小天地一同消失。

在鬼门关转悠了一圈的陆雍仍是不敢起身，狼狈地坐在地板上，哭道：“求前辈再给陆雍一个机会，此次若是不能让前辈满意，陆雍自求一死。只是万一如此，还希望前辈不要迁怒青虎宫。”

姜尚真点点头，道：“还算说了句人话，行了，起来吧，堂堂元婴地仙，哭哭啼啼，传出去还以为我姜尚真仗着境界欺负人。算你运气好，你陆雍今天要是玉璞境，就已经死了。”

陆雍果然立即站起身，再次老泪纵横，躬身道：“谢前辈不杀之恩。”

姜尚真感慨道：“看着你这番作态，我竟然觉得有些可怜，看来是在某个地方待久了，心肠也跟着软了。要知道当年遇上同境的桐叶宗地仙，任由他跪地磕头一千个，我仍然觉得诚意不够，最后还是赏了他一柳叶，割掉了他体内那尊元婴的头颅。此次返回宗门，得找点棘手的事情做做才行。”姜尚真摆摆手，道：“出去吧，你送完了东西，事情就算到此结清，不用担心我跟你秋后算账，青虎宫那名弟子，依旧可以去往云窟福地。”

姜尚真没来由心情好转，哈哈笑道：“对了，这叫一码归一码。”

陆雍倒退着走出屋子，关上门后，突然意识到这间屋子，才是他在渡船上的下榻之地，不过哪敢再敲门，只好跟渡船管事再要了一间寻常屋子。

夜幕中，陆雍重新去往陈平安房间，什么都没有多说，拿出了三只造型古朴的小瓷瓶，在陈平安的疑惑眼神中，他说道：“居中瓷瓶装了六颗坐忘丹。其余两瓶各装了六颗火龙丹、布雨丹，瓶底有铭文落款，前者主材选自一条火蛟遗蜕，后者取自山门那堵墙壁的独有青苔，适合地仙以下的所有练气士。两颗一起服用，效果绝佳，可以壮大魂魄，有‘金身描漆’的美誉，尤其是被阻拦在金丹境门槛上的练气士，视为破境捷径。”

不等陈平安拒绝，陆雍沉声道：“若是陈公子今天不收下，陆雍不敢强求，那么恳请下次路过天阙峰，记得在我青虎宫废墟上，为我陆雍上三炷香。”说完之后，陆雍直接身形消失。

裴钱瞪大眼睛，天底下还有这种送礼的路数？

这个她可不想学。

陈平安站起身，环顾四周，喊道："姜尚真，出来一见？"

姜尚真站在观景台那边，笑眯眯地挥挥手。挥手打招呼之后，姜尚真身体后仰，直接倒掠出观景台，撞入渡船一侧的云海之中，潇潇洒洒走了。

陈平安伸手揉着眉心，头疼。

陆雍惴惴不安地去了姜尚真与自己"讲道理"的屋子，敲门后无人响应，壮起胆子又敲了一次，仍是没有动静，等了许久，这才推门而入。

已不见姜尚真，只有桌上多出一大把谷雨钱。

陆雍怔怔坐在桌旁，老元婴沉默片刻后，抬起手，狠狠抹了一把辛酸泪。他打定主意，这次返回天阙峰，炼丹，这辈子就只炼丹了，再不与这些性情多变的山顶修士打交道！

陈平安喊来了画卷四人，商议此事，没有任何遮掩，桌上就放着那三只瓷瓶。

魏羡的意思是丹药必然没有问题，大可放心。

卢白象的建议，是山上手段防不胜防，小心起见，到了老龙城，以天价转售出去便是。

隋右边没有开口说话，这不是她所擅长的事情。

朱敛最直截了当，笑着说取个折中的法子，恳请少爷赏赐他一颗火龙丹和一颗布雨丹，试试看滋味如何。到了老龙城之前，若是他既没有暴毙，又确有滋养魂魄的效果，那就说明这三只瓷瓶里头的灵丹妙药，没问题。到时候再决定是自己吃，还是卖出去赚钱。

陈平安没表态，只是把三只瓷瓶收在飞剑十五当中。

当晚朱敛就偷偷来敲门，恳求陈平安卖他两颗青虎宫丹药，钱他先欠着。

陈平安无奈道："朱敛，你是真不怕死啊？"

佝偻老人笑呵呵坐在桌旁，搓手道："在藕花福地当惯了天下第一，如今到了这么大一座天下，再当个天下第一是不用想了，可好歹要争一争四人当中的第一吧，不然老奴哪有脸皮伺候少爷？连个小娘们都比不上，拿块豆腐撞死算了。"

朱敛继续道："富贵险中求，之前破庙一役，老奴图一时痛快，放开手脚厮杀，留了些病根在身上，难道真忍心让老奴最后一个跻身那金身境？"

陈平安问道："真想好了？"

朱敛点头正色道："若不想好，就老奴这种不见兔子不撒鹰的德性，能敲这门，打搅公子休息?"

陈平安拿出两只瓷瓶,倒出两粒色泽迥异的仙家丹药,无奈道:"生死自负。这两颗丹药,就当是你朱敛在破庙死战不退的报酬。"

朱敛接过了两粒丹药,直接拍入嘴中,嘿嘿笑着起身与陈平安告辞道:"少爷赏罚分明,老奴就忠心耿耿相随了。"

这等马屁话,陈平安左耳进右耳出罢了。

朱敛瞥了眼歪着脑袋把脸颊贴在桌面上的裴钱,后者与他愣愣直视。

朱敛就此离去。

后半夜,裴钱已经去隔壁睡觉,陈平安独自在屋子里练习立桩,叹息一声,去开门。

隋右边站在门外。

她说道:"我不要那火龙丹和布雨丹,只要一颗坐忘丹。"

"就这么想要陪着朱敛一起火中取栗?是想要殉情,还是怎么着?连到了老龙城都不愿意等,我看给你隋右边一整瓶坐忘丹都是浪费!"

陈平安说完后,连门都没有让她进,砰的一声关上门。

隋右边面无表情在门外站了很久,最后默然离去。

之后半旬,风平浪静,云海绝美。

距离宝瓶洲最南端如龙探首入海的那座巨城,还有月余光阴。

陈平安这天去找了负责渡船事务的青虎宫管事,主动开口询问有无上品丹鼎售卖。

管事说有的,虽然青虎宫不经营此事,可是老宫主一辈子的心血都在炼丹上,珍藏有不少丹炉,看在陈公子是青虎宫的朋友的分上,他才敢与老宫主开这个口,只是老宫主愿不愿意割爱,他一个渡船打杂的,不敢保证,需要先以飞剑传讯给青虎宫。

陈平安抱拳感谢。

那名自称"打杂的"金丹境地仙,确实不知诸多内幕,只确定这个年轻公子哥,是个背景吓人的仙家豪阀子弟,与高不可攀的姜氏家主好像有那世交之谊,不然他还真不敢擅自答应,向老宫主询问售卖丹炉一事。那可是老宫主的命根子,每一只暂时不用的丹鼎都被老宫主小心珍藏起来,只要不炼丹,每天都要亲自仔细擦拭一番。

天阙峰的飞剑传讯,是北俱芦洲一家剑修大宗门的特产,价格昂贵,不过一分钱一分货,物有所值,速度极快,远胜这艘只以平稳见长的渡船。

不久,那名仿佛见了鬼的管事,找到陈平安,告诉陈平安陆雍的答复是他会亲自送来一只珍藏多年的上品丹鼎,这让陈平安有些心虚和尴尬。

陈平安的尴尬之处,在于身上的神仙钱,板上钉钉是买不起那只丹鼎的,只能到了老龙城,与范二或是郑大风借钱才行。可是如此一来,也太跌扈了,做生意,似乎不该如此，毕竟陈平安早已习惯了家乡杨家铺子那位老人的买卖风格。

陈平安满怀愧疚，见到风尘仆仆赶来渡船的陆雍后，道明此事，不承想陆雍爽朗大笑，反而神色越发轻松。到了陈平安屋子，陆雍要那青虎宫金丹地仙在门外守着，这才拿出那只堪堪装下心爱丹鼎的特殊方寸物。丹鼎现世，悬停桌面上空一尺，顿时有一阵阵五彩云雾升腾袅绕，香味弥漫于整间屋子。

恐怕除了瞎子，谁都看得出这只丹炉的异常珍贵。

裴钱蹑手蹑脚，绕着桌子打转，使劲瞧着那只一臂长宽高的朱红丹鼎。

丹鼎五足，五头异兽的并拢双腿为一鼎足，异兽头颅则在丹鼎边沿上方张开嘴，五彩云雾正是从它们嘴中吐露而出，似乎对应着五行色彩。

老元婴陆雍满脸傲气，指着悬空丹鼎笑道："此丹鼎名为五彩金匮灶，丹鼎铸造材质主要为五行之金，这正应了咱们炼丹老祖宗的那句千古祖训'金性不败朽，故为万宝物'。是我早年有一桩修道大福缘，才得自一座破碎小洞天的仙人府邸。那次各方势力的争夺，如今想来，也是惊心动魄，我只是运气最好，才拿到了这座丹炉。因为是福缘，不是购买而来，所以我就喊个公道的价，不敢跟陈公子狮子大开口，五十枚谷雨钱，只要五十枚！"

说完，老元婴伸出一只手掌。

陈平安嘴角抽搐。

整整五十枚谷雨钱！天价。

可是陈平安内心深处，知道陆雍报出的这个价格，绝对是公道得不能再公道了。陈平安深呼吸一口气，不再有丝毫纠结，毫不犹豫道："陆宫主，我肯定是想要买下来的，但是不怕笑话，老龙城那边的朋友，愿不愿意借给我这么多谷雨钱，我现在真不好说。"说完之后，陈平安抱拳道："如果万一让陆宫主白跑了一趟，我先在这里赔罪了。"

陆雍心情复杂，心想他娘的如果山上修士，不管修为高低，都像眼前陈平安这样好说话、懂礼数，该有多好。

要说他乐不乐意卖出这只堪称奇异的五彩金匮灶，这么说吧，在遇上姜尚真和陈平安之前，那是谁敢开口要他就敢骂谁，若是个元婴之下的练气士，说不得还要被他揍一顿。

只是这会儿，陆雍的心境有了翻天覆地的变化。在陆雍此次带着那把几乎是用命换来的谷雨钱，返回青虎宫后，思来想去，还真给他想通了一件事情，那就是应该如何跟姜尚真打交道。所以得到陈平安来自渡船的飞剑传讯后，不怒反喜，忍着心头滴血的痛楚，带上了可谓自己棺材本的这只丹鼎，陈平安只要敢买，他陆雍就肯卖！

这其中又有一桩不为人知的密事，那就是五彩金匮灶品秩太高，这其实一直是陆雍的憾事，因为他所擅长的炼物诀以及炼物所用的天材地宝都不够最上乘，可能他陆雍每百年才用得上一次五彩金匮灶，而且每次出炉的丹药或是炼化之物，收支堪堪持平，偶尔还会亏本。便是他自己都不得不承认，此鼎搁放在青虎宫，于他陆雍而言，是鸡肋，于鼎而言，他陆雍就是个……废物。

在陆雍返回自己屋子前，陈平安只得说了句客气话：“大恩不言谢。”

陆雍心情舒畅，临走之时还留给了陈平安一本材质不明的炼丹秘籍。

陈平安小心翼翼地将那丹鼎收入咫尺物当中，开始翻阅那本陆雍亲笔撰写的炼丹秘籍。

过了一会儿，陈平安离开屋子，去了渡船上专门提供飞剑传讯的剑房，寄了一封信给玉圭宗姜尚真。

除了大略说了陆雍卖鼎一事后，密信末尾写道：“一大一小，欠了你两个人情。”

一间屋内，渡船金丹管事站在陆雍身旁，告诉老元婴陈平安写一封信，送去了玉圭宗。至于具体内容，自然不知，不然天底下谁还敢飞剑传讯。

陆雍“嗯”了一声。

金丹地仙好奇问道：“宫主，这位陈公子，来历极其不俗？”

陆雍小心斟酌，笑道：“年纪轻轻就拥有一件咫尺物，你觉得如何？”

之前刚刚离开屋子，吃一堑长一智的陆雍就意识到不妙。他是为了表明诚意，才将那五彩金匮灶大大方方留给陈平安的，只是此鼎极其不凡，寻常方寸物未必放得下，而且哪怕强塞进去，也会有撑破“小洞天”的紊乱迹象。然而陆雍稍稍留步，就惊讶地发现丹鼎气息瞬间不见，而且陈平安所在屋子的气机极其平静。

咫尺物无疑了。

金丹地仙喟叹道：“有钱，真有钱！必然是传承千年的山上豪阀嫡系子弟。只是这般出身的年轻仙家，行走天下，却喜欢身边携带纯粹武夫担任扈从，倒也有趣。”

陆雍不愿多谈陈平安，挥挥手，让金丹地仙离开。

独自一人的陆雍感慨道：“没白遭那顿罪受，我青虎宫兴矣。”

当渡船终于缓缓停靠在孤悬海外的那座老龙城岛屿渡口时，陈平安松了口气。

到宝瓶洲了，已是冬末。

渡口未见范家的桂花岛渡船，应该是去往倒悬山了，如今尚未归来。就是不知道，还有没有机会见到桂夫人一面。

可当看到金丹境管事站在门口，而无宫主陆雍的身影时，陈平安就知道不妙了。

果不其然，那金丹管事也脸色颇为古怪，说道：“宫主有急事需要立即返回天阙峰，所以要我捎话给陈公子，那几枚谷雨钱，什么时候托人交给渡船这边，都无妨，希望陈公子别太把这件小事挂在心上。”

陈平安无奈道：“我会尽快将谷雨钱交给前辈。”

金丹地仙笑道:“可不敢催促陈公子,宫主都发话了。而且宫主离开渡船之前,与我说得语气极重,我不敢不从。”

在陆雍返回清境山天阙峰没几天,就有一柄极其迅猛的传讯飞剑来到青虎宫,一座剑房差点当场崩溃。

陆雍战战兢兢取出密信后,板着脸走回府邸,这才大笑出声。

从今天起,除了姜氏长房会单独赠予陆雍一百枚谷雨钱,玉圭宗还全盘包圆了青虎宫出炉的每一颗丹药,帮助行销桐叶洲四方。

陆雍以拳击掌,赶紧让人去山下招徕弟子,市井乡野寻找苗子也好,直接跟大泉、南齐数国开口讨要也罢,总之青虎宫需要大肆招徕弟子!资质稍差也无所谓,修行个七八年,只要青虎宫用心调教,总能够炼制最简单的丹药,每一粒出炉的丹药,可都是一笔稳赚不赔的小雪钱啊!

陆雍去了祖师堂,上香之时,对着挂像上那些祖师爷们,轻声道:“祖师爷保佑青虎宫香火鼎盛,传承千年万年。”

陈平安背着竹箱从渡船走到渡口岸上。

裴钱剩下最后一步的时候,故意双脚并拢,以一个蹦跳姿势落在了地上,挺起胸膛道:“宝瓶洲,我来了!”

哼哼,好像还有个喜欢穿红棉袄的小丫头片子,就叫李宝瓶,如今傻乎乎在那啥山崖书院读死书呢,竟敢喊他爹叫小师叔,你等着!

魏羡四人纷纷走下渡船,站在陈平安两侧。

朱敛弯腰问道:“少爷,接下来咱们去哪儿?直接入城?”

陈平安早有腹稿,笑着说道:“渡口这边,有桂花岛渡船的范家人待着,我们过去找他们便是。我跟他们的家族继承人,一个他爹娘给他名字取得很好的家伙,是朋友,好朋友!”

朱敛赞叹道:“少爷的朋友果真不俗。”

朱敛吃了那两颗青虎宫丹药后,筋骨积伤痊愈不说,魂魄还得到了极大温补,受益匪浅。只是大概何时能够顺利跻身金身境,陈平安不问,朱敛也未说。

卢白象和隋右边则不约而同想起一事,能够被陈平安称呼为“好朋友”,可不容易。

魏羡对裴钱说道:“欠我的那串糖人,别忘了。”

裴钱眼珠子急转,可怜兮兮道:“我穷得叮当响,暂时没钱哩。”

魏羡一板一眼道:“要是搁在当年,欺君犯上,是要掉脑袋的。”

裴钱偷偷指了指陈平安,然后抬起小胳膊,拇指食指粘在一起,对魏羡悄悄道:“你看我爹是怎么跟人做朋友的,再瞧瞧老魏你是怎么跟我做朋友的,老魏你就不感到一丢丢的羞愧吗?”

魏羡呵呵笑道:“亲兄弟,明算账,不然打下了江山,也坐不稳龙椅。”

裴钱踹了魏羡一脚,埋怨道:“跟你做朋友,真没劲。”

陈平安转过头。

裴钱赶紧蹲下身,拍了拍魏羡裤管,道:“老魏你也真是的,恁大人了,也这么不干不净的见人,我给你拍掉尘土啊。”

陈平安凭借记忆,率先走向范氏桂花岛渡口那边。

一想到身上如今背着五十枚谷雨钱的债务,陈平安脚步就有些沉重。

少年肩头就该挑着草长莺飞和杨柳依依,对吧?可我如今也不是少年了啊。

用裴钱的口头禅,就是愁啊。

陈平安领着裴钱他们很快找到了桂花岛渡口的范家人。上次是金丹老剑修马致驾车,范二送行,陈平安直接登上了桂花岛,所以没有怎么接触渡口范家子弟,可是当陈平安自报名号后,范氏管事好像听到一个天大的好消息,让陈平安稍等片刻,立即传信老龙城,并且很快叫来了数辆装饰素雅的马车,亲自将陈平安一行人送上马车,恭敬得有些让陈平安摸不着头脑。

作为连接宝瓶、桐叶两洲的枢纽,繁华程度犹胜大王朝京师的老龙城,拥有两座仙家渡口。老龙城五大姓的六艘跨洲渡船,就停在这座距离老龙城三十余里的孤岛渡口。而当年陈平安初次来到老龙城,渡口在老龙城西边,入城需要经过一条令人咋舌的三百里长街,而那条长街,都是孙氏的祖业,家主孙嘉树,是个差点成为朋友又差点成为敌人的年轻人,让陈平安至今难以释怀。

陈平安和裴钱同坐一辆马车。裴钱乘坐青色鸟雀托起的楼船,在天上飘了这么久,这会儿总算脚踏实地了,而且又是到了陈平安的家乡,兴奋不已,掀开车帘子,对外边的景象很是好奇。

卢白象和隋右边在车厢内开始手谈,共处一室的魏羡和朱敛,则一个闭眼打瞌睡,一个瞪眼翻旧书。

陈平安通过范家管事的态度,察觉到一丝不对劲,开始梳理头绪。他陈平安肯定不是多重要的人物,上次离开老龙城的时候,只是一位刚刚在孙氏祖宅打破瓶颈的四境武夫,认识之人,不过是范二、早已分道扬镳的孙嘉树、灰尘药铺的郑大风、在骊珠洞天结下死仇却没有在老龙城碰面的苻南华,屈指可数。

而当时的老龙城,被铺天盖地的喜庆氛围笼罩,因为苻氏要迎娶一位云林姜氏嫡女,准确说来,是云林姜氏嫡女要下嫁苻家,联姻对象,就是那个差点跟蔡金简一起被陈平安捅死的少城主苻南华。

“下嫁”这个说法，很有讲究，便是富甲一洲的苻家，都没有觉得不妥。

富贵富贵，富未必贵，贵必然富，富不如贵多矣。因为后者意味着传承有序，家底深厚，靠山只在那云遮雾绕的高处。

当然像桐叶洲玉圭宗姜氏，甚至是皑皑洲刘氏那么有钱，花钱比挣钱还难，则两说。

云林姜氏是最早迁徙到宝瓶洲的中土豪阀之一，府邸位于东南部大海之滨，府门面朝大海，阙门神道，一直入海三十余里，最终以一对巨大的天然礁石作为阙门，被誉为“囊括东海”，名动数洲。

在儒家刚刚成为正统之际，礼圣一手制定了浩然天下的繁复礼仪规矩，姜氏祖上有过数位身份超然的大祝。大祝在《大礼春官》中与大史、大宰皆为六大天官之一，主掌着天下所有帝王君主祈神降福的祝词。

当时整座老龙城都在猜测那位姜氏嫡女的嫁妆，会不会是一件半仙兵。

只不过对于陈平安而言，这种八竿子最多只打着一两竿子的热闹，就只是跟郑大风、范二喝酒之余的谈资而已，他既不是老龙城人氏，又不掺和这些一洲大势，所以感触不深。苻南华就算娶了身份尊贵的女子又能如何？哪怕这个修为境界不如他兄长苻东海、大姐苻春花的仇人，真侥幸当了整座老龙城的城主……那陈平安还真就有点烦心了，这意味着极有可能牵连到范二，甚至是整个范家。

只是万般难事，可多思量多琢磨，却不可过于忧虑惊惧，否则就只能是自乱阵脚。陈平安拎得清楚这点。

约莫过了小半个时辰，马车尚未入城就缓缓停下，陈平安弯腰掀开帘子，马上看到一个熟悉的身影跳下了马车，小跑着使劲挥手，还是那般阳光灿烂。微微松了口气的陈平安下了马车，高高抬起手掌，跟来者重重击了一下掌。来人正是范二，不再是唇红齿白的少年郎了，成了个英俊的年轻公子，可是不管走到哪儿，范二身上仍是带着独有的阳光气息，没变。

范二晃了晃手掌，笑呵呵道：“陈平安，感受到我这一掌的威力没？说出来可能要吓到你，我如今也是四境武夫了！不过没关系，天底下四境武夫，你第一我第二，最好了！”

也是四境武夫了？也？

跟随陈平安一起走下马车的裴钱五人，都有些讶异。

陈平安笑眯眯道：“厉害的厉害的。”

范二绕着陈平安转了一圈，上下打量道：“怎么不穿草鞋啦，害我差点没敢认你。”又伸手比画了一下两人的个子，范二有些丧气，道：“比我高了好些啊。”

范二鬼鬼祟祟地从袖子里掏出一只鼓鼓囊囊的钱袋，然后朝陈平安摊开一手，使劲眨眼睛。

按照上次的约定，陈平安需要烧出一只瓷器送他当礼物，丑些没关系，只要是陈平安亲手做的就成，他范二好拿去跟朋友显摆。

陈平安赶紧让范二藏好钱袋子，然后轻声道："你是说答应送你的瓷器？还没做呢，到了老龙城里边，我得先买好些烧瓷的工具，还得找合适的泥土，你以为很简单？"

"行吧，到了老龙城再说，慢工出细活，到时候我帮你找土。"范二也不失望，偷偷藏好了自己的那袋子私房钱，全是世俗钱财的金元宝。范家规矩还是严厉的，上上下下再宠溺他范二，可神仙钱那是一枚都不会给的。为了请陈平安喝花酒，这小两年里头，范二就没少拍家族长辈们的马屁，去年春节，范二几乎把只要是姓范的家族门户，全部走门串户了一遍，这才千辛万苦攒下这份家底。

范二突然道："上车聊，去我那边。"

陈平安点点头，让裴钱返回原先车厢，自己跟着范二上了车。

两人坐入车厢后，陈平安问道："有麻烦？"

唯有这辆马车，才能隔绝某些窥探。

范二点点头："你离开没多久，老龙城就变天了。"

陈平安摘下酒葫芦，递给范二，道："慢慢说，不急。"

范二笑开了花，接过那只姜壶，晃了晃，道："我就喝一小口啊，君子慎独……哎呀，这酒好喝，跟我家桂花小酿不是一个味儿，各有千秋，刚才那一口只算一小口，再喝点再喝点……"

陈平安盘腿而坐，笑望这个同龄人。不管接下来会听到什么坏消息，见到了范二还是那个范二，就是最好的好消息。

范二喝了"三小口"养剑葫芦里的桐叶洲美酒，这才还给陈平安，缓缓道："老龙城五大姓，你肯定早就知道了。按照真正的实力，其实是苻、孙、方、侯、丁，只是咱们范家一直依附苻家，苻家又是可以一打四的老龙城城主，加上范家又有一艘桂花岛渡船，所以有些人喜欢把方、侯、丁中的某个姓氏摘掉，把范氏丢进去占个位置。孙家因为有元婴老祖坐镇祖宅，生意又做得口碑绝好，所以没谁会质疑。"

陈平安点点头。

范二双手撑在膝盖上，将小两年的老龙城内幕与风波，与陈平安娓娓道来："老龙城五大姓也好，六大姓也罢，本来苻家没想着一家独大，大家相安无事。摩擦会有，只是在去年之前，不至于撕破脸皮。

"城主苻畦本就是位元婴地仙，还手握四件半仙兵，而且苻家很奇怪，金丹境就能够驾驭这样的仙家兵器，还有老祖躲在幕后。

"孙氏家主孙嘉树，不以修为见长，但仅是孙氏祖宅那边就有一位元婴祖宗，三位金丹供奉。其中一位刚刚续约百年的金丹修士，在咱们老龙城，跟登龙台旁边结茅修行的苻家首席供奉楚阳，被视为最有希望跻身元婴的大金丹修士。

“方家虽然没有元婴，但有两位七境武道宗师，一位九境金丹剑修，在宝瓶洲南方的山下，无论是王朝还是江湖，根深蒂固，不容小觑。

“侯家就靠着那位家族庶子身份的书院贤人，才能在老龙城站稳脚跟。本来是最弱势的一个家族，可那位被家族伤透了心之后从来不返乡祭祖的侯氏贤人，去年开春，突然成了观湖书院的君子，竟然带着妻子再次回到了老龙城，而且身边有数位金丹修士担任扈从。侯家在去年的前半年，很是风光了一阵子。侯家原本差点失去了那条走龙道的渡船路线，多了个君子后，方家已经吃进肚子里的肉，都乖乖吐了出来，还补偿了侯家许多。几个侯家亲手扶植起来的山上仙家门派，多是墙头草。

“丁家的情况跟侯家有些相似，也是靠一个‘外人’支撑门面，靠着一个当初百般看不上眼的女子，竟然与桐叶宗攀扯上了些亲家关系。而那个女子，也委实念旧情，与侯家的观湖君子，大不相同。”

范二一伸手，道：“口渴了。”

陈平安将养剑葫芦抛给他，道：“葫芦你就一直拿着吧，来来回回，你不烦我烦。”

范二也不客气，抿了一小口酒水，继续说道：“但是在这之后，发生了两件事，使得咱们老龙城天翻地覆了。一件你想得到，一件你绝对猜不到。”

陈平安笑道：“姜氏嫡女嫁给苻南华，是其中之一，这个我猜得到。”

范二点头道：“那位女子带来的嫁妆之大，超乎想象。她的教习嬷嬷，是一位传说中的元婴剑修，随她一起进了苻家。除此之外，嫁妆里头还有……”说到这里，范二叹了口气，又抿了口酒，才接着道：“一条从姜氏府邸一路从海底潜行到老龙城外的幼蛟。虽然才是金丹境修为，只是这等上古遗种，按照规矩，金丹可以当元婴用的。”

陈平安说道：“如此一来，苻家就有了彻彻底底一统老龙城的底蕴，至少气势有了。”只是陈平安很快皱眉道：“可即便有了那位云林姜氏的嫁妆助阵，又有你们范家作为盟友，苻家想要一口吞掉整座老龙城，会不会代价太大了？孙、侯、方、丁四大姓，肯定会被逼着抱团，一旦开战，金丹元婴这些山上的地仙之战，且不说会毁掉老龙城多少地盘，苻家也会肉疼才对。”

范二苦笑道：“于是在这种剑拔弩张却又谁都没有‘大义’出手的情况下，发生了一件意料之外的事情。”

陈平安问道：“怎么说？”

范二挠挠头，道：“跟灰尘铺子有关，于是也就跟我们范家有关了。”

陈平安静待下文。

范二这次仰头狠狠灌了一口酒，擦了擦嘴，轻声道：“你走后没多久，铺子里一位姑娘,给方家一个嫡系子孙糟蹋,死了。"

陈平安默不作声。

范二缓缓道:"听闻消息后,我们范家管着祠堂族谱的一个长辈,赶紧亲自去跟郑先生说明情况。连同我爹在内,都在祠堂等着灰尘药铺带回来的消息。当时那个长辈回到祠堂的时候,神色轻松,说郑先生好像没有太当回事,我爹便信了。可是我大娘那会儿就在私底下提醒过我爹,事情没这么简单,要我爹多上心,帮着郑先生抽丝剥茧,看看是不是背后有人捣鬼,真要有人针对范家或是郑先生,前者,必须早作谋划,后者,不可袖手旁观。可是我爹不愿意小题大做,说如今苻家之外的四大姓开始结盟,范家若是在这个时候出头,很容易会被视为苻家的马前卒,说不定就要引来四大姓的敌视,甚至直接当个软柿子捏,所以不可轻举妄动。我去找我爹说了一次,然后就被禁足在祠堂整整一个月。床底下一直没机会用上的那袋子泥土,我尝过了,你真是骗人的,哪里能当饭吃。"

陈平安见范二还要喝酒,就伸手抢过了酒葫芦,道:"这都几口了?借酒浇愁就是句屁话,别信。"

范二点点头,伸手揉了揉脸颊,道:"我几次想要偷跑出祠堂,都被拦了回去。一个月后,我听说灰尘铺子那边没有任何动静,这如何能信?我就亲自跑了一趟铺子,郑先生当时就坐在门口抽着旱烟,见着了我还笑嘻嘻打招呼。我那时候也是傻,与郑先生扯东扯西后,见郑先生好像真没有将那件'小事'放在心上,我离开的时候,其实是有些生气的。"

范二惨然道:"我知道很多人眼中,就算是那个我很敬重的爹,那就是一件小事,千真万确的小事。老龙城嘛,有什么是银子无法解决的事情?甚至所有人给出的理由,我都挑不出半点毛病,可是我心底,就没觉得那是一件小事啊。"

陈平安说道:"范二,你是对的,那本来就不是一件小事。"

范二憋了这么久,终于有个人亲口对他说,那不是一件小事,这个曾经在灰尘药铺里眼神清澈得让陈平安都羡慕的年轻人,重重吐出一口浊气,对陈平安挤出一个笑脸。

陈平安取回了酒葫芦,却没有喝。事实上在登上天阙峰渡船后,他就喝得极少了,只偶尔会跟魏羡、卢白象小酌几杯。他问道:"后来呢?"

范二笑容多了些,道:"后来郑先生果然没有让我失望,有这样一个传道人,是我范二这辈子最大的荣幸!"范二随即有些黯然,道:"只是在郑先生对方家发难之后,我就被拘束在家族内,一步不得离开大门。只能通过断断续续的消息,来了解郑先生的所作所为。"

范二眼神再次明亮起来,继续说道:"听人说,郑先生了解了事情的原原本本之后,去年立夏那一天,大白天!去了方家府邸门前,一拳打烂了大门,径直而入,只说了一句

‘金丹之下滚远点’。方家起先勃然大怒，两位龙门境供奉修士率先露面，被郑先生两拳撂倒，昏死过去。随后一位刚好驻守府邸的七境武夫，大踏步走出，说要领教一二，郑先生一拳撂倒，当场打死！在那之后，那个罪魁祸首被方家话事人带了出来，说只要留他一条性命，其余任凭郑先生处置，断手断脚，方家绝不阻拦。当时方家话事人身边还有那位金丹老剑修，正是方家的定海神针。我那郑先生，看也不看那方家话事人和那个小王八蛋，只是对金丹老剑修勾了勾手指，最后……还是一拳将其撂倒！”

范二一伸手，嚷道：“酒来！”说得豪气。

陈平安只得递过酒葫芦。

范二大口喝酒，抹了一把嘴道：“方家可没有元婴大佬，那金丹老剑修不愿认输，又祭出了本命飞剑，竟是直接被郑先生打碎了！可奇怪的是，郑先生没有当场杀了那个小王八蛋，而是直接去了苻家，点名要那苻东海出来挨他一拳。直到那一刻，老龙城才明白，是苻畦长子苻东海精心安排的这场意外。苻东海比那真正为恶的王八蛋，自然更该死，可胆气，比姓方的确实要大上许多，真让人开了大门，出去挨了郑先生一拳，靠着一块祖传的老龙布雨佩，保住了性命，给一位陌生脸孔的老嬷嬷救了回去。”

陈平安点头道：“应该是那位云林姜氏的教习嬷嬷。”

苻东海此举，一箭双雕，既可以离间郑大风和范家的关系，又有希望将范氏推出去，逼着范家与抱团结盟的四大姓率先开战。

只是苻东海大概如何都没有想到，郑大风身边有一尊出自骊珠洞天杨老头“小庙”的赵姓阴神，精通摄魂拷魄、隐匿潜伏等诸多秘事，顺藤摸瓜，找出了他这个隐藏极好的幕后主使。

范二有些感伤，不再喝酒，只是捧着酒葫芦，轻声道：“当时苻家正是在老龙城最如日中天的时候，先是家主苻畦从别洲购买了一件半仙兵，又有云林姜氏嫡女嫁入家族，哪怕苻家不要面子，愿意息事宁人，可姜氏怎么可能让嫡女刚刚出嫁，就沦为一洲笑谈？所以那位元婴老妪就出现了，硬生生救下了半死不活的苻东海，只是没有亲自出手，跟郑先生说有本事就打完了苻家男人再来跟她交手。”

范二背靠车壁，双手抱住后脑勺，道：“事后听我爹说，那姜氏老妪的元婴境界，很圆满，距离上五境恐怕只差些许，手持一件半仙兵的城主苻畦，极有可能只能与她斗个旗鼓相当。”他望向陈平安，继续道：“我一开始总以为郑先生是七境武夫的可能性更大，后来觉得说不定是八境武夫，只是那一战后，才知道是九境止境大宗师。苻家很快就请出了登龙台的楚阳，就是那个被誉为老龙城金丹第一人的修士，比那方家的金丹老剑修还要善于厮杀，据说苻家门外，郑先生终于不再是一拳撂倒对手。”

范二伸出一只手，竖起三根手指，道：“一拳打退楚阳，两拳重伤楚阳，不承想楚阳竟然因祸得福，顺利跻身了元婴境，可还是被郑先生第三拳撂倒！”

陈平安喝了口酒。

范二突然眼眶有些湿润，道："我们范家祠堂当晚就吵翻了天。我爹就算心里头后悔，仍是觉得到了这般田地，再去跟郑先生赔礼道歉，已经于事无补。但许多家里长辈翻来覆去，都说'事已至此'四个字，纷纷劝说我爹不如干脆就铁了心依附苻家。既然苻家如此势大，那就顺水推舟，只要打散了其余四大姓的结盟，范家即便元气大伤，可无须百年休养生息，老龙城第二大姓，就是囊中之物了。大娘和我亲娘，还有我姐范峻茂，都没资格进入祠堂。而我范二不管说什么，都没用。看我喋喋不休，我爹大概是气急眼了，就问我到底谁是这个家的家主，我能说什么？"

陈平安问道："最后你们范氏祠堂得出的结论是什么？狠下心，舍了自寻死路的郑大风不管，投靠阴了你们一把的苻家，向四大姓发难？"

范二眼神茫然，道："本该如此的，可是后来突然又变卦了，我爹传话给所有人，说是再议。没有人知道其中缘由，我去问大娘和娘亲，她们都说不清楚我爹的想法。"

范二继续道："楚阳被三拳打败了后，就返回登龙台养伤，没有对郑先生纠缠不休。可是苻家在众目睽睽之下，丢了这么大一个面子，岂能罢休？于是在苻东海和首席供奉楚阳之后，走出了第三人——手持一件苻家祖传半仙兵的元婴老祖苻扬。因为发生在苻家门口，又有半仙兵现世，苻家练气士联手遮蔽了战场，只知道郑先生走出来的时候，满身血污，他独自行走在大街上，抬起手臂，朝背后苻家竖起了一根小拇指。"

范二轻声道："就在那一天，孙家背信弃义，竟然临阵倒戈，投靠了苻家。不成气候的方家，联络侯家，选择推举丁家为主，而丁家的主心骨，明显是那位来历通天的桐叶宗嫡系子弟。事实上，很快桐叶宗就来了一艘渡船，人不多，下船的就两个。可是在那之后，以丁家为首的三姓结盟，反而比孙家在的时候还要胸有成竹。"

桐叶宗，桐叶洲的山上第一家，与姜尚真所在的玉圭宗，一北一南位于桐叶洲两端，而桐叶宗的实力明显要更胜一筹。

按照姜尚真的说法，当初三人阻截追杀扶乩宗大妖，如果不是左右那一剑，肯定是三人之中的那位桐叶宗祖师，凭借镇山之宝取走大妖性命。

陈平安对于老龙城的云诡波谲，心中大致有个脉络了。

郑大风那一记谁都没想到的"无理手"，牵一发而动全身，极大加快了老龙城的形势变化，使得各大姓，说得好听一点，叫浮出水面，说得难听，就是原形毕露。

郑大风，满城皆敌，为了一个在药铺打杂的少女。

陈平安最后喝了一口酒。

范二苦笑道："苻家当然不会就此罢休，家主苻畦亲自出马，跟郑先生有了一场半年之约，就在今年初冬，双方在登龙台那边交手。只是就在大战之前，那位在丁家深居简出的桐叶宗子弟，亲自去了趟灰尘药铺，内幕如何，外人不得而知，不管初衷是拉拢还是威胁，总之郑先生又与那人大打出手了一场，就在灰尘药铺外边的街道上。有人说是郑先生以一敌三，有人说是捉对厮杀，总之郑先生又受了重伤。于是苻畦放出话给灰尘药铺，大战延后到年末，登龙台公平一战，直到分出生死！没几天了啊……"

范二抱膝而坐，再也说不出一个字来。

掀开帘子看了看外面，即将进入老龙城外城大门，陈平安别好养剑葫芦，对范二说道："大致情况，我知道了。放我们下来，这会儿，我去你们范家很不合适。"

范二恼羞成怒，正要拒绝，陈平安笑道："别犯傻啊，吃泥土充饥这种傻事，做一次就差不多了。朋友没你这么当的，落个你不孝我不义的，没劲。"陈平安伸出手掌，轻轻拍了拍胸口，道："范二还是不是郑大风的徒弟，在这里摆着呢。范二是不是陈平安的朋友，也在这里。"

不等范二说什么，陈平安已经起身弯腰去掀帘子了，喊道："停车。"

范二刚要跟着起身，陈平安已经弯腰走出，放下帘子前笑道："千万别送啊，我就是去灰尘药铺那边坐一会儿，不是你想的那样。天底下这么乱，处处都有不平事，我陈平安可管不过来。就是想着与郑大风见一面——那个你嘴里口口声声'一拳撂倒'的郑先生。"

范二瞪眼道："别忘了那瓷器，还有约好了要一起去正儿八经喝花酒的……"

陈平安已经跳下马车。

范二躺在车厢里发着呆，喝了酒，见了最好的朋友，可范二心里还是觉得不痛快。

陈平安下了车，裴钱和四人也只好跟着离开车厢。

目送范家车队率先入城后，裴钱小心翼翼问道："咋了，那家伙舍不得花钱，不乐意给咱们免费吃住的地儿？看着不像是这种人啊。"

陈平安笑道："瞎说什么呢，我们先去找另外一个人。"

交钱过了外城门，想进内城还是需要交钱。这笔钱，灰尘药铺怎么都该帮着出吧？

陈平安还记得去往灰尘药铺的路线，只是老龙城实在太大，等他走到灰尘药铺的巷子和街道拐角处，已经是临近黄昏。

带着身后五人进了那条小巷，就看到了一个邋遢汉子坐在店铺门口的小板凳上，学他师父抽着旱烟呢。

郑大风呛了一口，一阵咳嗽，啧啧笑道："稀客稀客。"

陈平安看着还是吊儿郎当的汉子，也没说什么，瞥了眼空荡荡再无莺声燕语的铺子，一屁股坐在门槛上，问道："药铺招不招人？"

郑大风没好气道："没钱雇人了。"

陈平安自顾自说道："借我四十枚谷雨钱，我就当你药铺的伙计。是借我，不是送。"

郑大风一脸看傻子的表情盯着陈平安，问道："咋的，涨了境界，换了身行头，就能把谷雨钱当铜钱使唤了？滚滚滚，老子没心情陪你说笑话。"

郑大风突然抬起头，望向背负痴心剑的隋右边，正色道："不过这位姑娘若是愿意留在咱们铺子，另当别论，管吃管喝管住，至于每月薪水，先欠着！"

隋右边站在巷子中，对于这个邋遢汉子的搭讪，无动于衷，脸上连细微情绪变化都没有。

陈平安对裴钱一挥手，指了指铺子里头，吩咐道："就住这儿了，放行李去，自己挑屋子。"

手持行山杖的裴钱欢呼一声，先从袖中拿出她那张最喜欢的宝塔镇妖符，贴在自己额头上，然后一溜烟跑进了铺子。先前在老龙城走得累死，她老早就想要拿出这张符箓给自己"增加内功"了，这会儿终于得偿所愿。

魏羡四人一言不发地陆续跨过门槛。

郑大风无奈道："我的陈大爷啊，你是真不知道老龙城这会儿的光景，还是觉得自己有了些本事，来我这破烂铺子逞英雄？"

陈平安笑呵呵道："你猜？"

郑大风像是头回认识陈平安，瞧了半天，转过头，继续吞云吐雾，含糊不清道："行吧，愿意住就住下，老头子在你身上押了不少，应该不会让你这么早死翘翘，大不了让赵老哥盯着你就是了。登龙台那边，反正老赵也插不上手。"

一尊阴神出现在巷弄阴暗处，对陈平安说道："别掺和，我和郑大风都有可能死在登龙台那边。"

陈平安没有立即给出答案，望向郑大风的侧脸，问道："怎么回事？"

郑大风抽了一口旱烟，吧唧嘴，道："别把我想得多好，是关系着大道，不得不出手罢了。当初我死活破不开九境瓶颈，你这个狗屁传道人，其实只有后面的一半功劳，先前那一半，是有个小姑娘的一本书，里头有《精诚篇》。当初我从她手上偷了过来，给她发现了，就只好说是暂借，后来被我不小心震碎了。等终于破境了，就想着重新买一本，四十好几文钱，当时心疼，拖了几天，然后就没机会还了。"

郑大风脸色晦暗，被烟雾笼罩，接着道："当初不过是欠你陈平安五文钱，如今欠了小姑娘那么多钱，你觉得我坐得住？总得做点什么吧？再说了，不是我，她再过个两三年，怎么都可以找个人嫁了，日子穷些，总好过穷日子都没得过。好死不如赖活着，我郑大风自己就是一直这么做的，何况她也算不得'好死'。老赵好不容易帮着她聚了魂，傻丫头也没说啥，就是求我帮着照顾她爹娘和弟弟，哭着说不怪我呢。"

赵姓阴神淡然道："是说她喜欢你，说这辈子脏了身子，不敢想了，下辈子再有机会遇见你郑大风，还要喜欢你，只是胆子要大一些。"

郑大风蓦然抬头，一股雄浑无匹的罡气充斥着整条巷子。

郑大风沉声道："滚！"

阴神不以为意，缓缓消失。

"接着。"陈平安抛给郑大风一只瓷瓶。

只是郑大风任由瓷瓶在身前划过，滚落在地。

陈平安起身捡起那瓶坐忘丹，站在郑大风身前，伸手递给他，道："桐叶洲元婴地仙拿来养神的丹药，有六颗，你郑大风能吃几颗就吃几颗，要是死在登龙台上，我回头跟杨老头要钱去，没死，就是你欠我的。"

郑大风抬起头，皱眉道："陈平安，你到底想要做什么？这跟你有屁的关系？"

陈平安始终弯腰递着那只瓷瓶，道："我这个泥瓶巷的泥腿子，这么辛辛苦苦练拳又练剑，吃了不少苦头，以前是为了吊命，现在，你都说了，我已经人模狗样了，你觉得我图什么？"

郑大风淡然道："我他娘的咋知道你图什么？我郑大风上次在药铺早跟你说了，我从来跟你陈平安不是一条道上的人。"

"这件事，是跟我无关，可我也有理由留在这里。"陈平安还是那个姿势，"想听文绉绉一点的，还是泥腿子一点的？"

郑大风不搭理他。

陈平安自顾自说道："人生在世，何以解忧？唯有酒和钱。人间小不平，花钱买酒可以消之。人间大不平，我还有一剑与一拳。"陈平安咧嘴一笑，"这些是书上学来的，按照我陈平安这个泥腿子的说法，就是老子已经这么不爽了，那就干死他们啊！不然老子练剑练拳是为了好玩啊？"

郑大风愣了半天，大概是怎么都没有把眼前这个年轻人，跟当年陪自己蹲在树墩子旁的黑炭少年，合二为一。最后他抹了把脸，冒出一句："说话就说话，你喷我一脸唾沫星子做什么？"

郑大风到底还是接过了那瓶坐忘丹。如果陈平安不是充豪气，那么两颗足矣，能够压下伤势，至于祛除病根子，依旧很难，已经不是多吃几颗灵丹妙药的事情了。

裴钱早就在门槛那边探头探脑，听郑大风此言，气坏了，提起手中的行山杖，恨声道："你这人，怎么不知好歹呢？再这么说，小心我生气了啊……"

郑大风收起了瓷瓶，转头笑嘻嘻道："吓死我了，这位风华绝代的小女侠，何方人氏啊？"

裴钱咳嗽一声，立定站好，以行山杖重重拄地，正色道："听好了，我叫裴钱，是一位落难民间的公主殿下，陈平安是我……师父！我是咱们这一派的开山大弟子！"

陈平安是她爹这种挨揍的话，裴钱在陈平安面前从来不说。

郑大风咽了口唾沫，转头望向陈平安，大概是想问你陈平安这种木头疙瘩，上哪儿找来这么个丫头片子？

陈平安说道："进屋子谈正事。"

郑大风疑惑道："不是谈完了吗？"

陈平安气笑道："我愿意插手此事，又不是一心找死！对手阵营有哪些势力，各自拥有几名金丹、元婴地仙，哪些势力是坐山观虎斗，哪些地仙会下场厮杀，各自身后会不会有伺机而动的上五境修士，我不得了解一下？老龙城的堪舆形势，以及登龙台附近的路线，我不得知道一点？你跟苻家、方家和丁家的三次交手，我难道不要听一听？"

郑大风一阵头疼，掏出瓷瓶，道："拿回去拿回去，咱们真不是一条道上的，尿不到一壶里去！"

陈平安没理郑大风，径自跨过门槛。

赵姓阴神已经出现在铺子里边，微笑道："我可以与你详细说清楚。"

郑大风哀叹一声，习惯性掏了掏裤裆，拎着板凳返回药铺，跟着陈平安一起回了后院。

在郑大风正屋里，陈平安和赵姓阴神相对而坐，裴钱没敢去那坐北朝南的主位放下屁股，只敢坐在背对屋门的长凳上，主位还是留给了郑大风。陈平安还让魏羡、卢白象四人各自拎了椅凳，也坐着旁听。

郑大风落座前，总算还有点主人家的派头，抓了一大把瓜子在小碟里，放在了裴钱面前。裴钱瞥了眼陈平安，跟郑大风不情不愿地道了声谢。然后郑大风给自己拿了两大碟盐水花生和酱牛肉干。

裴钱看了看自己小碟里的瓜子，再看了看对面郑大风的，竟然连碟子都比她大啊，这就有点过分了吧？

裴钱竖起大拇指，不情不愿地道："你这待客之道，我服气！"

郑大风伸手虚压了两下，笑道："记在心里，别挂在嘴上。"

裴钱盘腿坐在凳子上，狠狠嗑着瓜子。

陈平安摘下养剑葫芦放在桌上，问道："能不能喝一点儿？"

郑大风剥了个盐水花生，摇头道："滴酒不沾，最近喝不了。"

赵姓阴神缓缓道："六天后，节气大寒，在苻家的那座登龙台，郑大风会跟苻畦有一场不死不休的大战，也就是说最后能够活着走下来的人，只有一个。如果郑大风死了，倒也简单了，我们上去帮着收尸就行，没什么危险，苻家既然打杀了一位九境武夫，面子挣够了，乐得大度些，不会再跟一间灰尘铺子过意不去。"

发现陈平安望向自己，阴神苦笑道："当然，我不能眼睁睁看着郑大风死在登龙台上，他死了，我就连阴神都当不成，何谈庇荫子孙？所以哪怕登龙台到时候布满术法禁制，我仍有法子闯入其中。不过如此作为，无非是让郑大风晚死片刻，到时候你陈平安一旦选择执意出手相助，就会是一场大乱战，不说金丹元婴，恐怕只要是个中五境修士，除了范家，老龙城五大姓都会来踩上一脚。”

陈平安点头道：“这是最糟糕的结果，我已经知道了，再说说最好的情况。”

阴神心中略有讶异，这趟倒悬山往返之行，陈平安似乎变了许多，只是阴神本就形象缥缈，面容模糊，有没有表情旁人也看不出来。他继续说道：“郑大风三拳打倒老龙城第一金丹修士楚阳后，与手持一件半仙兵的苻家元婴老祖，大战了一场，苻家经营老龙城这么久，府邸那块，早已被打造成类似书院、道观的小洞天福地，所以那场架，打得并不轻松。”

郑大风嗤笑道：“示敌以弱，我要干倒的，从一开始就是老龙城城主苻畦。如果不是我故意压着境界，那个拿把破铁枪瞎晃悠的老家伙，早给我撂倒，再往他老脸上吐口水了。”

陈平安不太相信郑大风的言辞，阴神笑着点头道：“郑大风说得不算太扯，他那会儿，确实是不愿意过早暴露真实境界。”

陈平安心中了然，这符合郑大风的性格脾气，换成李槐他爹李二，可能就不会这般藏掖。

事实上在当年的骊珠洞天，除了齐先生和杨老头，以及李宝瓶的哥哥李希圣，恐怕这条老光棍看门人，才是那个学问最大的人物。懂得越多，所求越高，一身拳意反而不如李二纯粹，毕竟欲多则心窄，所以郑大风当初的破境，才如此艰辛，以至需要陈平安和那《精诚篇》，来当他的传道人。

陈平安问道：“是丁家的女婿，那个带着媳妇回娘家的桐叶宗嫡传弟子，害得郑大风受伤这么重？为何会谈崩，以致大打出手？”

郑大风脸色阴沉，撕了一块酱牛肉干丢进嘴里。

赵姓阴神笑道：“好家伙，来头还真不小，一到灰尘药铺就开门见山说了一大通，大致意思就两点，一个他叫杜俨，是桐叶宗那位中兴老祖的嫡长孙，再一个他杜俨当年在老龙城遮掩身份四处晃荡的时候，那个姓方的年轻人的祖辈，是他屁股后头的小跟班，到了年轻人这一辈，是独苗，所以希望郑大风卖他一个面子，别让人家断了香火。只要郑大风点头答应，他许诺桐叶宗会站在灰尘药铺这边。”

阴神瞥了眼一直偷瞄那只养剑葫芦的郑大风，冷笑道：“九境武夫，就以为自己天下无敌了，明知道杜俨身边站着个玉璞境修士，还不当回事，还敢笑话人家上五境修士，竟然乐意给人当狗乱吠。郑大风，现在如何？想不想喝酒啊？想喝就喝嘛，反正你是天下无敌，苻畦不过是十境元婴巅峰，外加至少一把半仙兵，又有登龙台地利而已，还不是照样被咱们郑大爷一拳撂倒?"

郑大风翻了个白眼,一只脚踩在长凳上,勾着肩膀,浑然没当回事,就是喝不了酒,确实有些难熬。关键是陈平安这小子不厚道,自己明明说了滴酒不沾,你陈平安也不喝酒,那就拿回去老老实实别在腰间啊,你还揭开葫芦的酒塞算哪门子事?

陈平安点了点头,好奇地问郑大风道:"范二只跟我说你之前去方家,撂了句话给那个年轻人,是什么?"

郑大风将手中花生壳丢在地上,眼神淡漠,道:"要那家伙生不如死。老赵会些邪门歪道的禁忌手段,到时候那小子有得享福了。"

直到这一刻,陈平安才转头,对身后魏羡四人笑道:"忘了介绍,这家伙叫郑大风,是我老乡,九境武夫。看大门的,我跟他做过几文钱的生意,还是念他情的。"

郑大风笑着向四人抱拳,道:"九境而已,见笑见笑。"

陈平安继续道:"我那把飞剑十五,原先主人就是他的师父。他师父在这几十年里头,好像就收了两个徒弟,郑大风九境,他师兄顺顺当当一路进的十境,就跟咱们吃饭喝水没两样。"

裴钱眼睛一亮,这路数适合自己哇!吃饭喝水就上了那啥武道十境,自己每天还读书抄书呢,要是再偷偷喝个酒,还了得?

郑大风伸手抹了把脸,闷闷道:"你大爷啊……"

屋内画卷四人,心境各异。

赵姓阴神刺了几句郑大风后,继续说道:"最好的结果,就是郑大风胜了占尽天时地利的苻畦,接下来就看我们如何带着郑大风,一起活着走到这里,从城外登龙台,回到内城这间灰尘药铺!悬,得看天意喽。不过回过头看,云林姜氏的存在,既是最大的危险,而云林姜氏祖上数位大祝积攒下来的豪阀脸面,也算是我们的一线生机所在。毕竟在场面上,连苻家都不敢明着毁约,若是郑大风侥幸活着走下登龙台,没谁敢画蛇添足,为云林姜氏或是苻家强出头。至于私底下,也就是登龙台到铺子之间的这条路上……"赵姓阴神说到这里,莫名其妙问道:"那个人真不愿意出手?"

毕竟那个人,是他和郑大风离开骊珠洞天入驻老龙城,最大的原因。

郑大风撇撇嘴,道:"范家那女人在我出手前就挑明了,最多让范家不坑我,再就是使得苻家没办法驾驭老龙城上面的云海,其他的,我郑大风愿意找死,她就亲眼看着我死好了。"

范峻茂的话语,郑大风略有改动。那个之前来铺子喝着酒就跻身了元婴境的范峻茂,那个一剑掷出云海、直接毁掉玉圭宗姜氏元婴供奉一件上品法袍的范峻茂,对郑大风说的完整言语,是"过再多年,还是这副做不成大事的烂泥德性,那我就再看你给人钉死一次好了"。

郑大风当然不会原封不动说给陈平安听，太晦气，也太丢人现眼。

事实上这番话，赵姓阴神当初都没办法听到。范峻茂的境界攀升，最后跻身元婴境界，都透着极大古怪。整个老龙城，恐怕除了城主苻畦之外，所有人打破脑袋都想不出为何范家会逆势而行，为何最后没有直接乖乖依附苻家。

在范家，有人说话比范二他爹更管用，甚至比范氏祠堂所有人嗓门加在一起，都要大。不是什么隐世不出的元婴老祖宗，元婴倒是元婴，祖宗就算不上了，是范二同父异母的姐姐，那个名声不显的大家闺秀范峻茂。只是她没有站在郑大风这边，坦言此次只看戏，不蹚浑水，由着郑大风慷慨赴死。

郑大风知道她不是在开玩笑。

赵姓阴神随后详细介绍了老龙城五大姓的金丹、元婴地仙，以及各自的大致神通法宝。

比起范二当初在车厢里所说，只是略多出三人而已，而且没有从石头缝里随便蹦出个元婴，算是个不小的好消息。

阴神笑道："老龙城和登龙台堪舆图我今晚就可以找来。"

陈平安当然不会拒绝。

阴神瞥了眼郑大风，竟是破天荒爆了粗口，骂道："娘希匹，换成保护陈平安多好！就算有大战，也不需要事事让我来擦屁股，一场死战那也打得教人心里头舒坦，哪里需要如此想着法子缝缝补补，提心吊胆？"

郑大风斜眼道："哎哟，陪着老子每天晒太阳的舒坦光景，给忘啦？"

阴神冷哼一声。

陈平安又问："有没有玉璞境大修士躲在幕后？有的话，是几个？"

郑大风笑道："咱们宝瓶洲，玉璞境很多吗？我给你掰手指算一算？"

郑大风开始跷起一根根手指头，数道："咱们骊珠洞天，阮邛算一个，大骊宋氏牛气吧，如今吞并了宝瓶洲将近半壁江山，还一样恨不得把那铁匠当菩萨供奉起来，对吧？大隋高氏老祖宗，喜欢当个说书先生，算一个，但是都没敢下场跟我师兄李二对一拳。风雪庙有个魏晋，那是千年一出的剑修天才。真武山肯定有一个，只是从来不愿意露头。神诰宗宗主，刚刚跻身仙人境，才得了个天君头衔。观湖书院山主，则未必是上五境。你数一数，一洲之内，这才几个玉璞境？当然北俱芦洲的天君谢实，还有南婆娑洲的剑仙曹曦、墨家游侠许弱，这些不算，归根结底，他们就不算咱们宝瓶洲修士。"

陈平安笑道："天君谢实和剑仙曹曦怎么就不算了？这两位就是咱们骊珠洞天走出去的，只不过墙里开花墙外香罢了，虽是在别洲闯荡出来的修为和名头，但根子还是咱们老乡。尤其是那个曹曦，祖宅跟我同一条巷子，上次我还在泥瓶巷跟这位老剑仙碰过头。曹曦为人不太厚道，在我家门神上动了手脚，不过被墨家游侠许弱看出了端倪，随手破掉了。”

郑大风没得反驳，只好手撕酱牛肉干，狠狠嚼着。

画卷四人从头到尾，尽量让自己神色自若，此时已经快要绷不住脸色了。

陈平安的家乡，是不是太邪乎了点？看门的，是个九境武夫？然后有个十境武夫的师兄？那什么泥瓶巷就有个名叫曹曦的剑仙？稍远，是位道家天君的“龙兴之地”？

郑大风想要找回场子，道：“可是宝瓶洲才几个十境武夫？就两个，李二、宋长镜，接下来，就轮到我了吧？教你拳法的那个，总不会也是十境吧？”

陈平安犹豫了一下，还是坦诚道：“待在我家的这位，应该也是十境。”

郑大风揉了把脸，愤愤道：“老子当初也差点直接从八境巅峰直奔十境去了，好不好！”

陈平安笑问道：“那你这会儿再跑几步给我来个十境看看，岂不是就万事大吉了？我都不用去登龙台，待在灰尘药铺，给郑大风你做一大桌子庆功宴的饭菜，如何？”

郑大风吃瘪，跻身十境若是简单，李二为何要离开骊珠洞天？

纯粹武夫的九十之别，与剑修的十二十三之差，有些相似。

至于传说中的武道十一境，与剑修十四境，想一想就行了。这两个门槛，比起寻常练气士的五和六、十和十一这两条鸿沟天堑，更加难以想象。

自认已经心比天高的郑大风，都不敢奢望那虚无缥缈的武神境。

断头路，何谓断头？跟着杨老头这位骊珠洞天历任圣人都要先拜山头的“神君”这么多年，郑大风知道一些内幕。

赵姓阴神心情大为舒畅，果然还是需要陈平安这个传道人，才能让郑大风难受。

陈平安望向对面那尊阴神，问道：“按照前辈的说法，这间灰尘药铺有玄机？”

阴神笑道：“此地并非是郑大风随便跟范家讨要的寻常地方，是神君安排的，一旦开启阵法，我在此地，可以发挥出玉璞境的修为。”

郑大风叹气道：“那也是以折损阴德作为代价提升境界的下乘手段，撑不了太久。”

阴神脸色如常，道：“真当我随你走这趟老龙城，就是每天陪着你晒太阳看月亮，等着哪位仙子御风从你头顶掠过？只要撑过了一个月，形势兴许就有变化了。”

“明白了。”陈平安笑道，“那现在开始算一算我们这边的实力。”

郑大风吃着盐水花生，环顾四周，问道：“你说有哪些？不都在这间屋子里头了？”

裴钱指了指自己，开心笑道：“我也算？可我距离练成绝世剑术还差一个‘明天’哩。”黑炭似的小丫头，难得还有些难为情。

郑大风一本正经道：“裴小女侠，你其实才是我们的顶梁柱、主心骨，不可妄自菲薄！”

裴钱笑纳了，伸手推了推空碟子，吩咐道：“再来些瓜子。”

郑大风还真起身去偏房抓了一大把瓜子，丢在裴钱面前的小碟子里。兴许是碟子不大的缘故，显得那把瓜子分量十足，极有诚意，于是裴钱看这家伙，就稍稍顺眼了些。

陈平安终于喝上了第一口酒，放下养剑葫芦后，飞剑十五掠出，然后陈平安又取出郑大风赠送的那块咫尺物玉牌，微笑道："老龙城不是很多人觉得有钱就了不起吗？我如今钱没几个了，可我多少还是攒下了些家当的。我身上这件法袍，名为金醴，是上古仙人遗物，郑大风，你能不能穿？还有一条用蛟龙沟元婴老蛟龙须制成的缚妖索，你能不能用？"

郑大风摇头道："等你跻身了武道炼神三境，就会知道这些所谓的仙家外物，只会束手束脚。你穿可以保命，我穿了，只会越发送死。"

陈平安点点头，拿出一大摞已经画好的符箓，介绍道："阳气挑灯符应该用不着，登龙台既然类似苻家打造出来的洞天福地，破障符未必没机会，还有这宝塔镇妖符……斩锁符，专制蛟龙之属。至于这张我一个朋友亲笔书写的镇剑符，品秩极高，元婴剑修的本命飞剑，都能够厌胜片刻……"

陈平安仅仅是取出那叠符箓，对面赵姓阴神就已经微微察觉到一股压迫感，尤其是那张青色材质的镇剑符，虽说是专门针对地仙剑修，但仍让他觉得如芒在背。

郑大风震惊道："陈平安，你这趟倒悬山之行，就每天忙着打家劫舍？"

陈平安没搭理郑大风，继续拿出一件件东西，接连将三只瓷瓶一一展示："桐叶洲埋河水妖的不成熟金丹，蛟龙沟那条老蛟的元婴金丹，还有一颗……十二境大妖的金丹！"

郑大风转头望向赵姓阴神，指了指最后那只半臂高的大瓷瓶，问道："你信吗？"

赵姓阴神摇头又点头，道："一般人我不信，陈平安说了，我就信……一半吧。"

陈平安问道："有哪些东西，可以救急吗？"

郑大风说了句"让我缓缓"，就陷入沉思。

赵姓阴神问道："早知道你有这么多家当，就不该让你陈平安进这屋子，何必呢？"又重复一次："何必呢？"

陈平安神色平静道："你可以当我是在跟药铺那位杨神君，做一笔大买卖，要么输个底朝天，要么赚个撑死人。"

阴神只是摇头不语，显然不信这种说辞。

陈平安转头，致歉道："你们怎么说？"

魏羡淡然道："么（没）得法子，还能咋样。"

隋右边横剑在膝，眼神熠熠，道："我除了一颗青虎宫坐忘丹，还多要一对火龙丹和布雨丹。"

朱敛呵呵笑道："杀那山上神仙，快哉快哉。"

“如果我说话管用，自然是希望立即离开老龙城，只是既然已经决定留下……”卢白象最为务实，“那么我也要一对火龙丹和布雨丹。拿到老龙城堪舆图后，我可以帮着谋划具体路线。”

陈平安对四人一抱拳：“谢了！”

转过头，问郑大风道：“你觉得他们四人的武道境界，服下丹药之后，短时间还能不能提升？”

郑大风点头道：“一个七境金身境，三个六境巅峰，人人都是真正意义上的纯粹武夫，我都不知道你从哪里招徕的这些家伙。金身境稳固境界一事不难，其余三人，想要在这几天破境，还是很难，但是磨一磨，肯定能再将六境巅峰的高度顺势拔高一截。只要这次他们能活下来，对于以后的武道修行，大有裨益。毕竟巅峰不过是‘无瑕’，距离能够争夺那‘最强’二字，还差得老远。这两天我可以给他们四人喂拳，我这九境武夫的拳意，他们能吃进肚子多少，各凭本事。”

画卷四人面无表情。

郑大风一挑眉，陈平安身边这四名扈从，架子真不小啊，不过四人有各自的气魄，是真不俗气。

纯粹武夫，各有各的纯粹法门。魏羡是沙场万人敌，深陷敌阵，四面八方皆铁甲，凿阵而已。卢白象是才情惊艳，除了武道之外，琴棋书画，事事都要做那藕花福地的天下第一。隋右边是一心追求剑道极致，做那千古未有的飞升壮举。朱敛和颜悦色的面皮下面，就藏着个彻头彻尾的疯子，任你们天下武夫加在一起，敌不过我朱敛一人双拳。

郑大风对于自己接下来的喂拳，有些期待。

陈平安神色凝重起来，问道：“我想要炼化一件本命物，灰尘药铺这边如今能不能找人购买？而且必须保证不在天材地宝上面动手脚。如果成了，我等于多出一条命。”

赵姓阴神转头望向郑大风。

郑大风想了想，道：“我得问一个人，如果她点头，就可以。”郑大风突然笑问道：“我信她，你信我吗？”

陈平安回了一句：“我信你师父。”

郑大风再次吃瘪无言。

阴神起身笑道：“我去多找几幅堪舆图。”

陈平安转头对裴钱说道：“你跟隋右边睡一间屋子，魏羡三人挤一挤，我可以在前面的药铺打地铺。不过如果材料能够收集齐整——”

不等陈平安说完，裴钱大义凛然道：“那我就跟神仙姐姐去打地铺！”

隋右边四人并无异议。

这些琐碎，大战在即，终究是鸡毛蒜皮的小事了。

夜幕降临，陈平安端了条长凳子，隋右边和魏羡三人分别在两间屋子服下丹药后，走到院子里。

郑大风一手负后，一手放在腹部，微笑道："面对同境修士，十丈之内，纯粹武夫务求一拳而已。你们四人，我虽不知根脚来历，却也可以暂时当四名七境练气士来看待。你们只管一起上，咱们节省时间。"

无一人向前。

郑大风无奈道："怎么，不把我这个九境武夫当盘菜？嫌弃四人联手围殴一人，跌份儿？"

裴钱搬了条小板凳坐在陈平安脚边。

郑大风转头望向陈平安，陈平安伸出一只手掌，示意郑大风只管尽情出拳。

"既然你们这么客气，那我就不客气了。"

郑大风脚尖一拧，身形不见。

砰的一声，四拳几乎同时递出。

站在两侧屋檐下台阶顶部的隋右边、魏羡、卢白象和朱敛，分别向后退出去一步到三步不等。

郑大风啧啧道："底子打得不错啊，陈平安，你到底上哪找来的这些扈从和婢女？我也想要几个，尤其是像这位姐姐这般模样的……"

隋右边率先出剑了。朱敛身形佝偻，一跃而去。魏羡和卢白象几乎同时向两侧挪步散开，随时策应院中隋右边和朱敛两人。

根本无须言语，即已心有灵犀，这就是藕花福地四位天下第一该有的境界。

陈平安轻声道："有兴趣的话，可以仔细看看。"

裴钱抬起手，满满的瓜子，陈平安摇摇头，她这才收回手，嗑着瓜子摇头道："不感兴趣，跟……师父你差远了。"

私底下喊爹，当着陈平安的面就喊师父，裴钱觉得自己真是读书读开窍了，一日为师终身为父嘛。

陈平安说道："你错了，如果只是比拼武道境界的高低，我其实暂时还不如他们四人。我如今才武道五境，不过接连几场大战苦战死战，我的五境底子打得……很好，所以随时可以破开六境瓶颈。"

能够让陈平安觉得他自己在某件事上做得很好，强过崔姓老人说陈平安某一境武道底子打得"还不错"了。

裴钱扬起脑袋，笑容灿烂道："师父你反正是最厉害的。"

院中四人，在郑大风手底下吃足了苦头，这还是郑大风故意将境界压在八境远游境的状态下，不然更没法打，喂拳就成了欺负人。

武道修为不比练气士境界，武夫一境之差，天壤之别。当然也有例外。比如教陈平安练拳的崔姓老人，宝瓶洲唯一一位十境巅峰的纯粹武夫，当年在竹楼外，就轻轻松松以五境之拳，打死了那个想要拜师学艺的六境武人。

可这样的例外，也差不多是孤例了。

陈平安想起了剑气长城那个在墙头走桩，一身拳意硬生生压过城头近身剑意的白衣少年，曹慈。

陈平安很想知道，如今两人同样是五境，自己会不会依旧毫无悬念地连输曹慈三场。

陈平安轻轻抛开杂乱思绪，盯着院中的对战，对裴钱说道："那次进入清境山地界前，咱们经过那座郡城，我其实忘了跟你说声对不起。"

裴钱嗑着瓜子，抬起头，疑惑道："是说那个烙饼的事情吗？为啥跟我说对不起？"

当时裴钱拉着她的半个朋友老魏去买吃的，陈平安和卢白象三人在逛书铺。等到陈平安找到裴钱的时候，发现这丫头正大口大口啃着一张烙饼，有位衣饰华贵的妇人正在指指点点，对着黑炭小丫头破口大骂，妇人身边还有个一脸鼻涕眼泪的孩子。妇人骂得不算太粗鄙，大概是出身书香门第的缘故，只是一个劲说裴钱这野丫头没家教，怎么可以如此蛮横无理，爹娘也不管管之类的。

陈平安第一印象就是裴钱又闯祸了，就板着脸走过去。

他很怕裴钱在自己身边，非但没有学会书上的道理，却反而与自己还有朱敛四人相处久了，沾惹上了一身跋扈气息。所以走到裴钱身边后，第一句话的语气就很重，虽然没有直接训斥，可到底是偏向妇人小孩那边些。

裴钱也委实是怕极了陈平安，二话不说就把剩下半张大饼递向那妇人，说她不要了，送给那孩子好了。

妇人勃然大怒，越发生气，觉得受到了羞辱，把陈平安当作裴钱的家族长辈，一并教训了一通。大概是见陈平安的穿着打扮，像是殷实门户里走出的有钱子弟，妇人收敛了些许，骂得含蓄了许多。

等到魏羡出面说了几句，陈平安才明白其中缘由，竟是裴钱买到了铺子最后一张烙饼，刚好有个孩子过来，实在嘴馋，就要裴钱把饼给他。

裴钱哪里肯，就摇头晃脑啃了起来，故意嚷嚷着哎哟好吃真好吃，孩子立即气哭了，妇人便开始骂人。裴钱倒是全然不在乎，只是开开心心吃饼，妇人越骂，裴钱就越吃得欢，而魏羡就在旁边看着，只要那妇人不动手，他就不插手。

陈平安得知真相后，就牵着裴钱的手，要妇人给裴钱道歉。妇人气疯了，叫嚣着要让陈平安出不了郡城。陈平安就让她试试看。

妇人让陈平安走着瞧，然后就气咻咻带着孩子走了。

结果就没有了然后，等了一时半刻，陈平安见没有下文了，就带着一行人离开了那座郡城。

此时，陈平安摸了摸裴钱的脑袋，道："应该跟你说声对不起的。"

裴钱就奇了怪了，连瓜子也不嗑了，离开小板凳坐在陈平安身边的长凳上，忐忑不安道："老魏说天底下就数断头饭最好吃了，爹，你该不会是又想把我丢下不管了吧？所以先用这些话骗我？"

一时间竟然直接喊了爹，裴钱更加手忙脚乱，丢了瓜子，伸手死死攥住陈平安的袖口。陈平安一记爆栗敲下去，裴钱立即破涕为笑。

得嘞，没事了。

裴钱松了手，双手撑在长凳上，脚丫一晃一晃地，道："恁大点事，师父你还跟我道歉，真是吓死我啦。用老魏的家乡土话讲，屁大点事，那就是毛毛雨，洗个头都嫌不够啊。"

陈平安同样双手撑在长凳上，笑道："还记得上次我们登上天阙峰山顶吗？是不是觉得我很怪？"

裴钱使劲点头："记得很清楚哩，你当时做了件怪事，站得笔直笔直的，还扶了扶头顶的玉簪子，可不就是书上讲的正衣冠嘛。青虎宫那些个家伙，你又不认识，又不是啥了不起的大人物，为啥要这么做呢？我想了很久，都没能想明白，后来就不去想了。"

陈平安眼神恍惚，抬头望向远方，轻声道："早些年，在家乡小镇的大门口，我当时就站在郑大风身边，隔着一道木栅栏大门，第一次遇见了外乡的神仙，大大小小，老老少少，那些人看我的眼神，他们的神态……我从小就眼力好，记性也不错，所以一直到现在，都记得很清楚。"

陈平安停顿许久，轻声笑道："所以我练拳以后，就一直想，以后我如果自己也成了山上人，就一定不可以变成那些人，不可以高高在上，用看蝼蚁的眼光，看待别人，看待我们这个人间。"

这可能是陈平安第一次这么认认真真，跟眼前这个黑炭小丫头说着书本之外的道理——属于陈平安自己的道理。

陈平安蹲下身，捡起那些瓜子，放在自己手心，然后伸向裴钱那边，看似随意道："我们每个人的坐姿、言行、信奉的道理……怎么说呢，就像是在告诉这个世界，你读过多少书，知道多少道理，受过多少苦难，记住了多少父母无声的教诲。所以我不希望别人看到我的时候，会觉得原来陈平安的爹娘，还有陈平安打心底敬佩的那些人，最后就只教出了这么个人。"

陈平安对裴钱笑道："现在不懂没关系，年纪小嘛，我像你这么大岁数……"陈平安哑然，有点说不下去了。

笑了笑，陈平安将所有瓜子交到裴钱手上，自言自语道："齐先生的先生说得对，小小年纪要有朝气，我做不到，过了岁数了嘛，所以我就希望你可以做到，山崖书院的小宝瓶，藕花福地的曹晴朗，都可以做到。一个肩上有杨柳依依，一个肩上有草长莺飞，一个肩上有清风明月，多好，一想到这个，我就会开心，很开心。"

裴钱"哇"了一声，嘿嘿笑道："爹，像你这样的好人，我上哪儿找第二个去哦。"然后小女孩也开始忧愁起来，"前不久吧，在渡船上干瞪眼，没办法去渡口那边玩耍，我就偷偷有了个想法，想着哪天我长大了，练成了绝世剑术，就会跟爹你开口，说：'爹，给我一匹马呗，我要去闯荡江湖啦！'不过我后来又一想，估计马有点贵，爹你未必乐意送给我，那就驴也行，骡子也行啊！外面的江湖在等我呢！嗷嗷叫着等我呢！"

小女孩唉声叹气起来，又道："现在我又不想去江湖玩了，么(没)得意思，全是坏人，要不就是不太好的人。"

陈平安也晃着双脚，笑道："可你不就是在江湖里遇上我的？对吧？"

一大一小，一起晃荡着双腿，裴钱想了半天，轻轻说道："可我不想遇到别人了啊。"

第九章 谁能借我一剑

灰尘药铺又恢复了先前的热闹。

郑大风喂拳半个时辰后，就让画卷四人先喘口气，之后就这么断断续续，郑大风始终将境界压制在八境，只不过在一点点涨，从最早的远游境初期境界，到最后的八境无瑕巅峰，面对魏羡四人越来越娴熟的合击，郑大风越来越不轻松。其间四人从未聚头言语，哪怕是休憩间隙，依旧是分别站立，各琢磨各的，一切尽在不言中。

裴钱心大，吃过了晚饭抄完书，在院子屋檐下用那根行山杖，耍了一通她自己悟出的疯魔剑法，就心满意足去偏屋睡觉了。睡觉之前，在屋门口跟陈平安打了声招呼后，这才去打开陈平安放在她屋子里的绿竹书箱，拿出那只姚近之赠送的多宝小木匣，看看这件，瞅瞅那件，额头上还贴着那张已经真正属于她的宝塔镇妖符，摇头晃脑，满脸得意，今儿咱有钱了呀。可是伸手摸了摸脑袋上的那张符箓，又有些小忧愁，明明知道卖了它能够买回一栋大宅子，又不太舍得，算了，等有了第二张再说，反正如今不愁吃不愁穿的，有了宅子也没啥用。不过她想好了，以后自己一定要有一座像矮冬瓜水神娘娘碧游府那么大的宅子，也要有那么古怪的影壁，让人一进门就晓得她有钱。

一行人住进铺子的当天晚上，赵姓阴神带回了一张张堪舆图，都不知道他是从哪座府邸找来的，整整齐齐搁在正屋桌上。灯火下，卢白象跟郑大风要了一支硬毫小锥，像是在行军布阵，开始在上边仔细标红旁注，老龙城五大姓的各自“关隘”所在，供奉客卿、金丹地仙的“兵力分布”，然后在登龙台和灰尘铺子之间画出一条直线。

魏羡也在，朱敛和隋右边倒是没参与，一个在屋檐下借着月光看书，一个站在院子里淬炼气府窍穴中的那股纯粹真气。

至于郑大风，已经去偏房睡觉去了，鼾声如雷，约好了两个时辰后再继续喂拳。

喂拳，既可以砥砺四人武道修为，将境界再拔高一截，同时又能帮助四人以最快速度汲取青虎宫丹药的灵性。

这笔买卖，是陈平安赚了。

陈平安始终站在桌旁，看着卢白象和魏羡以及赵姓阴神，在一幅幅堪舆形势图上圈圈画画、指指点点，他极少给出建议，最多就是两人一阴神在某个细节争执不下的情况下，陈平安在好与更好的选择中，敲定选取哪个，事实上算很悠闲了。

藕花福地最后那趟“行走在光阴长河之畔”的远游，路程遥远不说，所经历的岁月更悠久，但是即便如此，陈平安只敢说略懂人情世故，略知庙堂之高和江湖之远，对于这些与兵法相通的具体谋划，陈平安不谙此道，那就交给真正的行家便是了。魏羡无须多说，沙场出身，而卢白象是罕见的世间第一流全才，精通兵法韬略，熟谙藕花福地儒释道三教的宗旨精义，更不提那琴棋书画，这位魔教的开山鼻祖，可能如今唯一欠缺的，就只是初到浩然天下，尚未站到山巅而已。

只不过从山脚走到半山腰，再走到山顶，修行路上，总归是行人越来越稀疏，若是走岔了，走到了某条断头路的尽头，眼睁睁看着别人继续登高，又该如何？

隋右边因为从未来最高成就有望武神境跌到九境，心境差点塌陷。因剑心崩碎而愤怒，陈平安可以理解，但是并不认可。虽然郑大风嬉皮笑脸对隋右边四人说了一句“九境而已，见笑见笑”，可真以为九境是路边大白菜吗？郑大风是杨老头的嫡传弟子！一样差点在九境门槛上走火入魔。

隋右边破庙一役，跻身金身境，已是大机缘在身，落袋为安了，但仍是眼睛唯有最高处的风光，这与浩然天下讲究的纯粹武夫脚踏实地，步步登天，其实已经背道而驰。

虽然陈平安不觉得自己的道理，能够让藕花福地的女子剑仙真正心服口服，但是没关系，痴心剑是他陈平安的，青虎宫丹药也是他的，送不送隋右边，何时送怎么送，都是他陈平安说了算。

没人欠她隋右边的。

一盏灯火下，多幅堪舆图上，已经梳理出了一条主线脉络，屋内争执越来越少，陈平安走出屋子去透口气。他走过院子，去身后正屋对面的那条檐下长凳上坐着。

灰尘药铺的布局，很像家乡那间杨家药铺，陈平安走向那条长凳的时候，就会想起当年有位初次拜访杨老头的教书先生，收起了伞，也就差不多是坐在这个位置上。

遇见世间不平事，而认为是不平事者，意最难平。

换成高适真、刘琮之流，会觉得这不是什么不平事，袖手旁观看热闹就行了，说不定还会借机入局，看能否分一杯羹。换成姜尚真之流，可能会觉得这根本就不是个事儿，多看一眼都是耽误修行。

陈平安对破庙围杀之局，哪怕一场架打下来，家底大损，亏到姥姥家了，可是谈不上多深刻的记恨，当然不记恨不意味着该出拳时会手软。

姜尚真可能至今都不会理解，陈平安在藕花福地为何对周仕和鸦儿起了杀心，就像这会儿安心酣睡的郑大风，恐怕一样不明白陈平安为何要插手老龙城乱局。

其实道理很简单，双方若是大致旗鼓相当，那么大道不合，各有行事之理，你来我往，各凭本事厮杀，阴谋阳谋，谁生谁死，陈平安都能接受。

可是曹晴朗的父母，那两颗被周仕、鸦儿随手丢在地上的头颅，鲜血淋漓，还有那个死在方家子弟手上的药铺小姑娘。

任你丁婴、方家有千万个说服自己、说服两座天下的理由和借口，这三人始终是不应该遭此劫难的。

当下，陈平安还不知道齐静春曾经喝着李槐家里的劣酒，对李二亲口说过，拳向更强者出，方是真豪杰。只知道阿良在飞升前，曾经对他们所有人说过，任何一位真正的强者，应该以弱者的自由作为边界。

人间悲欢离合，千千万万，各有苦衷福缘，世间没有两片相同的叶子，人也不能两次踏进同一条河流，可有些道理是相通的。

陆台在飞鹰堡对那个“心种鬼胎”的可怜妇人说，人间无趣，不如不来。

陈平安琢磨来琢磨去，不是人间无趣，而是不愿讲理的人太多了。

这个人间，善人吃亏，只能安慰自己吃亏是福，只能告诫自己宁得罪君子莫得罪小人，但恶人为恶而不知恶，甚至是知恶而为恶。

此时正屋内还在推敲每一个细节，赵姓阴神熟悉老龙城势力，便设身处地地扮演苻家，针对灰尘药铺进行一次次不同角度、不同兵力的攻势“演武”，而魏羡和卢白象作为另一方见招拆招。

朱敛在屋檐下翻阅着他最稀罕的某本艳情小说，是没买多久的一本新书，硬生生给他反复翻阅成一本旧书了，这会儿又在那边念叨着，良心之作，良心之作啊。原来那本刻印粗糙且署名一看就很假的才子佳人小说，在尾页上，竟然列了一大串同道中人的“佳作”书名，还带有三两句画龙点睛的中肯点评，所以老人今夜再次合上小说，由衷感慨道：“好人一生平安哪。”

说到这里，佝偻老人转头对陈平安讪笑道：“少爷，老奴冒犯了，以后会注意的。”

陈平安笑着摆摆手，提醒道：“那件事情，你记得给我保密。”

朱敛愧疚道：“是老奴才疏学浅，这些天一直良心不安，哪敢泄露半点。”

陈平安不搭话了。

先前在天阙峰渡船上，陈平安寻思着想要寄封信到倒悬山鹳雀客栈，然后让那位掌柜的帮着交给抱剑汉子，看能否送去剑气长城给宁姑娘。只是每次下笔都为难，不知道该如何写这封信，犹豫到最后，就去找了能说出一句“世间情动当啷响”的朱敛。本以为朱敛这个家伙是个风流种，不承想还真是隋右边眼中的老色坯，他给的一些个建议，让陈平安要么起鸡皮疙瘩，要么满头冷汗，只好无功而返。

院中，隋右边拔剑出鞘，屈指弹剑，她侧耳倾听那叮咚声。

这一行当中最不讨喜的女子，这会儿，破天荒有了一抹笑意。

陈平安笑道：“隋右边，你这个样子不就挺好嘛，干吗一天到晚板着张脸？以后有机会的话，我介绍剑仙给你认识。”肺腑之言，发乎情，止乎礼。

隋右边收剑入鞘，转过头望向陈平安，冷笑道：“狐狸尾巴这就露出来了？怎么，要不要我帮你暖个被窝？”

陈平安哈哈笑道：“可别，我啊，胆小。”

朱敛笑眯眯道：“愿随夫子上天台，闲与仙人扫落花。好诗好诗。少爷，不晓得你是夫子啊，还是仙人哪？”

陈平安一听朱敛这老王八蛋的下流马屁，就知道事情要糟，果不其然，隋右边脸色冰冷，杀气腾腾，大概是在想先一剑砍死谁。

陈平安和朱敛几乎同时脚底抹油，一个蹿进屋子，一个跑进前边的药铺。

隋右边冷哼一声，返回自己的屋子。裴钱已经睡着，大概是从小就习惯了一个人，怎么折腾都没人管，又是常年被天席地的，要不就是趴在富裕门户家门口的石狮子上睡的，睡相实在是一塌糊涂，手脚趴开，被窝哪里留得住暖气。隋右边眉头一皱，轻轻走过去，帮着挪了挪小女孩的手脚，掖了掖被角。

隋右边点燃灯火，独坐桌旁，寂静无言，唯剑相伴。

陈平安今夜睡在药铺里，打地铺，睡得浅。

院子里郑大风过一会儿就给四人喂拳。

陈平安闭着眼睛，倾听那些拳意流淌的声响，或轻或重，皆在心头微微荡漾，如叩门扉。

巷子这边一夜无事。

苻家这点脸皮还是有的，再者大战在即，如果有人闯入巷子，挑衅郑大风，就等于打苻家的脸，而如今老龙城苻家的颜面，几乎等于云林姜氏的脸面。若非如此，苻畦不会亲自出马，约战郑大风于登龙台。

关于苻畦到底能够动用几件半仙兵一事，是先前正屋商议对策的重中之重。

苻家子弟，竟然能够以金丹境修为使用极难驾驭甚至有可能反噬的半仙兵，本就是一桩咄咄怪事，只是久而久之，外界就默认了。

陈平安一大早就醒过来。

郑大风蹲在正屋门口那边喝粥，裴钱蹲在一旁，两人窃窃私语，不知什么时候关系这么好了。

卢白象在屋子里抚琴，有高山流水之韵。

魏羡在院子里练习从陈平安那边偷师而来的六步走桩；隋右边也好不到哪里去，在练习剑炉立桩。

朱敛相对厚道一些，给陈平安端来一大碗白粥，说是让少爷尝一尝他的手艺。

陈平安坐在长凳上喝过了粥，天微微亮，神清气爽。他去开了前面的铺子门板，灰尘药铺开门迎客了，至于有没有客人，一大清早的还真有。

开了门陈平安就在巷子里走桩练拳，一直到街巷拐角处，然后掉头转身，来来回回。在他将拳打到第三遍的时候，有一对男女走入视线。

其中一个熟人不奇怪，另外一个不太熟却让陈平安记忆犹新的女子，出现得有些出人意料。

年轻人是范二，身边是位身穿绿袍的年轻女子，当初在地底下的那条走龙道航道，两艘渡船擦身而过，陈平安遇见过她，她还抖搂了一手凌空驾驭酒壶的本事。

范二远远看到陈平安，大笑道："陈平安，敢不敢与我四境范二一战？"

陈平安停在药铺门口，摇头道："不敢。"

"你我各自身为四境大宗师，既然狭路相逢，却不巅峰一战，岂不是让世间多出一桩憾事？"

范二以一通"乱拳打死老师傅"的王八拳作为开场白，嘴上咿咿呀呀的，张牙舞爪冲向了陈平安。

陈平安伸手扶额后，只得缓缓走桩向前，配合着这个范二，一起来场"大宗师之间的巅峰对决"。

所幸范二才跑出去十几步，就被那个随后赶上的绿袍女子伸手扯住领口，丢到了她身后，骂道："少在这里丢人现眼，要耍去登龙台耍去。"

范二乖乖走在她身后，对陈平安挤眉弄眼。

陈平安停下脚步，疑惑道："你是范二的姐姐，范峻茂？"

范峻茂一样腰别酒壶，脚步不停，冷笑道："我倒是不想有这么个弟弟，可管不住我爹和二娘的恩爱缠绵啊。"

范二没心没肺偷着乐。

陈平安心中叹息，随即释然，也只有这种性子的范峻茂，才能够让范二真正喜欢并且敬重吧。若是贤淑安静的大家闺秀，范二虽然依旧会喜欢，却不至于如此打心眼里钦佩。

范峻茂没有走入药铺的念头，伸手一指，喝道："范二，去里边待着。"

范二"嗷嗷"叫了两声，屁颠屁颠跑进药铺，与陈平安擦肩而过的时候他冒死提醒道："节哀顺变。"

陈平安惊讶道："范小姐，你该不会是……"

不等陈平安把话说完，范峻茂点头道："没猜错，就是我。上次我们见面，你南下我北行，去的就是你家乡骊珠洞天，所见之人，是那个杨老头。对于郑大风，杨老头可不太上心，要他在老龙城自生自灭来着，倒是对你，专门多提了一嘴，要我有兴趣的话，可以多看看。"

关于杨老头对郑大风的态度，郑大风不愿糊弄陈平安，昨夜早有明言，老头子早就撂下狠话，要他这个不成材的弟子哪怕死了，都不可以泄露半点根脚，故而苻南华对郑大风的所有印象，就是骊珠洞天那个吊儿郎当的看门人。

范峻茂喊道："范二，丢张椅子出来，记住是椅子，别给我一条板凳。"

范二应了一声，还真是扛了张椅子到前面铺子，直接从大门丢了出来。

范峻茂接住后，放在了药铺对面的墙根，一屁股坐下后，身体后仰，椅子一翘一翘晃荡着，她懒洋洋道："郑大风可能想不清楚，苻东海谋划此事，苻畦并不知情，是苻东海这个志大才疏、本事半点没有的蠢货擅作主张。苻畦知道一些骊珠洞天的秘史内幕，对于郑大风是铁了心想要拉拢的，之前还专程带了个大长腿的娘们，好像叫苻春花来着，来这边找郑大风，可惜郑大风当时拒绝了人家的好意。即便如此，苻畦只当郑大风是一条过江龙，养在范家的小池塘里不招惹便是，可是苻东海捅了大娄子，云林姜氏那个老婆姨，又好死不死插了手，一下子将苻畦原本可以解释、可以关起门来处理的'误会'，变成了姜氏的面子问题。这下子怎么办？就有了登龙台必须死一个人的赌战。不然苻家前脚与姜氏联姻，后脚跟着就往姜氏脸上甩了个大耳光，你要是云林姜氏的老祖宗，会怎么做？"

陈平安回答道："儿孙自有儿孙福，面子大不过道理。"

范峻茂兴许是被这个答案给惊吓到了，摘下酒壶，道："幸好我刚才没喝酒，不然非一口呛死。"

陈平安坐在门槛上，道："虽然我跟孙嘉树有些过节，但是我觉得老龙城这些大姓里头，还是孙家的生意经，最正派。"

范峻茂喝了口酒，眼神玩味，笑问道："我们范家不入你的眼？"

陈平安笑道："能够教出范二这样的未来继承人，范家家风肯定不差。只是那座祖宗祠堂可以说话的人多了之后，肯定各有各的小算盘，身为家主，必须照顾方方面面，很难……洁身自好，甚至难免委曲求全，这点道理，我还是明白的。不过在郑大风这件事上，范家的确不够宅心仁厚。假如，我是说假如，我以后要跟范家做生意，除非是范二亲自打点，否则我不会放心，可跟孙家做生意，反而是孙嘉树本人不插手，我更放心。"

范峻茂歪着头，啧啧道："你也不笨啊，为什么杨老头喜欢说你太不聪明？"

陈平安哑然失笑，道："我离开家乡也有好些年了，除了长个子，脑子也得跟着长一长吧？"

范峻茂点点头，道："长了点脑子是不假，可遇上了大事，终究还是太不聪明。"

陈平安不以为意，直奔主题道："我们可以开始谈买卖了吗？"

范峻茂嗤笑道："光是看郑大风交给我的那张单子，我就知道你炼物肯定失败了，门外汉不说，还心比天高。如果我没猜错，你炼化五行之水的那件本命物，品秩不低吧？炼物的口诀和丹鼎也都不错吧？那你知不知道，除了必然不成之外，一旦失败，积弊深重，注定后患无穷？"

陈平安脸色凝重。

范峻茂笑了笑，道："我知道你这种人不信邪。买卖嘛，我管你买了我家货物后，是亏是赚。放心，一大堆天材地宝都给你带来了。我要那颗蛟龙沟元婴老蛟的金丹！这样有价无市的稀罕东西，确实让我都有些心动了，不然我不会亲自跑这趟，范二来了就行。"

范峻茂痛痛快快仰头灌了一口酒，又道："你想对了，我就是要宰你，趁火打劫，而且这一刀下去宰得十分之狠了，可是你陈平安能不买吗？"

陈平安抛出那只装有老蛟金丹的瓷瓶，被范峻茂一把接住。

陈平安问道："听郑大风说，你能够掌控老龙城上方的那座云海，那么如果我能够拿出更好的东西，你愿不愿意出手，无论登龙台一战胜负，都保住郑大风的性命？"

"范二身上有我送他的一件咫尺物，这会儿应该已经往外掏东西了。我既然是范氏子孙，做生意还是要讲究一点诚信的，东西都是好东西，就是价格贵了点，其他挑不出半点毛病。你就算去找苻家，苻畦也只能给你差不多成色的货物。"范峻茂说完这些，轻轻抛着手中那只瓷瓶，微笑道："哪怕我坏了规矩，选择出手，估计撑死了也就只有五成可能性，保住郑大风那条死不足惜的贱命，何况我半点都不想啊。"

陈平安刚要说话，郑大风已经坐在了门槛，跟陈平安一左一右，成了灰尘药铺俩门神。郑大风笑道："行了，求她没用。"

范峻茂点点头，手腕翻转，瓷瓶消失不见，笑道："确实如此。"

陈平安再次被郑大风强行打断话头，这次郑大风甚至对他摇了摇头，示意不要拿出那件东西。

范峻茂眼睛一亮，问道："还真有好东西啊？拿出来瞅瞅，万一我觉得物有所值，出手也不是没有可能。打狠架长筋骨嘛，不是坏事。"

郑大风猛然站起身道："够了！范峻茂，陈平安炼制本命物一事，真的机会渺茫？"显然是要转移话题，让范峻茂的那份好奇心不继续蔓延。

范峻茂有些无趣，瘫靠着椅子，摇晃着手中的酒壶，道："真把炼制本命物，当成是下五境道士随手炼几颗养气丹丸吗？知道所谓的天时地利人和吗？还是他陈平安觉得自己是那得天独厚、洪福齐天的幸运儿？门外汉随便找个地儿，想炼个本命物，就真能一次炼成？你陈平安要是成了，我范峻茂把眼珠子挖出来送给你。"

郑大风转身对陈平安说道："那就别炼！"郑大风极少有如此神情严肃的时候，这辈子都不多。

陈平安只得点点头，道："那就算了，我知道自己的赌运。"

范峻茂站起身，拍拍屁股，道："行了，那就这样。郑大风啊，到时候好好打，我在你头顶上看着呢，记得要死得有英雄气概一些。"

郑大风恢复原形，笑眯眯搓手道："范大小姐，那天在云海上，穿啥颜色的裙子啊，这身绿袍好看是好看，可偶尔也要换一身行头嘛。"

范峻茂到底不是寻常女子，笑呵呵道："到时候就算我光屁股站在登龙台上，你都睁不开眼睛看喽。说不定苻畦会先一剑戳死你，犹不泄愤，再一脚踩爆你的脑袋，到时候眼珠子炸出来，砰的一声，从登龙台飞到云海里，我再用两根手指夹住它，啪的一声，捏爆了。"

郑大风赶紧求饶道："范大小姐，求你老人家念我一句好行不行？"

范峻茂大笑着从巷子里大步离去。

等到确定范峻茂已经远去，郑大风才沉声道："那颗妖丹，你知不知道在最后关头，你只要拿出来，无论是苻畦，还是云林姜氏的人，甚至是任何一位仙人境大修士，看到了都会心动，你就有机会换来一条命？你今天给了范峻茂，又能换来什么？她出手又如何，五成可能性而已，可那是对我郑大风一个人而言，到时候我就算被救下来，你们一行人怎么离开老龙城？"

陈平安突然笑道："给你郑大风当传道人，我是不乐意的。"

郑大风翻了个白眼，坐回门槛，嘴硬道："你以为老子愿意？这是让我一辈子在李二那边抬不起头的事。"

陈平安双手笼袖，望着那堵墙壁，笑道："不过要是给现在的郑大风当护道人，我是乐意的。"

范峻茂蓦然"坐回了"那张椅子上，哈哈大笑，嚷道："看来还有一颗更加夸张的妖丹，十一境？不对，十二境大妖的妖丹！肯定是桐叶洲扶乩宗那头大妖的金丹了，有意思有意思！"

郑大风脸色剧变，死死盯住这个绿袍女子，厉声道："我不跟你开玩笑，你少打那颗妖丹的主意！"

范峻茂伸出一根手指，轻轻旋转一圈，只见身后墙壁有丝丝缕缕的雾气弥漫，最终在她指尖汇聚成一片小巧云朵。

如果不是早有预谋，她还真没办法听到郑大风的这番真心话。

啧啧，连郑大风这种家伙都愿意跟人掏心窝啦？范峻茂眯眼打量着那个年轻人。

范峻茂喝了口酒，满脸得意，道："十二境大妖的金丹，可以分大中小三炼，大炼的难度，不输炼就本命物，你陈平安就别想了，给我正好。我管着你们俩头顶的这座云海，事实上苻家不过相当于管家而已，我不在，苻家可以调用些，我在了，他就是想要动用我手指头上的这么点小云朵，都不行。"她抹了把嘴，遮掩不住眼中的炙热，道："给了我那颗妖丹，我可以鲸吞整座老龙城三面海水的水运，挑个好时辰，天时地利人和就都有了。怎么样？拿出来，我可以有五成的机会让郑大风活命，反正这条贱命，迟早是要丢的，我救他一次，关系不大。"

陈平安笑问道："敢问范小姐，那中炼和小炼又如何？"

范峻茂一挑眉头，道："小炼不难，然后拿来泡酒喝最合适了。效果嘛，谁喝谁知道！"

陈平安笑着点头，道："好的，那我就拿来中炼了，谢过范小姐提醒。"

范峻茂站起身，眼神凌厉。

郑大风站起身，沉声道："范峻茂！你别忘了，我这里还有一尊阴神！你敢动手，我就敢让你境界迟滞至少百年！"

范峻茂在药铺大门正对着的这段巷子，来回踱步，眼睛一直死死盯住那个名叫陈平安的家伙。

到最后，范峻茂一跺脚，拔地而起，掠入那座云海。她心情烦躁至极，大喊大叫着挥袖抓起一堆堆云，相互撞击粉碎。她折腾了半天，直挺挺后仰倒去，躺在云海上，道："拿来小炼泡酒喝，这辈子都不愁了啊。"

她抹了把嘴边的口水，开始在云海上打滚。

巷子那边，郑大风抹了把额头汗水，瞥了眼不动如山的陈平安，心有余悸道："你胆子真是大！"

陈平安脸色不变，示意道："你看看我后背？"

郑大风还真跨过门槛去瞧了眼，陈平安果然汗流浃背。郑大风笑着坐在门槛上，感慨道："真没有想到当年那个眼巴巴看着门外风光的黑炭少年，会变成今天的样子。"

陈平安摘下养剑葫芦，小口小口喝着酒："我自己都没想到。"

沉默片刻，陈平安转过头，笑问道："是变好了，还是变坏了？"

郑大风想了想："应该是都不错吧。"然后郑大风给了自己一耳光，骂道："你郑大风跟裴钱、朱敛不过待了一天，就学会拍马屁了？"

站起身，郑大风嘀嘀咕咕走回了药铺后面的院子，喊来了四人开始过招。这次画卷四人都感觉到郑大风带来的沉重压力，不太像是喂拳，反而有点拿他们四个练手的意思。

范二笑着跑出铺子，坐在陈平安身边，道："东西都放屋子里头了。"

陈平安"嗯"了一声，道："我应该不会炼制本命物了，不过想炼化另外一件小东西。你早点回去，这里不是久留之地，别给家族节外生枝。"

范二也不拖泥带水，站起身道："回头我再找机会，来药铺这边。"

陈平安也站起身，把范二送到街巷拐角处，那边早有马车等候，车夫正是桂花岛渡船上那位金丹老剑修马致，本命飞剑凉荫。

剑修之修行，练气士甲子老洞府，百年洞府剑修犹年少。

当时老剑修马致还难得跟陈平安吐了次苦水，若是范家愿意拿出一半家产，竭尽全力供奉他这位金丹境剑修，他就可以跻身元婴境剑修了。

陈平安没有走出巷子，笑着挥手跟老剑修打招呼，马致亦是笑着点头。

这天夜里，陈平安躺在屋顶上，手中拿着一枚并不时常拿出来的玉牌，怔怔望着，月色下，晶莹剔透。

如今陈平安神仙钱不多，可家当真不算少，而这枚玉牌，是陈平安最早的家底之一，在第一次出门远游大隋之前，就有了。

他没有去炼制那枚水字印。

人生道路上，有些明知道是危险的坎，亲身涉险都是对的，可有些诱惑，就得听从那句老话了：命里八尺莫求一丈。

陈平安将这枚玉牌放在身上，以双手轻轻覆住，闭上眼睛。

痴心剑已经借给隋右边，可即使没有借给隋右边，对于陈平安来说，那把剑仍是远远不够，可惜那把长气剑已经留在了藕花福地，不然是可以用来迎敌的。

如果有人能够借我一把剑就好了，可是天底下哪有这样的美事？

直到节气大寒的前一天，灰尘药铺依旧云淡风轻，一个客人都没有。一艘显得空荡荡的跨洲渡船，却停在了孤悬海外的那座岛屿渡口。

老龙城城主苻畦、云林姜氏那位教习嬷嬷，还有桐叶宗嫡传弟子杜俨，竟然并肩而立，等待渡船上的来客。

最终，只有一位不起眼的老者走下渡船。

若是当初追杀扶乩宗大妖的三人在场，就会认出此人身份——桐叶宗姓杜的那位中兴之祖。

衣衫素朴的老人慢悠悠下了渡船，见着了渡口众人，倒也和和气气打过了招呼，说过了有的没的寒暄话语，没有丝毫姜尚真所谓"桐叶宗那个老变态"的暴戾气焰。

但是当老人望向老龙城方向，一开口说正事，就立即让众人觉得山岳压顶了。他问："是个九境武夫？"

苻畦苦笑道："正是。"

老人伸出大拇指，抹了抹嘴角，道："大骊王朝授意，你老龙城苻家，送了我们桐叶宗四艘倒悬山航线的渡船，礼不轻了。"

大寒时节，飞鸟厉疾。登龙台畔，风啸声，犹如悍妇喋喋不休。

老龙城内城，几辆马车停在灰尘药铺外边的街巷拐角处。

苻家一声令下，全城戒严，不但不允许山泽野修、世俗百姓去往城外的登龙台观战，还严禁城内除六大姓外的任何人结伴上街。当然一些手眼通天的大族子弟，可以与六姓借取一块家族令牌，悬挂在腰间，便可在登龙台与内城之间畅通无阻。老龙城内自然颇有怨言，可是碍于苻家如今威势凌人，又早早与六姓之外的主要家族话事人通气，倒是没有太大的幺蛾子。虽则时有摩擦，但又给瞬间压下，就像一朵朵小浪花。一些个自恃身份的刺头子弟，被腰悬老龙布雨佩的苻家修士阻挡回府邸后，少不得给闻讯赶来的长辈骂个狗血淋头，训斥他们还要不要命了。

灰尘药铺内，喝过了朱敛熬制的米粥后，一行人蓄势待发，即将前往那座登龙台。

郑大风率先走出正屋，在门口抽了几口旱烟，倒是看不出如何神色紧张，不过相较之前的邋里邋遢，今天换上了一身略显老旧却清洗干净的青色长褂。

朱敛和裴钱收拾了桌上的碗筷盘碟。

隋右边一袭白衣，背负那把"吃心无数"后品秩越来越高的痴心剑，站在屋檐下，武道第七境金身境修为，风姿卓绝，望若神仙。

卢白象依旧是襦衫穿着，不再攥几颗棋子在手心摩挲，腰间悬佩狭刀停雪。这把佩刀，原主人可谓既是太平山斩妖除魔、口碑极好的元婴地仙，更是草蛇灰线、伏脉千里的妖族大佬。

魏羡今儿装束最扎眼。之前问了陈平安在老龙城穿龙袍犯不犯法，陈平安笑着说你穿皇后娘娘的凤冠霞帔都没人管你，魏羡就穿上了那件从画卷中一起带出的龙袍——南苑国开国皇帝的朝服，袖中藏有那颗兵家甲丸——西岳，神人承露甲的祖宗甲之一。

好似厨子的朱敛擦拭着手上水渍，从灶房走出，身后跟着个今天好像一直心情不太好的裴钱。

陈平安今天依旧身穿那件法袍金醴，发髻上别有那支寻常材质的玉簪子，腰悬朱红酒葫芦，另一侧挂了一块谁都不曾见过的素白玉牌。

玉牌只是被陈平安从一座曾经盘踞"一缕极小极小剑气"的气府取出，属于范峻茂所谓的小炼，如今仍是只能看，不能用。

它的存在,本身就是个念想,准确说来,是陈平安这个泥腿子为数不多的执念之一。

为爹娘报仇。答应宁姚当大剑仙。跟剑灵姐姐的甲子之约,有朝一日,能够堂堂正正对四座天下说一句话。

陈平安今天脚上换了双新靴子,是先前裴钱偷偷送来的。天未亮,裴钱就摸黑起床了,来到在药铺前面打地铺的陈平安身边,手里拎着双靴子。陈平安好奇地问她靴子哪来的。裴钱说,那次在客栈,不是跟九娘他们借了几两银子嘛,去狐儿镇除了买吃的,大头开销还是这双靴子。早就想送给陈平安的,可是后来狐儿镇那边的人骂上了门,陈平安又要赶她走,把她一个人留在客栈,她生气了嘛,就把它给埋了。后来陈平安改变主意,又带上了她赶往蜃景城,她晚上又偷偷挖了出来,当时钟魁在她旁边看热闹,还说是什么衣冠冢。这一路从蜃景城渡口、清境山仙家渡口,再到老龙城,一直怕衣冠冢这事,会惹陈平安发火,有些做贼心虚,就一直没敢拿出来。

当时一大一小,大的坐在地铺上,开始穿靴子,有些高兴,只是没有夸奖黑瘦小女孩几句,不过想说的话,大概都在他那张年轻脸庞和那双干净眼眸里头了。

小的蹲在一旁,问道:“合脚不?”

陈平安点头道:“合脚。”

只是陈平安穿上了靴子后,起身蹦跳了两下,就翻脸不认人了,说让裴钱跟赵姓阴神留在灰尘药铺,不用跟着去登龙台,而且之后阴神也会在某个时刻离开药铺,要裴钱不用怕,只要别擅自离开药铺就不会有危险。

裴钱当然不乐意,这些天她可是每天都在勤学苦练那套疯魔剑法,只是看陈平安说得认真,就耷拉着脑袋,“哦”了一声。

此时此刻,陈平安望向郑大风笑问道:“怎么样,出发?”

郑大风狠狠吸了一口旱烟,将烟杆别在腰间,大踏步走向院子,喊道:“走!”

一行人离开灰尘药铺,走在巷子里。

上了范家送来的马车,范二和老剑修马致都没在。之前范二又来过一趟药铺,两人在屋顶坐着喝酒,陈平安要他大寒这一天不许出现在药铺附近,范二说他知道事情轻重,不会任性行事。

裴钱端了条小板凳坐在灰尘药铺门口,低头弯腰,双手抱住膝盖,脚下那根与她朝夕相处了很久的行山杖,被她踩在鞋底,轻轻捻动,滚来滚去。

门槛那边,还倾斜立着一把油纸伞,陈平安要求她,哪怕是在灰尘药铺,也要把伞带在身边。

赵姓阴神暂时没有动身,郑大风只需折断烟杆,它就能够出现在郑大风身旁。太早现身登龙台,说不定那边早早有了应对之策,反而不妥。登龙台附近,当得起藏龙卧虎这个说法，有资格站在那边的，都是老龙城高高在上的神人异士，无一不是享受五大姓供奉的修士、宗师。

那尊阴神站在黑炭小女孩身旁，问道："担心陈平安？"

裴钱轻声道："我爹那么厉害。"

从骊珠洞天那座小庙走出的赵姓阴神，笑道："厉害是厉害，就是傻了点，明明没他的事情，非要蹚浑水。"

裴钱破天荒没有跳脚骂人，自言自语道："可不是，不然会一直带着我？我是个赔钱货啊。"

越想越愁，裴钱直起腰，从袖子里掏出那张黄纸符箓，啪的一声贴在自己额头，扬起脑袋，鼓起腮帮，吹得那张宝塔镇妖符轻轻飘荡起来。

三辆马车，由内城驶向外城。

郑大风独自坐在最前面的车厢里，闭目养神，已经竭力压抑的一身拳意，竟是有了满溢而出的迹象，随着马车每次颠簸起伏，就有罡气飘浮不定，只是很快就会在郑大风的每次呼吸之间，迅猛掠回体内。

九境巅峰武夫，自有其气度。

陈平安本该跟喜欢自称老奴的狗腿子朱敛坐在一起，只是隋右边抢先了朱敛一步。朱敛多识趣，笑呵呵去跟魏羡、卢白象坐一辆马车了。

车厢内，陈平安与隋右边相对而坐。

隋右边开口询问道："你对卢白象刮目相看，是不是因为他第一个动天机。说了某句话？你对我如此不满，是因为当初在边陲客栈，我对你流露出的那抹杀机，被你察觉了？"

陈平安反问道："老道人说你们走出画卷后，肯定对我忠心耿耿，是他在你们心境上动了手脚？"

陈平安自问自答道："可是我总觉得不像，不单单是因为你那次对我动了杀机。你们四人，在我眼中，始终是活生生的四个人，是人，就会有人心的起伏不定，不管再怎么心如止水，古井不波，修行路上，谁都没办法敢说自己不改初衷。所以我很好奇，那位老道人到底为何敢说，要我放心用你们。"

隋右边也反问道："你信不过……我们藕花福地的那位老天爷？"

陈平安摇头道："在这件事情上，我信老道人。"

隋右边伸手抹过横放在膝的痴心剑鞘，道："我们四人，除了各自得到一句话，其实还有一句话，四人皆知……魏羡不好说，他从不与我们三人私下聊天，所以至少我和卢白象、朱敛知道这句话。"

陈平安问道："可以说？"

隋右边苦笑道："其实说了也无所谓，就是'亲手杀死陈平安之人，可得唯一自由身'。所以你如果第一个请我离开画卷，我不管如何，都会尝试着杀掉你。至于魏羡为何明明第一个走出画卷，却没有对你动手，甚至连杀意都没有，我想不明白。等到客栈一战，你一口气请出其余三人后，就成了一个相互牵制之局。谁都不愿意别人得手，成为那个'唯一'。"

陈平安皱眉道："可是魏羡在破庙外，亲口说过我死，你们皆死，岂不是自相矛盾？"

隋右边笑道："要么是魏羡撒了半句谎，要么是那位老天爷算到了你会先请出魏羡，故意没有对他说这句话。不管魏羡如何，至少我、卢白象和朱敛三人，绝对不允许三人中其他两个杀你，谁敢私下杀你，那他就会沦为其余两人的必杀对象。有没有魏羡不知真假的那句话，我们都不愿意失去……自由。你当过藕花福地的天下第一人，应该知道对我们这种人来说，自由，绝不是可有可无的追求。"

陈平安没有对隋右边所谓的"自由"多说什么，只是感慨道："难怪说人算不如天算，天算早已算尽人心。"陈平安很快又自己否定了这句盖棺定论："不一定事事如此、人人如此。"

隋右边笑问道："此次就算活了下来，公子也亏得很，值得吗？"

这座天下太大，山太高，修士离开世间太远，不值得的人和事太多了。

陈平安没有说话，开始闭眼修习剑炉立桩。

三辆马车驶出了外城，往登龙台去。

苻畦开始独自拾级而上那座登龙台。

苻家元婴老祖并未露面，苻畦长子苻东海，长女苻春花，还有迎娶了云林姜氏嫡女的"新郎官"苻南华，以及在此结茅修行的老龙城金丹第一人楚阳和一拨供奉客卿，都站在登龙台下方。

楚阳脸色冷淡，他与郑大风一战后，因祸得福，成功破开大瓶颈，成了一位元婴神仙。但是今天在苻畦登台之前，楚阳却坦言，无论胜负，他都不再出手掺和这摊子烂事，上次破例离开海边茅屋，去了苻家拦阻郑大风，已经尽了苻家供奉的天大本分。苻畦对此没有异议，笑言："楚老以后只管在此笑看海上潮起潮落，再不会有人间纷争干扰楚老的静修。"

苻东海面无表情，看不出喜怒哀乐。

他本以为在苻南华最得意的时候，自己设计坑害郑大风，是为苻家立下一桩不大不小的功劳，可以压一压弟弟苻南华的气势。哪里想到会落到这般田地，城主父亲苻畦甚至在他被郑大风上门打伤后，连一面都没有露，既不责罚，也无安慰，好像就当他这个长子是死人一个了。这才是让苻东海最抓狂的地方。苻畦身为苻家家主，还挑着老龙城城主的头衔，在家族事务和老龙城格局上，从来“极好说话”，比如从不肆意打压其余大姓的蒸蒸日上，对家族里那些无法修行的蛀虫废物，更是极为优待，但是当苻畦不好说话的时候，苻东海、苻春花这些嫡系子弟，甚至会感到胆寒。

苻春花仰头望向步步登高的那个高大背影，神色恍惚。

她还记得父亲当初带着她去找郑大风的场景，不算相谈甚欢，不欢而散也算不上，有些志不同道不合的意思，大致就是从那天起，双方井水不犯河水罢了。可是苻东海这次的小动作，却惹来这么大的风波，苻春花身为半个局外人，反而比惴惴不安的苻东海看得更透彻一些。其实父亲苻畦对苻东海这次的自作聪明，并不生气，反而隐约有些高兴，就像一个不被寄予厚望的蠢货，有一天误打误撞，总算给苦等已久却无法入场的聪明人，做了一件帮得上大忙的事情。

一直顶这个“少城主”身份的苻畦幼子苻南华，最百无聊赖。郑大风死在登龙台上，毫无悬念。

至于那个姜氏嫡女，苻南华和她风风光光拜堂成了亲，入了洞房后，双方来了一场开诚布公的谈话，谈话结果，苻南华觉得可以接受。不过她长得很让人意外，并非外界传闻那般臃肿丑陋，便是比他喜欢过的那个桂花岛金粟，姿色竟然有过之而无不及。但是苻南华没有半点念头，因为当时洞房内，除了这对名义上天作之合的新婚夫妇外，早早脱了嫁衣换上平时衣裙的姜氏嫡女身后还杵着一个教习嬷嬷——姜氏供养出来的一位老资历元婴剑修。

苻南华哪敢造次，不过是多看了一眼姜氏嫡女——自己的妻子，就引来了那位教习嬷嬷的一记凌厉眼神。惹不起还躲不起吗？之后苻南华就不再自讨没趣，除了一些个必须要有的面子功夫，就极少去她和老嬷嬷那边找不自在。而那女子说话算话，就算是苻南华与朋友出门喝花酒的钱，也是由她来出。

苻南华觉得这样的新婚日子，极好了，要知足。他本就是娶了个姜氏嫡女的身份而已，至于如她这般美貌的女子，在老龙城只要愿意一掷千金，还是能找到几个的。

此时，登龙台下，丁家居中，方家、侯家分别站在左右。而今天那位桐叶宗来头很大的丁家“女婿”杜俨，并未露面。

不露脸也好，老龙城这结盟的三大姓人物，聊天就可以轻松许多，不用时刻揣摩那位桐叶宗嫡传的心思，生怕不小心说错了话，飞来横祸。

毕竟一个能够以大洲命名的仙家大宗，底蕴之深厚，便是富甲宝瓶洲的老龙城所有大族加在一起，都无法与之抗衡，更何况他们这些个被讥笑为趋利之徒的“商家子弟”，从来都是一盘散沙。

宝瓶洲本来就是九洲里最小的一个，而桐叶宗又是桐叶洲南边最大的一座仙家门派。

胳膊是拧不过大腿的，方家、侯家都暗中庆幸，身份尊贵的杜俨，到底只是因为一个姓丁的女子，才庇护着丁家，而不是他背后那位充满传奇色彩的老祖宗，对这座老龙城生出了兴趣。

方家如今处境最惨，给郑大风一个人差点将府邸打穿了。

不过今天那个身为罪魁祸首的方家子弟，十分趾高气扬，全无半点颓态，正跟侯家的一名狐朋狗友高谈阔论。

他如何能够不觉得心情舒畅？那个姓郑的疯子很快就要被活活打死在登龙台上了。他已经准备好一大笔银子，只等回城，就要大摆宴席，只要是那些在灰尘药铺当过伙计的女子，无论年纪大小、相貌美丑，一律丢进老龙城最底层的窑子当娼妓。你郑大风不是因为一个烂泥里的贱货就如此兴师动众嘛，现在后悔了吧？

孙家和范家，距离苻家和丁、方、侯两拨人都很远，而且这两个家族来凑这热闹的人寥寥无几。

孙家家主孙嘉树没有出现，范家只来了一位掌管祠堂香火的老人，其余都是些才能相对出彩的旁支子弟。

当三辆马车进入视野后，各自为营的老龙城大姓队伍，没有发出任何喧闹，没有指指点点，便是那个笃定郑大风死在登龙台上的方家子弟，都开始屏气凝神，收敛了笑意。

无论秉性好坏还是性情优劣，今天能够站在这里的，或多或少都象征着家族颜面，没有几个是真傻子。

就像这次观战，所有家族都没有让地仙祭出法宝，以亭台阁楼、小型渡船等飞升到空中，让大家舒舒服服俯瞰战场，而是乖乖站在登龙台底下，只以山上术法的各类“镜花水月”观看战事。

这就是苻家数千年来积攒下的巨大威势，以及老龙城这些商家大姓家族该有的生存智慧。

三辆马车缓缓停靠在登龙台那边。

苻家众人眼神玩味，同样不会有人跳出来向郑大风一行人出言挑衅，因为这样做的后果可能会死，而且丢的是苻家的脸，就算是苻家自己人，苻家都会觉得死不足惜，白白糟蹋家族银子。

郑大风独自登上那座高台，与陈平安他们没有任何临别言语，大步登高而已。

陈平安环顾四周一遍，很快收回视线，就只是仰头望向那一级级阶梯。

远处苻南华盯着陈平安，大感讶异，当年泥瓶巷那个黝黑消瘦的少年，还真是运道不俗，离开了骊珠洞天后，短短几年，就有今天这样的底气了，非但没有绕着他苻南华和老龙城而走，反而一头撞进来搅局。而且上次登门道贺的队伍中，本该死得不能再死的云霞山蔡金简，不仅活着离开了骊珠洞天，回到了云霞山，修为不退反进，而她那天见到自己后的态度也很值得咀嚼一番。

在郑大风登上登龙台最高处后，陈平安的视线就投向了更高处，那里有一座云海，只是身处老龙城地界，抬头也看不见，唯有乘坐渡船，居高临下，才能看到那幅壮阔景象。

按照郑大风的说法，这座云海才是苻家得以屹立于老龙城千年复千年，真正的立身之本。

历史渊源，一直可以往前推溯到世间最后一条真龙上岸，来到宝瓶洲。在那之后，才有了那条地底下的走龙道，有了骊珠洞天的那场大修士战死如雨落的血腥厮杀，有了那座螃蟹牌坊和那座小镇，有了那口井，有了大雪纷飞夜，有了那个倒在泥瓶巷陈平安祖宅门口几乎被冻死的少女，有了陈平安凑巧救下了她，她却去了隔壁，当了宋集薪的婢女。

东海老道人带着陈平安行走藕花福地不知多少年，不知几万里路，其间老道人说了一句话：世间事，皆有脉络可供观看，世上人，所思所想皆有迹可循。

只不过这些，都是陈平安暂时无法去深究的大事。

众人头顶，巨大云海之上，躺着一位绿袍女子，怔怔望向那道庇护天下苍生的穹顶天幕，若是能够看得更远一些就好了。

只是看到了又能如何？世俗王朝，国破山河在，犹有城春草木深。她，脚下老龙城里的那个孙嘉树，龙须河畔有过一面之缘的那个女子，大概还有一些人，他们都不行。

至于先前走上登龙台的那个小丫头，想抢夺云海，应该是要修补完整那件苻家打造的龙袍，到时候就有希望将半仙兵的老龙袍，提升为一件名副其实的仙兵。

这让范峻茂十分在意。

大道之争，比性命攸关还要危机四伏。像她，死了一次，根本不算什么，只要大道香火不绝，自然还可以再来。

所以杨家铺子的老头子，是唯一不能死的存在，只要老头子还能在那边吞云吐雾，她这辈子依附皮囊的范峻茂，还有李二之女李柳，所有老头子选中的人物，就可以身死道不消。

至于说这座天下，除了老头子，范峻茂还怕谁？答案是没有。

即便是已经走到道路最尽头的三教祖师亲临老龙城，以比老头子更高的神通，弹指间要她真正意义上灰飞烟灭，她也只有刻骨仇恨，而无半点敬畏。

在这一点上，范峻茂与登顶高台的稚圭，大道相悖，却心性相通。

她猛然坐起身，看了眼登龙台上的苻畦，疑惑不解。

郑大风已经登顶，苻畦严阵以待。

今天，元婴老祖持有的半仙兵，苻畦没有借用，那件老龙袍苻畦也没有穿上，庇护苻家祖师堂的那件半仙兵，同样没有取出。

苻畦如今已经无法驾驭头顶云海，所以他今天就只带了那件刚刚从别洲购买而来的半仙兵——一位剑仙死后遗留下来的无主飞剑。

范峻茂觉得不对劲，大大的不对劲。

她一拍座下云海，云海绕开那座登龙台，蓦然下沉，瞬间笼罩整座老龙城。与此同时，范峻茂咬破手指，在手上画符，是一道早已失传的上古符箓，如今练气士的神人掌观山河，不过是从这道符箓脱胎而来的赝品而已。画符之后，凭借着云海弥漫老龙城，脸色微白的范峻茂双手合掌，然后瞬间张开双臂，在双手之间，一幅幅画面一闪而逝，范峻茂观看眼前那些画面，如走马观花。

苻家祖师堂，孙氏祖宅，灰尘药铺，一一掠过。

当画面最终定格在外城城头上的一位老人身上时，这幅小巧山河图，瞬间碎裂。

范峻茂画符手心处，已是皮开肉绽，她强行咽下一口心头精血，一下子损失了寻常元婴地仙十数年道行。范峻茂脸色阴沉，根本不介意那点修为损耗。好家伙，一条至少是十二境仙人境的过江龙！

难不成是桐叶宗那个老变态？

自从开窍以来，一向心比天地宽的范峻茂，终于有些心情凝重起来。

郑大风死在登龙台上，她觉得是技不如人，一了百了，怨不得任何人。可要是活着走下了登龙台，却莫名其妙暴毙在一位“局外人”手上，她心里不是滋味！

这座老龙城，自古以来就是她的地盘！但是为了一个不顺眼的郑大风，值得她舍弃这辈子的这个“范峻茂”吗？

她后仰倒去，开始权衡利弊，其实没有利只有弊，所以她闭上眼睛，轻轻叹息一声，好歹不去看他郑大风的笑话了，毕竟半点不好笑。

此时，整座登龙台开始剧震不已，引来宝瓶洲这一带的东海、南海之水，激荡拍岸，不过都被地仙们各展神通，纷纷压退回去。

在距离那座孤岛渡口不远处的海面上，有个小道童踩在漂浮不定的一只巨大金黄葫芦上，满脸笑意。

梧桐伞遮蔽了天机，所以既可保命，也可遮蔽你陈平安身后人的推衍和救援啊。

福祸无门，唯人自召。

你陈平安这次惨了，惹上了桐叶洲唯一一个不该惹的家伙，不然除了此人之外，玉圭宗、扶乩宗和太平山，甚至是桐叶宗，你陈平安都问题不大。同境之争，你陈平安确实有几分本事，可以不惧，甚至对上金丹元婴这些世俗眼中的所谓陆地神仙，你也有一战之力。再高一些的，上五境玉璞境，未必愿意欺负你一个年纪轻轻的纯粹武夫。再高一些的，仙人境，可能会看出你一些端倪，也不太愿意撕破脸皮。

只可惜，这次桐叶宗的下山之人，最不讲究了。

不凑巧，这个不讲究的老变态，又是整个桐叶洲的山上第二人。

毕竟桐叶洲还有他家那座观道观嘛。

所以说任你陈平安千算万算，不惜耗费家底无数，辛苦布局护着那个郑大风，到头来就只能是竹篮打水一场空了，说不定就会死在这里。

这样也不错，帮你收了尸，带回观道观便是，乖乖成为藕花福地的养料。

踩在那只巨大金黄色养剑葫芦上的小道童，身形摇摇晃晃，幸灾乐祸道："好戏登场喽，小小宝瓶洲，有苦头吃啦。"

不到半个时辰而已，登龙台就彻底安静下来，而最终结果令人匪夷所思。

走下登龙台的人，竟然是那个郑大风，关键是他身上干干净净，没有任何重伤濒死的苗头。

苻东海和苻春花心境剧烈起伏，死活不愿意相信眼睛所见。

难道父亲苻畦死了？这可不全是坏事！

两人心有灵犀地对视一眼。

苻南华神色自若，脸上带着微笑，心中一动，听到心湖上那番隐蔽话语后，他的手掌翻转了一下，做了个不易被察觉的小动作。

丁家那边，有位老供奉一步向前，对丁氏家主附耳低语，后者很快就去跟方、侯两大姓的家族领头人窃窃私语，两人神色各异，最后仍是点头。

苻南华的那个小动作，如同大石砸湖，引来涟漪阵阵。

郑大风走下登龙台后，一言不发，陈平安陪着他坐入一辆马车。

郑大风瞬间面如金纸，沙哑道："苻畦打到一半，就认输了，分明是半点脸皮都不愿意要了。苻畦既不愿意陪我死战到底，没有给我破开九境瓶颈，一举跻身十境的那一线机会，也没有拿出所有家当跟我拼命，只是跟我互换了伤势，所以这趟返回内城药铺，一定会有大危险。陈平安，你最后想好！是半路下车，还是跟我返回药铺？"

陈平安淡然道："苻畦不要脸，我要的。"

郑大风歪了歪头，伸手抹去从耳中流淌而出的鲜血，笑道："这种话你自己信吗？你要是要脸，就为了几文钱，每天大清早候在树墩子那边，拿了信然后在小镇跑来跑去？"

陈平安摇头道："那个钱，我挣得心安理得。"

郑大风苦笑道："怎么，你非得我求你，才肯离开？"

陈平安说道："你求我也没用。"

郑大风后仰靠去，叹气道："你他娘的到底图什么啊？"

陈平安犹豫了一下，道："上次在老龙城破境，就有古怪，但还不明显。这次我去了趟藕花福地，回来后，到了老龙城，不知为何直觉告诉我，在我心井之中，有恶蛟游弋正抬头，一旦选择离开，它可能就会摆脱束缚，彻底出水了。这可能是我逆天而行、重建长生桥的必然劫难，估计在我跨过那座石拱桥的时候，觉得被这方天地接纳，其实是错觉，不是什么好事，而是已经被浩然天下盯上了，今天逃，此生都要逃。”

这个，郑大风相信，不过他心底知道，这其实还是陈平安的“借口”，虽然言语千真万确。

郑大风骂骂咧咧，道：“那你也别因为老子死在这里啊，换个人行不行？别让我郑大风觉得亏欠，行不行？你去找对你刮目相看的李二，或者你的好哥们刘羡阳……”

陈平安指了指郑大风的眼睛，提醒道：“眼眶流血了，好好擦擦。本来就长得不周正，那个姑娘会喜欢你，眼光真是不太好，要是她还活着，看到你现在这副模样，估计就喜欢不起来了。”

郑大风笑骂着一脚轻轻踹向陈平安，结果被陈平安一巴掌随手拍掉。

三辆马车驶向老龙城，三名车夫都是范家死士，神色从容。

驶出十余里后，道路上出现两位方家供奉，方家仅剩的七境武夫和一位金丹修士。

郑大风想要下车，却被陈平安拦阻下来。

一辆范家马车停在原地，隋右边率先走下马车，卢白象尾随其后。

之后又有侯家供奉拦路。

又有一辆范家马车停下，朱敛跳下马车。

魏羡步行跟随最后一辆坐着陈平安和郑大风的马车。

再后面，是丁家供奉，魏羡身穿龙袍，外边披挂着甘露甲，停下脚步。

双方对峙，马车继续前行。

郑大风摇头道：“是苻家的意思，已经完全不是我们之前预估的局势了，登龙台之战，比预期好了太多，但是走下登龙台，比最坏的结果还要坏太多。苻家竟是连云林姜氏的脸面都没太当真，这是怎么回事？”

临近老龙城外城东大门，陈平安掀开帘子往外瞥了一眼，道：“这说明我当时说的，躲在幕后的上五境修士出现了，而且不太可能是玉璞境，就算是十一境，多半也会是一名剑修，所以才能让云林姜氏都隐忍下来。但是真正最坏最坏的情况，是那个等着我们俩的大修士，很早就牵涉进了姜氏嫡女下嫁老龙城的局内，杀你郑大风，只是随手为之，大买卖的小小彩头而已。至于范家，说不定已经被排除在外了，要遭到一轮清算。范峻茂不管出不出手，范家都已经有了灭顶之灾的苗头。”

郑大风自嘲道：“如此说来，我郑大风是死无葬身之地了。就看那位守株待兔的大修士，给不给我跻身十境的机会。”

马车缓缓停下，陈平安掀起帘子，抬头望向城头高处，轻声道：“可能比较难了。”

不一会儿，郑大风和陈平安并肩站在入城的大道上，城头上站着三人：一位平平无奇的老人、桐叶宗嫡传弟子杜俨和妻子丁氏。

丰神俊朗的杜俨轻声笑道："老祖宗，你老人家亲自出马，是不是太欺负人了？"

老人微笑道："不仗着境界修为欺负人，那为何要辛苦修行？再说了，我如今的境界，是天上掉下来的吗？不也是次次搏杀，九死一生，一点点攒下的家当？"

杜俨笑着点头道："老祖宗教训得是。"杜俨犹豫了一下，问道："那个叫陈平安的家伙？"

老人笑道："我听说过这个年轻人的名字。先前自家那个废物借走了宗门重器，到头来还是让一名剑修捷足先登，宰了扶乩宗大妖，白白让姜尚真得了天大便宜。我知道那名剑修的名头，厉害着呢，左右，文圣的弟子，前一百年间，风头一时无两，打断了各大洲许多极好剑坯的剑心，比如婆娑洲那个曹峻。后来老秀才自囚学宫功德林，左右就消失了，他的剑术，很高明的。左右当初在海上，就问到了陈平安这个名字，所以陈平安肯定跟文圣一脉大有渊源。"

杜俨听得头皮发麻。能够让自家这位桐叶宗中兴之祖一口一个"厉害""很高明"，那得是何等出类拔萃的剑仙？至于"文圣""老秀才""大有渊源"这些词，更是让杜俨觉得这次陈平安会安然无恙。不过那个郑大风，肯定难逃一死。

不承想老人又说道："不然你以为我为何要带上那艘渡船？我等着那个左右呢，不怕他来，就怕他让我白拿了那件本命物。"

杜俨心情激荡，作揖道："老祖宗神武，气魄之大，冠绝我桐叶洲！"

老人嗤笑道："这种废话不要多说，有本事自己走到我这个高度，让你自己的子孙、后世宗门弟子拍这等马屁。"

杜俨忐忑道："不敢奢望。"

老人摇头道："所以你也是个不成气候的废物，不过是运气好，随了我的姓氏。"

杜俨没有半点郁闷，反而开心笑道："运气好，不也是本事？"

老人破天荒点了点头，道："这话没错。"

老人一步跨出，刹那之间，便直接来到郑大风眼前，相距两三步而已，几乎面对面了。因为个子不高的关系，老人还得微微仰视这位受伤不轻的九境武夫，笑问道："听说你是骊珠洞天那边的看门人，给那个古怪老儿打杂，不知道我打死了你，他有没有胆子离开那座牢笼，找我麻烦？"

郑大风无动于衷，一拳递出而已。

老人双手负后，站着挨了一拳，倒滑出去数步，只是整个人身形岿然。

反观郑大风腹部，被一条小舟模样、长达两臂的器物，洞穿了。

老人习惯性伸出大拇指，抹去嘴角一丝鲜血，道："就这点劲儿？我可不是纯粹武夫，不都说练气士的体魄是纸糊的嘛，我看也不尽然。”

老人弹指，弹掉那点鲜血，然后指了指郑大风腹部，道：“这可不是剑修的本命飞剑。我这辈子最烦剑修，太喜欢出风头，尤其是剑仙之流，眼高于顶，我恨不得把他们的眼珠子抠出来，塞进他们的屁眼里头去。只可惜等我能做到这件事的时候，就又得遵守这方天地的规矩了，大牢笼啊，没办法轻易离开山头，你说可恨不可恨？”

说到这里，老人斜眼瞥了一下天幕。

郑大风一步踏地，向老人再出一拳。

老人侧过身，同时一只手按住郑大风的脑袋，往后方一推。

郑大风倒飞出去百余丈，腹部还牢牢钉着形若飞剑的那艘小舟，倒在血泊中，一次次挣扎着起身，一次次跌回地面。

老人转头望向陈平安，问道：“你能喊来左右吗？”根本就不等年轻人任何答复，就已经一袖挥出。

一袭白衣倒飞出去，只是在空中轻灵旋转，飘然落地，两脚先后重重踩入地面，这才止住后退身影，双袖飘摇。

老人微微讶异，道：“比想象中要好些嘛，竟然有资质不当个废物，不错不错，可惜不姓杜，那么死了也不……可惜！”

老人抬起一手，轻轻按下，一只大如山峰的金色手掌，直接破开老龙城上方的云海，往陈平安头顶山岳压顶般而去。

陈平安以云蒸大泽式向天出拳。

方圆百丈之内，尘土飞扬，遮天蔽日，大坑之中，陈平安缓缓走上斜坡，重新出现在老人视野中。

老人环顾四周，点头恍然道：“看来那左右并非你小子的护道人，自然就赶不来了……”

言语之间，法袍金醴被打出金色真容的陈平安，好像被一只无形大手拦腰抓住，整个人腾空飞起，划出一道圆弧，撞入老人身后的老龙城城墙之中。

老人摇头道：“好苗子又如何，连上五境都不是，还不是废物？”

看也不看后边的城墙，老人伸出手臂，轻轻向后一弹指。

陈平安撞入城墙处，出现一张巨大的裂缝形成的蛛网，被老人弹指后，已经深陷城墙中的陈平安直接撞破了整堵墙壁，落在外城中。

老人挠挠头，等了片刻，天地尤为寂静。

郑大风半蹲在地上，抬起头，老人笑道：“你可以尝试着折断那根老烟杆，我很好奇那老家伙是亲自来救你，还是使些雕虫小技。”

郑大风口吐鲜血，艰难道：“杀我一个人就够了。”

老人摇头道："骊珠洞天那老家伙站在我跟前，跟我说这话，我说不定才会考虑一二。"

老人皱了皱眉头，转头望去。那个年轻人竟然强撑着重新出现在了城墙大窟窿当中，手中握有一颗丹丸模样的东西。

那位教习嬷嬷脸色阴暗，道："是一颗上五境妖丹，如果是被炼化之物，这一旦炸开，整个老龙城东边都要毁了。"

苻南华放声笑道："此人绝对不会如此作为！"

教习嬷嬷神色古怪，瞥了眼苻南华，后者轻声笑道："这种人，就是这么蠢。"

孙嘉树叹息一声，陈平安确实不会这么做。

孙嘉树刚走出一步，就被元婴老祖一把按住肩头，道："不可强出头，不然孙家此番谋划，全部付诸东流。"

孙嘉树挣扎了一下，仍是被老人死死按住，厉声道："其他事情，你都可以任性，这件事，不行！这不是你孙嘉树一个人的事情。"

孙嘉树依然想要说话，竟是直接被孙氏老祖打晕过去。

陈平安坐在破碎城墙边缘，摊开手掌，道："我用这颗妖丹，买郑大风一条命。"

虽然距离颇远，可是老人依旧听得一清二楚，嗤笑道："什么时候九境武夫的性命，值这么多钱了？"略作思量，老人笑着点头道："不过九境武夫再少，总比这十二境妖丹要多一些，我答应了。"

他伸手一抓，将那颗十二境妖丹收入囊中，然后冷笑道："郑大风的命留给你了，至于他的武道境界嘛，就别留着了。"

只见老人一跺脚，死命挣扎着起身的郑大风背脊处传来一连串的崩碎声响。

一位九境武夫，如同没有了骨头，瘫软在地上。

老人看着那个年轻人，道："好了，现在你又拿什么来买下自己的性命？记住，要比十二境大妖的妖丹更加珍贵，才行。"

陈平安盘腿而坐，血人一个，已经看不清面容。

老人笑道："都说我这个人脾气不好，我今儿破例一回，等你一会儿。"

这位貌不惊人的桐叶宗中兴之祖，那件本命仙兵，名为吞剑舟。是由远古时代一条巨大吞宝鲸的完整尸骸，历经六百年整，才炼化而成。六百年间，桐叶宗倾尽人力物力，孤注一掷。

桐叶宗被南边玉圭宗唯一一次压过声势，就是在那段惨淡岁月。先是开山老祖一脉的宗主，在一场远游中土神洲的变故中，身死道消，宗门没了仙人境坐镇，青黄不接；然后是桐叶宗为了杜氏老祖，财力一掏而空，之后老修士炼化本命仙兵，又闭关了数百年之久。

这位老人出关后，第一件事情就是乘坐“渡船巨舟”，到了玉圭宗山头，约战一位玉璞境剑仙，只分生死，结果直接将那名剑仙打死，连剑修的本命飞剑都给吞掉了。

既然能吞掉剑仙飞剑，那天底下还有什么是吃不进肚子里的？

老人等了片刻，问道：“想好了没有？”

陈平安摇摇头，道：“没了。”

老人笑眯眯问道：“腰间的养剑葫芦，品秩还凑合，嗯，还有那块玉牌，有些年头了，竟然是件咫尺物？可惜加在一起，也买不了你的命，何况你死了，东西就都是我的了。”

陈平安低下头，拍了拍养剑葫芦，挤出一个笑脸，说道：“这辈子就这样了，你们能跑就跑吧。”

然后他颤颤巍巍伸出满是鲜血的左手，一把扯下腰间那块玉牌，死死握在手心，想要一把捏爆这块咫尺物。他的心中只有一个念头，这件东西，死也不能被别人染指。

咫尺物安然无恙。

陈平安满是愧疚，只是到最后，有些委屈。

从来不会怨天尤人的陈平安，有些委屈。

他抬起攥紧玉牌的手臂，横在眼前，泪水糊着血水，只是不愿让世间看到这一幕。

陈平安放下双手，高高抬头，往南边瞥了眼，嘴里轻声道：“我有一剑……可搬山，可倒海……”

那位桐叶宗中兴之祖，嗤笑道：“这是做啥子？临终遗言，不是应该破口大骂我欺负人吗？”

于是他驾驭本命仙兵，“一剑”戳穿了年轻人的腹部。

不知为何，那块玉牌粉碎了。

老人微微皱眉，不过也只是觉得可惜少了一件咫尺物。

穗山之巅，一位坐在石碑之巅死死耗着那位金甲神人的老秀才，一直在默默推衍天地。突然他脸色大变，站起身，以罕见的肃穆神色沉声道：“傻大个，助我劈开两大洲之间的屏障，别问，速度！”

身披金甲、以剑拄地的穗山大神很是奇怪，点了点头，什么都没问，就现出高如山岳的金身法相，一剑劈斩而去，直接劈出了一条类似光阴长河的无尽虚空。

老秀才一掠而去，缝隙合拢。

整座中土神洲的中岳穗山，山水气运震荡不已。

天地间，有人像是听见了老龙城的那句言语，她轻柔应声道：“来啦。”

破碎后坠地的骊珠洞天，整座方圆千里的小天地都开始剧烈摇晃。

阮邛脸色铁青，竭力压制这份疯狂至极的紊乱气运。

一大片斩龙台石崖处，掠出一抹白色的高大身影。

她带着两只雪白大袖，笔直升天，在这座浩然天下的天幕穹顶处瞬间停滞，瞥了眼宝瓶洲版图的最南端，然后身形如剑而去。

雪白身影所到之处，整座宝瓶洲上方，在大寒时节都响起了一阵阵雷鸣。

云海以下，登龙台以西，渡口孤岛以北，整座老龙城陷入了光阴长河瞬间停滞不前的境地。

范峻茂看到那抹雪白身影如坠地之天虹的瞬间，心中充满了无穷尽的缅怀追思。她热泪盈眶，站起身，欲言又止，又以一个历史悠久的“安坐”之姿，端端正正坐在云海之上。后世儒家君子，讲究正襟危坐如坐尸，即是如此。

灰尘药铺那边，裴钱正手持行山杖，在铺门外边的巷子里施展着疯魔剑法，浑然不觉天地异象，而门槛那边的赵姓阴神已经纹丝不动。

外城有位身材矮小的富家老翁，一脚刚要踏出，一皱眉头，缩回了脚，纹丝不动，只是转动眼珠子，略作思量，又以更加隐蔽的阴神出窍远游，鬼鬼祟祟，又如鱼得水。

老龙城东门外，云林姜氏的教习嬷嬷满脸涨红，本命飞剑在窍穴内嗡嗡颤鸣，这才使得她能够竭力看到一些模糊画面。

桐叶宗姓杜的中兴之祖，眯起眼，望向城墙窟窿那边，本命仙兵吞剑舟，安安静静悬停在身侧。

在那堵城墙被硬生生打出来的“门洞”中，一位白衣如雪、大袖飘荡的高大女子，坐在碎石堆上，动作轻柔，怀中抱着那位身上的金醴法宝几乎尽毁的年轻人，他受伤太重，已经昏死过去。高大女子低下头，伸出一根手指，轻轻抚平年轻人那紧皱的眉头。

不远处，站着一位青衫寒酸的老儒士，抬手擦着额头，对高大女子道：“你也太冒失了，动静闹得这么大，知不知道，为了遮蔽你的行踪，我算是把吃奶的劲儿都用上了。如果不是穗山大神还算讲义气，让我直接跳到了宝瓶洲北部，这会儿就已经天下尽知了，到时候陈平安还怎么安心修行？”

见那女子不说话，老秀才越发心虚，哀叹一声，看也不看那桐叶洲版图上的仙家第二人一眼，自顾自地来到墙壁边缘，忍着心中怒火，问道：“怎么？你们两位既然这么喜欢看热闹，现在却连头都不敢露了？”

北边，出现一个缥缈身影，依稀可见，是一位中年儒士，腰间悬挂有一枚金色玉佩，篆文为“吾善养浩然气”。

南边，是一位同样身形飘忽不定的儒士，古稀模样，腰间同样悬挂金色玉佩，篆文为“得道多助”。

中年儒士作揖道:“拜见先生。”

南边那位古稀儒士见到了文圣老秀才,却是全然无动于衷,连眼皮子都没有动一下。

老秀才深呼吸一口气,指了指那个桐叶宗中兴之祖,望向悬挂“得道多助”玉佩的古稀儒士,问道:“你身为负责察看桐叶洲北方的圣人,若说十境、十一境的练气士行走天下,你可以推说人间事繁多,脚底下星星点点的万家灯火,你在天上顾不过来,但是这么一个飞升境练气士,就是一盏大灯笼在你眼前飘过,你还是看不到?你眼睛瞎了?”

古稀儒士默不作声。

中年儒士叹息一声,他事先其实被打了声招呼,说桐叶宗杜懋会下山来一趟他所在辖境的宝瓶洲老龙城,这是北方大骊宋氏的谋划之一,又牵扯到扶乩宗、太平山大乱的妖族内幕。杜懋离开宗门之前,就与古稀儒士报备存档过了,只是事出突然,来不及跟学宫讨要关牒,所以中年儒士就睁一只眼闭一只眼。

对于这些飞升境大修士的约束,是礼圣订立下来的一条铁律,这么多年来,并非没有反弹,甚至还有大修士公然讥笑说,礼圣老爷真是博爱,浩然天下放养着那么多妖族,不去绞杀殆尽,斩草除根,留着养虎为患不说,反倒是对自家人规矩森严,伸个胳膊腿儿,都得学宫批准。瞧瞧人家道家三脉坐镇的青冥天下,飞升境爱待在那座白玉京就待着,闷了就肆意远游天下,为何独独浩然天下,打个喷嚏都得讲规矩?

桐叶宗杜懋有些不耐烦,一手负后,一手挠头,抬头望向那位老秀才,问道:“你就是文圣啊?”

老秀才对杜懋就当没看见没听见,只与那两位坐镇天上的儒家文庙陪祀七十二贤,说道:“你们两人,皆是老三的得意门生,是圣人。老三应该教过你们,你们更应该记得,恻隐之心,人皆有之。羞恶之心,人皆有之!”

前者,是对坐镇宝瓶洲南部的中年儒士说的。

后者,是对那位放任杜懋下山,跨洲进入老龙城的古稀儒士说的。

能够跻身文庙、陪祀至圣先师的读书人,当然是名副其实的圣人,比儒家书院山长的所谓儒圣,更加有分量,只是浩然天下儒家正统,仍然坚持七十二贤这个说法。

老秀才继续道:“你们家先生更说了,生,亦我所欲也;义,亦我所欲也。二者不可得兼,舍生而取义者也!现在是那个陈平安在教你们做人!反正老三也教不好,就让一个读书不多的孩子教你们好了。”

古稀儒士脸色古板,漠然开口道:“你已不在文庙,再无陪祀神像,学统文脉已断,对我家先生应当敬称为亚圣。”

老秀才气得吹胡子瞪眼睛,骂道:“我没喊他老王八蛋,就已经给他天大面子了!

你算个什么东西？靠着狗屁的道德文章，无补于事的狗屁学问，进了文庙吃冷猪头肉而已。”

古稀老人依旧面无表情，只是嘴角微动，似有讥讽。

老秀才拍了拍胸口，自言自语道：“要以理服人，以德服人。”又叹息一声，道：“你们两个，是明知道我如今没办法拿你们怎么样，所以就有恃无恐，对不对？”

中年儒士摇头道：“不敢，也不愿如此。”

古稀儒士冷笑道：“你的学问就是搅屎棍，是臭苍蝇，坏了我们儒家道统的千秋大业。”

这位悬佩“得道多助”金色玉佩的古稀儒士，不退反进，向前跨出一步，理直气壮道：“我就当着你的面这么说了，你能奈我何？”

老秀才给气笑了，道：“你把我当年如日中天的时候，你苦读钻研我这一脉学问书籍的事情，给忘了？如果我没有记错，你还跑去跟崔瀺讨教过，结果如何？崔瀺骂你啥也没学到，只学了老三的道貌岸然，还建议儒家以后颁布一个‘伪君子’头衔，与那正人君子并驾齐驱，真是一针见血。”

中年儒士满脸苦笑。古稀儒士定力真是好，被老秀才如此羞辱，仍是神色自若。

老秀才仰起头，望向高空，喃喃道：“君子可以欺之以方，这是老三你亲口说的啊。我知道，你是要为读书人再添加一副枷锁，想要遥相呼应至圣先师那句‘克己复礼为仁’，可你现在看看这座天下，符合你的初衷吗？不用看其他人，就看看你这位得意弟子就行了。就因为这样，堂堂礼记学宫大祭酒，礼圣的门生，厚着脸皮去求白泽出手，结果人家怎么说来着？‘再看看。’再看什么呢？我觉得不用看了，这个世道啊，就是不行，就是江河日下，人心不古！当初我们切磋学问，又是怎么说来着？哪怕大道不同，可是皆认为‘今人不必不如古人’的。笑话，真是笑话！”

中年儒士望向南边的那位古稀儒士，轻声笑道：“不然与先生认个错？”

古稀儒士反问道：“何错之有？”

中年儒士沉吟片刻，道：“断人文脉香火，只应该在学问上着手，只应以苍生社稷出发，不该以力服人。一个飞升境的练气士，打着幌子，挑衅四位圣人默认的老神君，肆意打杀一位‘有可能是文圣门下弟子’的年轻人，不合理，不合礼！”

古稀儒士淡然道：“我在看千秋大业，在看文运万年。”

中年儒士微微摇头，不再言语。

老秀才一屁股坐在墙壁破洞边缘，叹道：“不管道理讲与不讲，不管谁来讲这道理，不管旁人听与不听，有些道理，始终都还在的。你们不懂。”

身后，一个清冷嗓音响起，问道：“讲完了？”

老秀才点点头，垮着双肩，双手叠放在膝盖上，有些灰心丧气，道：“讲完啦。跑这么远，还要一路遮掩你的气机，这会儿又说了这么多废话，没半点精气神喽。至圣先师，礼圣，老三，我，辛辛苦苦琢磨出来的这么多好道理，我看是要原封不动还给这方天地喽。"

高大女子轻轻放下陈平安，站起身，缓缓走到老秀才身边，道："那该讲我的道理了。事先说好，你要是敢拦着，我连你一起——"

老秀才摇头道："不拦着，是我这个糟老头子没本事啊，才害得小齐身死道消，才害得小平安遭此苦难，是我对不起这两位弟子。有些人想吃屎，我都拦不住，我拦着讲理的你做什么？"

一直站在原地看戏的杜懋笑道："怎么，也是位隐世不出的剑修？仙人境？总不能是倒悬山那边跑出来的飞升境吧？"

中年儒士眼神古怪，瞥了眼南边的古稀儒士，后者神色肃穆凝重，显然面对高大女子，比面对曾经身为文圣的老秀才，压力更大。

高大女子打了个哈欠，往前一步走出，笔直落在墙根下，缓缓前行。

她腰间悬挂有一把无鞘也无剑柄的老剑条，锈迹斑斑，唯有剑尖处一小截，磨得锋芒极其光亮。

古稀儒士沉声道："你如果胆敢出手，就是坏了此方天地的规矩！"

高大女子只是缓缓前行，伸手拍打着嘴巴，像是刚刚睡醒。那把老剑条系挂得并不牢靠，所以随着她的步伐，剑尖轻轻摇晃，雪白剑芒流转不定。

杜懋心思急转，缩手在袖，想要推衍天机，突然发现这座天地已经被人禁锢，再也无法演算出眼前这位高大女子的真实来历。

她在前行途中，转头对那位中年儒士说道："看在你说了几句人话的分上，出去！"

中年儒士微微皱眉，却发现老秀才在对他挥手，略微犹豫，仍是散去了身影。

她把视线往南移了些许，斜眼看着那位古稀儒士，喝道："滚出去。"

老秀才再无动作。

古稀儒士质问道："你真要与这座天下的大道抗衡？"

高大女子歪着脑袋，伸出一根手指，轻轻按住老剑条顶端，道："才磨了这么点，不过劈开一座倒悬山应该是可以的，那我就在浩然天下和蛮荒天下开道门吧。"

古稀儒士脸色大变，厉声道："不可！"

她哪里乐意搭理这家伙，轻轻一推老剑条，老剑条一闪而逝。

这座天地的天幕，即刻破开一个大窟窿，飞剑直去倒悬山那边，转瞬万里又万里。

老秀才浑然不在意，到底是当年那个成圣前跑去天穹，伸长脖子嚷着让道老二往这里砍的混不吝读书人。

婆娑洲和桐叶洲之间的广袤海域上，一位远离世间的剑修猛然抬头望去。

刹那之间，只见前方千里之外的大海，像是被一把飞剑给直接劈成了两半，巨浪高如山岳，向他迅猛压来。

这名剑修自然不会担心这些海浪威势，近身百丈则粉碎，但是那把飞剑的气势，让他有些触目惊心。

浩然天下有这样的剑修？阿良又给道老二打下来了？

可阿良如今没有这样的一把剑吧？事实上他这辈子都不曾有过。

四座天下，最好的四把剑：一把在中土神洲天师府的历代大天师手中；一把在那个自称“资质鲁钝，得不了道教不了学问”，却一剑劈开黄河通天的读书人腰间；一把在道老二手中；阿良离开倒悬山后，据说就是去找最后那一把——“杀力高出天外”的那一把！只是不知为何，天底下最配得上那把剑的阿良，到最后竟然只是赤手空拳，飞升去了天外天。

剑修没有去追赶那把杀力无匹的飞剑，而是猛然惊醒，立即往宝瓶洲最南端那边赶去。

古稀儒士伸手指向那个高大女子，愤怒道：“你疯了！”

她依旧缓缓前行。

杜懋咽了咽口水，问道：“你既然丢了剑出去，还要跟我拼杀？”

她仿佛听到天底下最好笑的一个笑话，笑道：“拼杀？你大概不知道一件老皇历上的事情，毕竟你年纪小，我不怪你。”

老秀才蓦然大笑起来，捧腹大笑的那种，对杜懋道：“上古时代最大的那条吞宝鲸，是给谁宰掉的，你知不知道啊？我知道啊，可我就是不告诉你啊。”

高大女子就这样笔直走到了一位飞升境神仙的身前，与之前杜懋站在郑大风身前差不多的距离。

只是女子身材高大，所以她居高临下，眼神冰冷，看着这个该死的老不死：“不如你驾驭你的这件本命仙兵，试试看？我站着不动，不骗你。”

“臭娘们你找死！”杜懋暴喝一声，身形急掠，吞剑舟瞬间风驰电掣，直刺那个古怪女子的头颅。

本就不过几步距离，又是一件本命仙兵，可杜懋却心神剧颤。

古稀儒士亦是眼皮子开始打架。

只见那艘吞剑舟颤颤巍巍悬停在高大女子眉眼之前，充满了本能畏惧，以及对杜懋这位主人的哀怨。

高大女子伸出一根手指，向下指了指，道：“乖，别碍眼，下去点。”

吞剑舟竟是无比温顺地开始下降，最后悬停在她脚边，结果仍是被她一脚踹飞出去，恼火道：“不长记性。”

杜懋习惯性伸出拇指，抹了抹嘴角。熟悉“桐叶宗那个老变态”的对手，就会知道，当杜懋做出这个动作后，几乎就是要拼命了。

高大女子叹了口气，对杜懋说道：“你运气不错，只毁了一件本命物，我那一剑本该是对你递出的。不过下次等我现身桐叶洲，你就没这样的好运气了。”

就在此时，天地先前破开窟窿的那个地方，探入一只青衫袖口中的大手，双指夹住那把老剑条，手臂颤动，大袖翻滚。

显而易见，哪怕只是暂时控制住这把磨了一截剑尖的老剑条，也并不算轻松。

一个威严嗓音从外边大天地传入这座小天地：“胡闹，下不为例。”

高大女子转过头去，问道：“怎么？是要我持剑后再出剑，那我把浩然天下和青冥天下打通？”

她一招手，老剑条瞬间脱离那只手的掌控，被她握在手中。

那只手臂的主人并未现身，但是一抖手腕，袖有清风凝聚如滚滚江水，直接将那位古稀儒士裹挟其中，说道：“随我去文庙，闭门思过。”

老秀才啧啧道：“如今连冷猪头肉都吃不成喽。”

那人冷哼一声，对老秀才说道：“今天的事情，老秀才你来收拾残局，文庙那边不会插手。”

老秀才蹦跳起来，骂骂咧咧道：“老子不服！给点好处来！不然看我不去文庙那边，除了老头子的神像，连礼圣和你在内，搬走剩余七十尊神像，全部丢出去，再把我那尊搬进去，反正老头子本来就是看我最顺眼……”

那人将古稀儒士收入袖中后，叹息一声，道：“拿去。”

言语落定，小天地的天幕窟窿已经合拢，只是轻飘飘落下一枚金色玉佩，却不是古稀儒士那块“得道多助”，而是中年儒士那块“吾善养浩然气”。

老秀才接在手中，这才心满意足，笑道：“这次还算公道，有点小善了。”

那人似乎给这个“小善”说法惹火了，没有立即返回中土神洲，反而有一股磅礴的浩然正气滞留在小天地之外。老秀才直着脖子嚷道：“咋的，你也不服？不然我跟你说道说道那场三四之争，到底我为何而输？真是你学问比我高？如果不是我弟子当中，是齐静春，是左右……”

老秀才看似“胡说八道”的时候，双手抖袖，微微屈膝，就要坐而论道。

唯有儒家圣人与中土神洲上五境仙人，方可亲眼所见当年某人的学问，是何等如日中天，是如何力压释道二教的那些圣人！

便是欺师灭祖的大骊国师崔瀺，说起这一段尘封历史，亦是神色慷慨。

但是那人直接走了。

老秀才停下吓唬人的动作，瞪大眼睛看了半天，没动静，应该是走了，这才咬了口那块金色玉佩:“哎哟,是真的,还算讲点道理,我这一大水缸口水,不亏。”

此次离开骊珠洞天,高大女子第一次真正意义上手持老剑条,对杜懋笑道:“你的运道似乎比我想象中要差点。”

老秀才哈哈大笑道:“不是嫌弃飞升境束手束脚嘛,那就打他个跌落玉璞境、元婴境,想去哪儿去哪儿! 不是想要断我文脉香火吗? 哈哈,这下子踢到铁板了吧,不对不对,是踢到了一根老剑条。杜懋你运气好,万年以来独一份啊,以后出门还是可以跟人吹牛皮的……”

高大女子转过头,眯眼厉色道:“照看好我的主人!”

老秀才缩了缩脖子,答道:“放心,我不比你少关心小平安。”

杜懋卷起袖管,缓缓道:“没了吞剑舟,我还是一位飞升境!”

老秀才扯了扯嘴角,一挥袖,杜懋头顶小天地的天幕,已被打开。

杜懋终于有些气急败坏,飞升境之所以在各种洞天福地龟缩不出,除了容易引发天地气运的紊乱,还极其容易引来大道碾压!

高大女子横剑在身前,淡然道:“关上。”

老秀才点点头,果真重新关闭了天幕漏洞。

这下子杜懋才开始有一丝慌张,只是脸上戾气不减分毫,问道:“既然如此看重那个年轻人,你当真舍得跟我互换修为?”

高大女子笑道:“这会儿开始跟我讲道理了?”

识时务者为俊杰。

杜懋这趟北上,有三个目的:一是找机会断了文圣一脉的香火,顺便领教一下剑修左右的飞剑;二是有人想要试探一下那位骊珠洞天老神君的底线;三是为了桐叶宗渗透宝瓶洲半壁江山而来。

现在已经达成了两个目标,第一个,可有可无了,他本就不是儒家门生,无须为此消耗自己的道行。

山上修行,以力为尊,至少他杜懋一直推崇这个观点。

胜人者得势,自胜者得道。

前者是实打实能够落袋为安的,至于后者,在杜懋眼中,完全就是大而无当的废话,只要是死在大道之上,即便称得上殉道而死,不还是死了?

高大女子握紧那根老剑条,问道:“先前我主人在你身前,你与他讲道理了吗?”

杜懋倒是个真小人,直言道:“他的修为,如今就是个废物,如果不是为了引出剑修左右,都没资格让我杜懋跟他说一个字。但是你有!”

高大女子一手持剑,一手抬起做了个手势。

老秀才苦兮兮拿出一幅山河画卷,嘱咐道:“悠着点打。”

杜懋见到那幅不同寻常的画卷后，不再犹豫，将那派不上用场的本命仙兵收回窍穴当中，同时祭出金身法相，一肩膀撞开小天地，就要往南海飞掠而去。

高大女子没有追赶。

老秀才笑了笑，随手丢出那幅画卷。

高大女子与杜懋那尊金身法相一前一后消失在画卷中。

那一幅山河画卷悬停在了老秀才身前，至于这座老龙城小天地，则重新合拢无缝。老龙城外，除了那位教习嬷嬷能够稍稍眨眼，其余人等，依旧全部寂静不动。

画卷上，时不时传出一阵阵丝帛撕裂声响，是被杜懋的金身法相撑开画卷天地，更是被一剑剑破空所致，看得老秀才心疼不已。

不到一炷香工夫，老秀才心中大定，屈指一敲画卷某处，然后收起了画卷藏在袖中。

高大女子缓缓从虚空处走出，老剑条悬挂在腰间，磨砺锋锐的那一小截剑尖黯淡了几分。

她打着哈欠，手里拖曳着一条腿，桐叶洲飞升境的大修士杜懋，就这么像死狗一般被她从画卷中拖曳出来。

她问道："只是这个……叫什么来着？"

老秀才抹了抹额头汗水，答道："杜懋，桐叶洲除了东海老道人之外，最强的一个修士了。"

她"哦"了一声，将那具"尸体"随手丢在一旁，道："他有些旁门神通，应该是撞开天幕的瞬间，就阴神归位了，这具尸体，只是这个……谁的阳神身外身。"

老秀才恍然道："只是身外身啊，难怪坐镇天外的儒士会点头答应，如果没有我们这一闹，在学宫那边是搪塞得过去的。"

只是老秀才一脸无语，道："可哪怕如此，杜懋也拥有十二境的修为吧。"

高大女子盘腿坐在陈平安身边，再次将他小心翼翼地抱在怀中，她抬头望向远方，悠然道："在我剑前，十二，十三，有差别吗？"

老秀才小声问道："那艘吞剑舟呢？"

她心不在焉道："我撤去了先天压制，由着他的阳神使用这件兵器，然后给我打爆了，不然我早出手了，我就是想知道如今所谓的仙兵，到底是什么货色。"

老秀才抹了抹额头汗水，问道："你自己如何了？"

高大女子低头端详着那张白了些的年轻脸庞，他似乎在做着噩梦，虽然已经被老秀才暂时止住伤势，可到底会很难熬。她伸出手指，轻轻揉着他的眉心，柔声道："骊珠洞天大山中那片石崖，是我原先主人的剑意凝化，本来就是我的。只不过这么多年过去了，我懒得计较这些。后来我跟阮什么来着，做了笔小买卖，他占据了那块斩龙台的三成。”

老秀才瞥了眼她腰间老剑条的剑尖，笑道：“所以你这几年，就在用阮邛的那座斩龙台磨剑？”

她淡然道：“是用真武山的那片。阮邛这片，是要留给我家小平安的。”

老秀才汗如雨下。

她望向南方，道：“这事情还没完。”

老秀才摇头道：“别，千万别，没完是没完，但是你不可以出手了，让我来吧，这是为了小平安好。”

她点了点头，道：“我这趟回去，暂时就不出来了。如果下次出来，发现你所谓的好，一点都不好，我会找到你的。你应该清楚，在你与浩然天下的大道合一后，世间唯有我，可以杀你。”

老秀才干笑道：“咱们是自家人啊，这么凶干啥？”

高大女子，白衣袖口无风飘摇，摇头道：“本来好好的，就因为你非要收他做关门弟子，才有今天的祸事，如果不算半个自家人，你第一个死。”

老秀才瞪眼道：“别说赌气话啊。再说了，你敢当着你家主人的面，讲这混账话吗？”

她直截了当道：“不会说，会偷偷做。到时候陈平安认不认我，不还是我的主人？”

老秀才哑口无言。

她一招手，在她当年赠送给陈平安的那件小礼物崩碎后，从里头坠落出三块长条青石，皆是世间剑修梦寐以求的斩龙台，大小不一，小的如尺子，大的如宫殿中的一块地砖。她将陈平安交给老秀才，道：“我出去解决些小事。”

老秀才悻悻然道：“有话好好说哈。”

高大女子这次没有走向某地，一步跨出，就来到了某人身前，正是那位身为元婴剑修的教习嬷嬷。

高大女子伸出双指，从教习嬷嬷心窍间硬生生拔出了一把本命飞剑，双指夹住那把本命飞剑的首尾，微微加重力道，压得那把飞剑绷出一个弧度。

在这座小天地中，身形无法动弹的老妪眼神充满哀求。

高大女子微微侧过头，道：“求我？不然与我主人一般，说对的道理，我就答应你不捏断这把飞剑。”

这是明摆着不讲道理了。

这位云林姜氏的教习嬷嬷，哪来仙人境神通，能够在这座小天地言语半句，所以稍等片刻，高大女子就继续加大力道，飞剑弯曲的弧度越来越大，啪的一声，当场断折。

教习嬷嬷七窍流血，金丹出现裂纹，元婴更是哀号不已。

高大女子嗤笑道："你们的道理嘛，我其实一向是很喜欢的。趁着我家小平安还没醒过来，我赶紧做了再说，以后可就未必有这样的机会喽。"

她说完之后，笔直飞升，来到老龙城上方的云海。

绿袍女子范峻茂继续保持那个古怪的坐姿，抬起头后，眼神炙热，且心怀敬畏。

范峻茂的第一句话，就是："我事先并不知道这个年轻人，是你的新任主人！"

高大女子悬挂老剑条，站在范峻茂身前，弯下腰，笑问道："不知者无罪？"

范峻茂摇头道："不知即是大罪了，我认！"

高大女子伸手揉了揉眉心，"你怎么跟当初一个模样，每天都是可怜兮兮的，不是偷偷跑去拱桥那边对着云海哭，就是今天这样跪在云海上，这让我怎么杀你？"

范峻茂神采飞扬，道："杀我便杀我，有你在，足够了！"

高大女子"哦"了一声，手心轻轻一拍老剑条尾端，老剑条高高翘起，旋转一圈，然后一剑刺透范峻茂心口，将其缓缓挑在空中，问道："够吗？你难道不知道我当年杀了多少个你这样的存在？"

范峻茂嘴角渗出鲜血，一双眼眸中竟是唯有快意，断断续续道："你没变，你没变，我知道的，已经一万年了，还是如此，哪怕再过一万年，你都不会变……只要你愿意拿出这份精气神，天底下就……"

高大女子转头看了一眼老龙城城墙那边，从云海落回地面，老剑条也从范峻茂心口处拔出，返回她腰间。

范峻茂跌落在云海，捂住心口，晕死过去。云海开始疯狂涌入她体内。

在老龙城城墙窟窿那边，陈平安已经清醒过来，继而有些茫然。

老秀才已经不知所踪。

陈平安看到了那个悬停在城墙窟窿外边高空的熟悉身影缓缓飘落在眼前，已经不再是个泥瓶巷苦寒消瘦少年的年轻人，轻声问道："我是不是错了？"

她摇摇头。

年轻人保证道："下次我会更小心些，比如学一学阴阳家的推衍术。本来以为自己可以解决的，没想到那个修士境界那么高……"

她还是摇摇头。

年轻人问道："不对我失望？"

她再摇头。

于是，陈平安笑着眯起了眼。

高大女子也是如此。

图书在版编目(CIP)数据

剑来9：乱起太平山 / 烽火戏诸侯著 . —杭州：浙江文艺出版社，2020.9（2026.2重印）
ISBN 978-7-5339-6200-5

Ⅰ . ①剑… Ⅱ . ①烽… Ⅲ . ①长篇小说 – 中国 – 当代
Ⅳ . ①I247.5

中国版本图书馆CIP数据核字（2020）第153306号

选题策划　柳明晔
责任编辑　周海鸣
营销编辑　俞姝辰　徐轶暄
封面绘图　里　夏
责任印制　吴春娟

剑来9：乱起太平山
烽火戏诸侯　著

出版　浙江文艺出版社
地址　杭州市环城北路177号
邮编　310003
网址　www.zjwycbs.cn
经销　浙江省新华书店集团有限公司
印刷　杭州杭新印务有限公司
开本　710毫米×1000毫米　1/16
字数　313千字
印张　16
插页　2
版次　2020年9月第1版
印次　2026年2月第22次印刷
书号　ISBN 978-7-5339-6200-5
定价　43.00元